超一流になるのは才能か努力か？

フロリダ州立大学心理学部教授
アンダース・エリクソン
ロバート・プール
土方奈美・訳

PEAK

SECRETS FROM THE NEW SCIENCE OF EXPERTISE

Anders Ericsson & Robert Pool

文藝春秋

超一流になるのは才能か努力か？　目次

はじめに　9

序　章　絶対音感は生まれつきのものか？　10

絶対音感は、その言葉の意味するところから、生まれつき持っている人と持っていない人に分かれていると考えられてきた。ところが、幼少期にある訓練をすれば、ほぼ全員が絶対音感を身につけることができる、ということがわかってきた。

第一章　コンフォート・ゾーンから飛び出す「限界的練習」　27

短期記憶では、七ケタの数字を覚えるのが限界。実は、それは誤った常識だ。私と特別な練習を繰り返した学生は、最終的に八二ケタも記憶することができたのだ。限界を少し超える負荷を自身にかけつづける。そこに秘密がある。

第二章　脳の適応性を引き出す　59

限界的練習によって、最も変化が起こるのは脳である。たとえば、バイオリニストやチェリストは練習を積むうちに、演奏において最も重要な左手指を制御する脳の領域が大きくなる。こうした脳の変化こそがあらゆる「能力」の正体なのだ。

第三章　**心的イメージを磨きあげる**　87

チェスのグランドマスターは試合途中のチェス盤を数秒見るだけで、すべての駒の配置を覚え、ゲーム展開を完璧に理解してしまう。超一流が、瞬時に膨大な情報を処理するために活用しているのが「心的イメージ」だ。それは一体何なのか。

第四章　**能力の差はどうやって生まれるのか？**　127

超一流のバイオリニストと、音楽教員になる道を選んだバイオリニスト。両者を比べると、超一流は一八歳までに、平均で四〇〇〇時間も多く練習を積んでいた。だがそのレベルに到達するには、練習時間以外にもある重要な要素が必要だった。

第五章　**なぜ経験は役に立たないのか？**　163

意外にも年長の医師は、若手の医師と比べて医療の知識に乏しく、適切な治療の提供能力にも欠けていることがわかっている。楽にこなせる範囲で満足し、同じことを繰り返していては、一度身につけたスキルも徐々に落ちてしまうのだ。

第六章　苦しい練習を続けるテクニック　197
自身の限界を超える負荷をかけつづける限界的練習は、決して楽なものではない。事実、超一流の中に、「練習が楽しい」と答える人など一人もいないのだ。では、なぜそうした苦しい練習を続けられる人と、続けられない人がいるのだろうか。

第七章　超一流になる子供の条件　240
心理学者のラズロ・ポルガーは、自身の子育てを通じて限界的練習の効果を実証した。彼は三人の娘を全員チェスのトッププレーヤーに育てあげたのだ。子供は超一流になるまでに四つのステップを踏む。その各段階で親がすべきことは何か。

第八章　「生まれながらの天才」はいるのか？　273
わずか一一歳で協奏曲を書いたモーツァルト。だがその「作曲」は、他人の作品の焼き直しであったことがわかっている。「生まれつきの才能」で超一流になった人などおらず、またトッププレーヤーに共通の遺伝的特徴なども存在しない。

終章　人生の可能性を切り拓く　316

限界的練習は、すでに多くの分野で活用されている。プロのスポーツチームはもちろん、ノーベル物理学賞を受賞したカール・ワイマンは、限界的練習をもとに新たな学習メソッドを作りあげた。私たちの仕事、学習すべてに応用できるのだ。

謝辞　337
ソースノート　340

装丁・永井翔

超一流になるのは才能か努力か？

エキスパートの技能について理解を深めよう、その極みに到達しようとする私の努力を後押しし、励ましつづけてくれる妻のナタリーに捧げる。

——K・A・E

わがソウルメイト、ディアン
文章を書くことについて、私が持ち合わせている知識の多く、
生きることについて、私が持ち合わせている知識のほとんど、
愛について私が持ち合わせている知識のすべては、彼女が教えてくれた。

——R・P

はじめに

本書は、心理科学者と物書きを生業《なりわい》とする、二人の筆者の共作である。われわれが本書の主題、すなわち並外れた成果を出す人々と「限界的練習」について頻繁に議論を交わすようになったのは一〇年以上も前で、真剣に本の執筆に取り組みはじめてからも優に五年が経っている。この間、本書は二人のギブ&テイクを通じて形になってきたので、いまやどちらがどこを書いたか正確に仕分けるのは難しい。少なくとも二人のどちらかが単独で書いたものとはまるで違った、そしてはるかに優れた作品に仕上がったことはたしかだ。

ただ共作ではあるものの、本書の内容は二人のうち一方、すなわちキャリアを通じて並外れた成果を出す人々の謎を追い求めてきたエリクソンの研究に関するものだ。こうした事情から、本書はエリクソンの視点で執筆しており、本文中の「私」はエリクソンと考えていただきたい。ともあれ本書が、このきわめて重要なテーマとその意味を明らかにする共同作業であることに変わりはない。

二〇一五年一〇月

K・アンダース・エリクソン
ロバート・プール

序章　絶対音感は生まれつきのものか？

絶対音感は、その言葉の意味するところから、生まれつき持っている人と持っていない人に分かれていると考えられてきた。ところが、幼少期にある訓練をすれば、ほぼ全員が絶対音感を身につけることができる、ということがわかってきた。

なぜどんな分野にも、驚くほど優れた人というのが存在するのだろう。

スポーツ、音楽、科学、医療、ビジネスなど、どこにでもその技能で周囲を圧倒するひとにぎりの傑出した人たちが必ずいる。そんな特別優れた人に出会うと、当然ながらわれわれ凡人は、生まれつき人並み以上の何かを持っていると考える。「彼は才能に恵まれている」「彼女には本物の才能がある」と。

だが、本当にそうだろうか。私は三〇年以上にわたってそのような人たち、つまりスポーツ選手、音楽家、チェスプレーヤー、医者、営業マン、教師などそれぞれの分野でエキスパート（達人）として突出した成果をあげる特別な人たちを研究してきた。彼らの技能とその磨き方を仔細《しさい》に検討し、観察、インタビュー、そして実験の対象としてきた。私はこうした傑出した人々を心理学、生理学、神経解剖学の視点から探究してきた。

そこからいろいろなことがわかってきた。まず、たしかにこういう人たちには特別な才能があり、それが彼らの能力の根幹を成していること。ただそれは「才能」と聞いてわれわれが一般的に思い浮かべるものとは違っていて、むしろそれよりはるかに強力であること。そしてなにより重要なのは、この才能はあらゆる人に生まれつき備わっていて、適切な方法によって引き出せるものであるということだ。

神童・モーツァルトの伝説

ときは一七六三年。幼いウォルフガング・アマデウス・モーツァルトは、ヨーロッパをめぐる演奏旅行に出立し、伝説の幕を開けようとしていた。わずか七歳、チェンバロの陰《かげ》に隠れてしまうほどの背丈であるにもかかわらず、そのバイオリンや鍵盤楽器の演奏ぶりに地元ザルツブルクの聴衆は舌を巻いた。これほど幼い子供にはあり得ないほど、どの楽器も楽々と演奏したのだ。

だがモーツァルトにはもう一つ、当時の人々をさらに驚愕させる能力があった。今日われわれがそれを知ることになったのは、モーツァルトの父親の生まれ故郷であるアウクスブルクの地元紙の編集長に送られた、やや興奮気味の一通の手紙のおかげである(1)。一家が演奏旅行のためにザルツブルクを発つ直前、幼いモーツァルトについて書かれたものだ。

幼いモーツァルトはどんな楽器でどんな音を聴いても、中央の「ド」から二オクターブ上の「ラ」のシャープ、中央の「ド」のすぐ下の「ミ」のフラットといった具合に、たちどころにそれを言い当ててしまう、と筆者は書いている。楽器が別の部屋にあって見えない状況でもそれができてしまう。バイオリンやピアノだけでなく、耳にしたことのある楽器なら何でもよかった（モーツァルトの父親は作曲家であり音楽教師だったので、家にはたいていの楽器があった）。

しかも楽器だけではない。時計のチャイム、鐘の音、くしゃみの「ハクション」まで、多少なりとも音楽的な要素があるものなら、なんでも音符で言えた。これは何十年の経験があるベテランを含めて、当時の大人の音楽家でも太刀打ちできない能力で、鍵盤楽器やバイオリンの演奏技術以上にモーツァルトが生まれ持った不可思議な天賦《てんぷ》の才の証であるように思われた。

もちろんこの能力は、今日のわれわれにはそれほど不可思議なものではない。二五〇年前よりは実態が明らかになっており、たいていの人は耳にしたことぐらいはあるはずだ。専門用語で「絶対音感」と呼ばれるきわめて珍しい能力であり、一万人に一人ぐらいしか持っていないとされる。(2) 一般人と比べれば世界的音楽家の間ではそれほど珍しくないが、巨匠だからといって必ず持っていたわけではない。ベートーベンにはあったと言われるが、ブラームスにはなかった。ウラジミール・ホロヴィッツにはあったが、イーゴリ・ストラヴィンスキーにはなかった。フランク・シナトラにはあったが、マイルス・デイビスにはなかった。

絶対音感は生まれつきの才能なのか？

要するに、ひとにぎりの幸運な人にだけ備わっているが、ほとんどの人は持ち合わせていない、生まれつきの才能の典型に思える。少なくとも二〇〇年間はそう思われていた。だがこの二〇～三〇年で、絶対音感をめぐってはまったく異なる認識が台頭した。それは人が生まれ持った才能に対する見方自体を大きく変えるようなものだった。

　最初の手がかりとなったのは、この「才能」に恵まれたわずかな人々は、幼少期になんらかの音楽教育を受けているという指摘だ。絶対音感のある人はほぼ例外なく、三歳から五歳というきわめて幼い時期に音楽教育を受けていることを、多くの研究が示している。[3]絶対音感が生まれつきの能力、すなわち生まれつき持っていなければ始まらないという類のものであれば、子供時代に音楽教育を受けるか否かでは何も変わらず、人生のどこかのタイミングで、音符の名前を覚える程度の教育を受けさえすればいいはずだ。

　二つ目の手がかりは、絶対音感の出現率は声調言語を話す人の間ではるかに高くなるという研究成果だ。声調言語とは音高（ピッチ）によって言葉の意味が変化する言語で、標準中国語、ベトナム語をはじめとする複数のアジア言語が該当する。だが、絶対音感が本当に遺伝的能力なのであれば、アジア系の人はヨーロッパ系やアフリカ系の人より絶対音感の遺伝子を持つ確率が高くないと、声調言語を話すこととの関連性を合理的に説明できない。

　これを検証するのは簡単だ。アジア系だが英語など声調言語以外を母国語として育った人をたくさん集めてきて、絶対音感の出現率が高いかどうか調べればいい。こうした研究の結果、声調言語を使わずに育ったアジア系の人は、他の民族の人と比べて絶対音感の出現率は特段高くないことが明らかになった。[4]つまり絶対音感の出現率を高めるのは、アジア系という遺伝的要素ではなく、声調言語に親しむことなのだ。

　ほんの数年前まで、われわれにわかっていたのはだいたいこんなところだった。[5]幼少期に音楽を学ぶのは絶対音感を手に入れる必須条件であり、また母国語として声調言語を使っていると絶対音感を備える可能性が高まる。絶対音感が生得的才能かどうか、科学者は確信を持って答えることはできなかったが、それが才能だとしても、幼少期に音階の教育を受けた人にしか見られないことはわかっていた。要するに「使わなければ失ってしまう」類の才能と考えられていたのだ。生まれつき絶対音感の才能を持ち合わせたひとにぎりの幸運な人であっても、それを開花させるには、幼少期に何らかの音楽教育を受けなければならない、と。

数カ月のトレーニングで、すべての子供が絶対音感を獲得した

だが今では、それも誤りであることがわかっている。絶対音感の本質は二〇一四年、東京の一音会ミュージックスクールが実施し、学術誌『サイコロジー・オブ・ミュージック』で報告された見事な実験によって明らかになった[6]。心理学者の榊原彩子は二歳から六歳までの子供二四人を集め、ピアノで演奏される和音（コード）を音だけで聞き分けられるようにするため、数カ月にわたってトレーニングを受けさせた。和音は中央の「ド」とそのすぐ上の「ミ」「ソ」から成るハ長調など、すべて長三和音だった。子供たちは一回あたりわずか数分間のトレーニングを一日四〜五回繰り返すという日課を、榊原が選んだ一四の和音をすべて識別できるようになるまで続けた。一年以内にトレーニングを完了した子供もいれば、一年半かかった子供もいた。それぞれの子供がトレーニングを完了した時点で、榊原は一つひとつの音を正確に識別できるかテストした。すると実験に参加した全員が、トレーニングが完了した時点で絶対音感を身につけ、ピアノで演奏される個別の音符を正確に識別できるようになっていた[7]。

　これは驚くべき結果だった。一般的には一万人に一人しか持っていない絶対音感を、榊原の被験者は全員持っていた、ということになるからだ。この事実は、絶対音感はおよそひとにぎりの幸運な人だけが持つ恵まれた天賦の才などではなく、適切な経験と訓練によってたいていの人が習得できる能力であることを明確に示唆している。この研究は、絶対音感についてのわれわれの理解を根底から覆《くつがえ》した。

　ではモーツァルトにはなぜ絶対音感があったのか。その生い立ちを少し調べれば、だいたい察しはつく。彼の父親であるレオポルトはバイオリン奏者として、また作曲家としてそれなりの才能に恵まれていたものの、望んでいたほどの成功を収めることはなかった。そこで子供に自らの夢を託すことにした。最初の相手はモーツァルトの姉であるマリア・アンナで、一一歳の頃にはピアノもチェンバロも大人のプロの演奏家並みの腕前だったと評されている[8]。のちに子供の音楽教育のための初めての教本を執筆することになるレオポルトは、モーツァルトにはマリア・アンナよりさらに早い時期から手ほどきを始めた。

　モーツァルトが四歳になると、父親はフルタイムでバイオリンや鍵盤楽器を教え込むようになった[9]。実際にどのような練習法を用いたかはわからないが、モーツァルトが六歳か七歳になるまでに、榊原の訓練法によって絶対音感を身につけた二四人の子供たちよりはるかに厳しく、はるかに長く訓練を積んだことは間違いない。そう考えると、モーツァルトが絶対音感を身につけたのはまったく当然のことなのだ。

　では七歳のモーツァルトには、絶対音感の才能があったのか。答えはイエスであり、ノーである。ピアノの音やヤカンのお湯が沸くピーッという音を正確に言い当てられるような、特別な遺伝的能力を生まれつき持ち合わせていたのか。絶対音感についての科学者の知識を総合すると、その答えはノーだ。仮にモーツァルトがまったく音楽に触れない家庭で育っていたら、あるいは適切な音楽的経験を積めない環境で育っていたら、絶対音感を身につけることもなかったはずだ。とはいえモーツァルトは生まれつき、ある才能に恵まれていた。それは榊原の研究に参加した子供たちが生まれつき持っていたものと同じ才能である。彼らは皆、きわめて柔軟で適応性のある脳に恵まれており、そのおかげで適切な訓練を通じて、持っていない人間からすれば魔法のような才能を身につけることができたのである。

要するに、天から与えられた才能とは絶対音感そのものではなく、むしろ絶対音感を身につける能力こそが才能なのだ。そしてわれわれの知るかぎり、たいていの人は生まれつきこの才能を持っている。

これはすばらしい、また驚くべき事実だ。現代の人間に至るまでの数百万年の進化の歴史において、鳥の歌声を正確に音符で言い当てる才能を持った人間が有利になるような淘汰の圧力などなかったはずだ。それにもかかわらず今日、われわれ人間は比較的シンプルな訓練法によって絶対音感を身につけられるようになっている。

訓練によって新たな脳の回路を構築する

このような才能が存在する理由を神経科学者が解明できたのは、ごく最近のことだ。科学者は何十年というもの、生まれたときからわれわれの脳の回路はほとんど固定されており、その回路のあり方によって能力は決まっていると考えてきた。あなたの脳に絶対音感の回路があるかないかはすでに決まっており、変えようにも変えられない。生まれ持った才能を完全に開花させるにはそれなりの練習が必要で、練習をしなければ絶対音感は完全には成熟しないかもしれない。ただそもそも適切な遺伝子が備わっていなければ、どれだけ練習してもムダである、というのが一般的な認識だった。

しかし脳の研究者は一九九〇年代以降、脳には（たとえ成人のものであっても）それまでの想定をはるかに超える適応性があり、それゆえにわれわれは脳の能力を自らの意思でかなり変えられる、ということを明らかにしてきた。とりわけ重要なのは、脳は適切なトリガー（きっかけ）に反応し、さまざまなかたちで自らの回路を書き換えていくことだ。ニューロン（神経単位）の間に新たな結びつきが生じる一方、既存の結びつきは強まったり弱まったりするほか、脳の一部では新たなニューロンが育つことさえある。

この適応性こそ、榊原の被験者、そしてかのモーツァルトが絶対音感を習得できた理由である。彼らの脳は音楽の訓練に反応し、絶対音感を可能にする回路を構築したのだ。それが具体的にどの回路なのか、どんな形をしているのか、具体的にどのような働きをするのかはまだ明らかにできていないが、それが存在すること、またそれが生まれ持った遺伝子プログラムの産物ではなく、訓練によって生み出されたものであることもわかっている。

絶対音感の場合、脳に必要な適応性は子供が六歳を過ぎるあたりに消滅するようで、それまでに絶対音感に求められる回路の再設計が起こらないと、ずっと起こらなくなる（ただ第八章で見るとおり、これには例外もあり、そうした事例は脳の適応性の正しい活かし方について多くの示唆を与えてくれる)。この適応性の消滅はもっと一般的な現象、すなわち脳も身体も大人より小さな子供のほうが適応性は高いという現象の一つであり、たしかにある種の能力は六歳、一二歳、あるいは一八歳までで なければ習得できない、あるいは習得が難しくなる。それでも脳も身体も成年期を通じてかなりの適応性を保つのであり、それによって大人も(たとえ高齢でも)、適切な訓練によってさまざまな新たな能力を身につけることができるのだ。

脳と身体の適応性こそが「能力」の源

この真実を頭に入れたうえで、再び冒頭の質問に戻ろう。なぜ、どんな分野にも、驚くほど優れた人というのが存在するのか。私は長年エキスパートを研究するなかで、彼らが能力を身につけていく方法は、榊原の生徒たちのそれとだいたい同じであることに気づいた。すなわちひたむきなトレーニングによって脳に(そして能力によっては身体にも)変化が起こり、トレーニングをしなければできなかったことができるようになるのだ。

たしかに遺伝的要素で差が出る場合もある。たとえば身長など身体的特徴が重要な分野だ。身長一六五センチになる遺伝子を持った男性がプロバスケットボール選手になるのはほぼ不可能だし、身長一八〇センチの女性が国際舞台で体操選手として成功するのも非常に難しい[10]。また本書の後半で見ていくように、遺伝子はこれ以外にもさまざまなかたちでわれわれの成功を左右している。コツコツと、それも正しい方法で練習しようとする姿勢に影響する遺伝子などがその代表格である。しかし数十年にわたる研究からはっきりとわかるのは、「才能に恵まれた」人の成功において遺伝的資質の影響がどれほどあるかにかかわらず、最大のカギを握るのは誰にでも漏れなく備わっている能力、すなわち人間の脳と身体の適応性であり、それを彼らは他の人々よりしっかりと活用したということだ。

傑出した人々の話を聞くと、程度の差こそあれ、みな一様にこれを理解している。彼らは認知的適応性という概念は聞いたことがないかもしれないが、自らの分野の頂点に立てたのは何らかの遺伝的幸運に恵まれたためだ、という見解にはまず与《くみ》しない。傑出した能力を習得するためには何が必要であるか、身をもって経験した彼らにはよくわかっている。

このテーマをめぐる発言で、私が特に気に入っているのはＮＢＡ（アメリカ・プロバスケットボール協会）オールスターに一〇回出場した、リーグ史上最高のスリーポイントシュートの名手、レイ・アレンのものだ。何年か前、スリーポイントシュートの過去最高記録を塗り替えようとしていたアレンについて、ＥＳＰＮのコラムニストのジャッキー・マクマランが記事を書いた。取材の途中でマクマランは、アレンには生まれ持ったシュート勘がある、すなわち生まれつきスリーポイントシュートの才能に恵まれていたのだ、という他のバスケットボール評論家の発言について意見を求めた。だがアレンはそれを突っぱねた。

「それについては、これまでどれだけの人と言い合いになったかしれないよ」とアレンはマクマランに語った。「キミは神様にすばらしいジャンプシュートの才能を与えられたんだ、と言われると、本当に腹が立つ。だからこう言うんだ。『ぼくの毎日の努力を軽くみないでくれ』って。ときどき、じゃない。毎日だ。ぼくと同じチームにいたことがある選手に、一番シュート練習をするのは誰か、聞いてみてくれ。シアトルでもミルウォーキーでも、どこでもいい。みんなぼくだと言うはずさ」。実際、アレンの高校時代のコーチに話を聞くかぎり、当時のジャンプシュートの能力はチームメイトと比べて特別高いわけではなく、むしろ下手だった。しかしアレンは主体的に練習に取り組み、やがて努力とひたむきさによって、自らのジャンプシュートを生まれつき格別な才能を持ち合わせたと誰もが思うほど優雅で自然なものに磨き上げた。[11] アレンは自らの才能、それも本物の才能を存分に活かしたのである。

潜在能力は生み出すものではなく、創りだすもの

本書のテーマは、ウォルフガング・アマデウス・モーツァルトや榊原の教え子たち、そしてレイ・アレンに共通する才能だ。言い換えれば、適切な訓練や練習を通じて人間の脳や身体の驚くべき適応性を引き出し、そうしなければ手に入らなかったようなさまざまな能力を生み出す力だ。さらに本書は、どうすればこの才能を活かし、自らの選んだ分野において能力を向上させられるかを考察している。そしてもっと広い意味では、本書は人間の潜在能力に対するまったく新しい見方を提示するものといえる。われわれには想像をはるかに超えるような、自らの人生をコントロールする力が備わっているという考え方だ。

古代より、特定の分野における個人の潜在能力は、必然的に、また不可避的に、生まれ持った才能によって決まってしまうものだと考えられてきた。ピアノを習う人は多いが、真に優れたピアニストや作曲家になれるのは特別な才能を持った人だけである。どの子も学校で算数を学ぶが、数学者や物理学者や技術者になるのに必要な能力を持ち合わせているのはごくわずかだ、と。

　こうした見方に立つと、われわれは音楽の才能、数学の才能、スポーツの才能、ビジネスの才能など、いろいろな潜在能力を決まった量だけ持って生まれてくるのであり、どれを伸ばすか（伸ばさないか）を選択することはできるが、どの「カップ」もへりまでしか満たすことはできない、ということになる。そう考えると教育や訓練の目的は、その人が潜在能力の上限に到達する、すなわちカップをできるだけ満杯にするのを助けることとなり、限界があらかじめ決まっているという想定に基づく学習方法が採られるようになる。

　だが今では、能力の既定量などというものは存在しないことがわかっている。脳には適応性があり、絶対音感をはじめとする能力は、あらかじめ存在していなかったとしても訓練によって生み出すことができるのだ。これは従来の常識を覆した。なぜなら、いまや学習は人々が生まれ持った能力をうまく使えるように導くためのものではなく、新たな能力を生み出す手段となったからだ。

　この新たな世界においては、人間の潜在能力という貯水池は、生まれつき容量が決まっているという考えは成り立たなくなった。そうではなく、潜在能力という水瓶《みずがめ》は、われわれが人生を通じて何をするかによって形が変わり、いくらでも容量を増やしていくことができる。学習は自らの潜在能力を引き出す手段ではなく、むしろ新たに創りだす手段なのだ。われわれは、自らの潜在能力を生み出すことができる。あなたの目標がコンサート・ピアニストになることなのか、趣味としてピアノをたしなむことなのか、あるいはゴルフのＰＧＡツアーに参加することなのか、ハンディキャップをいくつか下げたいだけなのかにかかわりなく、そう考えて間違いない。

ただ努力するだけでは能力は向上しない

そうなると次の問題は、どうすればそんなことができるのか、だ。この才能を活かし、自らの選んだ分野で能力を高めていくにはどうすればいいのか。過去数十年の私の研究は、ほかならぬこの問いに答えるためのものだ。つまり特定の活動における技能を向上させるのに最適な方法を、徹底的に追求し理解することだ。要するに、私はこう問いつづけてきた。うまくいく方法、いかない方法はどんなものか、またそれはなぜなのか、と。

意外なことに、能力の向上というきわめて普遍的なテーマを論じてきた人々は、この問いにほとんど関心を向けてこなかった。ここ数年、われわれは生まれつきの才能の価値を過大評価しており、機会、意欲、努力といったものの価値を過小評価していると説く本がたくさん出てきた[12]。それにはまったく同感だし、世の人々に鍛錬によって向上できること、それも大幅に向上できることを伝えるのはもちろん大切だ。そうしなければ挑戦してみようという意欲すら持てないのではないか。ただこういう本を読んでいると、心から強く念じ、努力しさえすれば、技能を向上できるという印象を受けることがままある。「努力しつづけなさい、そうすれば目標を達成できるよ」と。これは間違っている。正しい訓練を、十分な期間にわたって継続することが向上につながるのだ。それに尽きる。そこで本書では「正しい訓練」とは何か、またどうすればそれを実践できるかを詳しく説明する。

この種の訓練にまつわる詳しい知識は、「傑出した能力の科学」ともいうべき、心理学の比較的新しい領域からもたらされたものだ。この新たな領域は「傑出したプレーヤー」、つまり自らの分野において世界最高水準に到達した人、技能の頂点を極めた人の能力を理解することを目的としており、私はこのテーマについていくつか専門書を書いている（『Toward a General Theory of Expertise: Prospects and Limits（「傑出した能力の一般理論に向けて　展望と限界」一九九一年）』、『The Road to Excellence（「卓越性への道」一九九六年）』、『The Cambridge Handbook of Expertise and Expert Performance（「傑出した能力とパフォーマンスのためのケンブリッジ・ハンドブック」二〇〇六年）』、いずれも未邦訳）。

傑出した能力の研究者は、傑出したプレーヤーとそれ以外を分ける要素は何かを解明しようとしている。また傑出したプレーヤーが時間の経過とともにどのように技能を向上させてきたか、また向上していく過程で精神的、身体的能力が具体的にどのように変化したか、順を追って調べていく。幅広い分野の傑出した人材を研究した結果、私と仲間の研究者は二〇年以上前にこんな理解に達した。分野を問わず、技能を向上するための最も有効な方法は例外なく、同じ一般原則を満たしている、と。われわれはこの普遍的アプローチを「限界的練習（deliberate practice）」と名づけた。限界的練習は今日でも、さまざまな分野で適応性という能力を活かし、新たな技術や能力を身につけたいと願う人たちのゴールド・スタンダードであり、本書のメインテーマでもある。

どの分野にも共通する最強の学習法

本書の前半では、限界的練習とは何か、なぜこれほど有効なのか、エキスパートは傑出した能力を生み出すためにそれをどのように実践しているかを説明する。そのために、とことん原始的なものから最高に洗練されたものまでさまざまな種類の練習を見て、限界的練習のどこが特別なのかを考えてみよう。さまざまな練習法の成果を分ける最も重要な点の一つが、人間の脳と身体の適応性をどれだけうまく使っているかであることから、適応性とは何か、それを引き出すのは何かという部分に少し時間を割くことにする。また限界的練習に反応して、脳の中で具体的にどのような変化が起きるかも見ていく。

傑出した能力の習得とは、主に心的プロセス（分野によっては身体の動きを制御する心的プロセスを含む）をいかに改善するかという問題である。スポーツなど運動にかかわる分野の傑出した技能において身体的要素は重要ではあるものの、身体の強靭さ、柔軟性、耐久力といった身体的変化はすでにかなり理解されているので、本書は主に傑出した技能の心的側面に注目していく。こうした考察に続いて、すべての要素がどのようにかみ合い、傑出した技能に結実していくかを見ていこう。ここに至るプロセスには通常、一〇年以上の長い時間がかかる。

続いて、幕あいの小噺《こばなし》として、生まれつきの才能について、またそれが傑出した技能を獲得するうえでどのような制約になりうるかをもう少し詳しく見ていく。身長や体格など、スポーツその他の身体を使う活動の技能に影響を与えうる遺伝的な身体的特徴はいくつかあり、それは練習によって変えることはできない。しかし傑出した技能に関係する特性のほとんどは、適切な訓練によって少なくとも人生の一定期間にわたって変えることができる。一般的に、遺伝的要素と練習の間には複雑な相互作用があり、その解明はまだ緒《ちょ》に就《つ》いたばかりだ。遺伝的要素の中には、長時間にわたって限界的練習に取り組む能力に影響を及ぼすもの（たとえば毎日長時間集中する能力を制約するなど）がある。反対に、長時間の練習を続けることで、体内で遺伝子のスイッチが入ったり切れたりするパターンに影響が出ることもある。

本書の最後には、傑出したプレーヤーの研究を通じて限界的練習について明らかになった事実をとりまとめ、それが「ふつうの人」にどのような意味を持つのか説明する。従業員のパフォーマンスを改善するために会社はどのように限界的練習を取り入れるべきか、自分の興味のある分野で能力を向上させたい人は、どのように限界的練習を実践すればいいのか、さらには学校の授業ではどのように限界的練習を取り入れることができるか、具体的なアドバイスを提供する。

限界的練習の原則は、傑出した技能を持つ人々の研究を通じて発見されたものだが、原則自体は何らかの分野において能力を少しでも向上させたいと思っている人なら誰にでも実践できる。テニスの腕前を高めたい？　それなら限界的練習をしよう。文章力を高めたい？　限界的練習だ。営業力を上げたい？　それも限界的練習がいい。限界的練習は学習者を「そこそこ上手」ではなく、それぞれの分野で世界トップクラスにするという明確な意図を持って開発された方法論で、これまで考案されたなかで最強の学習法といえる。

こんなふうに考えてほしい。あなたは山に登ろうとしている。どこまで登りたいのか、はっきりわかっているわけではない。頂上はあまりにも遠い。だが今いるところよりは高いところに行きたい。良さそうな道を歩き出し、最善の結果につながることを祈るという手もあるが、それではあまり遠くまでは行けないかもしれない。もう一つの選択肢は、すでに頂上に行ったことがあり、最適な道を知っている山岳ガイドに頼ることだ。そうすれば最終的にどこまで登ることにするかにかかわらず、確実に一番効率的で効果的な道を進んでいける。その最善な道というのが限界的練習であり、本書はあなたのガイドだ。頂上への道をお示ししよう。どこまで登っていくかはあなた次第だ。

第一章　コンフォート・ゾーンから飛び出す「限界的練習」

短期記憶では、七ケタの数字を覚えるのが限界。実は、それは誤った常識だ。私と特別な練習を繰り返した学生は、最終的に八二ケタも記憶することができたのだ。限界を少し超える負荷を自身にかけつづける。そこに秘密がある。

わずか四回目のセッションで、スティーブはすでにやる気を失いかけているようだった。二〜三カ月続くだろうと考えていた実験のまだ最初の週の木曜日だったが、スティーブの口ぶりは、これ以上続けてもあまり意味がないかもしれないと思わせた。「八番目か九番目の数字あたりが、ぼくには限界みたいだ」という言葉が、セッションの間中ずっとまわっていたテープレコーダーに録音されている。「特に九番目だ。どんなパターンを使っても、つまり僕自身のやり方がいろいろあるのだけれど、九番目を覚えるのは本当に難しい。どんな手を使っても、とにかく覚えられない」

スティーブは当時私が教えていたカーネギーメロン大学の学部生で、週何回か私のオフィスに来て、単純な作業をしてもらうために採用した。いくつか並んだ数字を記憶する、というのがそれだ。私が「7、4、0、1、1……」といった具合に一秒に一つのペースで数字を読み上げていき、スティーブはそれをすべて覚え、私が読み終わったら復唱する。目的は単純で、スティーブの能力が練習によってどれだけ向上するかを見きわめようというものだ。一時間のセッションを四回繰り返した時点で、スティーブは七つの数字を確実に覚えられるようになっていた。これは、市内通話用の電話番号の長さである。たいてい八番目の数字も覚えていたが、九番目は当たることもあれば間違えることもあり、一〇番目の数字は一度も覚えられなかった。いらだちの募る数回のセッションを終えた時点で、スティーブはこれ以上の上達はできないと強く確信しているようだった。

短期記憶の「限界」はどこにあるのか？

スティーブは知らなかったが（とはいえ私は知っていた）、当時の心理学の研究成果はおしなべて、彼の言い分が正しいことを示唆していた。過去数十年の研究では、人が短期記憶に保持できるアイテム数には厳しい制限があることが示されている。短期記憶とは、脳がほんのわずかな間、少量の情報をとめおくために使う記憶である。あなたが友達から住所を聞いたとき、それを書き留めるまでのわずかな間、覚えておくのは短期記憶だ。

あるいは二ケタ×二ケタの掛け算を暗算するときにも、途中で出てくる数字を覚えておくのは短期記憶だ。「27×14をしてみよう。まず4×7は28だから、8は置いておいて2を繰り上げ。それから4×2は8で……」という具合に。これが「短期」と呼ばれるのは故あってのことで、友人の住所や計算の途中に出てくる数字は、頭の中で何度も繰り返し、長期記憶に移しておかなければ、五分後には忘れてしまうはずだ。

短期記憶の問題、すなわちスティーブがまさに直面していた問題とは、脳が一度に短期記憶に保持できるアイテム数には厳格な制限があるということだ。六個の人もいれば、七個か八個の人もいるが、一般的に限界は七前後だ。七ケタの市内電話用の番号を覚えることは可能だが、九ケタの社会保障番号は収まらない。長期記憶にはこうした制約はないが（というより、これまで長期記憶の上限を確認した人はいない）、何かを長期記憶に植えつけるにははるかに時間がかかる。十分な時間を与えられれば、何十、あるいは何百という電話番号だって記憶できるだろうが、私とスティーブとの実験では、スティーブが短期記憶しか使えないように、意識的に私が数字を読むスピードを速くしていた。毎秒一つずつ数字を読みあげるというペースは、スティーブが数字を長期記憶に移転するには速すぎた。だからスティーブが八ないしは九ケタ前後で壁に突き当たっていたのは特段驚くようなことではなかった。

心理学者の間で長年見過ごされてきた研究

それでも私は、スティーブはもう少しやれるのではないかと期待していた。この研究のアイデアは、古い文献を調べていてたまたま見つけた、世の中ではまるで知られていない論文を読んでいてひらめいた。ペンシルベニア大学の心理学者であるポーリーン・マーティンとサミュエル・ファンバーガーが一九二九年に『アメリカン・ジャーナル・オブ・サイコロジー』に発表したもの(1)だ。マーティンとファンバーガーは、学部生の被験者二人が四カ月の練習の結果、数字を一秒一個のペースで読み上げられたときに記憶できる数を伸ばすことに成功したと報告している。このうち一人は記憶できる数を平均九から一三へ、もう一人は一一から一五に伸ばしたという。

心理学者の世界では長年見過ごされていたか忘れられていたこの結果は、たちどころに私の心をとらえた。このような能力の向上は本当に可能なのだろうか。そうだとすれば、どんなやり方をすれば可能になるのか。マーティンとファンバーガーは、どうやって学生たちが数字の記憶力を伸ばしたかを一切説明していなかったが、それこそ私が最も興味のある部分だった。当時私は大学院を出たばかりで、主に関心を持っていたのは、人が何かを学んだり新たなスキルを身につけたりしているときに起こる心的プロセスだった。博士論文では、まさにそのような心的プロセスを研究するために設計された「思考発話法（被験者にタスクを実行しながら考えたことを発話してもらう方法）」の改善に取り組んだ。そこでカーネギーメロン大学の有名な心理学教授であるビル・チェースの協力を得て、マーティンとファンバーガーの研究を再現することにした。今回は具体的に被験者の数字記憶がどのように改善していくかをじっくり観察するつもりだった。

——実際に改善すればの話だが。

被験者として選ばれたスティーブ・ファルーンはまさにわれわれの望みどおりの、カーネギーメロン大学の典型的な学部生だった。心理学専攻で、幼少期の発達に関心を持っており、大学三年目を終えたところだった。大学入学のための学力テスト（ＳＡＴ）の成績は、カーネギーメロン大学の他の学生と同じような水準だったが、入学後の成績は平均よりやや上だった。長身痩躯に豊かなダークブロンドの髪をなびかせた、親しみやすく社交的で熱意のある若者だった。それに加えて陸上の長距離ランナーとしてのトレーニングにも真剣に取り組んでいた。この事実をわれわれは当初重要だと思っていなかったが、その後この研究においてきわめて重要な要素であることが判明する。

実験の初日、スティーブのパフォーマンスはどこまでも人並みだった。たいてい七つまでは覚えることができ、ときどき八つ目も覚えられたが、それ以上は無理だった。街で適当に声をかけた人を連れてきても、だいたい同じような結果になっただろう。火曜日、水曜日、木曜日はもう少しうまくやれた。平均は九にわずかに届かないくらいだった。[2] しかし、それではまだふつうの人と変わらないレベルだ。実験初日との大きな違いは、記憶テストがどんなものかわかっているので落ち着いていられるところだと思う、とスティーブは言った。そして冒頭のように、自分がこれ以上進歩しないと思う理由を説明してくれたのが木曜日だった。

八二個の数字を記憶することに成功

そして金曜日に、状況を一変させるような何かが起きた。スティーブは壁を突破する方法を見いだしたのだ。トレーニングはいつも次の手順で進めていた。私はまず五つの数字を読み上げ、スティーブが正しく復唱できたら（実際、いつもできていた）、数字を六つに増やす。それもできたら七つに増やす、という具合に、スティーブがきちんと言えるたびに数を増やしていった。間違えると、数字を二つ減らし、またやり直した。スティーブが常に難しいが、かといって難しすぎない課題に挑戦している状態を作り出したわけだ。ちょうどできるかできないかの境界あたりの数を与えていたのである。

その金曜日、スティーブは境界を動かした。それまで数字が九つだと、ごくまれにしか正確に復唱できず、また一〇番目の数字を正しく覚えたことは一度もなかったので、一一個以上の数字に挑戦したこともなかった。だが五回目のセッションは最初から勢いが違った。最初の三つ、すなわち数字五個、六個、七個は難なくこなした。四つ目の挑戦では間違えたものの、すぐに調子を取り戻した。六個、正解。七個、正解。八個、正解。九個、正解。続いて私は一〇個の数字を読み上げた。「5718866610」。これもあっさり正解した。次に挑戦した一一個は失敗したが、再び九個、一〇個を正解したので、私は一一個の数字を読み上げた。「90756629867」。すると、今度はすらすらと全部復唱してみせた。

それまでの自身の最高記録を二つ伸ばしたのである。二つ増えるというのはたいしたことに思えないかもしれないが、それまでの数日でスティーブの「自然な」上限、すなわち短期記憶に難なく記憶できる数字は八個か九個であるという認識が固まりつつあったことを思えば、すばらしい成果だった。スティーブはその天井を突破する方法を見いだしたのである。

こうして私のキャリア上、最も驚きに満ちた二年間が始まった。それ以降、スティーブの数字列を記憶する能力はゆっくりとだが着実に向上していった。セッションが六〇回目を迎える頃には、確実に二〇個の数字を覚えられるようになった。ビルも私も、そんなことができるようになるとは想像もしていなかった。セッションが一〇〇回を超えたところで、記憶できる数字は四〇まで増えた。記憶術のプロですら到達したことのないレベルだったが、スティーブはなおも向上しつづけていた。私と二〇〇回以上のトレーニング・セッションを繰り返し、最終的には数字を八二個まで記憶できるようになった。八二個である。少し考えてみると、この記憶力がどれほど驚異的なものかわかるだろう。以下に無作為に選んだ八二個の数字を並べてみよう。

0326443449602221328209301020391832373927 7
8891726765324503774612017909434551035553 0

これを一秒に一個のペースで読み上げられて一つ残らず覚えるのである。スティーブ・ファルーンは二年間の実験を通じて、この能力を身につけた。こんなことがそもそも可能なのかもわからぬまま、ただ毎週トレーニングを続けることによって。

この一〇〇年で人類の技能は劇的に向上した

一九〇八年のオリンピックでは、ジョニー・ヘイズが当時の新聞によれば「今世紀最高のレース」を制してマラソンの勝者となった。世界記録となった優勝タイムは二時間五五分一八秒だった。

それから一〇〇年ほどしか経っていない今日、マラソンの世界記録は二時間二分五七秒である。ヘイズの記録から三〇％近く縮まっている。しかも一八歳から三四歳の男性なら、他のレースで三時間五分以内で走った実績がなければボストン・マラソンにエントリーすらできない。要するに、一九〇八年のヘイズの世界記録では、今日のボストン・マラソン（およそ三万人が参加する）にはギリギリ参加資格があるという程度なのだ。

同じ一九〇八年のオリンピックの男子飛び込み競技は、あやうく大惨事になるところだった。二回転宙返りを試みた選手が、重傷を負うところを間一髪免れたのだ。数カ月後に発表された公式報告書は、このような飛び込み法は危険すぎるとして、その後のオリンピックでは禁止することを推奨していた。それが今日では、二回転宙返りは初級者用の技術であり、競技会では一〇歳の子供が決めてしまう。高校の有力選手などは四・五回転宙返りをやっている。世界レベルの選手はさらに上を行き、二・五回後方宙返りに二・五回ひねりを加えた「ツイスター」などを試みている。二回転宙返りを危険すぎると断じた二〇世紀初頭の専門家がツイスターをどう見るかはわからないが、およそありえないと笑い飛ばしたのではないか（そもそも、こんな技を提案するような想像力と大胆さを持った人がいたらの話だが）。

一九三〇年代初頭、アルフレッド・コルトーは世界で最も有名なクラシック音楽家の一人であり、そのショパンの二四の練習曲のレコーディングは非の打ちどころがないと言われていた。だが今日の音楽学校では、コルトーの演奏はいい加減で音符を飛ばすことも多く、こんなふうにショパンを弾いてはいけないという悪い見本として使われている。批評家もコルトーの技術をいい加減だと批判し、プロのピアニストなら技術的にも表現力の面でもコルトーよりはるかに上であることが当然とされる。『ニューヨーク・タイムズ』で音楽批評を担当するアンソニー・トマシーニは、コルトーの時代と比べて音楽能力の水準は大幅に向上したため、今日コルトーが生きていたらおそらくジュリアード音楽院にも入学を許されないだろうと述べている(3)。

一九七三年、カナダのデイビッド・リチャード・スペンサーは円周率の記憶で、五一一ケタという前人未到の記録を達成した。それからしばらく数人による世界記録の更新合戦が続き、五年後にはアメリカ人のデイビッド・サンカーが一万ケタを記憶して記録保持者となった。それからさらに三〇年以上の進歩の末に、二〇一五年には公式な世界記録保持者は七万ケタを記憶したインドのラジビール・ミーナとなった。ただ日本の原口證《あきら》は一〇万ケタというさらに驚異的なケタ数を記憶したと主張している。わずか四二年前の世界記録から二〇〇倍近い水準である。

ここに挙げたのは特異な例ではない。今日の世界には傑出した能力、人類史上絶対に不可能と思われていた能力を手に入れた人々が山ほどいる。ロジャー・フェデラーの魔法のようなテニスボールさばき、あるいは二〇一二年の夏のオリンピックでマッケイラ・マロニーの見せた驚くべき跳馬の技を思い浮かべてみよう。マロニーは前方倒立回転跳びで踏切板へ、そこから台の上で後方倒立回転跳び、さらに大きく跳ねて弧を描きながらの宙返りに二・五回ひねりを加え、最後の着地も完璧にコントロールして両足でしっかりと立った。チェスのグランドマスターの中には、数十試合を同時並行で、それも目隠しをした状態で行える者がいる。ピアノ、バイオリン、チェロ、フルートなど楽器の世界は、一〇〇年前の音楽ファンを仰天させるような若き天才を続々と輩出している。

なぜ彼らは「並外れた能力」を手にすることができたのか？

ただ、いずれも並外れた能力ではあるとはいえ、彼らがそれをどうやって身につけたかは謎でもなんでもない。練習したのだ。それもけたはずれの量の。マラソンの世界記録が一〇〇年で三〇％短縮されたのは、生まれながらに長距離走の才能を持った人がたくさん生まれるようになったためではない。あるいは二〇世紀の後半になって、突然ショパンやラフマニノフの演奏に秀でた人、あるいは何万ケタもの無秩序な数字の羅列を記憶できる人の出生率が跳ね上がったわけでもない。

二〇世紀後半に何が起きたかといえば、さまざまな分野で人々が練習に費やす時間が着実に伸びていき、それと同時に訓練技術も高度化していったのである。この現象はあらゆる分野で見られたが、特に楽器演奏、舞踊、個人や団体スポーツ、チェスなどの対戦ゲームといった競争の激しい分野でその傾向は顕著だった。練習量の増加と練習内容の高度化が進んだ結果、こうしたさまざまな分野におけるプレーヤーの能力は着実に向上していった。それは一年単位でははっきりわからなくても、数十年単位で見ると劇的な進歩だった。

なかには奇妙なデータもあるものの、この種の練習の成果を観察するのに最適なのがギネスブックだ。ギネスブックやそのオンライン版をざっと眺めてみると、一分間に二一二ワードをタイピングできるアメリカ人教師のバーバラ・ブラックバーン[4]、自転車で九〇〇キロメートルを二四時間で走ったスロベニアのマルコ・バロー[5]、一分間に一五個もの大きな数字の累乗根を計算してしまうインドのビカス・シャルマ（数字は二〇～五一ケタあり、求めた累乗根は一七乗根から五一乗根まで）[6]といったさまざまな記録保持者の名前が並んでいる。一五個もの信じられないほど複雑な暗算をわずか六〇秒でやってのけたシャルマの記録は特に驚異的だ。ふつうの人ならこれだけの数字を電卓に入力し、答えを読み上げるだけでも六〇秒では足りない。

私はギネス世界記録保持者の一人、ボブ・J・フィッシャーから、メールをもらったことがある。フィッシャーは一時期、バスケットボールのフリースローにまつわる一二個もの世界記録を持っていた。たとえば三〇秒間のフリースローの最多成功記録（三三三回）、一〇分間の最多成功記録（四四八回）、一時間の最多成功記録（一三七一回）などだ。ボブはメールに、練習の成果に関する私の論文を読み、そこで学んだ知識を誰よりも速くフリースローを決める能力の習得に応用した、と書いてくれた(7)。

最も有効な練習法は、分野を問わず同じ原理に基づいている

私が書いた論文はすべて、一九七〇年代末にスティーブ・ファルーンとともに行った実験を出発点としている。あれ以来私は、練習がどのように新たな能力の習得あるいは向上に結びつくかを解明することに研究生活を捧げてきた。特に練習をテコに、自らの分野で世界トップクラスになった人々に注目してきた。そして数十年にわたってベスト中のベスト、すなわち「傑出したプレーヤー」を研究した結果、音楽、スポーツ、チェスなど分野を問わず、最も有効な練習法は例外なく同じ原理に基づいているという結論に達した。

いったいなぜ、野心あふれる音楽家の卵をコンサート・ピアニストに育てる訓練法と、プリマ・バレリーナを目指すダンサーが耐え抜くべき訓練、あるいはチェスプレーヤーがグランドマスターになるために積まなければならない練習との間に共通点があるのか。その理由は、あらゆる分野における最も有効かつ最強の練習法とは、人間の身体や脳の適応性をうまく活かし、以前は不可能だったことを成し遂げる能力を徐々に獲得していくものであるからだ。あなたが何らかの分野で本当に効果的なトレーニング法を開発したいと考えているなら（たとえば世界レベルの

体操選手を育てる、医者に腹腔鏡手術の技術を教えるなど）、それは人間の身体や脳の変化を引き起こすのに何が有効か、有効ではないかを踏まえた手法でなければならない。真に有効な練習方法は、いずれも基本的に同じ仕組みに基づいているのである。

こうした知識はいずれも比較的新しく、過去一世紀に起こった劇的な技能向上を担った教師、コーチ、プレーヤーらがその恩恵を享受してきたわけではない。むしろ彼らはなぜ特定の訓練法が大きな効果をもたらすのかまったく知らないまま、試行錯誤の末にこうした進歩を実現したのだ。またさまざまな分野の実践者たちはお互いのやっていることに関連性があることを知らず、バラバラにノウハウを蓄積していった。トリプルアクセルを練習しているアイススケーターがよもやモーツァルトのソナタを練習しているピアニストと同じ原則に従っているとは、誰も思わなかったのだ。

傑出した技能を獲得する最善の方法についての、明確な科学的知見に基づいて努力すれば、どれだけのことが可能になるか想像してみてほしい。スポーツや音楽やチェスの世界で高い有効性が確認されてきた手法を、子供たちの教育から医師、技術者、パイロット、ビジネスマンなどありとあらゆる職業人の訓練まで、人が実践するすべての学びの場に応用したらどんな可能性が拓けるだろう。効果的な練習の原則について、これまでわかってきた知識を応用すれば、先に挙げたようないくつかの分野で過去一〇〇年に見られたような劇的な改善を、たいていの分野で成し遂げることができると私は考えている。

世の中にはさまざまな練習法があり、その有効性はまちまちだが、私が一九九〇年代初頭に「限界的練習」と名づけた方法こそゴールド・スタンダードだと言い切れる。限界的練習は今日知られているなかで最も効果的な手法であり、どのような分野であっても練習方法を考える際にはこの原則を用いるのが最善の道である。本書の大部分は、限界的練習とは何か、なぜこれほど有効なのか、どうすればそれをさまざまな状況に応用できるかといった考察に充《あ》てている。ただ、限界的練習を詳細に見ていく前に、まずはたいていの人が経験したことのある、よりシンプルな練習法をいくつか見ていこう。

「そこそこ」のレベルでいいのなら……

ではまず、新しいスキルを身につける一般的な方法を考えてみよう。車の運転、ピアノの演奏、割り算の筆算、人物画の描き方、コンピュータ・コードの書き方など本当に何でもいい。具体的なイメージを持ってもらえるように、ここではテニスの例を挙げよう。

あなたがテレビでテニスの試合を見て、これは楽しそうだと思った、あるいはテニスをする友人に一緒にやろうと誘われたとしよう。そこでテニスウェア、シューズ、スエットバンドやラケットやボールを買い込んだ。準備万端だが、テニスに関する知識はゼロ。ラケットの握り方すらわからない。そこでお金を払ってコーチを雇うか、友人に基本的なところを教えてもらうことにする。

何回かレッスンを受けると、自分一人で練習できるレベルになる。そうなったら一人でサーブの練習や壁打ちを繰り返し、相手が壁なら十分試合ができるという水準に達するだろう。再びコーチあるいは友人にレッスンを頼み、一人で練習し、またレッスンというサイクルを繰り返した末に、しばらくすると他のプレーヤーと手合わせをしても大丈夫だという自信が出てくる。まだあまり上手ではないが、友人たちも辛抱強く付き合ってくれて、みんなで楽しいひとときを過ごす。

さらに一人で練習したり、ときどきレッスンを受けたりしていると、次第に思い切り空振りするとか、ダブルスのパートナーの背中に打球を打ち込んでしまうといった赤面するようなミスは減っていく。バックハンドも含めていろいろな球が打てるようになり、ときにはすべてが嚙みあってプロみたいな球が打てたりする（少なくとも自分にはそう思える）こともある。誰とでも気楽にテニスを楽しめる、居心地の良いレベルに到達したわけだ。「こうすればいい」というのがわかってきて、自然と球が打てる。一つひとつの動作を特に意識する必要もない。

こうして毎週毎週、友達と試合をしたり、身体を動かしたりすることを楽しむ。あなたはれっきとしたテニスプレーヤーになったわけだ。つまり、伝統的な意味でテニスを「習得」したのだ。ここにおける目標は、身体が自然に動き、あまり頭で考えなくてもそれなりのパフォーマンスが可能な状態に到達し、リラックスしてテニスを楽しめるようになることだ。

この状態になると、自分の腕前に完全に満足していなくても、技能の改善は頭打ちになる。簡単なところはマスターしてしまった。しかし友達と頻繁に練習しても、どうしても克服できない弱点もある。たとえば胸の高さに少しスピンのかかったボールが来て、バックハンドで打たなければいけないときには、必ずミスをしてしまう、といった具合に。この弱点は自分でもわかっているし、相手にも簡単に見抜かれてしまうので何とかしたいと思っている。だがそんなに頻繁に来る球ではなく、またいつ来るかもわからないので、意識的に練習することができず結局同じミスを繰り返す。他のショットを打つときと同じように、自然な動きをしているとミスが出てしまうのだ。

パイを焼くのでもわかりやすい文章を書くのでも、たいていの能力の習得はこんなパターンをたどる。どんなことをできるようになりたいかという漠然としたアイデアから出発し、教師、コーチ、教則本、あるいはウェブサイトから方法を学び、許容できるレベルに到達するまで練習する。そうすると自然と体が動くようになる。この方法が別に悪いわけではない。人生における大方のことについては、そこそこのレベルに到達し、それで良しとしてもまったく問題はない。A地点からB地点まで安全に運転できればいいとか、ピアノで『エリーゼのために』を弾けるようになれたらいいというのであれば、この練習法で十分だ。

運転歴二〇年のドライバーは、運転歴五年のドライバーよりも技術が劣っている

しかし、ここで一つ、覚えておいてほしい重要な点がある。ひとたびそこそこのスキルレベルに達し、運転でもテニスでもパイを焼くのでも特に意識せずにできるようになってしまうと、そこで上達は止まるのだ。これは誤解されがちな点で、運転、テニス、あるいはパイを焼くのを続けていれば、それは一つの練習形態といえ、継続すればペースは緩やかかもしれないが能力は向上しつづけると思っている人が多い。運転歴二〇年の人は五年しか運転していない人より上手である、二〇年医者をやっている人は五年しか経験のない若手より優れている、二〇年教壇に立っている教師は五年しか教えていない教師より上である、と思いこむのだ。

だが、それは誤りだ。一般的に、何かが「許容できる」パフォーマンスレベルに達し、自然にできるようになってしまうと、そこからさらに何年「練習」を続けても向上につながらないことが研究によって示されている。むしろ二〇年の経験がある医者、教師、あるいはドライバーは、五年しか経験がない人よりやや技能が劣っている可能性が高い。というのも、自然にできるようになってしまった能力は、改善に向けた意識的な努力をしないと徐々に劣化していくためだ。

では自然に何かができるというレベルでは満足できない場合、どうすればいいのか。教師になって一〇年経つ人が、もっと生徒に興味を持たせ、授業内容を効果的に伝えたいと思っていたら？　週末ゴルファーがハンディキャップ一八の壁を破りたいと思ったら？　あるいは広告のコピーライターが、もっとキレのあるコピーを書けるようになりたいと考えたら、どうすればいいのか。

これはまさに数回のセッションを終えた後のスティーブ・ファルーンの心境だった。その時点ですでに数字を聞き、記憶し、復唱するという作業には慣れており、短期記憶の制約に関する従来の常識に照らせば、申し分のない成果を出していた。同じ方法に固執し、次のセッションもまた次のセッションも八か九個の数字を復唱しつづけることもできた。だが、そうしなかった。一つには、前回より一つでも多くの数字を記憶するようひたすら奨励されるような実験に参加していたためであり、もう一つにはもともとこうした挑戦を好む性格であったため、スティーブは向上しようと努力しつづけた。

スティーブが採った方法を、ここでは「目的のある練習」と呼ぶが、それはすばらしい成功をもたらした。これから見ていくとおり、常に彼ほどの成功につながるとはかぎらないが、この練習法は「この程度できれば十分」という水準で頭打ちになる一般的な練習方法より効果的であり、われわれの最終的な目標である限界的練習に一歩近づくものだ。

目的のある練習の四つのポイント

目的のある練習には「愚直な練習」、すなわち単に何かを繰り返すだけで技能が向上していくと期待するような練習法とは異なる、いくつかの特徴がある。ウィチタ州立大学の音楽教育の専門家スティーブ・オーアは、音楽教師と若い教え子との次のような架空の会話を例として示している。音楽教師ならしょっちゅう経験するような、練習についての会話である(8)。このケースでは、生徒が上達しない理由を教師が把握しようとしている。

教師　君の練習記録を見ると毎日一時間練習していると書いてあるが、実技テストではCしか取れていないよ。どういうことか説明してもらえるかい?
生徒　どういうことか、僕にもわかりません! 昨日の晩には練習曲が弾けたのに。
教師　何回練習したのかな?
生徒　一〇回か二〇回です。
教師　正確に弾けたことは何回あったかな?
生徒　そうですね、わかりません。一〜二回でしょうか。
教師　そうか。どうやって練習したんだい?

生徒　えーと、ただ弾いただけです。

これぞまさに愚直な練習だ。「ただ弾いただけです」と。ただバットを振ってボールを打とうとしただけ。数字を聞いて覚えようとしただけ。数学の問題を読んでやろうとしただけ。

目的のある練習はその名が示すとおり、このような愚直な練習よりはるかに目的が明確で、よく考え、集中して行うものだ。その顕著な特徴は、次のようなものだ。

一、目的のある練習には、はっきりと定義された具体的目標がある

先ほどの架空の会話に出てくる生徒に次のような練習目標が与えられていたら、彼ははるかに上達していただろう。「課題曲を適切な速さでミスなく最後まで三回連続して弾けること」。そのような目標がないと、その日の練習がうまくいったかどうか判断することもできない。

スティーブの場合、われわれには人間が記憶できる数字の限度がわかっていなかったため、長期的な目標といったものはなかった。とはいえ、きわめて具体的な短期目標があった。前回のセッションより多くの数字を覚えること、である。長距離走の選手だったスティーブは競争心が旺盛で、それは競争相手が自分だけという状況でも変わらなかった。その姿勢を実験にも持ち込んだのである。実験のスタート時から、スティーブは日々覚えられる数字の数を増やそうと努力していた。

目的のある練習で一番大切なのは、長期的な目標を達成するためにたくさんの小さなステップを積み重ねていくことである。週末ゴルファーがハンディキャップを五つ減らしたいと考えるのは、全体目標としてはかまわないが、練習の効果を高めるには定義が不明確で具体性に欠ける。もっと細かく分割して、計画を立てよう。

　ハンディキャップを五つ減らすには、具体的にどうする必要があるのか。目標の一つは、ドライバーのフェアウェイキープ率を上げることだろう。これはまずまず具体的な目標だが、さらに細かく分割する必要がある。ドライバーショットの精度を高めるには、具体的に何をすればいいのか。それにはドライバーショットの多くがフェアウェイに落ちない原因を突きとめ、たとえば球を引っかけてしまう癖を直すなど、解決に向けた努力をしなければならない。ではどうやって癖を直すのか。たとえばコーチをつければ、スウィングの軌道を直す具体的方法をアドバイスしてもらえるだろう。……そんな具合に続けていくのだ。重要なのは「うまくなりたい」といった漠然とした目標を、改善できそうだという現実的期待を持って努力できるような具体的目標に変えることだ。

二、目的のある練習は集中して行う

　オーアが描写した音楽の生徒とは違い、スティーブ・ファルーンは最初から与えられた作業に集中しており、実験が進み、より多くの数字を覚えられるようになるのにつれてその集中力は一段と高まっていった。研究の中盤あたりの一一五回目のセッションの録音からは、スティーブの集中状態がどのようなものであったかがうかがえる。それまでに数字を四〇個近くまで確実に記憶できるようになっていたが、四〇個目はできたりできなかったりで、この日はなんとかして四〇個をモノにしたいと思っていた。

この日のセッションは楽にこなせる三五個からスタートし、数字が増えるにつれてスティーブは気合いを入れていった。私が三九個の数字を読み上げる前には、興奮気味に自らに檄《げき》を飛ばし、目の前の大勝負以外は頭にないようだった。「今日は大一番だ！……まだ一つも失敗してないだろう？　よし！……記念すべき一日にするぞ！」。私が数字を読み上げていく四〇秒間は押し黙っていたが、それから頭の中で慎重にグループごとにまとめた数字を思い出し、その順序を確認していく間は、興奮を抑えきれない様子だった。何度も大きな音でテーブルを叩き、いくつかの数字のグループやその位置をきちんと思い出せたことを祝うように何度も拍手をした。一度など「絶対正しい！　自信があるぞ！」と叫んだほどだ。

ようやく覚えた数字を復唱すると、たしかに正解だったので、続けて四〇個に挑むことになった。ここで再びスティーブは檄を飛ばす。「よし、これが大一番だ！　これができたらすべて終わる。なんとしてもやり遂げるんだ！」

再び私が数字を読み上げる間は沈黙が続き、それからスティーブが熟考する間には興奮したような物音や叫び声が録音されている。「そうだ！……さあ、どうした！……よし！……いくぞ！」。これもまた正解し、結局この日スティーブは目標どおり四〇個を確実に記憶できるようになった（それ以上はできなかったが）。

もちろん誰もが集中するために大声で叫んだりテーブルを叩いたりするわけではないが、スティーブの行動は効果的練習の研究から得られたある重要な教訓を示している。やるべき作業に全神経を集中しなければ、たいした進歩は望めないということだ。

三、目的のある練習にはフィードバックが不可欠

自分がやるべきことをきちんとできているのか、できていない場合はどこが間違っているのかを、私たちは把握しなければならない。オーアの例では、生徒は実技テストでCだったというフィードバックを後から受け取っているが、練習中には一切フィードバックがなかったようだ。生徒の練習を聴き、ミスを指摘してくれる人が誰もいなかったため、生徒は練習中にミスをしたかどうかすらわからなかったのではないか（「正確に弾けたことは何回あったかな?」「そうですね、わかりません。一〜二回でしょうか」）。

われわれの記憶力の実験では、スティーブは挑戦のたびにシンプルかつ直接的なフィードバックを受けた。記憶は正しかったのか、不正確だったのか、成功したのか、失敗したのか、と。彼は自分の状態を常に理解していたのだ。

だが、それ以上に重要なフィードバックは、スティーブ自身の取り組みだった。スティーブは自分が数字の並びのどの部分に手を焼いているのか、じっくり観察していた。正解できなかったときには、なぜ間違えたのか、またどの数字を間違えたのか、たいてい正確に把握していた。正解したときも、後からどの数字で苦労したか、どの部分は問題なかったかを私に報告することができた。自分の弱みがどこであるかわかっていたために、適切な部分に注意を向け、弱みを解決するような新たな記憶テクニックを考案することができたのだ。

一般的に、何に挑戦するかにかかわらず、自分のどの部分がどう未熟なのかを正確に特定するためにはフィードバックが欠かせない。自分自身から、あるいは外部のオブザーバーからのフィードバックがないと、どの部分を改善する必要があるのか、目標達成にどの程度近づいているの

かがわからないのだ。

四、目的のある練習には、居心地の良い領域《コンフォート・ゾーン》から飛び出すことが必要

目的のある練習で最も重要なのはここかもしれない。オーアの描いた生徒には、自分にとって勝手のわかった、居心地の良い領域を超えようと努力した形跡が見られない。生徒の言葉からは、すでに楽にできるところを超えて努力することのない、かなり漫然とした練習姿勢が透けて見える。こんなやり方では絶対にうまくいかない。

　われわれの記憶力の実験は、スティーブが楽をしすぎないような設計になっていた。記憶力の向上にともなって少しずつ数字を増やしていき、スティーブが常に能力の限界ぎりぎりのところにいるようにした。正解するたびに数字を増やし失敗するたびに減らすことで、常にあと一つ多くの数字を記憶するようにプレッシャーをかけつつ、スティーブの能力に見合った課題を与えつづけた。

　これはどのような練習についても言える基本的な真実だ。自らをコンフォート・ゾーンの外へ追い立てることなくして、決して上達はない。ティーンエイジャーの頃に数年間ピアノレッスンを受けた後、三〇年間同じ曲を同じやり方で繰り返し弾きつづけてきたアマチュアピアニストは、たしかに一万時間分の〝練習〟を積んだかもしれないが、三〇年前と比べてまったく上達していないはずだ。むしろ下手になっている可能性のほうが高い。

　特に医師については、こうした現象が見られることを示す強力なエビデンスがある。[9] 多くの専門家を対象とする研究で、二〇～三〇年の経験がある医師はメディカルスクール（医学系の専門

職大学院）を出てほんの二〜三年しか経っていない医師と比べて、一部の客観的なパフォーマンス指標で劣っているという結果が出ている。結局のところ、医師の日常業務のほとんどは、医師としての能力を向上はおろか維持することにもつながらないのである。医師をコンフォート・ゾーンの外へ追い立てるような難しい課題はほとんどない。こうした事情から私は二〇一五年に、医師の意欲を高め、能力の維持向上につながるような新たな継続医療教育を検討するためのコンセンサス会議に参加した[10]。詳細は第七章で説明しよう。

この教訓にまつわる私のお気に入りの事例は、ベンジャミン・フランクリンのチェスの腕前に関するものだ[11]。フランクリンはアメリカで初めて天才の名をほしいままにした人物で、電気の研究で科学者としての名声を確立し、『プーア・リチャードの暦』の著者兼発行人として人気を集め、アメリカ初の公共貸出図書館を創設し、外交官としても成功し、遠近両用眼鏡や避雷針、フランクリンストーブ（前開き式ストーブ）の発明者でもあった。

しかしフランクリンが最も夢中になったのはチェスだった。アメリカのチェスプレーヤーの先駆けであり、この国でチェスが行われるようになった当初から参加者に名を連ねていた。チェス歴は五〇年以上にもなり、歳を重ねるにつれてチェスに費やす時間は増えていった。ヨーロッパ滞在中は、当時世界屈指のチェスプレーヤーとされたフランソワ＝アンドレ・ダニカン・フィリドーとも手合わせした。早寝早起きを奨励したことで知られるが、午後六時頃からチェスを始めて日の出まで続けることも多かった。

このようにベンジャミン・フランクリンは頭脳明晰で、チェスに何千時間も費やし、当代屈指のプレーヤーとも打ったことがある。では、それによってフランクリンは優れたチェスプレーヤーとなったのか。答えは否だ。人並み以上ではあったが、ヨーロッパのトッププレーヤーはもちろん、上級者と対等に戦えるレベルに到達することはなかった。フランクリンはチェスが上達しないことに苛立ったが、その理由がどうしてもわからなかった。だが今日の私たちには、その理由がはっきりわかっている。あえてコンフォート・ゾーンから出ようとしなかった、そして上達するのに必要な、長時間にわたる目的のある練習をしなかったためだ。同じ曲ばかり三〇年間弾きつづけているアマチュアピアニストのようなものだ。それでは向上ではなく、停滞するのが当然だ。

自らのコンフォート・ゾーンから飛び出すというのは、それまでできなかったことに挑戦するという意味だ。新しい挑戦で比較的簡単に結果が出ることもあり、その場合は努力を続けるだろう。しかしまったく歯が立たない、いつかできるようになるとも思えないこともあるだろう。そうした壁を乗り越える方法を見つけることが、実は目的のある練習の重要なポイントの一つなのだ。

壁を乗り越えるのに一番良い方法は、別の方向から攻めてみること

一般的に、壁を乗り越える方法は「もっと頑張る」ことではなく、「別の方法を試す」ことだ。テクニック、つまりやり方の問題なのだ。スティーブは数字が二二個に達した時点でそんな壁にぶつかった。そのときは数字を四つずつ四グループにまとめてさまざまな記憶術の方法を駆使して記憶し、そこに最後の六つの「リハーサルグループ」を加えるという覚え方をしていた。この

リハーサルグループは数字を音で覚えるまで何度も繰り返し復唱する。

　だが、最初はどうすれば二二個の壁を越えられるか、どうしてもわからなかった。頭の中で数字を四個ずつ五つのグループにまとめていたが、グループの並び順で混乱してしまったのだ。最終的に数字三個のグループと四個のグループを併用するというアイデアを思いつき、それが数字四個のグループを四つ、数字三個のグループを四つ、それに数字六つのリハーサルグループを加えるというブレークスルーにつながり、最大三四個まで覚えられるようになった。しかし、ここで再び壁にぶつかり、また別のテクニックを編み出さなければならなくなった。こんなパターンが記憶実験の期間を通じて繰り返された。スティーブはある段階まで上達し、行き詰まると、その壁を越えるための新たな手法を探し、それを見つけ、次の壁にぶつかるまで着実に上達していった。

　壁を乗り越えるのに一番良いのは、別の方向から攻めてみることで、教師やコーチの存在が役立つ理由の一つはここにある。あなたが直面する壁がどのようなものかを、すでに経験している人であれば、その克服法を提案してくれるだろう。ときには壁が精神的なもののこともある。有名なバイオリン教師のドロシー・ディレイは、教え子が音楽祭で演奏する予定の楽曲をもっと速く弾けるようになりたい、と相談してきたときのエピソードを語っている。まだ速さが足りないんです、と生徒は言った。どれくらい速く弾きたいの？　と聞くと、世界的なバイオリニスト、イツァーク・パールマン並みに弾きたい、という。

　そこでディレイはまずパールマンの演奏を入手し、時間を測った。それからメトロノームを、生徒の能力で十分対応できる程度のゆっくりとしたペースに合わせた。それから何度も繰り返し練習させ、そのたびにメトロノームの速さを徐々に上げていった。毎回、生徒は完璧に弾きこなした。最後に生徒がミスなく演奏を終えたとき、ディレイはメトロノームのペースを見せた。なんとパールマンより速く弾けていたのである。[12]

スティーブが壁にぶつかり、これ以上は向上できないと感じたとき、ビル・チェースと私も何度か同じようなテクニックを使った。たとえば数字を読み上げるペースをほんの少し遅くしたところ、少し余裕ができたことでスティーブが覚えられる数字の数は大幅に増えた。そうすることでスティーブは、問題は数字の多さではなく記憶するスピード、すなわち数字列をどのようにグループ分けするかという記憶術を決めるまでの時間であると気づき、数字を長期記憶に叩き込むまでの時間を短縮できればパフォーマンスを改善できるという自信を持てた。

また別の機会には、それまでスティーブが記憶できた数より一〇個も多く読み上げたことがある。するとそのほとんどを記憶できたこと、なにより正解こそしなかったものの記憶できた総数はそれまでの記録を上回っていたことに、彼自身が驚いていた。この経験によって、もっと多くの数字を記憶することは可能なのだという自信を持てた。そして自分の問題は記憶力の限界に達したためではなく、全体の中の一つか二つのグループでミスを犯してしまうことだと気がついた。そこでさらにパフォーマンスを向上させるのに重要なのは、小さな数字の塊をより慎重に記憶することだと判断し、その結果再び成績は伸びはじめた。

何かに上達しようとすれば、必ずこんな壁にぶつかるだろう。どうにも前に進めない気がする、あるいは前に進む方法がわからないという状態だ。これは自然なことだ。一方、どうにも越えられない壁、迂回したり突き破ったりすることが不可能な壁というのは幻想である。私が長年の研究を通じて学んだのは、どんな分野においても絶対越えられない能力の限界に到達したという明確なエビデンスが示されるケースは驚くほど稀《まれ》である、ということだ。むしろ挑戦者が単に諦め、上達しようと努力するのをやめてしまうケースが多いのである。

苦しい練習を続けられる人がいるのはなぜか？

ただここで頭に入れておきたいのは、どのような段階に達しても挑戦を続け、さらに向上することは可能ではあるものの、必ずしも容易ではないということだ。目的のある練習に不可欠な集中力と努力を維持するのは大変なことであり、一般的に楽しくない。ここで意欲の問題がどうしても出てくる。苦しい練習を続けられる人がいるのはなぜだろう。彼らが努力を続ける理由は何か。これはきわめて重要な問いであり、本書を通じて何度も見ていくことになる。

スティーブの場合、いくつもの要因が重なっていた。第一に報酬を受け取っていたことだ。とはいえセッションに来て、ことさら努力をしなくても報酬は受け取れたはずなので、お金は動機づけの一部ではあったかもしれないが、すべてではなかったはずだ。なぜ上達するためにあれほど努力をしたのか。彼との対話から、最初の数回のレッスンで記憶力が向上していくのがわかり、自分の上達ぶりを見るのが本当に楽しみになったことが大きいと私は考えている。気分が良かったので、もっとそんな気分を味わいたいと思ったのだ。

また記憶力が一定のレベルに達したところで、スティーブはちょっとした有名人になった。新聞や雑誌で取り上げられ、情報番組『トゥディ』をはじめテレビにも何度も登場した。これも肯定的なフィードバックとなった。一般的に、有意義な肯定的フィードバックは意欲を維持するうえできわめて重要な要因の一つとなる。上達ぶりに対する自己満足のような内的フィードバック、あるいは他人からの外的フィードバックのいずれにしても、その有無は目的のある練習を通じて上達するのに必要な努力を持続できるかどうかに大きな違いを生む。

もう一つの要因は、スティーブが向上心のある性格だったことだ。クロスカントリースキーや陸上競技での実績を見ても、それは明らかだった。彼の知り合いは、スティーブは誰よりも熱心に練習するが、それは必ずしもレースに勝つためではなく、単に自分の技能を向上させたいという意欲が動機づけとなっていたためだと口をそろえる。それに加えて、長年ランナーとしてトレーニングを積んできた経験から、何週間も何カ月も継続的に訓練を続けることの重要性をわかっていた。三時間ランニングをすることも珍しくなかったそうで、週三回一時間ずつの記憶力トレーニングをこなすことはさほど苦にならなかっただろう。スティーブとの実験を経て、私は被験者にスポーツ選手、舞踏家、音楽家、歌手として厳しい訓練を積んできた人を選ぶよう心掛けるようになった。そうして選んだ中で、途中で実験をやめた者は一人もいなかった。

ここで目的のある練習の特徴を簡潔にまとめてみよう。まず自分のコンフォート・ゾーンから出ること。それに集中力、明確な目標、それを達成するための計画、上達の具合をモニタリングする方法も必要だ。それからやる気を維持する方法も考えておこう。

何かにおいて上達したい場合、これを実践すればすばらしいスタートを切れるのは間違いない。とはいえ、それはあくまでもスタートに過ぎない。

目的のある練習だけでは限界がある

スティーブ・ファルーンとの記憶力の実験を終えた後、ビル・チェースと私は同じ課題に挑戦してくれる新たな被験者を探すことにした。われわれはスティーブが生まれつき数字を記憶する特別な才能を持っていたとは思っていなかった。彼が習得した能力は一〇〇％トレーニングによるものであり、それを証明する最善の方法は別の被験者で同じ実験を繰り返し、同じ結果が得られるか確かめることだと考えた。

最初に被験者として名乗りをあげてくれたのは、大学院生のレニー・エリオだ。実験を始める前に、前任者は記憶できる数字の数を劇的に伸ばしたことを説明したので、レニーはそうした能力向上が可能であることを認識していた。スティーブが実験を開始したときより予備知識は多かったわけだ。ただスティーブがその成果をどのように達成したかは説明しなかった。自分なりの方法を考案することが求められたわけだ。

当初、レニーの上達のペースはスティーブのそれとかなり似通っており、ほぼ五〇回目のトレーニング・セッションで二〇個近くまで数字を記憶できるようになっていた。だがスティーブとは異なり、ここでレニーはどうにも越えられない壁にぶつかってしまった。さらに五〇回ほど練習を続けても上達できなかったので、その時点でトレーニングをやめることにした。レニーの記憶力は、訓練を受けていない人よりはるかに高く、記憶術のプロにも匹敵するほどだったが、スティーブの実績にははるかに及ばなかった。

なぜこんな違いが生じたのか。スティーブのやり方を知らなかったレニーは、数字を記憶するためにまったく違う方法を編み出した。スティーブが数字を三個あるいは四個のグループにまとめて記憶したのに対し、レニーは数字を日付や時間と結びつけて覚えるという凝《こ》った記憶テクニックを使った[13]。

スティーブとレニーの手法の重要な違いは、スティーブは毎回数字を聞く前に、覚え方を決めていたことだ。数字を三個か四個ずつのグループに分け、最後の六個は音を記憶に定着させるまで繰り返し頭の中で反復する。たとえば数字二七個のケースでは、数字四個のグループを三組、三個のグループを三組、そして最後に六個のグループという具合にした。われわれはこのあらかじめ決めておいたパターンを「取り出し構造」と名づけていたが、それによってスティーブは三個あるいは四個のグループを個別に記憶することに集中し、それぞれが取り出し構造のどこに位置するかを覚えておくというやり方をとることができた。これは非常に有効なアプローチで、三〜四個のグループを一コマ、あるいはコードとして長期記憶に放り込み、あとは最後にすべての数字を復唱するまでそれらについて考えなかった。

一方レニーは数字を聞きながら覚え方を考えた。聞こえた数字によって、どんな方法で覚えようか決めたのだ。たとえば「4778245」という数字列は「4月7日、1978年、2時45分」と覚えた。だが「4778295」では「4月7日、1978年」まで行ったところで「2月9日……」と新しい日付を始めなければならなかった。スティーブのような一貫性のある記憶法にたどりつけなかったため、レニーは二〇個以上の数字列をモノにできなかった。

ビルと私はこの経験を踏まえて、できるだけスティーブと同じような記憶法を用いる被験者を探すことにした。そこでカーネギーメロン大学の長距離走チームの一員で、スティーブのトレーニング仲間でもあったダリオ・ドナテリを選んだ。スティーブはダリオに、われわれが記憶力の訓練に関する研究に長期間参加してくれる被験者を探していることを説明し、ダリオはそれを承諾した。

今回はダリオに自己流の方法を考案させるのではなく、スティーブから数字の記憶法を教わることにした。こうして有利なスタートを切ったダリオは、スティーブよりはるかに速いペースで上達していった。少なくとも最初のうちは。スティーブと比べて大幅に少ないセッションで二〇個まで記憶できるようになったが、それから上達ペースは衰え、三〇個に達したところでスティーブの記憶法に従うことの恩恵はなくなり、パフォーマンスは停滞した。

その時点でダリオはスティーブの手法に自分なりの修正を加えはじめた。数字三個と四個を記号化する方法を少し変えたのに加えて、特に重要だったのはスティーブとは大幅に違う、自分にとってははるかに使い勝手の良い取り出し構造を編み出したのだ。それでもダリオの記憶法を検証した結果、短期記憶の制約を乗り越えるために長期記憶を活用するという、スティーブが考案したものとかなり似通った心的プロセスを用いていることが判明した。[14]数年間の訓練を経て、ダリオは最終的にスティーブの記録を二〇個近く上回る、一〇〇以上の数字を記憶できるようになった。かつてスティーブがそうであったように、ダリオもこの特別な能力において前人未到の水準に達したのである。

ここから重要な教訓が学べる。集中して練習に取り組み、自分のコンフォート・ゾーンから出ることによってある程度の上達は可能だが、それだけでは足りないということだ。懸命に努力するだけでは足りない。自分を限界まで駆り立てるだけでは足りない。練習や訓練については、これら以外にも見逃されがちな重要な要素がある。

これまで研究の対象となったあらゆる分野において、ある特別な練習・訓練方法が能力向上に最も効果的であることが明らかになった。それが「限界的練習」であり、これから詳しく紹介していく。ただその前に、まずは適切な練習によって実現する驚異的な能力向上の背後では何が起きているのかをじっくり見ていこう。

第二章　脳の適応性を引き出す

限界的練習によって、最も変化が起こるのは脳である。たとえば、バイオリニストやチェリストは練習を積むうちに、演奏において最も重要な左手指を制御する脳の領域が大きくなる。こうした脳の変化こそがあらゆる「能力」の正体なのだ。

ボディビルダー、あるいは筋肉を鍛えるためにウェイトトレーニングをしている人なら、二頭筋、三頭筋、四頭筋、胸筋、三角筋、広背筋、僧帽筋、腹筋、臀筋、ふくらはぎやハムストリングス（腿裏）を鍛えた結果を確認するのは簡単だ。巻き尺で測ってもいいし、自らの姿を鏡に映してトレーニングの成果を愛《め》でることもできる。持久力を高めるためにランニング、サイクリング、あるいは水泳をしているなら、心拍数や呼吸、または乳酸がたまって筋肉が動かなくなるまでその運動をどれくらい継続できるかによって進歩を確認できる。

だが微積分をモノにしたい、楽器の演奏や新たな言語に習熟したいといった心的挑戦の場合、話は違ってくる。負荷をひたすら高めていくと、脳にはそれに適応しようと変化が生じるが、それを簡単に観察する方法はなかった。ことさら頑張って練習した翌日に大脳皮質が痛むことはないし、頭が古い帽子に収まらなくなったので新しい帽子を買いに行かなければ、といったことにもならない。また、おでこの筋肉が盛り上がってくるわけでもない。脳の変化はまったく目に見えないので、私たちは大した変化が起きていないのではないかと思いがちだ。

しかし、それはまったくの誤解だ。身体的トレーニングに対応して筋肉や心臓血管システムが変化していくのと同じように、さまざまな心的トレーニングに反応して脳の構造と機能が変わっていくことを示す研究結果は増えつづけている。磁気共鳴映像法（ＭＲＩ）のような脳撮像技術によって、神経科学者は特別な能力を持った人の脳がそうした能力を持たない人の脳とどう違うのか、またどのような訓練がどんな変化をもたらすのかを研究できるようになった。この分野にはまだ解明されていない問題が多々残っているものの、目的のある練習や限界的練習がどのように身体的な、あるいは心的な能力を高め、それまでできなかったことをできるようにしていくかについては、すでに明確な理解が得られている。

身体がトレーニングにどのように適応していくかについての知識の多くは、ランナーや重量挙げ選手といったさまざまなスポーツ選手の研究からもたらされた。しかしおもしろいのは、脳が長期間にわたるトレーニングにどのように反応していくかという研究の中で特に優れた知見をもたらしたのは、音楽家、チェスプレーヤー、数学者など練習が技能に与える影響を語る場合に決まって登場する人々を対象とした研究ではないことだ。研究対象となったのはタクシー運転手なのである。

世界一難しい試験の合格者

世界を見渡しても、ロンドンほどGPSシステム泣かせの街はないだろう。

まずマンハッタンやパリや東京とは異なり、方向感をつかんだり経路を決めたりする際に起点となるような、碁盤の目のように走る大通りというものがない。ロンドンの主要道路はお互いに奇妙な角度でぶつかり合っており、どの道も曲がりくねっている。そこら中に一方通行があり、環状交差点や行き止まりもあちこちにある。その間をテムズ川が流れているため、ロンドン中心部だけでも一〇本以上の橋があり、市内を走っていると少なくとも一度は橋を渡ることになる。しかも住居表示がめちゃくちゃで、正しい通りまで来ても目指す建物がどこにあるか正確にわからないことも多い。

だから観光客は、カーナビ付きのレンタカーを借りることなどさっさと諦めて、タクシーを使ったほうがいい。タクシーはどこにでもいる。実に二万五〇〇〇台が、いかにも実用本位の大きな角張った黒塗りの車体で走っている。しかも移動距離だけでなく、時間帯、想定される渋滞状況、道路工事や通行止めなど、所要時間に影響を与えそうなありとあらゆる要素を考慮したうえで、一番効率的なルートでA地点からB地点まで連れて行ってくれる。この場合のA地点とB地点が、きちんとした住所番地でなくても構わない。チャリングクロスの近くに素敵な帽子店があったが、名前が思い出せないとしよう。「ローズ」あるいは「リア」といった名前だったが、少なくとも隣に小さなカップケーキ屋があったことは覚えている。そこまで運転手に伝えれば十分だ。自動車ではこれが限界という速さでニューロウ通り二三A番地の「レアド・ロンドン」に到着するだろう。

ロンドンで目的地にたどりつくむずかしさを考えれば、誰もがタクシー運転手になれるわけではないことは容易に想像できる。ロンドンでタクシー運転手の免許を取得するには複数の試験を受けなければならず、すべて合わせると世界一難しい試験とも言われる。[1] 試験を運営するのはロンドン交通局で、運転手を目指す人が学習すべき「知識」をこう説明している。

「ロンドン全域」を対象とするタクシー運転手の免許を取得するのに必要な水準を満たすには、基本的にチャリングクロスから半径六マイル(約九・七キロメートル)の地域について網羅的知識を有する必要がある。知っておくべき内容は以下のとおりである。すべての通り、団地、公園や空地、政府機関や部局、金融地区及び商業地区、在外公館、市公会堂、登記所、病院、教会、スポーツ競技場、レジャーセンター、航空会社の事務所、駅、ホテル、クラブ、劇場、映画館、博物館、美術館、学校、大学、交番や警察署、民事・刑事・検死の各裁判所、刑務所、観光名所。つまりタクシーの乗客が連れて行ってほしいと依頼する場所すべてである。

チャリングクロスから六マイル以内の地域には、約二万五〇〇〇の通りがある。しかしタクシー運転手になりたければ、単に道や建物を知っているだけでは足りない。目印となりそうなものはすべて頭に入れておく必要がある。二〇一四年に『ニューヨーク・タイムズ・マガジン』に掲載されたロンドンのタクシー運転手に関する記事によると、ある受験者は「チーズをくわえた二匹のネズミ像」の場所を聞かれた。とある建物の正面を飾るその像は、高さわずか三〇センチだったという。

そしてなによりタクシー運転手を志望する者は、市内のある地点から別の地点に可能なかぎり効率的に行きつける能力を示さなければならない。試験ではいくつもの「課題」が与えられ、試験官がロンドンの二つの地点を挙げ、受験者はそれぞれの正確な位置を述べてから、その間の最適なルートを、どの道を左右どちらに曲がるかなど順番に説明していく。課題をこなすたびに正確性に応じてポイントが加算され、ポイントがたまるとテストはどんどん難しくなっていき、最終的に目的地は曖昧になり、ルートはどんどん複雑化していく。受験者の半分以上は脱落するが、最後まで残って免許を取得する人々は、衛星画像や撮影車や、とほうもない記憶力や処理能力を備えたグーグルマップですらかなわないほどロンドンに精通する。

これほどの「知識」を習得するまでに、運転手志望者（「ナレッジボーイ」あるいは「ナレッジガール」などと呼ばれる）はロンドンのあちこちを何年もかけて走りまわり、どこに何があるか、ある地点から別の地点にどうやって移動するかを頭に叩き込む。第一段階は、タクシー運転手志望者向けのガイドブックに書かれた三二〇の課題コースをマスターすることだ。一つひとつの課題コースについて、まずはさまざまなルートをオートバイなどで走ってみて最短ルートを突き止める。それから出発点と終着点の周辺をまわり、その半径数百メートル以内にある建物や目印になりそうなものを確認する。

この作業を三二〇のコースすべてで実践すると、基本となるロンドン市内の三二〇個の最適ルートと、チャリングクロスから半径六マイル以内の中核エリアの詳細が頭に入ることになる。これで第一歩を踏み出せたことになるが、最終的に合格する候補者はさらに努力を続ける。ガイドブックに載っていない他のコースの最適ルートを確かめたり、最初走ったときには見逃してしまった、あるいは最近できた目印になりそうなものを確認したりする。実際、ロンドンのタクシー運転手はテストに合格して免許を手にしてからも、ロンドンの地理に関する知識を磨きつづける。

タクシー運転手の脳に起きていた変化

この結果、ロンドンのタクシー運転手はまさに驚異的な記憶や運転技術を獲得する。だからこそ彼らは学習、とりわけ運転技術の学習に関心を持つ心理学者にとってたとえようもなく魅力的な研究対象となる。タクシー運転手に関する研究の中でもとりわけ入念で、訓練が脳に及ぼす影響について多くの示唆を与えてくれる研究が、ロンドン大学ユニバーシティカレッジの神経科学者、イレーナ・マグアイアーによるものだ。

二〇〇〇年に発表されたマグアイアーのタクシー運転手に関する初期の研究では、MRI画像を使って、男性のタクシー運転手一六人の脳と、タクシー運転手ではない同年代の男性五〇人の脳を比較している。[2] 特に注目したのはタツノオトシゴのような形をした、記憶の形成にかかわるとされる「海馬」の部分だ。海馬はとりわけ空間把握や空間におけるモノの位置を記憶するのにかかわっているとされる(人間はみな海馬を二つ、すなわち脳の両側に一つずつ備えている)。たとえばさまざまな場所に食糧を蓄える鳥は、保管した場所を記憶する必要があるため、そうした習慣のない類似種と比べて海馬が大きくなる傾向がある。[3] それ以上に重要なこととして、少なくとも一部の鳥の種では海馬の大きさにかなり個体差があり、食糧を保存した経験に応じて三〇%も大きくなることがある。[4] 同じことが人間についても言えるだろうか。

マグアイアーはタクシー運転手では海馬の特定の部分、すなわち後部が他の被験者と比べて大きいことをつきとめた[5]。それに加えて、タクシー運転手歴が長いほど、海馬後部は大きかった[6]。

それから数年後に実施した別の研究では、ロンドンのタクシー運転手の脳とバスの運転手の脳を比較した[7]。バスの運転手もタクシー運転手と同じように一日中ロンドン市内を運転しているが、バスの運転手は同じルートを繰り返し走るだけで、A地点からB地点への最適ルートを考える必要がないという点が両者の違いである。マグアイアーの研究では、タクシー運転手の海馬後部はバス運転手よりはるかに大きいことが明らかになった。これは海馬後部の大きさに影響を与える要因が、運転そのものではなく、職務に求められるナビゲーション能力とかかわるものであることを明確に示している。

ただ、まだ一つ疑問が残る。それは、マグアイアーの研究に登場するタクシー運転手はみな、ロンドンを車で移動するのに有利なように生まれつき海馬後部が大きく、過酷な試験は迷路のようなロンドンの走り方を学ぶ能力を生まれつき持っている人材を選別するためのプロセスに過ぎないのではないか、という疑問だ。

マグアイアーはこの疑問をシンプルかつ説得力のある方法で解決してみせた[8]。タクシー運転手を目指す人々を、免許取得のためのトレーニングを始めたところから、全員が免許を取得するか諦めて他の仕事を探すまで追跡したのである。具体的には、ちょうどトレーニングを始めようとしている運転手候補（すべて男性）を七九人集め、さらに対照群として同年代の男性を三一人集めた。全員の脳をスキャンしたところ、運転手志望者と対照群の被験者の海馬後部の大きさに違いはなかった。

それから四年後、被験者の二つのグループを再び調べた。それまでにトレーニングをしていた人のうち四一人がタクシー運転手の免許を取得する一方、三八人はトレーニングを打ち切るか試験に不合格となっていた。つまりこの時点では、比較するグループは三つになったのだ。一連の試験を合格できるまでにロンドンの街に詳しくなった新米タクシー運転手、合格には至らなかった志望者、そしてトレーニングをまったくしなかったグループである[9]。マグアイアーは再び全員の脳をスキャンし、海馬後部の大きさを計算した。

測定していたのがボディビルダーの二頭筋の大きさであれば意外でもなんでもない結果だったかもしれないが、マグアイアーが測定していたのは脳のさまざまな部位のサイズであり、結果はまさに衝撃的であった。トレーニングを継続してタクシー運転手の免許を取得したグループでは、海馬後部が有意に大きくなっていた。それに対し、免許を取得できなかった志望者(単にトレーニングを中断したか、試験を受けたが不合格となった人)やタクシー運転手のトレーニングを一切しなかった人では、海馬後部の大きさにまったく変化は認められなかった。タクシー運転手に求められる知識を習得するのに費やされた年月は、脳の中でもほかならぬある地点から別の地点へうまく移動する能力にかかわる部位を成長させたのである。

二〇一一年に発表されたマグアイアーの研究は、人間の脳が厳しいトレーニングに反応して成長や変化することを示す、最もインパクトのあるエビデンスと言えるだろう。そのうえこの研究は、免許を取得したタクシー運転手の海馬後部でニューロンや組織が増加したことが、運転手としての能力向上の土台となっていることを明らかに示している。

男性の体操選手のムキムキした腕や肩を思い浮かべ、ロンドンのタクシー運転手の脳内、海馬後部でも同じことが起こったのだと考えるとわかりやすい。何年も吊り輪やあん馬、平行棒や床運動の練習を積むことで、体操選手にはこうした器具を使った動作にぴったりの筋肉がつき、それによってトレーニングを始めた当初はまるでできなかったような技を決められるようになる。詰まっているのが筋繊維ではなく脳組織なのが違うだけで、タクシー運転手の海馬後部も同じようにムキムキなのだ。

人間の身体には信じられないほどの適応性がある

二一世紀最初の一〇年まで、ほとんどの科学者はマグアイアーがロンドンのタクシー運転手の脳について証明したようなことは起こりえないと考えていた。一般的に、大人になるまでに脳の回路はほぼ固定されると思われていたのだ。もちろん何か新しいことを学ぶと、脳のあちこちでちょっとした微調整が起こることはわかっていたが、脳の全体構造やさまざまなニューロンのネットワークはすでに固まっているので、一部のニューロンの結びつきが強まったり弱まったりするだけだろうと考えられていた。この考え方と表裏一体なのが、個人の能力の違いは主に遺伝で決まる脳の配線の違いによるもので、学習とは単に個人が生まれ持った潜在能力を実現するための手段であるという見方だ。

かつて脳は、コンピュータにたとえられることが多かった。何かを学ぶというのは、新たなデータをローディングしたり新たなソフトウエアをインストールしたりするのに似ている。それまでできなかったことができるようになるが、最終的なパフォーマンスはランダムアクセスメモリ

（ＲＡＭ）の容量や中央演算処理装置（ＣＰＵ）の性能で決まってしまう、と。

一方、すでに見てきたとおり、身体の適応性はもっとわかりやすい。身体の適応性がどれほどのものかを物語る私のお気に入りの例は腕立て伏せである。二〇代のそれなりに健康な男性であれば、四〇～五〇回はできるだろう。一〇〇回できたらおそらく友人を感心させたり、賭けに勝ったりできるのではないか。では腕立て伏せの世界記録はいくつか、考えてみてほしい。五〇〇回、それとも一〇〇〇回だろうか。

一九八〇年にヨシダ・ミノルという日本人は、一万五〇七回連続で腕立て伏せをした。それ以降ギネスブックは休憩なしの腕立て伏せの記録を受け付けなくなり、代わりに休憩込みで二四時間以内にできた数の記録に変更された。その基準では一九九三年にアメリカのチャールズ・サービジオが打ち立てた、二一時間二一分で四万六〇〇一回というのが今でも世界記録となっている。では懸垂はどうか。比較的鍛えている男性でも一〇回か一五回、本当に鍛えている人なら四〇～五〇回までいけるかもしれない。だが、二〇一四年にチェコ共和国のジャン・カレスは一二時間で四六五四回やってのけた。

要するに、人間の身体には信じられないほどの適応性があるのである。骨格筋だけでなく、心臓、肺、循環器、身体のエネルギー貯蔵など、身体の強靭さやスタミナにかかわるありとあらゆるものに適応性がある。上限はあるのかもしれないが、まだ人間がそこに達した兆しはない。

マグアイアーをはじめとする多くの研究者の手によって、今では脳にも同じような適応性があることが明らかになってきた。このような適応性（神経科学者は「可塑性《かそせい》」という言葉を使う）に関する先駆的研究の一つが、視覚障害者や聴覚障害者の脳における「配線の組み換え」[10]に関する研究、すなわち通常は視覚情報や音を処理するのに使われる領域だが、障害者の場合は一切使われていなかったところに新たな用途が与えられる様子を観察したものだ。

目の見えない人は脳の「視覚野」をどう使っているのか?

視覚障害者がモノを見ることができないのは、たいてい目や視覚神経に問題があるためで、視覚野をはじめ脳は完全に機能しているケースが多い。単に目からインプットが入ってこないだけなのだ。この場合、脳の配線がコンピュータの性能のように固定的なものならば、視覚野は永遠に使われないままだろう。だが今では脳がニューロンのルートを変更し、使われていなかった領域に別の役割を割り当てることがわかっている[11]。それは特に、視覚障害者が自らを取り巻く環境についての情報を得るのに使う、ほかの感覚にかかわるものであることが多い。

たとえば点字を読むとき、目が見えない人は紙の突起の上に指を滑らせていく。研究者がその間、MRI装置で彼らの脳を観察すると、活動が見られる領域の一つが視覚野だ。視覚が正常に働く人の場合、視覚野は指先ではなく目からのインプットに反応して明るくなるが、目が見えない人の場合はその領域が、点字の突起に触ったときの指先への刺激を解釈するのを助けるのだ[12]。

興味深いことに、こうした配線の組み換えが起こるのは、使われないままになっていた脳の領域だけではない。何かをたっぷり練習すると、脳はすでに別の仕事を与えられているニューロンの用途を変更して、今練習している作業を助ける働きをさせるのだ。これについて最も強力なエビデンスは、一九九〇年代末に行われた実験で得られたものだ。ここでは研究チームが点字を読む能力がきわめて高い人を集め、それぞれの指の動きを脳のどの部分がコントロールしているかを調べた。

被験者はみな、三本の指を使って点字を読み取っていた。すなわち人差し指で個々の文字を形づくっている点のパターンを読み取り、中指で文字と文字の間のスペースを把握し、薬指で今読んでいる行を確認する。通常、脳の中で手の動きをコントロールする部分の配線は、指に応じてそれぞれを管理する領域が割り当てられるようになっている。そのおかげで、たとえばどの指にペン先や画鋲が刺さったのか、わざわざ目で確認しなくてもわかるのだ。

この研究に参加した被験者は点字の指導教官として、毎日何時間も点字を読んでいた。研究では、このようにずっと三本指を使っていると、それぞれの指に割り当てられた脳の領域が大きくなっていき、最終的に重なり合っていくことが明らかになった。その結果、被験者たちの指先の感覚は並外れて鋭敏になり、目の見える人が気づかないようなほんのわずかな接触にも反応する一方、三本のうちどの指に触れられたのかはわからないことが多かった[13]。

目の見えない被験者の脳の可塑性に関する研究と、耳の聞こえない被験者に対する同様の研究からは、脳の構造や機能が固定的ではないことがわかる。使い方によって変わるのだ。あなたの脳、私の脳、そしてあらゆる人の脳は、意識的なトレーニング、すなわち限界的練習によって自分の望みどおりに変えていける。

脳が老眼を「治す」

可塑性を引き出すさまざまな方法の研究は、まだ緒に就いたばかりだ。これまでの研究成果の中でとりわけ衝撃的なのは、老眼に悩む人、つまりは五〇歳以上の人すべてにかかわるものだ。アメリカとイスラエルの神経科学者と視覚研究者が実施したこの研究は、二〇一二年に報告された。[14] 研究チームは、近くのモノが見えにくくなっている中年のボランティアを集めた。これは専門用語では「老人性遠視」と呼ばれる症状で、水晶体の弾性が衰え、細かいモノを識別するために焦点を合わせるのが難しくなるという目そのものの問題に起因する。ここにもう一つ、光と影のコントラストに気づきにくくなるという問題も加わり、それが焦点を合わせるのをさらに難しくする。この結果、眼科医や眼鏡店は潤うが、五〇歳以上の人々は例外なく読書や細かい作業に老眼鏡が必要になるので厄介だ。

被験者は三カ月間にわたって週二〜三回研究室に通い、一回三〇分間の視力トレーニングを受けた。内容は背景の中に小さな画像を見つけるというもので、背景と画像の色彩が似ている、つまり両者のコントラストがきわめて低くなっている。だから画像を見分けるにはかなりの集中と努力が必要だ。しかし、被験者は次第に画像を速く正確に見分けられるようになっていった。

三カ月後に訓練を終えるとき、被験者はどのくらいの大きさの文字が読めるかテストを受けた。平均するとトレーニング開始時より六〇％小さい文字が読めるようになり、すべての被験者に改善が見られた。そのうえトレーニング終了後には全員が老眼鏡なしに新聞を読めるようになった。トレーニング前には大多数が老眼鏡を必要としたにもかかわらず、である。しかも以前より読むスピードも速くなった。

意外なことに、こうした改善効果は目そのものの変化に起因するものではなく、目の弾性や焦点の合わせにくさは以前と変わらなかった。そうではなく、それは目からの信号を解釈する脳の領域に生じた変化によるものだった。研究チームはそうした変化がどのようなものか具体的に示すことはできなかったが、脳は画像を「鮮明にする」方法を学んだと考えている。画像がぼんやりするのは、細かいモノが見えない、そしてコントラストの違いを見分けられないという、視力にかかわる二つの問題が重なった結果であり、いずれも脳内で起こる画像処理機能によって緩和できるのだ。コンピュータやカメラの画像処理ソフトが、コントラスト調整などの技術によって画像を鮮明にするのと同じようなものだ。この研究を行ったチームは、トレーニングによって被験者の脳の画像処理能力が向上し、その結果目からの信号が改善しなくても細かいモノを識別できるようになったと判断した。

身体の「ホメオスタシス」を利用する

そもそも人間の身体や脳には、なぜこれほどの適応性があるのか。逆説的ではあるが、これは一つひとつの細胞や組織が、できるだけすべてを同じ状態に保とうとするところから来ている。人間の身体は安定した状態を好む。そのため、体温、血圧、心拍数を一定に保とうとする。血糖値やpHバランス（酸性・アルカリ性のバランス）も安定させようとするし、体重もそれなりに一定に保つ。言うまでもなく、こうした数値は完全に一定ではなく、たとえば運動すれば脈拍は上がるし、食べ過ぎやダイエットで体重は変わる。だがこうした変化はたいてい一時的で、身体は最終的には元の状態に戻る。これは専門用語で「ホメオスタシス（恒常性）」と呼ばれ、これは単純にあるシステム（あらゆるシステムについて言えるが、生物あるいは生物の一部について言われることが多い）が自らの安定を維持するように動く傾向を意味する。

　個々の細胞も安定を好む。一定レベルの水分を保ち、またどのイオンや分子がとどまり、どれが細胞膜から出ていくかをコントロールすることで陽イオンと陰イオン、特にナトリウムイオンとカリウムイオンや分子のバランスを維持しようとする。だが、それ以上にわれわれにとって重要なのは、細胞が有効に機能するには安定した環境が必要であるという事実だ。周囲の組織が熱すぎる（あるいは冷たすぎる）、水分量が好ましい範囲から外れてしまう、酸素レベルが低下しすぎる、エネルギー供給が低すぎるといった場合は、細胞の機能が阻害される。変化があまりに大きすぎたり長時間続いたりすると、細胞は死滅しはじめる。

　このように身体には、現状を維持するためのさまざまなフィードバック・メカニズムが備わっている。あなたが何か負荷の高い運動をしているとしよう。筋繊維が収縮すると、個々の筋細胞のエネルギーと酸素消費量は増え、周囲の血管から補給しなければならなくなる。そうなると血液中の酸素とエネルギー供給レベルが低下し、それに反応して身体はさまざまな対策をとる。血液中の酸素レベルを高める一方、二酸化炭素を吐きだすために呼吸数は増える。また、さまざまなところに蓄えられていたエネルギーは筋肉が使いやすいかたちに変わり、血液に入っていく。同時に体内の必要な部分に酸素とエネルギーを送るため、血液の循環が速くなる。

　ホメオスタシスのメカニズムに負荷がかかるほど激しい運動でなければ、身体に物理的変化はほとんど起こらない。すべてが想定どおりに機能しているので、身体にしてみれば変化する必要がないのだ。

しかしホメオスタシス・メカニズムが追いつかないほど身体に負荷がかかるような激しい運動を持続的に行うと、話は違ってくる。身体のシステムや細胞は酸素のほかブドウ糖、アデノシン二リン酸（ＡＤＰ）、アデノシン三リン酸（ＡＴＰ）といったエネルギー関連のさまざまな化合物の値が極端に低くなるなど、異常な状態に置かれたことに気づく。

さまざまな細胞のメタボリズム（新陳代謝）は通常どおりに働かなくなり、いつもとは違う一連の生化学反応が起こり、細胞が通常作るのとはまったく異なる生化学物質が作られる。細胞はこのような状況変化を好まず、自らのＤＮＡから普段とは違う遺伝子を招集する（細胞のＤＮＡに含まれる遺伝子の多くは常に活動しているわけではなく、細胞がそのときどきに必要な遺伝子のスイッチを入れたり切ったりする）。新たに招集された遺伝子は、細胞内のさまざまな生化学システムのスイッチを入れたり切ったりする。こうして細胞は自らと周辺システムがコンフォート・ゾーンから追い出されてしまったという事実に対応するべく、その行動を変化させるのだ。

このように負荷がかかったときに細胞内で起こる現象の細部は非常に複雑で、その解明はまだ始まったばかりだ。たとえばネズミを使ったある実験では、[15]ネズミの後ろ足の特定の筋肉への負荷が急激に高まると、一一二個もの異なる遺伝子のスイッチが入ることが確認された。[16]スイッチの入った遺伝子から判断すると、こうした反応は筋細胞のメタボリズム、その構造、また新たな筋細胞が作られる速さの変化などにかかわるものだ。これらの変化があいまった最終結果として、負荷の増加に耐えられるようにネズミの筋肉が強くなる。[17]コンフォート・ゾーンから追い出されたネズミは、そのように新たなコンフォート・ゾーンを作ることで負荷に対応したのである。

これが運動によって身体の変化が生じる一般的なパターンである。身体システム（特定の筋肉、心臓血管システムなど）にホメオスタシスを維持できないほどの負荷がかかると、身体はそれに反応してホメオスタシスを新たに確立することを目的とする変化を生み出す。たとえばあなたが有酸素運動のプログラムを始めるとしよう。心拍数を最大心拍数の七〇％という推奨されている水準（若者の場合毎分一四〇回を少し上回る程度）に維持しながら週三回、三〇分ずつジョギングをするのだ。このような運動を続けていると身体に起きる変化の一つが、足の筋肉に酸素を供給する毛細血管の中の酸素レベルの低下である。身体はそれに反応して、足の筋細胞への酸素供給を増やすために新たな毛細血管を増やし、再び細胞をコンフォート・ゾーンに戻そうとする。

限界ギリギリの負荷を脳に与える

これが身体のホメオスタシスを志向する傾向を活かして変化を生み出す方法だ。十分な負荷を十分な期間にわたって与えれば、身体はそれを楽にこなせるように変化する。身体は少し強靭になり、耐久力がつき、動きもスムーズになるのだ。ただ、一つ落とし穴がある。ひとたび機能不足を補うような変化が起きてしまうと、すなわち新たな筋繊維が形成されて動きが良くなったり、毛細血管が増えたりといった変化が完了すると、身体は以前なら負荷を感じたような運動を楽にこなせるようになる。つまり、また居心地の良い状態に戻ってしまい、変化は止まるのだ。

そうならないためには、さらに長い距離をもっと速く走ったり、上り坂を走ったり、といった具合に負荷を高めつづける必要がある。常に自分に負荷をかけつづけていないと、身体は以前とは水準こそ違うものの、新たなホメオスタシスに落ち着き、改善は止まってしまう。

コンフォート・ゾーンのわずか上にいつづけることが重要なのはこのためだ。身体機能の改善を続けたければ負荷をかけつづけなければならないが、コンフォート・ゾーンをあまり越えすぎると身体を痛めるなど逆効果になる。

ここまでで少なくとも身体が身体活動にどう反応するかはわかった。それと比べると、心的な負荷に脳がどのように反応するかは、まだあまり解明されていない。身体と脳の大きな違いは、成人の脳では一般的に細胞が分裂して新たな細胞が形成されることはない点だ。[18] 海馬などの一部の例外をのぞいて、脳の大部分で心的な負荷（視力回復のためのコントラスト訓練など）への反応として起こる変化は、新たなニューロンの形成によるものではない。

そうではなく脳はさまざまなかたちでニューロンのネットワークの配線を組み替えるのだ。ニューロン同士の結びつきを強めたり弱めたりすることもあれば、新たな結びつきを作る一方で、古いものを取り除いたりもする。[19] ミエリンの量が増えることもある。ミエリンは神経細胞の周囲に鞘《さや》状の被膜（髄鞘《ずいしょう》）を形成するが、それによって神経信号はより速く伝達されるようになる。髄鞘形成によって「神経インパルス」と呼ばれる、神経系における情報を伝える電気的信号の伝達速度は一〇倍にもなる。ニューロンのネットワークは思考、記憶、動作のコントロール、感覚信号の解釈など脳のさまざまな機能をつかさどるものなので、これらのネットワークの組み換えや迅速化によって、それまでできなかったいろいろなことが可能になる。たとえば老眼鏡なしに新聞を読んだり、Ａ地点からＢ地点までの最適ルートを即座にはじき出したりといったことだ。

脳に大きな負荷をかけるほど、大きな変化が生じる（限界はあるが）。近年の研究では、すでに習得した能力の練習を続けるより新たな能力を獲得するほうが、脳内の構造変化を引き起こすのにはるかに効果的であることが明らかになった。[20] 一方、あまりにも長時間負荷をかけつづけると燃え尽きてしまい、学習効果は低くなる。身体と同じように、脳でもコンフォート・ゾーンの「はるか上」ではなく「少し外側」というスイートスポットで最も急速な変化が起きるのだ。

音楽家の「左手」を研究した心理学者

人間の脳や身体は負荷に反応することで新たな能力を獲得するという事実は、目的のある練習や限界的練習の有効性を裏づける根拠である。ロンドンのタクシー運転手、オリンピックの体操選手、あるいは音楽学校のバイオリニストが積むトレーニングは本質的に、脳や身体の適応性を活用し、それなくして手の届かなかったような能力を獲得するための手段なのだ。

この現象を観察するのに最適なのは、音楽的能力の習得過程だ。過去二〇年にわたり、音楽のトレーニングが脳にどのような影響を及ぼすのか、それがどのように並外れた音楽的技能を可能にするのかを詳細に解き明かす研究が進んだ。[21] とりわけ有名なのが、一九九五年に学術誌『サイエンス』で発表された研究だ。[22] アラバマ大学バーミンガム校の心理学者、エドワード・トーブは四人のドイツ人科学者とともに、バイオリニスト六人、チェリスト二人、ギタリスト一人を被験者として（全員右利き）、脳のスキャニングを行った。また、音楽家と比較する対照群として、音楽とは無縁の被験者も六人集めた。二つのグループに、指をコントロールするための脳の領域に違いがあるかどうかを調べるのが目的だった。

トーブが最も関心を持っていたのは、音楽家の左手の指だ。バイオリン、チェロ、あるいはギターを演奏するには左手指を巧みにコントロールしなければならない。楽器のネック部分を上へ下へと移動し、弦の間を動くのは左手の指であり、しかもときには信じられないスピードが求められ、常に正確な位置を押さえなければならない。さらにビブラートなどの、指の位置を変えずに揺らしたり、スライドさせたりといったさまざまな演奏法があり、マスターするには徹底的な練習が必要だ。一方、右手はバイオリニストやチェリストの場合は弓を持ち、ギタリストの場合は弦をかき鳴らしたり弾いたりするのに使うが、左手と比べるとはるかに負荷は低い。要するに弦楽器を弾くためのトレーニングの大部分は、左手の指のコントロールを良くすることを目的としている。トーブの関心事は「それは脳にどのような影響を及ぼすのか」だった。

トーブの研究チームは脳磁図（微細な磁場を計測して脳の活動を明らかにする装置）を使い、被験者の脳のどの部分がどの指をコントロールしているか調べた。具体的には、研究者が被験者の個々の指に触れ、脳のどの部分が反応するかを観察したのだ(23)。その結果、左手をコントロールする脳の領域は、音楽家のほうが音楽家ではない人と比べて有意に大きかった。しかも指をコントロールする領域が、通常は手のひらをコントロールする領域を侵食していた。加えて、楽器を習いはじめた時期が早いほど、拡大の度合いは大きかった。だが、それにひきかえ、右手の指をコントロールする領域の大きさは、音楽家と音楽家ではない人の間で違いはなかった。

これが何を意味するかは明白だ。長年にわたって弦楽器を練習したことによって、脳のうち左手指をコントロールする領域が徐々に拡大していき、結果としてこれらの指をコントロールする能力が向上したのである。

この研究が行われてからの二〇年で、他の研究者がその成果をさらに発展させ、音楽的トレーニングが脳の構造と機能に与えるさまざまな影響を解き明かしてきた。たとえば脳の中で動作をコントロールするのに重要な役割を果たす小脳は、音楽家のほうが音楽家ではない人より大きく、しかも練習に費やした時間が長いほど大きくなっている[24]。また音楽家のほうが音楽家ではない人と比べて体性感覚領域（触覚など）、上頭頂小葉領域（手からの感覚入力）、前運動皮質（動作の計画、空間での動作誘導）など大脳皮質の各部における灰白質（ニューロンを含む神経組織）が多いこともわかっている[25]。

神経科学を学んだことのない人にとっては、脳のどの領域にどんなことが起きるかといった細々とした情報は難しいかもしれないが、要するにこういうことだ。音楽のトレーニングはさまざまなかたちで脳の構造や機能を変え、その結果として音楽を演奏する能力が向上する。言葉を変えれば、効果的な練習をすると、単に楽器の弾き方が身につくだけではない。演奏する「能力」そのものが高まるのだ。効果的な練習は、音楽を演奏するときに使う脳の領域を作り替え、ある意味では自らの音楽の「才能」を高める作業にほかならない。

音楽以外の分野ではこのような研究はそれほど活発ではないが、それでも科学者がこれまで調べたあらゆる分野において同じ結果が出ている。ある能力を開発するために長期間にわたって訓練を続けると、それに関係する脳の領域に変化が生じる、と。

アインシュタインの脳を調べる

なかには数学能力など、純粋に知的な能力に目を向けた研究もある。たとえば数学者はそうではない人と比べて、下頭頂小葉の灰白質が有意に多い[26]。脳の中でもこの部分は数学的計算のほか、数学の多くの分野で重要になる空間図形をイメージする能力にかかわっている。これはアルバート・アインシュタインの脳を調べた神経科学者が注目した領域でもある。アインシュタインの下頭頂小葉は平均より明らかに大きく、形も特異であったため、研究者らは下頭頂小葉がアインシュタインの抽象的な数学的思考能力のカギを握っていたのではないかと考えたのだ[27]。

アインシュタインのような人は生まれつき下頭頂小葉が大きく、それゆえに数学的思考能力がもともと高いのではないか、と思う人もいるかもしれない。だが数学者とそれ以外の人の下頭頂小葉の大きさを調べた研究者らは、数学者としてのキャリアが長い人ほど、右下頭頂小葉の灰白質が多いことを突きとめた。これは下頭頂小葉が大きくなるのは長年にわたる数学的思考の結果であり、生まれつきそうであったわけではないことを示唆している[28]。

楽器の演奏をはじめ、心的要素と身体的要素を兼ね備えた能力に関する研究も多い。最近のある調査はグライダーに乗る人と乗らない人の脳を比較し、グライダー・パイロットの脳は左運動前野腹側、後帯状皮質、補足眼球野など複数の領域で灰白質が多いことを突きとめた[29]。こうした領域は、グライダーで飛ぶのに使う操縦桿をコントロールしたり、飛んでいるときに目に入る視覚信号とグライダーの向きを示すボディバランス信号を比較したり、目の動きをコントロールしたりする能力にかかわりがあると見られる。

水泳や体操など純粋に「身体的能力」と思われがちなものにおいても、脳は重要な役割を果たしている。こうした活動には身体の動きを注意深くコントロールすることが必要になるためで、研究によってこうした分野でも練習が脳に変化をもたらすことが明らかになっている。たとえば脳の特定の部分の灰白質の量を測ることができる皮質厚を調べると、ダイビング選手は一般人と比べて、身体の動きをイメージしたりコントロールしたりするのにかかわる三つの領域において、それが厚くなっている[30]。

細かなところは能力によって違うが、全体的なパターンは同じだ。頻繁に訓練することが、その訓練によって負荷のかかる脳の領域の変化に結びついていく。脳は与えられた課題に必要な機能を実行する能力を高めるように、配線を組み替えることで負荷に適応していく。訓練が脳に及ぼす影響についての研究から学ぶべき基本的教訓はこれに尽きるが、知っておいて損はない情報は他にもいくつかある。

並外れた能力に潜むトレードオフ

第一に、訓練が脳に及ぼす影響は、さまざまな点において年齢によって変化する。最も重要なのは、若い脳、すなわち子供や青年の脳のほうが大人の脳より適応性が高く、訓練の効果は若い人のほうが大きくなるという点だ。若い脳はさまざまな面で成長しているため、早期の訓練はその後の成長の軌道を左右し、大きな変化につながっていく。いわゆる「若木矯正効果」で、小さな若木の伸びていく方向を少し変えてやると、やがてその若木から伸びていく枝の形は大きく変わるが、一方、すでに大きく育った枝に力を加えても、影響は軽微にとどまるのと同じだ。

若木矯正効果の一例を挙げると、大人のピアニストの脳は一般人と比べて、一部の領域で白質が多くなっている。この違いは一〇〇％、子供時代にピアノを練習した量によって生じる[31]。ピアノを始めた年齢が低いほど、大人になったときの白質は多くなる。このため大人になってからでもピアノを習うことはできるが、子供時代に始めた人のように白質の量が多くなることはない。現時点ではこれが現実にどのような意味を持つのか解明されていないが、一般的に白質が多いほど神経信号の伝達が速くなることを考えると、子供時代にピアノを習うと大人になってからでは身につけられないような神経絡みの何らかの優位性を獲得できるようだ。

二つ目の知っておいて損のない情報とは、長期間にわたる訓練によって脳の一部を強化すると犠牲がともなう場合もある、ということだ。並外れた技術あるいは能力を身につけた人の多くは、別の分野では後退することもあるのだ。

マグアイアーのロンドンのタクシー運転手に関する研究は、その最たる例を示している[32]。運転手志望者がトレーニングを完了して免許を取得するか、挑戦を断念した四年後の時点で、マグアイアーは被験者の記憶を二つの方法でテストした。一つはロンドンのさまざまな名所を知っているか否かで、この点においてはタクシー運転手の免許を取得したグループが他の被験者をはるかに上回った。二つ目は空間記憶の標準的なテストだ。複雑な形を三〇分後にどれくらい覚えているかを調べるもので、これについてはタクシー運転手となった人々は、タクシー運転手の訓練を受けたことのないグループよりもはるかに結果が悪かった。対照的に、タクシー運転手のトレーニングを途中でドロップアウトした組は、訓練を受けたことのない被験者とほぼ同程度だった。

どのグループも四年間の実験を始める時点での空間記憶スコアは同レベルであったため、タクシー運転手はロンドンの地理の記憶を鍛えるなかで他のタイプの記憶力が減退したという以外に説明がつかない。なぜこのようなことが起きたのか、たしかなことはわからないが、厳しい訓練によって訓練生の脳は対象となる記憶能力に大きな領域を振り分けるようになり、他の種類の記憶に費やせる灰白質が減ってしまったのではないだろうか。

最後は、訓練によって生じた認知的、身体的変化にはメンテナンスが必要ということだ。訓練をやめてしまうと、変化は消失してしまう。宇宙で数カ月間、重力に抗うことなく生活してきた宇宙飛行士は、地球に戻ると歩くことさえ難しく感じる。[33] また、スポーツ選手が骨折したり靭帯《じんたい》を損傷したりしてトレーニングを中断すると、動かせない四肢の強靭さや持久力はかなり減退してしまう。自主的に研究に参加し、一カ月あまりベッドに横たわって過ごしたスポーツ選手にも同じような現象が観察された。[34] 強靭さは衰え、スピードは失われ、持久力は低下するのだ。

脳についても同じようなことが言える。マグアイアーが引退したロンドンのタクシー運転手を研究したところ、海馬後部の灰白質はタクシー運転手をしたことのない退職者よりは多かったものの、現役の運転手よりは少なかった。[35] ナビゲーション記憶を日々使うことをやめてしまうと、タクシー運転手として働いた結果生じた脳の変化が消失するのである。

「これで十分」の向こう側に広がっている世界

人間の脳と身体の適応性がこのようなものであることがわかると、人間の才能に対する見方がまったく違ってくる。また、それは学習に対する考え方も根本的に変えるべきであることを示唆している。

こんなふうに考えてみよう。ほとんどの人は特に身体的負荷のかからないような生活を送っている。デスクの前に座っていることが多く、動くにしても大した量ではない。走ったりジャンプしたりすることもなく、重いモノを持ち上げたり何かをできるだけ遠くに投げたりすることもなく、極端な均衡や協調感覚を求められるような運動もしない。だから身体能力は低い水準に落ち着いてしまう。日常生活や週末にハイキング、サイクリング、ゴルフやテニスを楽しむには十分だが、鍛え抜いたスポーツ選手の身体能力にははるかに及ばない。

このような〝ふつうの人〟には五分以内に一マイル（約一・六キロ）、一時間以内に一〇マイル（約一六キロ）走るといった芸当はできない。野球ボールを三〇〇フィート（約九〇メートル）、ゴルフボールを三〇〇ヤード飛ばすのも不可能だ。飛び込み台から三回転逆とんぼがえりをするのも、氷上でトリプルアクセルを飛ぶのも、体操の床運動で三回転後方宙返りをするのももちろん無理である。いずれも一般の人がおよそ進んでやろうとは思わないような膨大なトレーニングを必要とするからだ。

ただ、ここが重要なのだが、いずれも人間の身体の驚くべき適応性とトレーニングへの反応力をもってすれば身につけることのできる能力である。ほとんどの人がこのような傑出した身体能力を持っていないのは才能がないためではなく、ホメオスタシスの枠内に安住し、そこから飛び出すのに必要な努力をしようとしないためだ。つまり、「これで十分」の世界に生きているのだ。

レポートを書く、車を運転する、授業を行う、組織を運営するといったことから、不動産の営業、脳外科手術の執刀といったことまで、われわれが日常的に行う心的な活動全般についても同じことが言える。日々の生活や仕事をこなすのに十分なレベルまで学習するが、ひとたびそのレベルに到達してしまうと、「これで十分」の先に進むための努力をすることはまずない。タクシー運転手を目指す人、あるいはプロのバイオリニストを目指す若者のように、脳に負荷をかけて灰白質や白質を増やすような、あるいは脳の特定の領域の配線をそっくり組み替えてしまうような努力などほとんどしない。そして大概のことについてはそれで良い。すなわち、「これで十分」でたいてい十分なのだ。しかし別の選択肢があることを知っておくのは重要だ。何かにおいて思い切り能力を伸ばしたいと思うなら、それは可能なのだ。

　そしてここで指摘したいのが、従来型の学習方法と、目的のある練習、あるいは限界的練習の大きな違いだ。従来型の学習方法はホメオスタシスに抗うことを意図していない。意識的かどうかは別として、従来型の方法は学習の目的は生まれつきの才能を引き出すことにあり、コンフォート・ゾーンからそれほど踏み出さなくても特定の技術や能力を身につけることは可能だという前提に立っている。こうした見方に立てば、練習は所与の才能を引き出すためのものであり、それ以上にできることはない、ということになる。

　一方、限界的練習の場合、目標は才能を引き出すことだけではなく、才能を創り出すこと、それまでできなかったことをできるようにすることにある。それにはホメオスタシスに抗い、自分のコンフォート・ゾーンの外に踏み出し、脳や身体に適応を強いることが必要だ。その一歩を踏み出せば、学習はもはや遺伝的宿命を実現する手段ではなくなる。自らの運命を自らの力で切り拓き、才能を思いどおりに創っていく手段となる。

　となると当然、ホメオスタシスに抗い、才能を創っていく一番良い方法は何かという疑問がわいてくるだろう。本書を通じてその疑問に答えていくが、その前に本章でざっと見てきた問題をさらに突きつめていく必要がある。

われわれは具体的に脳のどこを改善しようとしているのか。たしかに身体能力については、何が改善につながるかはかなりはっきりしている。筋繊維を増やし、大きくすれば、身体は強靱になるし、筋肉のエネルギー貯蔵、肺容量、循環系の機能を高めれば、持久力が高まる。

それに対して音楽家、数学者、タクシー運転手、あるいは外科医を目指して訓練をすると、脳にどのような変化が生じるのだろうか。驚くべきことに、ここに挙げたすべての分野で生じる変化にはある共通点があり、それを理解することが心的な要素を含む人間の活動（ということは、人間の活動ほぼすべてである）において、傑出した能力を身につける方法を理解するうえでのカギとなる。次章ではそれを見ていこう。

第三章　心的イメージを磨きあげる

チェスのグランドマスターは試合途中のチェス盤を数秒見るだけで、すべての駒の配置を覚え、ゲーム展開を完璧に理解してしまう。超一流が、瞬時に膨大な情報を処理するために活用しているのが「心的イメージ」だ。それは一体何なのか。

一九二四年四月二七日の午後二時少し前。ロシアのチェス・グランドマスターであるアレクサンドル・アレヒンは、ニューヨークシティのホテル・アラマックの大きな部屋の正面に置かれた、ゆったりとした革張りの椅子に腰を下ろした。地元で最強のチェスプレーヤー二六人と試合をするためである。(1) 挑戦者たちは、アレヒンの背後にしつらえられた二つの長いテーブルに並んで座った。それぞれの前にアレヒンと対戦するためのチェスボードが置かれた。アレヒンにはチェス盤がまったく見えない。

挑戦者が一手打つたびに、伝達係が盤の番号と駒の動きをアレヒンに聞こえるように叫ぶ。そしてアレヒンが自分の手を口頭で伝えると、伝達係は対応する盤上の駒を動かす。

彼は、二六のチェス盤、八三二の駒、一六六四のマス目を記憶しなければならない。それもメモなど記憶を助ける道具を一切使わずに。だがアレヒンは一度たりともヘマなどしなかった。公開試合は夕食のための短い休憩をはさんで一二時間以上続き、日付が変わった午前二時過ぎに最後の試合が終わった時点で、結果はアレヒンの一六勝五敗五引き分けだった。

このようにプレーヤーの一方が（両方の場合もある）チェス盤の見えない状況で記憶だけを頼りに進める試合は、本物の目隠しを使うかどうかは別として「目隠しチェス」と呼ばれる。[2] チェスの達人が目隠しチェスをするのは一〇〇〇年以上も前から続いており、たいていは実力を誇示するためだが、実力の劣る対戦相手との釣り合いをとるためにそうすることもある。かつては達人が目隠しチェスをする場合でも相手は二～三人、多くても四人といったところだったが、一九世紀後半になると一〇人以上の相手と同時に戦うという試みに本気で挑戦するグランドマスターが登場しはじめた。

現在の世界記録は二〇一一年にドイツのマルク・ラングが打ち立てた四六試合同時対戦というもので、結果はラングの二五勝二敗一九引き分けだった。[3] しかし挑戦者の質の高さと、そのような厳しい状況でも多くの勝利を挙げたという点において、今でも史上最高の目隠しチェスの同時対戦は一九二四年のアレヒンのそれだというのが衆目の一致するところだ。

目隠しチェスは、目的のある練習によってどれほどのことが可能になるかを示す、最高にすばらしい事例の一つと言えよう。目隠しチェスの歴史を少しひもとくと、そのような練習によって生じる神経的変化がよくわかるのだ。

目隠しチェスの達人はいかにして生まれたか？

アレヒンの目隠しチェスへの関心の芽生えは早く、一二歳で初めて目隠しチェスの試合を経験した。ただその人生を通じて、練習の主眼は目隠しではなく普通のチェスだった。

一八九二年一〇月に生まれたアレヒンが、初めてチェスを打ったのは七歳のときだ[4]。一〇歳には通信チェスのトーナメントに参加するようになり、学校にいる間も含めて一日のほとんどを駒のポジションの分析に充てるようになった。授業にチェス盤を持ち込むことができなかったため、分析中のポジションを紙片に書いて授業中じっくり考える、といったことをした。代数の授業中、満面の笑みを浮かべて突然立ち上がったこともあった。ちょうど生徒たちに問題を解かせている最中だった教師が「解けたかな？」と聞くと、アレヒンは「はい。ナイトを犠牲にしてビショップを動かせば白の勝ちです！」と答えたという[5]。

目隠しチェスに最初に興味を持ったのは、ちょうど通信チェスのトーナメントに参加するようになった頃だ。きっかけは一九〇二年にモスクワで、アメリカのチェスチャンピオン、ハリー・ネルソン・ピルスベリーが公開試合を開き、二二試合同時という当時の世界記録を打ち立てたことだった。のちにアルヒンは、兄のアレクセイがそのときピルスベリーの対戦相手の一人であったと語っているが、当時の記録を見てもそれを確認することはできない。いずれにせよその試合は若きアレヒンに強烈な印象を残し、それから数年のうちにアレヒン自身も目隠しチェスに挑戦するようになった。それは授業中に駒のポジションを考える習慣が自然に発展した結果だったと書いている。最初はポジションをざっと図に描き、それをもとに最適な手を考えていたが、次第に図を描かなくてもポジションを検討するにはまったく困らないこと、記憶の中に完全なチェス盤を維持したまま、その上で駒を動かし、さまざまな選択肢を比較検討できることに気づいた。

やがてアレヒンは、試合の間まったくチェス盤を見る必要がなくなり、もう少し成長すると、ピルスベリーのエキシビションのように複数の相手と目隠しチェスをするようになった。一六歳のときには四～五人の相手と同時に目隠しで対戦できるようになったが、それ以上増やす努力はしなかった。それより普通の試合での能力を高めることに集中したのだ。その頃までには、努力すれば世界トップクラスのチェスプレーヤーになれることがアレヒンにはわかっていた。もともとチェスにおける自分の才能を疑ったことはなく、「トップクラスの一人」で甘んじるつもりもなかった。目標は「世界最高」、つまりチェスのワールドチャンピオンになることだった。

その目標に向かって順調に進んでいたところに第一次世界大戦が勃発し、普通のチェスを中断せざるを得なくなったことによって、アルヒンの目隠しチェスへの興味は再燃した。一九一四年八月、アルヒンが他の大勢のチェスマスターとともにドイツのベルリンで開かれていたトーナメントに参加していたとき、ドイツがロシアとフランスに対して宣戦布告した。外国から来ていたチェスプレーヤーの多くが拘束され、アレヒンも他の五、六人ほどのロシア人プレーヤーとともに刑務所に放り込まれた。もちろんチェス盤はなしだ。だが解放されてロシアに帰るまで（アルヒンの場合、拘束期間は一カ月以上に及んだ）、チェスマスターたちはお互いを相手に目隠しチェスを楽しんだ。

ロシアに戻ってから、アレヒンはオーストリア前線の赤十字部隊で勤務したが、一九一六年に脊椎に重傷を負い、オーストリアの捕虜になってしまった。脊椎が治るまで、アレヒンはオーストリアの病院で鎖につながれていた。このときもチェス以外に楽しみはなかったので、複数の地元のチェスプレーヤーを集めて対戦させてもらうよう頼んだ。おそらくそれほど強くはなかった相手への配慮だろう、この時期にはたびたび目隠しチェスをしたという。ロシアに戻ると、一九二一年にパリに移住するまで、再び目隠しチェスからは距離を置いた。

この頃のアレヒンは、世界チェス選手権になんとか挑戦しようとしており、そのための資金を確保する必要があった。限られた選択肢の一つがチェスの公開試合だったので、同時に複数の目隠し試合をするというパフォーマンスを始めた。初めて開催したパリでの対戦相手は一二人と、それまで経験した同時試合の三〜四倍だった。一九二三年末にはモントリオールで、目隠しチェスの同時対戦で当時の北米記録を打ち破ることにした。当時の北米記録はピルスベリーの二〇人だったので、アレヒンは二一人と対戦することにしたのである。

結果は上々で、アレヒンはさらに二五試合という当時の世界記録に挑むことにした。こうして開かれたのが冒頭のホテル・アラマックでの公開試合である。その後アレヒンは一九二五年に二八試合、一九三四年には三二試合を同時に行い、二度にわたり世界記録を更新した。だが目隠しチェスは、チェスというゲームそのもの、そしてもちろん自分というプレーヤーへの関心を高める手段に過ぎないと常々語っていた。[6] この能力を伸ばすために特別な努力をしたわけではなく、チェスの技を磨き、世界一になろうというたゆまぬ努力の副産物に過ぎなかったのだ。

アルヒンは一九二七年にホセ・ラウル・カパブランカを破って世界選手権を制し、ついに目標を達成した。チャンピオンの座には一九三五年まで、さらに一九三七年から四六年までとどまり、歴史上のチェスプレーヤーのランキングではだいたい十指に入る。そして余技としか見ていなかった目隠しチェスでは、圧倒的に史上最強のプレーヤーと目されている。

目隠しチェスの歴史をひもとくと、プレーヤーの歩みはたいていアレヒンと同じようなものだ。

つまり、チェスマスターになるために努力をするなかで、追加的な努力はほとんど、あるいはまったくせずに目隠しチェスを打てるようになっていった、というものだ。

これほど大勢のグランドマスターが目隠しチェスの能力も身につけたという事実は一見、もの珍しい現象で、チェスの歴史上の興味深いこぼれ話に過ぎないように思われる。ただ、二つの能力の関係をもう少しじっくり見てみると、それがチェスの達人とアマチュアを分ける「ポジションを分析して最適な手を導き出す驚くべき能力」を生む特別な心的プロセスについて、重要な手がかりを示していることがわかる。しかも同じようなきわめて高度な心的プロセスは、あらゆる分野で傑出した技能を持つ人に共通して見られ、彼らの傑出した能力を理解するうえでカギとなるのである。

これについてさらに深く見ていく前に少し寄り道をして、チェスのプレーヤーが盤上の駒のポジションをどのように記憶しているのか、詳しく見てみよう。

チェスマスターは膨大な数の「駒のパターン」を記憶している

チェスのグランドマスターたちがどのようにして高い精度で駒の位置を記憶しているのか、解明する研究が始まったのは一九七〇年代初頭だ。その先駆けとなったのが私の恩師であるハーバート・サイモンが、のちにスティーブ・ファルーンとの数字記憶の実験で私の協力者となったビル・チェースとともに実施した研究だ。

グランドマスターに試合途中のチェス盤をほんの数秒見せると、ほとんどの駒の位置を正確に記憶し、最も重要なエリアについてはほぼ完璧に再現できるという事実は、当時すでに知られていた。[7] この能力は、短期記憶の限界に関する既存の常識に反するように思われた。対照的に、チェスを始めたばかりの人はごくわずかな駒の位置しか覚えることができず、盤上の駒の配置を再現するなどおよそ不可能だ。

ハーバートとビルの抱いた疑問は次のようなものだった。「チェスのエキスパートは一つひとつの駒の位置を覚えているのか、それともパターンを記憶し、個々の駒の位置は全体の一部としてとらえているのか」と。この疑問に答えるため、ハーバートとビルは単純だが有効な実験を実施した。[8] 全国レベルのチェスプレーヤー（「チェスマスター」と呼ばれる）、中級レベルのプレーヤー、チェス初心者に二種類のチェス盤を見せたのだ。一つは実際の試合の一場面、もう一方はでたらめに駒を並べただけのチェス的にはまったく意味をなさない配置だ。

試合の中盤から終盤にかけて実際に登場したパターンどおりに、一〇〜二〇個ほどの駒を並べたチェス盤を見せると、チェスマスターは五秒間見ただけで三分の二近い駒の位置を覚えたのに対し、初心者はわずか四つ前後、中級レベルのプレーヤーはその中間だった。一方、でたらめに並べたチェス盤を見せると、初心者の成績はさらに悪くなり、正しく記憶できたのはわずか二つぐらいだった。これは意外でもなんでもない。だが、意外だったのは、中級レベルのプレーヤーもチェスマスターも、無作為に並べたチェス盤では記憶できた数が初心者とたいして変わらなかったことだ。彼らも二〜三個しか正しく覚えられなかったのだ。ここでは、経験豊富なプレーヤーの優位性は失われていた。被験者となるチェスプレーヤーの数を増やした最近の研究でも、同じ結果が繰り返し確認されている。[9]

言語記憶についても非常に似通った結果が出ている[10]。たとえば「いた、においのする、前に、彼の、ピーナツを、良い、空腹を、食べていた、女性は、ので、とても、彼は、抑えられなかった」といった一見無作為に並んだ単語を一語一句復唱しろと言われると、平均的な人は最初の六つしか覚えていない。だが同じ単語を「彼の前にいた女性はとても良いにおいのするピーナツを食べていたので彼は空腹を抑えられなかった」といった明確な意味がある文に直すと、ほとんどの人が大部分を記憶できるし、中には完璧な順番で覚えられる人もいる。

違いは何か。二つ目の並び順だと、既存の「心的イメージ（mental representation）」を使ってわれわれは言葉の意味を理解することができるのだ。言葉はでたらめではなく、何かを意味する。そして意味が記憶を助ける。同じように、チェスマスターには個別の駒が盤上のどこにあるかを記憶できる驚異的な記憶力があるわけではない。彼らの記憶はかなりコンテキスト（文脈）に依存していて、通常の試合中に現れるようなパターンしか記憶できない。

意味のあるパターンを認識し記憶する能力は、チェスプレーヤーがチェスの技能を磨いていく方法に由来している。真剣にチェスの技能を高めたいと思う人は、主な手段としてチェスマスターの棋譜の勉強に膨大な時間を費やす。駒の配置を徹底的に分析し、次の手を予測し、予測が間違っていたら再び戻ってどこを見誤ったか考える。研究によると、チェスプレーヤーの能力を予測するうえで最も重要な説明変数は、他のプレーヤーとの対戦に費やした時間ではなく、このような分析に費やした時間の長さだという。一般的にグランドマスターの域に達するまでには、このような練習を約一〇年続ける必要がある。

長年にわたる練習によって、チェスプレーヤーは駒のパターン、すなわちそれぞれの位置だけではなく相互関係までをもひと目で認識できるようになる。彼らにとって駒のパターンは馴染みの友のような存在なのだ。ビル・チェースとハーバート・サイモンはこうしたパターンを「塊《かたまり》」と呼んだが、重要なのはそれが長期記憶に保持されていることだ。

サイモンの推計では、チェスプレーヤーはマスターの域に達するまでに、こうした塊を五万個ほど蓄積している。[11] チェスマスターがチェス盤の配置を見ると、そうした塊がいくつも目に入り、また塊が他のパターンの一部を構成する別の塊と相互に作用していることにも気づく。こうした塊には階層構造があり、塊が集まってより高次元のパターンが形成されることが研究によって明らかになっている。[12] この階層構造は、個人が集まって班になり、班が課に、課が部になるといった企業をはじめとする大規模組織の構造に通じるところがあり、階層が高くなるほど抽象的になり、実際に変化が起きている末端レベル（チェスの場合は個々の駒の動き）から遠くなる。

グランドマスターがチェス盤上の駒の配置を頭の中で処理し理解する方法は、心的イメージの一例である。それは彼らがチェス盤を「見る」方法であり、初心者が同じ盤を見る方法とはまるで違う。グランドマスターに頭の中で駒の配置を考えているとき何を見ているのかと尋ねると、何らかの「映像記憶」に頼って配置を記憶しようとする者とは異なり、彼らは盤上の一つひとつの駒を思い浮かべてはいないことがわかる。そうした「末端レベル」のイメージとは異なり、グランドマスターの描写はもっと曖昧で、「勢力線」や「強さ」といった言葉がちりばめられる。[13]

こうした心的イメージの重要な特徴は、それによってチェスプレーヤーは単に駒がどのマスにあるかを記憶するよりはるかに効率的に盤上の配置を符号化できることだ。この効率的な符号化こそ、チェスマスターがチェス盤をひと目見ればほとんどの駒の配置を覚えることができる能力、ひいては目隠しチェスをする能力の土台となる。

心的イメージとは何か？

心的イメージについてはさらに二つ、指摘しておきたい特徴がある。これから心的イメージという広大な世界を検討していくなかで繰り返し出てくるテーマだからだ。

第一に、心的イメージは単に駒の配置を符号化する手段ではない。それによってチェスマスターは進行中のゲームをひと目見ただけで、白黒どちらが有利なのか、ゲームはどのような方向で進んでいきそうか、好ましい手はどれかを瞬時に理解する。なぜなら心的イメージには、駒の位置や相互関係に加えて、二人のプレーヤーの配置のさまざまな弱みと強み、そのような状況において効果がありそうな手も含まれているからだ。初心者あるいは中級者とグランドマスターとの最も大きな違いの一つは、前者と比べて後者には配置を見た瞬間にはるかに効果的な手を思いつく能力があることだ。

心的イメージについての二つ目の特筆すべき特徴は、チェスマスターは最初は全体的なパターンとしてそれぞれのポジションを分析するものの（弱い相手と対戦しているときはそれで十分だ）、それに加えて心的イメージを用いることで個別の駒に照準を合わせ、頭の中でそれを盤上で動かしながらあらゆる手が形勢をどう変化させるかを検討することができることだ。そうすることで短時間のうちにさまざまな手とそれに対する相手の反応を詳細に検討し、勝利の可能性を最も高めるような手を探し当てることができる。要するに心的イメージによって、チェスマスターは初心者とは違って「森」を見ることができると同時に、必要に応じて個別の「木」に照準を合わせることもできるのだ。

心的イメージはチェスマスターだけが持っているものではない。実は、誰もが絶えず使っているものだ。心的イメージとは、脳が今考えているモノ、概念、一連の情報など具体的あるいは抽象的な対象に対応する心的構造のことである。簡単な例が視覚的イメージである。たとえば「モナリザ」と聞けば、すぐに頭の中にある絵画のイメージだ。心的イメージを「見る」人が多いだろう。そのイメージが「モナリザ」に対する彼らの心的イメージだ。心的イメージの詳しさや正確さは人によってばらつきがあり、たとえば背景に何が描かれているか、モナリザがどこに座っているのか、またはその髪型や眉の形まで説明できる人もいる。

心的イメージのもう少し込み入った例が「言葉」だ。たとえば「犬」である。あなたが「犬」という言葉を聞いたことがなく、またそんな動物は見たこともないとしよう。あなたは鳥や魚や昆虫ばかりで、四本足の動物が一切いない隔離された場所（無人島など）で育ったのだ。すると「犬」という概念を示されても、最初は無関係なデータの集まりに過ぎず、「犬」という言葉はあなたにとってまるで意味をなさないはずだ。それは毛むくじゃらで、足が四本あり、肉食獣であり、群れになって走り、小さいものは「子犬」と呼ばれ、人が訓練することができる、といったとりとめのない一群の情報に付与されたラベルに過ぎない。だが犬のいる環境に身をおき、徐々にそれがどんなものかわかってくると、こうした情報が統合されて「犬」という言葉が一つのまとまった概念を示すようになる。そうなると「犬」という言葉を聞いたとき、記憶を探って犬に関する細々とした特徴を集めてこなくても、すべての情報に瞬時にアクセスできる。「犬」という言葉があなたの語彙だけでなく、心的イメージの蓄積にも追加されたわけだ。

対象とする活動がなんであれ、限界的練習の大部分はその活動に役立つ有効な心的イメージを作り上げていくためのものだ。数字の羅列を記憶する能力を鍛えていたとき、スティーブ・ファルーンは頭の中で数字を符号化するための高度な方法を築きあげていった。つまり心的イメージを生み出したのだ。ロンドン市内のさまざまな場所から別の場所へ効率的に移動する方法を学んでいる見習いタクシー運転手は、ひたすら高度な心象地図、すなわち心的イメージを作り上げている。

練習しているのが主に身体的な技能であっても、適切な心的イメージを作り上げることはその重要な構成要素となる。新しい技を習得しようとしている飛び込み選手を考えてみよう。練習の大部分は、その技の瞬間ごとのあるべき姿、またそれ以上に重要なこととして、適切な身体の位置関係や動きがどんな感覚のものであるかという明確な心的イメージを形成することに費やされる。もちろん限界的練習は身体そのものの変化にもつながる。たとえば飛び込み選手なら足や腹筋、背中、肩などが発達する。だが身体の動きを生み出し、正確にコントロールするのに必要な心的イメージがなければ、どれだけ身体が変わっても意味がない。

心的イメージは特定の分野でしか役に立たない

心的イメージについて一つ重要なのは、それが「特定分野に限られたもの」であることだ。すなわち、練習した技能にしか当てはまらないのだ。たとえばスティーブ・ファルーンの場合、数字列を記憶するために作り上げた心的イメージは、文字列の記憶力を改善するのには一切役立たなかった。同じように、チェスプレーヤーの心的イメージは一般的な視空間能力のテストにおいて常人以上の結果をもたらすことはなく、飛び込み選手の心的イメージもバスケットボールにはまったく役に立たない[14]。

これによって傑出した技能全般についての、ある重要な事実に説明がつく。つまり、汎用的なスキルの習得などというのはあり得ない、ということだ。たとえば記憶力全般を鍛えることはできない。鍛えられるのは数字列の記憶力、語群の記憶力、あるいは人の顔の記憶力、といったものだけだ。また、スポーツ選手になるために訓練する人はおらず、体操、短距離走、マラソン、水泳、またはバスケットボールの選手になるために鍛える人がいるだけだ。医師を志す人も、医者のトレーニングを受けるのではなく、診断医、病理学者、神経外科医になるための訓練を積む。もちろん記憶力全般が優れている人、いくつもの分野で優れたスポーツ選手、あるいはさまざまな技能を兼ね備えた医者というのはたまにいるが、彼らがそうなったのはさまざまな分野で訓練を積んだからである。

心的イメージの細部には分野ごとに大きな違いがあるため、網羅的な定義をしようとするとどうしても漠然としたものになるが、突き詰めれば心的イメージとは事実、ルール、関係性などの情報がパターンとして長期記憶に保持されたものであり、特定の状況に迅速かつ的確に反応するのに役立つ。あらゆる心的イメージに共通するのは、短期記憶の制約を超える大量の情報を迅速に処理することを可能にするという点である。言うなれば、通常は短期記憶によって心的処理が受けるはずの制約を回避するための概念的構造と定義することもできる。

その最たる例はすでに見たとおり、短期記憶だけに頼っていたら七、八個しか覚えられないところを八二個も覚えてしまうスティーブ・ファルーンの数字記憶能力だ。どうやったかといえば、耳に入った数字を三つか四つずつ符号化して、意味のある記憶として長期記憶に保存し、それらの記憶を取り出し構造と結びつけることによってどの塊がどの次に来るかを覚えたのだ。こうしたすべての作業には数字三つか四つのグループに対する心的イメージだけでなく、取り出し構造そのものに対するイメージも必要で、それはスティーブの場合、たくさんの枝の先に数字三つか四つのグループがぶら下がっている、二次元の木のようなイメージだった。

ただ、いくつかのモノを覚えるというのは、短期記憶がわれわれの生活とどのようにかかわっているかを示す一番単純な例に過ぎない。たくさんの個別の情報をいっぺんに覚えたり処理したりしなければならないことは頻繁にある。文章を構成する単語を覚えつつ全体の意味を理解しようとする、チェス盤の駒の位置を覚える、あるいは速度やエンジンの回転数、ほかの車の位置や速度、道路状況や視界の良さを気にしつつ、足をアクセルとブレーキのどちらに乗せ、どれくらいの強さで踏むか、ハンドルをどれくらい切るべきかといったことを気にしながら車を運転するといったことだ。

どんなものであれ、それなりに込みいった活動をする場合には短期記憶の容量を超える情報を頭にとどめておく必要があり、われわれは意識するかしないかにかかわらず、常に何らかの心的イメージを作っている。心的イメージがなければ、われわれは歩くこともできないし（あまりにも多くの筋肉の動きを調和させなければならない）、話すこともできないし（筋肉の動きに加えて、言葉の意味を理解しなければならない）、人間的な暮らしをすることなどまるで不可能になってしまう。

プロ野球選手はどうやって高速のボールを打ち返しているのか？

こんな具合に誰もが心的イメージを持っているし、使っている。傑出した技能を持つ人々とふつうの人との違いは、心的イメージの質と量である。長年にわたる練習を通じて、エキスパートは現場で遭遇しそうなさまざまな状況に対応するきわめて複雑で高度なイメージを作り上げるのだ。たとえばチェスの試合の途中に登場する可能性がある膨大な数の駒の配置のように。こうしたイメージによって、特定の状況によりすばやく正確な判断を下し、迅速かつ有効に対応できる。初心者とエキスパートのパフォーマンスを分ける最大の要因がこれだ。

プロ野球選手がどうやって時速一四〇キロを超える速球を軽々と打ち返しているか考えてみよう。これは、その能力を長年鍛えた人でなければおよそ不可能な所業だ。バットを振るべきか、振る場合はどの位置で振るかといったことを、ほんの一瞬で決めなければならないからだ。

だが、彼らの視力がふつうの人と比べて格別良いわけではないし、反射神経が特別優れているわけでもない(15)。彼らに備わっているのは、長年ボールを打つ練習をしたり、投げられたボールに対する自らの読みが正しかったかどうかというフィードバックが即座に返ってきたりという経験を繰り返すなかで培われた、一連の心的イメージである。こうしたイメージによって、どんなボールが向かってくるのか、自分に到達したときにはどのあたりに来そうかといったことを瞬時に認識できるようになる。ピッチャーが腕を振りおろし、ボールがその手を離れた瞬間、意識的な計算などしなくてもそれが直球なのかスライダーなのか変化球なのか、どのあたりに来そうかといったことがかなり正確にわかる。要するにピッチャーの投球を読む術を身につけているため、実際に向かってくるボールをそれほど見なくても、バットを振るべきか、どの位置で振るべきかといった判断を下すことができるのだ。それに対して無学なわれわれは、ボールがキャッチャーミットに収まるまでそうした決定を下すことはできない。

前章の最後に「限界的練習によって具体的に脳の何が変わるのか」という質問を挙げたが、その答えの一番重要な部分がこれだ。エキスパートと凡人を隔てる最大の要素は、エキスパートは長年にわたる練習によって脳の神経回路が変わり、きわめて精緻《せいち》な心的イメージが形成されていることで、ずば抜けた記憶、パターン認識、問題解決などそれぞれの専門分野で圧倒的技能を発揮するのに必要な高度な能力が実現するのだ。

心的イメージは具体的にどのようなものなのか、またどのように機能するかを理解する最善の方法は、当然ながら「心的イメージ」という概念に対する優れた心的イメージを獲得することだ。心的イメージの心的イメージを獲得するには、「犬」のときと同じように少し時間をかけて相手を知り、柔らかな毛に手をすべらせ、小さな頭を撫で、彼らが得意の芸を披露する様子を見守るのが一番だ。

超一流のプレーヤーは瞬時にパターンを認識し反応する

たいていの分野における傑出したプレーヤーの特徴とは、心的イメージがそれほど成熟していない人には何の意味もなさない、あるいは戸惑うようなモノの集合の中にパターンを見いだす能力だ。言葉を換えれば、ふつうの人には木しか見えないのにエキスパートには森が見える。その最もわかりやすい例がチームスポーツだ。たとえばサッカーである。未熟な目には、各チームの一一人のプレーヤーが目まぐるしいカオスとしか言いようのない状況で走り回っており、ボールが来ると近くにいる何人かの選手がそれを追いかけるということ以上に何のパターンも見いだせない。だがサッカーに詳しい人や好きな人、特にサッカーが得意な人から見れば、それはカオスでもなんでもない。プレーヤーがボールやほかの選手の動きに反応して繰り広げる、絶えず変化するさまざまな意味のこもったパターンである。一流のプレーヤーはこうしたパターンを即座に認識し、弱点や隙をつくように反応する。

この現象を研究しようと、私はポール・ワードとマーク・ウィリアムズという二人の研究者とともに、優れたサッカー選手がフィールドで起こった状況をもとに次に何が起こるか、どれだけ正確に予測できるか調べた[16]。調査の方法は、選手に本物のサッカーの試合のビデオを見せ、一人の選手がボールを受け取った瞬間に突然停止するというものだ。そして被験者に、続いて何が起こるか予想してもらう。ボールを受け取った選手がそれをキープするのか、シュートを打つのか、あるいはチームメイトにパスするのか。調査の結果、優れた選手ほどボールを受け取った選手が次にとる行動を見きわめる能力が高いことがわかった。この調査では同時に選手の記憶力を測るため、画面を突然停止する直前の場面を思い出し、そのプレーに関連する選手の位置やどの方向に走っていたかをできるだけ詳しく思い出してもらった。これについても優れた選手ほど成績が良かった。

われわれの出した結論は、優れた選手ほど次に何が起きるかを予測するのが得意なのは、より可能性の高い展開をいくつも予想し、比較検討し、最も効果の高そうな行動を選択する能力と関係しているというものだった。要するに優れた選手ほど、フィールドで起きている動きのパターンを解釈する能力が高かったのだ。この能力のおかげで、どのプレーヤーの動きや相互作用が最も重要なのかを認識でき、それによってフィールドのどこに向かうべきか、いつ誰にパスを出すべきかについて優れた判断を下すことができる。

アメリカン・フットボールについても同じようなことが言えるが、フィールド上で起こることについて優れた心的イメージを獲得する必要があるのは主にクォーターバックだ。優秀なクォーターバックの多くが、映像資料室にこもって自分のチームや相手チームのプレーを見たり分析したりするのに長い時間を費やすのはこのためだ。一流のクォーターバックはフィールドのどこで何が起きているかを逐一把握しており、試合終了後でもほとんどのプレーを記憶していて、両チームの多くのプレーヤーの動きを詳細に説明できる。だが、それ以上に重要なのは、クォーターバックが有効な心的イメージを持っていると、ボールをパスすべきか、誰に、いつパスを出すべきかなどについて優れた判断を迅速に下せるようになることだ。正確な判断を〇・一秒早く下せるかは、優れたプレーと最悪のプレー、つまりパスが通るかインターセプトされるかの違いを生む。

二〇一四年にドイツの研究者が実施したインドア・クライミングの研究から、心的イメージについてもう一つ重要な事実が明らかになった。[17] これは屋外のロッククライミングを模した、そのトレーニングにもなるスポーツで、さまざまな形のホールド（持ち手）を使って垂直な壁を登らなければならない。ホールドにはオープン、ポケット、サイドプル、クリンプなどさまざまなグリップ（握り方）がある。グリップによって手や指の配置は変わる。グリップを誤ると、落下の可能性が高くなる。

研究チームは一般的な心理学のテクニックを使って、クライマーがさまざまなホールドを確認するとき脳で何が起きているかを調べた。最初に気づいたのは、経験豊富なクライマーは新米と異なり、無意識のうちにホールドを必要なグリップに応じて分類している点だ。さまざまなホールドについての彼らの心的イメージにおいては、たとえばクリンプグリップを必要とするホールドは同じグループに分類され、ポケットグリップを必要とするグループとは区別される。こうしたグループ分けは無意識のうちに行われる。プードルと猟犬を見れば、あえて「どちらも犬だ」などと口に出さなくても、即座に両者が同じ分類に属すのがわかるのと同じことだ。

要するに、経験豊富なクライマーはホールドの心的イメージが発達しているため、意識的に考えなくても目に入ったホールドに適したグリップがわかる。それに加えて彼らが特定のホールドを見ると、これもまた意識的に考えなくても、対応するグリップの形をとるように脳から手に信号が送られることも明らかになった。未熟なクライマーは一つひとつのホールドについて適切なグリップを意識的に考えなければならない。一方で、経験豊富なクライマーは心的イメージを使って機械的にホールドを分析する能力によって速く登れるようになり、落下する可能性も低くなる。この分野でも優れた心的イメージが優れた技能につながっているのだ。

情報の処理能力を高めるには

ここまで挙げてきたエキスパートにとって、心的イメージの最大のメリットは情報処理に役立つこと、すなわち情報を理解し、解釈し、記憶に保持し、整理し、分析し、それを使って意思決定をするのを助けてくれることだ。これはあらゆるエキスパートに言えることであり、また意識するかしないかにかかわらず、われわれのほとんどが何らかの分野のエキスパートなのである。

たとえば今本書を読んでいる人のほとんどは読書の「エキスパート」であり、その域に到達するには相応の心的イメージを発達させる必要があった。それは文字と音との対応を学ぶところから始まったはずだ。その時点の読書は文字を一つずつ、単語をたどたどしく読み上げていく大変な作業だった。だが練習を重ねるにつれて単語全体を見ただけで意味を認識できるようになる。言葉を構成する文字のパターンを符号化し、そのパターンを「犬と折り合いの悪い毛皮に覆われた小さな動物」という概念や読み方と結びつける心的イメージによって「ね、こ」は「猫」になる。

言葉の心的イメージと同時に、読書に不可欠なほかのさまざまな心的イメージも発達していく。文章の始まりと終わりを認識し、言葉をそれぞれ意味のある塊に区切れるようになる。さまざまなパターンを内部化することによって、見たこともない言葉の意味を推測したり、表記の間違いや誤用、抜けなどがあっても文脈から意味をとることができるようになる。今ではモノを読むときには、心的イメージが水面下でひっそりと、それでいて重要な機能を果たしつづけてくれるおかげで、こうした作業を意識しなくてもできているはずだ。

　ただ本書を読んでいる人がみな、紙面上のさまざまな記号をどのような言葉や文章に転換すべきか難なく理解できるという意味で読書のエキスパートであるとは言っても、本書に含まれる情報を理解し、吸収する能力においては他の人以上に秀でている人もいるだろう。これもまた心的イメージによって、どれだけ短期記憶の制約を乗り越え、読んでいる内容を保持できるかにかかわっている。その理由を説明するために、次のような実験を考えてみよう。被験者を集めてアメリカン・フットボールや野球の試合などについて少し専門性の高い新聞記事を読ませ、その内容をどれだけ覚えているか質問するのだ。結果は主に被験者の言語能力（ＩＱとの相関性が高い）によって決まると思うかもしれないが、そうではない。さまざまな研究によってアメフトや野球に関する記事の理解度を決める最大の要因は、そのスポーツに関する予備知識であることが明らかになっている[18]。

　理由は簡単で、そのスポーツのことをよく理解していないと、記事の細々とした描写はまとまりのない事実の寄せ集めに過ぎず、それを記憶するのはでたらめに並べられた言葉を覚えるのと同じくらい難しいからだ。だがすでにそのスポーツに通じている人には、記事を理解し、情報を整理し、関連性のある既存の知識と関連づけるための心的構造がすでに存在している。新たな情報は連続性のあるストーリーの一部となり、迅速かつ容易に長期記憶に入っていくので、そのスポーツの内容をまったく知らないで記事を読むのと比べてはるかに多くの情報を覚えられるのだ。

　あるテーマについて知れば知るほど心的イメージは詳しくなり、新たな情報を吸収するのも容易になる。「1. e4 e5 2. Nf3 Nc6 3. Bb5 a6……」といったチェスの棋譜はふつうの人にはちんぷんかんぷんだが、チェスのエキスパートが見れば試合全体の流れを追い、理解することができる。同じように音楽のエキスパートであれば、新しい曲の楽譜を見ただけで弾かなくてもそれがどんな調べになるかわかる。そして「限界的練習」や学習心理学という領域全般についてすでに知識のある読者なら、他の読者より楽に本書の情報を吸収できるはずだ。いずれにせよ本書を読み、議論されているトピックについて考えることであなたの中に新たな心的イメージが生まれ、今後このテーマについて読んだり学んだりするのが容易になるはずだ。

複雑な症状を訴える患者を正しく診断できるか?

『ニューヨーク・タイムズ』にときどき、医師で作家のリサ・サンダースによる「医者の目線で考えてみよう」というコラムが載る。いわばテレビドラマ『ドクター・ハウス』の新聞版で、毎回医学的な謎、つまり最初に診察した医師を困惑させた実在のケースが紹介される。サンダースは読者に医学的知識や症状から診断を導き出す能力など必要なツールがすべて揃っているという前提に基づき、謎解きに十分な情報を与えて回答を募る。その後のコラムで正解を明らかにして、実際の医師らがどのように答えにたどりついたかを説明し、読者の正解率を発表する。毎回読者から数百通もの回答が寄せられるが、正解するのはほんの数人だ。

私がこのコラムに惹かれる最大の理由は、医学的謎やその答えのためではなく、ここから浮かびあがる診断という思考プロセスのためだ。特に複雑な症例の診断を下す医師は、患者の状態について膨大な情報を集め、それを吸収し、適切な医学知識と結びつけて結論を導き出さなければならない。その過程では少なくとも三つの異なる作業が必要になる。それは、患者についての情報を集めること、関連する医学知識を思い出すこと、そして情報と医学知識を総合して「おそらくこれだろう」と思われる症例を絞りこみ、想定される診断を特定して適切なものを選ぶことである。すべての作業において心的イメージが発達しているほどプロセスは迅速かつ効率的になるし、そうでなければ診断そのものが不可能になることもある。

こうした思考プロセスが実際にどんな具合に機能するか、サンダースの医学的謎を拝借して見ていこう。これも二〇〇〇人以上が回答を寄せたにもかかわらず正答者は数人しかいなかった問題だ[19]。三九歳の男性警察官が病院にやってきて、耳にナイフが突き刺さっているような強烈な痛みがあると訴えた。また右の眼球が左より小さくなっているという。耳が痛くなったことは前にも一度あり、そのときは救急医療センターに駆けこんで感染症と診断され、抗生物質を処方された。二日ほどで回復したので、それについてはすっかり忘れていたところ、二カ月経って痛みが再発し、今度は抗生物質がまるで効かないという。

医師は副鼻腔炎を疑ったが、眼球の問題があったので眼科医を紹介した。だが眼科医も診断を下せなかったので神経眼科の専門医に紹介した。神経眼科医は即座に眼球の縮小が特別な症候群の症状であることを理解したが、それ以外の面では完全な健康体である男性がなぜそれを発症したのか、またそれが強烈な耳の痛みとどう関係しているかが理解できなかった。そこで患者にたくさんの質問を投げかけた。どこか他にも具合の悪いところはないか。痺れやひりひりする痛みなどはないか。最近ウェイトトレーニングをしなかったか、など。患者が最近ウェイトトレーニングをしていると答えたところ、医師は最後にもう一つ質問をした。ウェイトトレーニングの後で頭や首に強い痛みを感じたことはなかったか、と。患者はたしかに数週間前、トレーニングの後に激しい頭痛を感じていた。これでようやく医師は患者の問題が何であるか確認できた。

この謎を解く重要なカギは、片方の眼球が小さくなるという症状を引き起こす病気が何かをつきとめることのように思えるが、それは格別難しいことではない。「ホルネル症候群」という病名を聞いたことがあって、その症状を思い出すことができればよいだけだ。ホルネル症候群は目の後ろを走っている神経の損傷が原因で起きる。それによって瞳孔が小さくなり、目を覆《おお》っている瞼《まぶた》の動きが制限されることが多い。実際に神経眼科医が詳しく調べたところ、患者の瞼が完全に開いていないことがわかった。

しかし、何人かの読者はホルネル症候群であることまではつきとめたが、それが耳の痛みとどう結びついているかがわからなかった。この種の問題、すなわちさまざまな手がかりを結びつけなければならない状況では専門医の心的イメージがモノを言う。複雑な症状を併発した患者の診断を下す場合、医師はどれが有益な情報でどれがそうではないかがまったくわからない状況のもとで大量の情報を取り込まなければならない。あらゆる情報を手当たり次第に集めることは短期記憶の制約上不可能であるため、適切な医学的知識をベースに情報を理解していく必要がある。だがどの知識が適切なのか。病名が判明するまで、さまざまな臨床情報のかけらが何を意味しているのか、それがどのような医学的症状に関連しているのか、理解するのは難しい。

診断医学の心的イメージが未熟な医学生は、症状を自分が知っている疾患と結びつけ、拙速な結論を出そうとする傾向がある。複数の選択肢を思いつくことができないのだ。若手医師の多くも同じ過ちを犯す。くだんの警官が耳の痛みを訴えて救急医療センターに駆けこんだとき、そこの医師が何らかの感染症であろうと判断し（たいていの患者はそれで正解だ）、片目に異常があるという一見関連性のなさそうな事実を気にかけなかったのはこのためだ。

医学生とは異なり、経験豊富な医師は高度な心的イメージを身につけており、そのおかげで一見関係のなさそうな情報も含めてたくさんの事実を同時に考慮することができる。同時に大量の情報を集め、検討することができるというのが、高度に発達した心的イメージの大きなメリットである。診断のエキスパートといえる医師の研究では、彼らがさまざまな症状やそれに関連するデータをバラバラな情報として認識するのではなく、より大きなパターンの構成要素として認識することが明らかになっている。グランドマスターがチェス盤を個々の駒の寄せ集めとして見るのではなく、駒の形成するパターンとして見るのに通じるところがある。

そして心的イメージによってチェスマスターが、あっという間に次の手の選択肢をいくつも思い浮かべ、最善のものに絞り込めるように、経験豊富な医師もさまざまな病名を思い浮かべ、比較検討の末に一番可能性の高いものを選択するのである[20]。もちろん考えうるすべての選択肢が当てはまらないという判断に至ることもあるが、一つひとつの選択肢を吟味する過程で、別の選択肢が浮上することもある。可能性のあるさまざまな選択肢を思い浮かべ、慎重に吟味する能力こそ、診断のエキスパートとそれ以外の違いである。

『ニューヨーク・タイムズ』に掲載された医学的謎を解くには、まさにそんなアプローチが求められる。まず患者がなぜホルネル症候群とナイフで刺されたような耳の痛みを訴えているのか、考えられる原因をいくつも思い浮かべ、それから選択肢を一つひとつ検討して正解を見いだすのである。一つ考えられるのは脳卒中だが、患者の状況を見ても脳卒中を示唆する情報は何もない。

帯状疱疹であれば二つの症状を引き起こす可能性があるが、患者には水泡も発疹も認められなかった。三つ目の可能性は、ホルネル症候群で影響を受ける神経のすぐ横を通り、また耳の近くも通っている頸動脈の破れだ。頸動脈に小さな裂け目ができると血液が血管の内壁を通って漏れ出し、外側の壁が膨らむ。それが顔の神経を圧迫したり、稀なケースではあるが耳の神経を圧迫することもある。

神経眼科医はこの可能性を念頭に、患者にウェイトトレーニングと頭痛についての質問をしたのだ。ウェイトを持ち上げると頸動脈が破れる場合があることがわかっており、それが起こると頭痛や首の痛みにつながることが多い。患者がそれを認めると、専門医は頸動脈が破れたというのが最も可能性が高いと判断した。その後、ＭＲＩによってこの診断が裏づけられ、患者は血栓の形成を防ぐために血液を薄める薬を処方され、血管が治るまでの数カ月は運動を避けるよう指示された。

このように正しい診断を下すうえで重要なのは、単に必要な医学的知識があるだけでなく、可能性のある症状を思い浮かべ、最も可能性の高いものに絞り込めるように医師の知識が整理され、いつでも引き出せる状態になっていることだ。傑出したプレーヤーの研究では、圧倒的に情報が組織化されているという点が繰り返し指摘されている。

これは保険販売といったありふれた仕事にもあてはまる。最近のある研究は、一五〇人の保険販売員の複数の保険（生命保険、住宅保険、自動車保険、貯蓄型保険など）についての知識を調べた。[21]当然ながら成功している販売員（売り上げが大きい販売員）ほど、それほど成功していない販売員と比べてさまざまな保険商品に関する知識が豊富だった。だがそれ以上に重要なこととして、大きな成功を収めている販売員は、そうではない人々と比べてはるかに複雑で統合された「知識構造」（本書で「心的イメージ」と呼んでいるもの）を持っていることがわかった。特に優れた販売員は、高度に発達した「こういう場合はこうする」という構造をたくさん持っていた。「ある顧客にこうした条件が当てはまった場合、こういう発言や行動を取る」というパターンである。一流の保険販売員は保険の知識が高度に組織化されていたために、どんな状況でもどんな対応をすべきか迅速かつ的確に判断できた。だからこそ優秀な販売員になれたのだ。

全体的な流れを事前にイメージする

経験豊富なロッククライマーは、実際にクライミングを始める前に壁全体を見渡し、自分がホールドをどのように移動し、どんなルートを取るかイメージする[22]。クライミングを始める前に登っていく様子について詳細な心的イメージを生み出す能力は、経験を通じてのみ養えるものだ。

一般的に、心的イメージはさまざまな分野で計画を立てるのに用いることができ、その質が高いほど計画の立案も効率的になる。

たとえば外科医は、患者の身体にメスを入れる前に手術の全体的な流れをイメージすることが多い[23]。ＭＲＩ、ＣＴスキャンなどの画像をもとに患者の体内を調べて問題がありそうな場所を特定し、そこをどう攻めるか計画を練る。このような外科手術の心的イメージを形成するのは、外科医の仕事の中でも最も難しくまた重要なものの一つで、熟練した外科医ほど手術手順について高度で有効な心的イメージを作る。それは手術の道しるべとなるだけでなく、手術中に何か想定外のことが起きたときに警告を発する役割も果たす。実際の手術の状況が医師の心的イメージから外れれば、医師はペースを落とし、別の選択肢がないか検討し、必要とあれば新たな情報に基づいて計画を練り直す。

日常的にロッククライミングや外科手術をする人は少ないが、モノを書く機会はたいてい誰にでもあるのではないか。モノを書くというプロセスは、心的イメージが計画を立てるのにどのように役立つかを示す優れた例と言える。私自身、本書の執筆にとりかかっていたここ二年はモノを書くことが増えたし、読者の多くも手紙や仕事用のレポート、ブログや本などを書くことがあるのではないか。

モノを書くときの心的イメージの活用についてはかなり多くの研究がなされており、そこから優れた書き手とアマチュアの手法には大きな違いがあることが明らかになった。たとえば作文を書くときはどんなふうに取り組むのか、という質問に対するある小学六年生の答えを見てみよう。(24)

書きたいことがたくさんあるから、それがなくなるまで全部書きます。それからもっと他のアイデアがないか考えて、これ以上紙に書くべきことが見つからないと思ったら終わりにします。

これは小学六年生に限らず、文筆を生業としていない人にはとてもよく見られるやり方だ。かなり単純で直接的なイメージと言える。与えられたトピックに対して筆者が抱いているさまざまな考えがあり、それがたいていはトピックとの関連性や重要性によって、あるいはカテゴリー別などの他のパターンで整理されている。もう少し高度なイメージになると冒頭に導入部があり、末尾に結論やまとめが追加されるが、だいたいそんなところだ。この執筆方法は頭に浮かんだことをそのまま読者に伝えるだけなので「知識口述型」と呼ばれる。[25]

質の高い文章を書くテクニック

一方、優れた書き手の方法はまるで違う。私が共同執筆者と本書を書いた方法を説明しよう。われわれはまず本書にどんな役割を期待するか考えた。われわれは読者に、高度な能力について何を学んでほしいと思っているのか。読者に伝えるべき重要な概念や考え方はどれか。本書を読むことで、訓練や可能性に対する読者の認識がどう変わってほしいのか。こうした質問に答えていくことで、本書に対する最初のざっくりとした心的イメージができた。それはわれわれの本書に対する目標であり、期待する成果だ。もちろん本書の執筆を進めていくなかで当初のイメージは変化していったが、これは最初の一歩だった。

続いてわれわれは、掲げた目標をどうやって達成しようか考えた。カバーすべき一般的なトピックは何か。当然、限界的練習とは何かを説明する必要がある。では、どうやって説明しようか？　まず一般的な練習方法とその限界を説明したうえで、目的のある練習を説明するというのが良いだろう。この段階では本書の目標を達成するためのさまざまな方法をイメージし、最適な選択肢を選んでいたのだ。

選択を重ねながら徐々に心的イメージを磨きあげていき、最終的にすべての目標を満たしていると言えそうなものができあがった。この段階のわれわれの心的イメージがどのようなものであったかをイメージするには、中学校で習ったエッセイの構成を考える方法を思い浮かべてもらうといい。われわれは章立てを考え、それぞれの章がどのトピックを扱い、そのトピックのどのような側面に触れるかを考えた。ただわれわれの生み出したイメージは単なる構成ではなく、もっと内容の充実した複雑なものだった。たとえばなぜこのテーマはこの章で扱うのか、それを通じて何を伝えたいのかということまではっきりわかっていた。また本全体の構造と論理展開（なぜあるトピックが別のトピックの次に来るのか）、そしてさまざまな構成要素の相互のつながりについても明確な考え方があった。

またこのプロセスには、われわれに限界的練習に対する自らの認識を慎重に検討するよう促す効果もあることがわかった。当初は限界的練習について、またそれを説明する方法についてはっきりとしたアイデアがあるつもりだったが、専門的にならないように簡潔に説明しようとしたところ、思ったほどうまくいかないことがわかった。このため、ある概念を説明したり強調したりするのに最善の方法を再検討しなければならなくなった。

たとえばエージェントのエリス・チェイニーに最初の企画書を見せたところ、チェイニーもその同僚も限界的練習を明確に理解することができなかった。特に限界的練習は他のタイプの練習より効果が高いということをのぞいて、両者の何が違うのかよくわからないようだった。これは彼らの落ち度ではなく、われわれの説明が自分たちが考えていたほどわかりやすいものではなかった、ということだ。そこで限界的練習の説明方法を見直すことにした。つまり限界的練習に対するわれわれの考え方、他の人々にそれをどう理解してもらいたいかについて、より優れた心的イメージを作り直したのである。まもなくわれわれは、限界的練習を説明するうえでは心的イメージの働きがカギとなることに思い至った。

当初われわれは、心的イメージは限界的練習について読者に伝えるべきさまざまな特徴の一つに過ぎないと考えていたが、それこそが本書の中核となる、最も重要な特徴であると考えるようになった。限界的練習の最大の目的は有効な心的イメージを形成することであり、またこれから見ていくとおり、心的イメージもまた限界的練習において重要な役割を果たすのである。限界的練習に反応してわれわれの適応力豊かな脳で起こる重要な変化とは、より優れた心的イメージが形成されることであり、それが技能向上の新たな可能性につながるのである。要するにわれわれは、心的イメージの説明が本書の要《かなめ》であり、それがなければ本書全体が成り立たないと思うようになったのだ。

本書の執筆作業とその主題に対するわれわれの認識の間には絶えず相互作用が働いており、読者によりわかりやすくメッセージを説明する方法を模索するなかで、限界的練習に対する新たな見方がひらめくことも多かった。これは「知識口述型」と対《つい》をなすものとして専門家が「知識変化型」と呼ぶ執筆方法だ。執筆の過程で当初書き手が抱いていた知識が変化したり、新たな知識が追加されたりするためだ。

これは傑出した技能を持つ人々が自らの技能を高めるために心的イメージをどのように使っているかを示す一つの例と言える。つまり自らのパフォーマンスを監視し、評価して、必要であれば心的イメージをさらに有効なものに修正する。心的イメージが有効であるほど結果も良くなる。われわれも本書について心的イメージをまとめたものの、それはわれわれが望んだほどの結果

（当初の企画書に盛り込んだ説明）には結びつかなかったので、そのフィードバックに基づいてイメージを見直した。そうすることで限界的練習についてよりわかりやすい説明ができるようになったのだ。

このようなプロセスが執筆期間を通して続いた。心的イメージは変化しつづけていたものの、それは執筆の指針となり、執筆に関する意思決定に必要な情報を与えてくれた。執筆を進める過程では（後半は担当編集者のイーモン・ドランの協力も得て）個々の構成要素を吟味し、問題点が見つかるとそれを手当てするために心的イメージも修正した。

もちろん本一冊分の心的イメージは私用の手紙やブログの投稿のそれと比べるとはるかに大きく複雑なものだが、全体としてのパターンは同じである。質の高い文章を書くには、事前に執筆作業の指針となる心的イメージを作り、執筆作業を監視し、評価しながら必要に応じてイメージを見直す心構えをしておくことだ。

優れた生徒ほど自分のミスに気づくことができる

一般的に、心的イメージは特定のスキルを学んだ結果として生じるだけではない。学習を助けるものでもある。楽器の演奏技術という分野に目を向けると、それを示す優れた事例がいくつも見つかる。複数の研究者が一流の音楽家とそれ以外を分ける要因を分析しており、その重要なものの一つは一流の音楽家が形成する心的イメージの質に見いだすことができる。[26] 新しい曲を練習するとき、初心者や中級者は一般的にそれをどのように演奏すべきかという質の高い明確なアイデアを持っていないのに対し、上級者には練習の、そして最終的には本番の演奏での指針となるようなきわめて詳細な心的イメージがある。特筆すべきは上級者が、自分は楽曲の完璧な演奏にどれくらい近づいているのか、さらに上達するためにどこを変えればよいのかを知るためのフィードバックを得るために心的イメージを使っていることだ。初級者と中級者も楽曲について、たとえば自分が間違った音を弾いたときに気づける程度のざっくりとしたイメージを持っているかもしれないが、もっと微妙なミスや弱点には教師からのフィードバックがないと気づかない。

楽器を習いたての初心者でも、課題曲をどのように示すかによって練習の効果に大きな違いが出るようだ。一五年ほど前、ゲーリー・マクファーソンとジェームズ・レンウィックという二人のオーストラリアの心理学者が、フルート、トランペット、コルネット、クラリネット、サックスを習っている七歳から九歳の子供たちを研究した。研究の一環として、二人は子供たちが自宅で練習する様子を録画し、分析して、練習の効果を高くあるいは低くしている要因を把握しようとした。[27]

具体的には、二人は子供たちが初めて、そして二回目にある曲を練習したときのミスの回数をそれぞれ調べ、一回目と二回目の改善度合いによって練習の有効性を測ることにした。改善の度合いには大きなばらつきが見られた。被験者の中で最も多くミスをしたのはコルネットを習いはじめて一年足らずの少女だった。練習で初めての曲を弾くときには、平均で一分あたり一一回ミスをした。二回目に弾くときも、そのうち七〇％で同じミスをしていた。つまりミス一〇個あたり直せたのはわずか三個だったわけだ。

対照的に楽器を習いはじめて一年目で最も成績が良かったのは、サックスを練習していた少年で、初めての曲を弾くときでも一分あたりわずか一・四回しかミスをしなかった。そして二回目に弾くときに初回と同じミスをしたのは二〇％だけだった。つまり一〇個のミスのうち八個を直したのだ。サックスを練習していた少年はもともと間違えた回数がはるかに少なく、改善の余地が小さかったことを考慮すれば、この割合の違いは衝撃的である。

どの生徒も練習態度は良く、うまくなりたいという意欲も高かったため、こうした差異は主に生徒が自分の間違いをどれだけ認識できるか、つまり曲に対する心的イメージがどれだけ有効なものであるかに起因していた、とマクファーソンとレンウィックは結論づけている。サックスの少年は曲について明確な心的イメージを持っていたため、自分のミスに気づき、それを次に練習するときに覚えていて直すことができた。一方、コルネットの少女は自分の弾く曲についてそれほどきちんとした心的イメージを持っていなかったようだ。二人の違いは熱意や努力にあったのではなく、コルネットの少女はサックスの少年のような上達のためのツールを持ち合わせていなかったのだと研究者たちは指摘している。

マクファーソンとレンウィックはここで言う心的イメージが正確にどのようなものかを掘り下げてはいないが、他の研究によって心的イメージにはさまざまな形態があることが示唆されている。一つは聴覚的イメージで、ある曲をどんなふうに演奏すべきかという明確な認識である。あらゆるレベルの演奏家は練習や演奏の指針としてこのイメージを使うが、優れた演奏家ほど圧倒的に詳しいイメージを持っており、そこには音符の高さや長さだけでなく、音量や抑揚、ビブラート、トレモロ、他の奏者の楽器の音も含めた他の音符との調和なども含まれている。優れた音楽家は音に関するこうしたさまざまな特性を理解しているだけでなく、それをどうすれば自分の楽器で生み出せるかもわかっている。これにもまた別の心的イメージが必要で、それは音そのもののイメージと密接に結びついている。

マクファーソンとレンウィックが研究した生徒たちはみな程度の差こそあれ、おそらく楽譜に書かれた音符とそれを弾くための指使いを結びつける心的イメージも持っていたはずだ。このためサックスの少年はうっかり指を音符に合わない場所に置いてしまったとき、出た音が違うためだけでなく、指の感覚が「違う」、つまり指の位置についての心的イメージに合わないことでもミスに気づいたのだろう。

マクファーソンとレンウィックの研究はかなり個人レベルに踏み込んでいるのが強みで、読み終わるとコルネットの少女やサックスの少年を直接知っているような感覚を抱くほどだが、一つの音楽教室に属する数人の生徒しか観察していないという弱点がある。幸い二人の研究結果は、初心者から大学レベルの音楽学校に入ろうという上級者まで三〇〇〇人以上の生徒を対象としたイギリスの研究でも裏づけられている(28)。

この研究では、優れた生徒ほどミスを犯したときに気づくことができ、特に努力が必要な難しい部分を見きわめる能力も高いことなどが確認された。これは彼らが演奏している曲や自分自身の演奏についてより高度に発達した心的イメージを持っており、そのおかげで自分の練習をモニタリングし、失敗を認識できることを示唆している。さらに上級者ほど有効性の高い練習方法を身につけていることも明らかになった。それが意味しているのは、上級者はミスに気づくだけでなく、特定の曲の演奏で自分が感じている難しさに見合った適切な練習手法を見きわめるために心的イメージを使っている、ということだ。

音楽演奏に限らずどんな分野においても、技能と心的イメージの間には好循環が生まれる。技能が高まるほど心的イメージの質も高まり、心的イメージが優れていると技能を高めるのに効果的な練習ができるのだ。

一流のピアニストは曲の「地図」を作る

エキスパートが心的イメージをどのように使うかについては、コネチカット大学の心理学者であるロジャー・チャフィンと、ニュージャージー州に住む国際的に有名なピアニスト、ガブリエラ・イムラーとの研究にさらに詳しく描かれている。二人は長年にわたる協力を通じて、ある曲を研究し、練習し、本番の演奏をするまでの間イムラーの頭の中で何が起きているかを解明してきた[29]。

チャフィンがイムラーと行った作業は、スティーブ・ファルーンが数字列の記憶の心的イメージを発達させていく過程を観察したときの私の手法と似ている。チャフィンはイムラーが新たな楽曲を習得する様子を観察し、どうやって演奏しようか考えているときの思考プロセスを口に出すよう求めた。さらに練習の様子を録画することで、イムラーがどうやって課題に取り組んでいるか、より多くの手がかりを得ようとした。

あるときチャフィンは、イムラーが初めて演奏することになったヨハン・セバスチャン・バッハの「イタリア協奏曲」の第三楽章を三〇時間以上練習する様子を追った。最初にイムラーが楽譜を見ながら行ったのは、チャフィンの言う「芸術的イメージ」、すなわち本番でどんなふうに演奏すべきかというイメージを形づくる作業だった。もちろんイムラーはこの曲について何も知らなかったわけではなく何度も聴いたことはあったが、それでも楽譜を見ただけでそのような楽曲の心的イメージを生み出すことができたという事実は、彼女のピアノについての心的イメージがどれほど高度に発達していたかを示している。一般人が紙に書かれた音符を読んでいるとき、イムラーの頭の中にはその音楽の調べが聞こえているのだ。

それからの時間のほとんどを、イムラーは自分の芸術的イメージと合致するように演奏する方法を見いだすのに使った。まず曲全体を通して弾き、具体的にどのような指使いにするかを決めた。可能なかぎり標準的な指使いをしたが、ここはこんなふうに弾きたいという特別なイメージのある楽節については標準的な指使いから外れた。そんなときにはいくつもの選択肢を試してみて、どれか一つに決めると、それを楽譜に書き込んだ。さらにイムラーは曲の中で、チャフィンが「表現的な転換点」と呼ぶ箇所をいくつか決めた。たとえば演奏が軽快で生き生きとしたトーンからより控えめで重厚なトーンに変化する場所だ。それから曲の中でいくつかの「合図」となる部分を選んだ。それは、転換点あるいは技術的に難しい部分の直前の短い楽節で、これから重要な部分に差し掛かるというシグナルを発する役割を果たす。さらに曲の解釈に微妙な変化をつける部分もいくつか選んだ。

このようなさまざまな要素を盛り込んだ曲全体の地図を作ることで、木と森の両方に目配りができるのだ。曲を全体としてどんなふうに演奏するかというイメージを持ちつつ、演奏中に特に注意すべき細部についても明確なイメージを形成した。イムラーの心的イメージは、曲をどんなふうに演奏すべきかという考えと、その演奏を実現するために自ら考えた方法を組み合わせたものだった。他のピアニストが持っている心的イメージの具体的内容はイムラーのそれとは異なっている可能性が高いが、その作り方はかなり似通っているはずだ。

この心的イメージによって、曲を習得しようとしているクラシック音楽のピアニストが直面する根本的なジレンマにも対処できるようになる[30]。演奏家にとっては、特に意識しなくても両手の指が正しい音符を弾くぐらい、いわばほとんど機械的に演奏できるまで曲を練習し、覚え込むことが欠かせない。そうすることで初めて、大勢の聴衆が見守るなかで緊張し、興奮していても完璧に弾きこなせるようになる。その一方で、聴衆と心を通わせコミュニケーションをとるには、ある程度の臨機応変さも必要だ。イムラーはそれを曲のメンタルマップを通じて実現した。曲の大部分は練習してきたとおりに、指を何度もリハーサルしたとおりに動かしながら弾くが、目印として決めておいたさまざまな箇所があるために自分が楽曲のどの部分を弾いているかは常に正確に把握している。目印の中には、変則的な指使いをする部分が近づいている合図となる演奏上の目印もあれば、チャフィンが「表現上の目印」と呼ぶものもある。これはそのときのイムラーの気持ちあるいは聴衆の反応によって特別な感情を表現するように、演奏方法を変える場所だ。これによって生身の聴衆の前で難しい曲を弾くという厳しい制約の中でも、臨機応変な対応が可能になる。

心的イメージがパフォーマンスを向上させる

ここまでいくつかの研究成果を通じて見てきたとおり、音楽家は心的イメージを使って演奏技術の身体的および認知的側面を向上させている。しかも心的イメージは、純粋に身体的活動と思われがちな分野においても重要な役割を果たす。あらゆる分野のエキスパートは、その分野における傑出した知識人と言っても過言ではない。審査員が選手の身体のポジショニングや動きの芸術性を評価する競技、たとえば体操、飛び込み、フィギュアスケート、ダンスなどはまさにそうだ。こうした分野の演技者は、演技を構成する一連の動きに芸術性を持たせるにはどんなふうに身体を動かすべきか、はっきりとした心的イメージを持っていなければならない。

ただ芸術性が明確な評価対象にはなっていない分野においても、身体を効率良く動かすように訓練することが重要であるのは変わらない。水泳選手は推進力を最大化し、水の抵抗を最小限に抑えるようなストロークができるように訓練する。ランナーはなるべくエネルギーを使わず速度と持久力を最大化するような足の運びを練習する。棒高跳び、テニス、武道、ゴルフ、ウェイトリフティング、スキート射撃、滑降スキーの選手、野球の打者、バスケットのスリーポイントシューターなどは例外なく、きちんとしたフォームを身につけることが優れたパフォーマンスの必須条件であり、最も優れた心的イメージを持っている競技者が他よりも有利になる。

こうした分野においても好循環が働く。スキルを磨くことが心的イメージを磨き、優れた心的イメージがスキルの向上をさらに後押しする。ここには多少、鶏が先か卵が先かという問題はある。たとえばフィギュアスケートだ。ダブルアクセルに成功するまでそれがどういうものかはっきりした心的イメージを持つのは難しく、反対に優れた心的イメージがないときれいなダブルアクセルを決めるのは難しい。自己矛盾のようだが、実はそうではない。少しずつダブルアクセルができるようになる過程で、心的イメージも形成されていくのである。

それは、階段を作りながら上がっていくようなもの、とも言える。階段を一段上がるたびに、次の段を作ることになる。それを作ると、さらにまた次を作る、そんな具合に続いていく。既存の心的イメージがパフォーマンスの指針となり、自分のパフォーマンスをモニタリングして評価することを可能にする。新たな能力を身につける、あるいは既存の能力に磨きをかけるなど新しいことができるよう努力するのは、心的イメージを充実させ、鮮明にしていくことでもあり、それによって以前はできなかったことができるようになるのだ。

第四章　能力の差はどうやって生まれるのか？

超一流のバイオリニストと、音楽教員になる道を選んだバイオリニスト。両者を比べると、超一流は一八歳までに、平均で四〇〇〇時間も多く練習を積んでいた。だがそのレベルに到達するには、練習時間以外にもある重要な要素が必要だった。

目的のある練習には何が欠けているのか。集中し、自分のコンフォート・ゾーンから外に出ようとする以外に何が必要なのか。今度はそれを見ていこう。

第一章で見たように、目的のある練習は人によって結果が大きく異なる。スティーブ・ファルーンは八二ケタも覚えられるようになったのに対し、努力ではスティーブに劣らなかったレニーは二〇ケタを超えることができなかった。二人の違いを生んだのは、スティーブとレニーが記憶力を向上させるために行った練習の種類にある。

スティーブが何十ケタもの数字を覚えることが可能であることを証明して以降、記憶術を競う何十人もの挑戦者がスティーブを上回る記憶能力を身につけた。国際的な記憶力大会を主催する世界記憶力選手権委員会によると、現在では競技大会で三〇〇ケタ以上記憶できる人は少なくとも五人、一〇〇ケタ以上記憶できる人は数十人いるという[1]。二〇一五年一一月時点でこの大会での世界記録保持者はモンゴルのツォグバドラカ・サイカンバヤルで、二〇一五年の台湾オープン記憶力大会成人の部で四三二ケタを記憶した。これはスティーブの記憶の五倍以上である。レニーとスティーブのときと同じように、スティーブと新世代の記憶術の天才たちとの大きな違いも具体的な訓練方法にある。

これは一般的な傾向と言える。どんな分野にも有効な練習法とそうではないものがある。本章ではあらゆる方法の中で最も有効なもの、すなわち限界的練習について見ていく。これこそゴールド・スタンダード、すなわち何らかの能力を身につけようとする者が目指すべき理想の練習法だ。

ポップバンドで楽器を弾く、クロスワードパズルを解く、フォークダンスを踊るなど標準的な訓練方法がない活動もある。そうした活動に関しては、どんな練習法もやみくもで、結果が予測できないように思える。一方クラシック音楽、数学、バレエなどの分野には、きわめて高度に発達し、広く受け入れられている練習法がある。その練習法を丁寧かつ誠実に実践すれば、ほぼ確実にエキスパートになれる。私は後者のような分野の研究にキャリアを捧げてきた。

後者の分野にはいくつかの共通点がある。第一に、チェスの試合の勝敗あるいは一対一の競争のように、プロの目で客観的に（少なくともある程度は客観的に）パフォーマンスを評価する方法があることだ。これは当然のことで、優れたパフォーマンスとは何か、どこを変えればパフォーマンスが向上するかなどについて共通の認識がなければ、効果的な練習方法を開発することはきわめて難しい、というよりほぼ不可能だ。パフォーマンス向上のために何が必要かはっきりとわからなければ、向上のための方法を確立することなどできるわけがない。

第二にどの分野も競争が激しく、プレーヤーには練習し、向上しようという強い意欲があること。第三に、一般的に歴史が長く、優れたパフォーマンスに必要な技術が何十年あるいは何百年もかけて蓄積されてきたこと。そして四つ目の特徴は、プレーヤーの中に教師あるいはコーチとして活躍するサブグループがいることだ。彼らが長年の間に次第に高度なトレーニング技術を作り上げていくので、分野全体の技術レベルが着実に向上していく。

新たなトレーニング技術がプレーヤーの成果を新たな次元に引き上げ、それがトレーニングに新たなイノベーションを起こすといった具合に、技能の向上とトレーニング技術の発達は車の両輪のように進んできた（ここにも好循環が働く）。技能とトレーニング技術の相互の発達は（少なくともこれまでのところ）、プレーヤーが向上するためにさまざまな方法を実験し、うまくいくものを続け、うまくいかないものはやめるといった具合に試行錯誤を通じて実現してきた。

ベルリン芸術大学のバイオリニスト

ここに挙げた原理が最も強く働いているのが音楽、特にバイオリンとピアノの訓練である。いずれも競争が激しく、必要な技術や訓練方法の発達は数百年前から続いてきた。そのうえ音楽の中でも特にバイオリンとピアノは、世界トップクラスに立つには通常二〇年以上練習を続ける必要があるとされる。

要するに、傑出した技能を理解しようとする者にとって、音楽は当然の、そしておそらく最適な研究対象なのだ。幸い、傑出した記憶力の研究を終えて以来、私がずっと研究してきたのもこの分野だ。

一九八七年秋、私はドイツのマックス・プランク人間発達研究所で働きはじめた。スティーブ・ファルーンとの記憶力の研究が終了した後は、大勢のお客からの細々とした注文をメモも取らずに暗記できるウェイター(2)、あるいは新しい芝居をするたびに膨大なセリフを覚えなければならない舞台俳優(3)など、傑出した記憶力を持つ人々の研究を続けていた。どの研究でも対象者が記憶力を高めるために使っていた心的イメージを研究したが、そこには一つ重大な制約があった。全員正式な訓練は受けたことがなく、仕事をしながら技術を身につけた〝アマチュア〟だったことだ。

では、もっと厳しい系統だった訓練方法を用いたら、どんな成果が可能になるのだろう? ベルリンに拠点を移したことで、まさにそんな訓練を受けている音楽家たちを研究するチャンスが巡ってきた。チャンスに恵まれたのは、マックス・プランク研究所の目と鼻の先にあるベルリン芸術大学のおかげである。美術学部、建築学部、メディア・デザイン学部、音楽・舞台芸術学部の四つの学部で三六〇〇人の学生が学んでおり、特に音楽系の専攻はその教育内容、学生の質とともに高く評価されている。卒業生には二〇世紀の指揮者の中でも屈指の存在であるオットー・クレンペラー、ブルーノ・ウォルター、『三文オペラ』、とりわけその中の「マック・ザ・ナイフ」で有名な作曲家のクルト・ヴァイルらがいる。毎年、音楽専攻はドイツの、そして世界一流の芸術家となるようなピアニスト、バイオリニスト、作曲家、指揮者などを輩出している。

マックス・プランク研究所に移った私は、院生のラルフ・クランペと、博士課程修了後にフェローとして在籍していたクレメンス・テシュ＝レマーの協力を得て、音楽的能力の発達を調べる計画をまとめた[4]。当初の研究計画は、音大生の意欲に焦点を当てていた。特に私が興味を持っていたのは、学生の意欲が練習量を左右し、ひいては音楽家としてどれだけ成功するかを少なくとも部分的に説明する要因になっていないか、ということだ。

われわれ三人は、音楽専攻の中でもバイオリン科の学生のみに絞ることにした。というのもこの大学は世界レベルのバイオリニストを輩出することで有名であり、学生の多くは一〇～二〇年も経てば世界トップクラスのバイオリニストに名を連ねるようになる可能性が高かったからだ。もちろん全員がそこまで優秀なわけではない。バイオリン科の学生にも「Bランク」から「Aランク」、「Sランク」まで幅があり、だからこそさまざまな学生の意欲と成功の度合いを比較する機会があったのだ。

われわれはまず音楽専攻の教授陣に、世界的なソリストとしてのキャリアを歩む可能性がある学生を挙げてもらった。バイオリニストという職業の中でも一番上の階層であり、いずれスーパースターになることが確実の、他の学生を圧倒するような存在だ。教授陣は一四人の名前を挙げた。そのうち三人はドイツ語が堪能ではなくインタビューするのが困難であり、もう一人は妊娠中で普段どおりの練習ができない状態であった。このため「Sランク」の学生は女性七人、男性三人の一〇人となった。

また教授陣は、非常に優秀ではあるがスーパースターほどではない「Aランク」の学生も特定してくれたので、「Sランク」の一〇人と年齢や性別が合致するように、こちらでも一〇人を選んだ。最後に同じ大学の音楽教育専攻からも、年齢と性別の構成が同じになるように一〇人の学生を選んだ。彼らは将来、音楽の教員となる可能性が高い学生たちで、もちろんふつうの人と比べれば高い技術を持つ演奏家ではあるものの、他の二つのグループと比べると明らかに技術は低かった。その多くはソリストのプログラムを受験したものの不合格となり、教員コースに入学していた。これを「Bランク」のグループとして、パフォーマンスのレベルが「B」「A」「S」とまったく異なる三つのグループがでそろった。(5)

さらにわれわれはベルリン・フィルハーモニック・オーケストラ（現在のベルリン・フィルハーモニー管弦楽団）、ラジオシンフォニー・オーケストラ・ベルリンという国際的な名声を得ている二つのオーケストラから一〇人の中年のバイオリニストを被験者として選んだ。音楽専攻の教授陣から、最も優秀な卒業生は二つのいずれか、あるいはドイツ国内の同レベルのオーケストラに入団する可能性が高いと聞いていたため、二つのオーケストラのバイオリニストは「Sランク」の学生たちの将来像と見なすことができた。音楽専攻で最も優秀な学生たちの二〇年後あるいは三〇年後の姿を垣間見せてくれる存在というわけだ。

研究の目的は、本当に傑出したバイオリン科の学生と単に優秀な学生とを分けるものは何であるかを理解することだった。このようなトップレベルの学生の違いは、主に生まれつきの才能に起因するというのが従来の見方だった。このレベルにおいては練習の量や種類、突き詰めればやる気の違いは重要ではないというわけだ。われわれはこの伝統的な見方が誤っていないか、確かめようとしていた。

バイオリンを習得するのはどれほど難しいのか？

バイオリンとの接点といえばプロの演奏を聴くぐらいという人に、その演奏の難しさ、ひいては優れたバイオリニストの身につけるべき技能がどれほどのものかを説明するのは難しい。優れた演奏家の手にかかればこれほど美しい調べを奏でる楽器はないが、そうではない人が弾くと猫のしっぽでも踏んだかと思うような音がする。バイオリンで正しい音をほんの一つ鳴らすこと、キーキー、ギーギーいわず、高すぎも低すぎもせず、楽器本来の音を弾くには相当な練習がいる。しかも一つの音符を正しく弾けるようになるのは、長く厳しい旅路の最初の一歩に過ぎない。

難しさの一つは、バイオリンの指板にはギターのように音と音を隔てるフレットがなく、調音さえきちんとしておけば音が高すぎたり低すぎたりすることはないという保証がないことだ。このため、奏者は必要な音を弾くためには指板上の正確な位置を指で押さえる能力が求められる。正確な位置から二ミリもずれればフラットあるいはシャープになってしまうし、あまりにもずれ幅が大きければまったく別の音になる。たった一つの音符を弾くだけでもこれだけ大変だが、指板上のありとあらゆる音に同じ正確さが求められるのだ。

バイオリニストは同じ弦で、あるいは弦をまたいで左手の指を正しく動かしながら次々と正確な音を弾けるように、延々と音階の練習をする。指板上で正確な場所を指で押さえられるようになったら、今度は指先を弦の上で上下にずらすのではなくまわすようにして音を響かせるビブラートをはじめ、さまざまな微妙な指の動きをマスターしなければならない。さらに膨大な練習が必要なのだ。

しかも指使いなどまだ簡単なほうだ。正しく弓を動かすのにもまた別の難しさがある。弓で弦を弾くと、弓に張られた馬の尾の毛が弦をとらえ、少し引っ張っては離れ、またとらえては離れるというのを弦の振動頻度に応じて一秒間に何百回、何千回も繰り返す。弓の引っ張っては離れるという動きに応じて弦が動くことで、バイオリン特有の音が生まれる。奏者は弓を弦に押しつける強さを変えることで音量を調整するが、その強さも一定の幅の中に収めなければならない。強すぎるとギギーッという耳障りな音がするし、弱すぎると耳障りではないがおよそ的外れな響きになる。さらに厄介なのは、弓に加える正しい圧力は弦のどこを弾くかによって異なる、ということだ。弦を支える駒の近くを弾くときは、正しい音を弾くために強めの圧を加えなければならない。

音に変化をつけるには、さまざまなボーイング（運弓）を習得する必要がある。滑らかに動かす、一瞬止まる、すばやく上下に動かす、弦の上で軽く持ち上げて落とし、弾ませるなど十指にあまるテクニックがある。たとえば「スピッカート」は弓を上下に動かしながら弦の上で弾ませ、短いスタッカートが続くような音を出す。「ソティエ」はスピッカートをさらに速くする弾き方で、他にも「サルタート」「デタッシュ」「マルテラート」「レガート」など、それぞれまったく異なる音を出すさまざまなボーイングがある。言うまでもなく、こうしたボーイングのテクニックは左手の指の動きと正確に連携させなければならない。

こうした技術は一、二年で習得できるものではない。われわれの調査対象となった学生はみなバイオリンを始めて優に一〇年以上経っており（練習を始めた平均年齢は八歳）、例外なく今日の子供たちの間では標準的な訓練法を受けてきた。つまりかなり幼いうちから、たいてい週一回教師のもとへ通って体系的なレッスンを受けてきたのである。毎週のレッスンでは教師が生徒のパフォーマンスレベルをチェックし、いくつか改善目標を挙げて、次のレッスンまで自分で練習する課題を出す。

ほとんどの生徒は毎週、バイオリン教師と同程度の時間（一時間）を過ごすため、練習量の差は主にレッスンとレッスンの間にどれだけ一人で練習するかによって生じている。ベルリン芸術大学に合格するようなまじめな生徒の場合、一〇～一一歳になる頃には毎週一五時間、練習に没頭するのも珍しくない。教師に言われた練習プログラムに従い、特定の技術の習得に励むのである。さらに年齢があがると、真剣な生徒は毎週の練習時間をさらに増やす。

サッカーや代数など他分野の訓練と異なるバイオリンの訓練方法の顕著な特徴の一つが、バイオリニストが習得しなければならないスキルセットとその教え方がかなり標準化されていることだ。バイオリンの演奏技術のほとんどは数十年、ものによっては数百年の歴史があり、バイオリンの構え方、ビブラートの手の動かし方、スピッカートの弓の動かし方など、あらゆる面について「最適な方法」を選別する機会があったためだ。さまざまなテクニックを習得するのは簡単ではないが、何を習得すべきか、その方法はどのようなものかは学習者にはっきりと示される。

こうした要素をすべて勘案すると、ベルリン芸術大学のバイオリン科の学生たちは、傑出した技能を身につけるうえで意欲が果たす役割、さらに広く言えば「優れた人」と「傑出した人」の差を生む原因を調べるのに最適な調査対象と言えた。

音大生の練習時間を徹底調査

こうした違いを見きわめるため、われわれは調査対象となった三〇人の学生に徹底的な聞き取り調査をした。それぞれの音楽的経歴、すなわち楽器を習いはじめた時期、教師、年齢ごとの毎週の自主練習時間、入賞歴などだ。また一人での練習、グループでの練習、一人で気晴らしに弾くこと、グループで気晴らしに弾くこと、ソロでの発表会、グループでの発表会、レッスンを受けること、他の人を教えること、音楽を聴くこと、音楽理論の学習といった、さまざまな活動が演奏能力を高めるうえでどれくらい重要か意見も求めた。われわれは、それぞれの活動がどれだけ大変か、それをしているときどれくらい楽しいと感じるかも尋ねた。また、インタビュー前の一週間を振り返り、それぞれの活動に費やした時間も評価してもらった。さらに生徒たちがこれまで練習に費やした時間の合計を知りたかったため、バイオリンを習いはじめてからの一年ごとに、一週間の平均的な自主練習時間を尋ねた。

三〇人の学生にはそれから七日間、時間をどのように使ったかを正確に記録する日誌もつけてもらった。日誌は一五分ごとに睡眠、食事、授業、自主練、仲間との練習などの活動を記録するようになっていた。すべての調査が終わると、学生がどんな生活を送っているか、そして過去の練習歴がどのようなものかがかなり詳細に把握できた。(6)

ほとんどの質問について、三つのグループの学生たちの回答は似通ったものだった。たとえばほぼ全員が、演奏技術を向上させるうえで一番重要なのは一人での練習であるという見方で一致しており、それにグループでの練習、レッスンを受けること、発表会（特にソロで）、音楽理論の学習が続いた。また能力向上には十分な睡眠をとることがきわめて重要と答えた者も多かった。練習では非常に消耗するので、一晩ぐっすり眠って、ときには昼寝もしてたっぷり充電する必要があるのだ。

重要な発見の一つが、学生たちが能力向上に重要と答えた活動のほとんどについて、非常に負担が大きく、あまり楽しくないと感じていたことで、例外は音楽鑑賞と睡眠だけだった。トップクラスの学生から将来の音楽教師まで、誰もが能力を向上させるのは大変であり、そのために必要な活動を決して楽しんではいないことを認めた。つまり練習が好きで好きでたまらず、他の生徒より意欲が低くても練習量に影響しないという者は一人もいなかったのだ。学生たちにとことん集中して猛烈に練習する意欲があったのは、そんな練習が能力を向上させるのに不可欠だと考えていたからだ。

「天才」の練習時間は抜きん出ていた

もう一つ、明らかになった重要な事実は、三つのグループには一つだけ大きな違いがあったことだ。それは、一人での練習に費やした時間の合計である。

学生たちが自己申告した、バイオリンを始めてからの毎週の練習時間をもとに、われわれは一般的な音楽大学の入学年齢である一八歳までに、彼らが練習に費やした時間の合計を計算した。記憶は必ずしも頼りにはならないが、被験者のような真剣にバイオリンに取り組む学生は、毎週のスケジュールの中に一定の練習時間を確保することが多いので（しかも楽器を習いはじめた初期の頃からそれを実践する）、何歳のときどれだけ練習したかという彼らの評価は比較的正しいはずだと判断した。[7]

調査の結果、「Sランク」の学生が練習に費やした時間の平均は「Aランク」の学生たちより多く、また上位二グループ（「Sランク」と「Aランク」）が一人での練習に費やした時間は音楽教育専攻の学生よりはるかに多かった。具体的な数字で見ると、音楽教育専攻の学生たちは一八歳になるまでに平均三四二〇時間練習していたのに対し、「Aランク」の学生たちは五三〇一時間、「Sランク」の学生たちは七四一〇時間を練習に費やしていた。怠けていた者は一人もおらず、一番下位のグループでも数千時間という、趣味でバイオリンを弾いている人たちとは比較にならないほどの練習をしてきたが、それでもグループの練習時間には明らかに大きな差があった。

さらに詳しく見ていくと、三つのグループで練習時間の差が最も大きかったのはプレティーン（八歳から一二歳くらいまで）とティーンエイジャーの時期だった。これは勉強、買い物、友達と遊びに行く、パーティに行くなどバイオリンの練習以外にやるべきことややりたいことがたくさんあるため、練習時間を維持するのが特に大変な時期だ。調査結果は、プレティーンとティーンエイジャーの時期に厳しい練習スケジュールを維持あるいはさらに強化した者たちは、最終的に音楽大学でトップグループに入れたことを示していた。

ベルリン・フィルとラジオ・シンフォニー・オーケストラで活躍する中年のバイオリニストの推計練習時間も計算したところ、彼らも一八歳になるまでに平均七三三六時間、すなわち音楽大学のトップクラスの学生とほぼ同程度の練習をしていたことがわかった。

異なるグループのバイオリニストの能力水準に影響を与えたかもしれない（おそらく影響したと思われる）要因の中で、今回の調査には含まれなかったものもいくつかある。たとえば優れた教師に恵まれた生徒は、平凡な教師と練習した生徒よりはるかに速く進歩することができたはずだ。

ただこの調査では、二つのことが明確に浮かびあがった。第一に、傑出したバイオリニストになるには数千時間の練習が必要であるということ。近道をした者、比較的わずかな練習でエキスパートレベルに達した「天才」は一人もいなかった。そして第二に、才能ある音楽家の間でさえも（調査対象は全員、ドイツ最高の音楽大学に合格している）、平均してみると練習時間が多い者のほうが少ない者より大きな成功を収めていたことだ。

バイオリンを学ぶ学生たちに見られたのと同じ傾向は、他の分野でも共通して見られる。この傾向を正確に把握するには、調査対象者が能力向上に注ぎ込んだ練習時間の合計をきちんと計算する必要があり、これは常に可能とは限らない。また特定分野において「Bランク」「Aランク」「Sランク」である人をそれなりの客観性を持って判断する必要もあり、これも常に容易ではない。とはいえこの二つの条件が揃うところでは、「Sランク」の人は各種の目的のある練習に最も多くの時間を費やした人であることがわかる。

練習に膨大な時間を費やさなければ、並外れた能力は手に入らない

ほんの数年前、私は二人の研究者、カーラ・ハチンソンとナタリー・サックス＝エリクソン（私の妻でもある）とともに、バレエにおいて練習が成功にどんな影響を及ぼすか調べるため、バレエダンサーを対象に調査を実施した。[8] 調査対象となったのはロシアのボリショイバレエ団、メキシコの国立バレエ団、そしてアメリカ国内の三つのバレエ団（ボストンバレエ団、ダンスシアター・オブ・ハーレム、クリーブランド・バレエ団）に所属するダンサーだ。質問票を使って

レッスンを始めたのはいつか、練習に費やしてきた時間（主にスタジオで教師のレッスンを受ける時間。リハーサルと本番は除く）などを尋ねた。

ダンサーの能力レベルは所属しているバレエ団（クリーブランド・バレエ団のような地域的バレエ団、ダンスシアター・ハーレムのような全国レベルのバレエ団、ボリショイやボストンバレエ団のような国際的バレエ団）と、ダンサー個人がバレエ団の中で到達した最上位（プリンシパル、ソリスト、あるいは群舞の一員）によって判断した。ダンサーの平均年齢は二六歳だったが、最若手が一八歳であったため、正確な比較をするため一七歳になるまでの練習時間の合計と、一八歳時点で到達した能力レベルに注目することにした。

評価指標はかなり荒削りだったが（練習の合計時間もダンサーの能力についても）、それでも自己申告された練習時間と、ダンサーがバレエ界で到達したレベルには比較的強い相関が確認され、練習時間が多いダンサーのほうが少なくとも所属バレエ団とその中の地位という面では上位にいた。一定の能力レベルに到達するのに必要な練習時間は、国が違っても大きな違いは見られなかった。

バイオリニストのケースと同じように、個々のダンサーの最終的な能力レベルを決定する最も重要な要因は、練習に費やした時間の合計だった。全員の二〇歳までの練習時間を計算したところ、平均で一万時間を超えていた。だが中には一万時間を大幅に超える者もいれば、それをはるかに下回る者もいて、その練習量の違いが「Bランク」「Aランク」「Sランク」の違いと直結していた。この調査でも、生まれつき特別な才能があり、他の人ほど熱心に練習しなくても上のレベルに到達できたことを示す例は一つもなかった。バレエダンサーに関する他の調査でも同じ結果が出ている。

　これまでにさまざまな分野で実施されてきた多くの研究の結果を見れば、練習に膨大な時間を費やさずに並外れた能力を身につけられる者は一人もいない、と言い切って間違いないだろう。私の知るかぎり、まっとうな科学者でこの結論に異を唱える者は一人もいない。音楽、ダンス、スポーツ、対戦ゲームなどパフォーマンスを客観的に測れる分野なら例外なく、トッププレーヤーは能力開発に膨大な時間を捧げてきた。

　たとえば世界最高のチェスプレーヤーの研究では、猛烈な訓練を一〇年以上積まずにグランドマスターの地位を手に入れた者はほとんどいないことが明らかになっている[9]。史上最年少でグランドマスターとなり、史上最強のチェスプレーヤーと評されることの多いかのボビー・フィッシャーでさえ、グランドマスターになるまでにチェスの学習に九年を費やした。フィッシャー以降、チェスの練習方法の進化によって若いプレーヤーが一段と速く上達できるようになったこともあり、グランドマスターに到達する年齢は低下しているが、それでもグランドマスターになるまでには何年にもわたる持続的練習が必要なのは変わらない[10]。

「限界的練習」は「目的のある練習」と何が違うのか？

　最も高度に発達した分野、つまり世代から世代へと何十年、何百年にわたって蓄積された教訓や技術が引き継がれ、着実な進歩を遂げてきた分野を見ると、個人レベルで取り組む練習の方法は驚くほど似通っている。音楽やバレエ、あるいはフィギュアスケートや体操などといった分野を問わず、訓練方法は同じような原則に基づいている。ベルリン大学のバイオリン科の学生を対象とした研究は、私がこの種の練習を知るきっかけとなった。私はこれを「限界的練習」と名づけ、以来さまざまな分野における限界的練習を研究してきた[11]。仲間の研究者とバイオリン科の学生を対象とした研究結果を発表したとき、限界的練習については次のように説明した。

まずわれわれが指摘したのは、楽器演奏やスポーツなどの分野の技能レベルは時代とともに大幅に進歩しており、個人が習得する技術や技能の水準は向上・高度化していること、またこうした技術を教える教師やコーチもさまざまな方法を発達させていることだ。一般的に技能の向上は教授法の進歩と並行して進んでおり、今日こうした分野でエキスパートを目指すには指導者の支援が不可欠となった。フルタイムでコーチを雇える生徒はほとんどいないため、週に一回～数回のレッスンを受け、そこで指導者から次のレッスンまでに自分で取り組むべき練習メニューを与えられるのが標準的なパターンだ。練習メニューは学習者の現在の能力に基づき、現在のレベルを少しだけ超えられるように設計されている。これが「限界的練習」の定義だ。

われわれの主張を簡潔にまとめると、限界的練習は他の目的のある練習と、次の二つの重要な点において異なっている。第一に、対象となる分野がすでに比較的高度に発達していること、つまり最高のプレーヤーが、初心者とは明らかに異なる技能レベルに到達している分野であることだ。例として挙げたのは、（言うまでもなく）楽器の演奏、バレエなどのダンス、チェス、個人および団体スポーツ、とりわけ体操、フィギュアスケート、飛び込みなど選手の個別の技能が評価される種目だ。

では限界的練習の対象にならない分野には何があるのか。たとえば直接的な競争がほとんどないガーデニングなどの趣味の分野、そして今日の雇用市場における仕事のほとんど（企業の管理職、教師、電気技師、技術者、コンサルタント）がそうだ。いずれも優れた技能とは何かという客観的な基準が存在せず、限界的練習に関する知識が蓄積されていない分野である。

第二に限界的練習には、学習者に対し、技能向上に役立つ練習活動を指示する教師が必要だ。当然ながらそうした教師が存在する前提として、まずは他人に伝授できるような練習方法によって一定の技能レベルに到達した個人が存在しなければならない。

この定義によってわれわれは、個人が自らの技能を向上させるために必死に努力する「目的のある練習」と、目的に加えて情報が与えられる練習とを明確に区別している。特に重要なのは、限界的練習は最高のプレーヤーの優れた技能と、彼らがそれを獲得するために実践していることについての知識を踏まえ、それを指標としていることだ。要するに、限界的練習には次のような特徴がある。

・限界的練習は、すでに他の人々によって正しいやり方が明らかにされ、効果的な訓練方法が確立された技能を伸ばすためのものである。練習のカリキュラムは、エキスパートの能力とその開発方法に通じた教師あるいはコーチが設計し、監督する。

・限界的練習は学習者のコンフォート・ゾーンの外側で、常に現在の能力をわずかに上回る課題に挑戦しつづけることを求める。このため限界に近い努力が求められ、一般的に楽しくはない。

・限界的練習には明確に定義された具体的目標がある。通常は対象とする技能のいくつかの側面を向上させることを目標とし、漫然と技能全体の向上を目指すものではない。まず全体的な目標を決めてから、教師もしくはコーチがいずれ目標とする大きな変化につながるような小さな変化を一つずつ達成していく計画を策定する。対象とする技能のいくつかの側面が向上していくことで、学習者は訓練によって自らの技能が向上していることを確認できる。

・限界的練習は意識的に行う。つまり学習者には全神経を集中し、意識的に活動に取り組むことが求められる。単に教師やコーチの指示に従うだけでは足りない。学習者自身が練習の具体的目標に意識を集中し、練習の成果をコントロールするのに必要な調整ができるようにする。

・限界的練習にはフィードバックと、そのフィードバックに対応して取り組み方を修正することが必要だ。トレーニングの初期にはフィードバックの大部分は教師やコーチが提供するもので、上達ぶりを評価し、問題を指摘したりその解決方法を教えたりする。ただ練習時間と経験が増えるのにともない、学習者は自らを評価し、失敗に気づき、必要な調整を行う方法を身につけなければならない。このような自己評価を実践するには、有効な心的イメージが必要である。

・限界的練習は有効な心的イメージを生み出すと同時に、それに影響を受ける。技能の向上は心的イメージの改善と密接に関連している。技能が向上するにつれて心的イメージも詳細で有効なものになっていき、それがさらなる技能の向上を可能にする。心的イメージは練習のときも本番中も、自分がうまくできているかどうかを判断する材料となる。心的イメージは正しい方法を指し示し、ミスをしたときにはそれに気づいて修正することを可能にする。

・限界的練習では、すでに習得した技能の特定の側面に集中し、それを向上させることでさらなる改善や修正を加えていくことが多い。時間をかけて一歩ずつ改善を積み重ねていくことが、最終的に傑出した技能の獲得につながる。新たな技能は既存の技能の上に積み重なっていくことから、初級者には教師が基本となる技能を正確に教え、上達してから基本をやり直す必要が生じないようにすることが重要である。

最高のプレーヤーから練習法を学ぶ

これらの定義からもわかるように、限界的練習は非常に特殊な練習方法である。まず、きわめて専門性の高い技能の向上を促すような練習方法を指示してくれる教師やコーチが必要だ。そして、そんな教師やコーチの拠りどころとなる、技能の最適な教授法について高度に体系化された知識も必要だ。さらに対象となる分野に、教師が生徒に教えられるような高度に発達した一連の技能がなければならない。こうした条件をすべて兼ね備え、厳密な意味での限界的練習が可能な分野は楽器の演奏、チェス、バレエ、体操などだいたいこれまで見てきたところで、比較的限られている。

だが心配は要らない。あなたの専門分野が厳密な意味での限界的練習にそぐわないものであっても、できるだけ効果的な練習方法を考える指針として限界的練習の原則を使うことは可能だ。

簡単な例として、再び数字列を記憶する話に戻ろう。数字列の記憶力を高めようと努力していたときのスティーブが、限界的練習をしていなかったのは明らかだ。当時は四〇ケタ、五〇ケタを記憶できる人は一人もおらず、記憶術のプロでも一五ケタ以上覚えられたという記録はわずかしかなかった[12]。一般に確立された訓練法は存在せず、当然ながらレッスンできる教師もいなかった。スティーブは試行錯誤を通じて方法を見つけざるを得なかったのだ。

しかし、今日では一〇〇人を超える大勢の人が、記憶力の競技大会に出場するために数字列を覚える訓練を積んでいる。なかには、三〇〇ケタ以上記憶できる人もいるが、彼らはいったいどうやっているのか。――それは、厳密な意味での限界的練習ではない。私の知るかぎり、数字列の記憶術を教える指導者はいないからだ。

だがスティーブ・ファルーンが練習していた頃と比べると、今日の状況はいくぶん違っている。長い数字列の記憶力を訓練する方法として、広く知られている手法がいくつかある。それはスティーブが考案した方法の変化形と言え、二つ、三つ、あるいは四つの数字をグループとして記憶し、それを取り出し構造に入れておいて後から引き出すというやり方だ。

私がその実例を目にしたのは、共同研究者のイー・フーとともに数字列の記憶では世界トップクラスの実力者、中国のフェン・ワンを調べたときだ[13]。フェンは二〇一一年の世界記憶力選手権で、一秒あたり一つのペースで読み上げられた数字を三〇〇ケタ記憶し、当時の世界記録を樹立した。フー教授の助手がフェンの記憶を符号化する手法を調べたところ、それが本質的にはスティーブのものと似ているが、細部はまったく異なり、はるかに入念に構築された仕組みであることがわかった。フェンの方法の基礎にあったのは、先に説明した一般によく知られているテクニックである。

フェンはまず「00」から「99」までの一〇〇個の数字に対して、記憶に残るイメージを作った。次に頭の中に「地図」を描いた。そこには実在するたくさんの場所があり、特定の順序で巡っていくことができた。古代ギリシャ以来、大量の情報を記憶しようとする人々が使っていた「記憶の宮殿」の現代版と言える。[14] フェンは数字が読み上げられるのを聞くと、数字を四つずつくくり、最初の二つと次の二つをペアにしてそれぞれ二ケタの数字ととらえ、対応するイメージに変換し、頭の中の地図上の適切な場所に置く。たとえばあるテストで「６３８９」と聞くと、バナナ（63）と僧侶（89）として符号化し、両者を一つの壺に入れた。そしてこのイメージを覚えるため「壺の中にバナナがあり、僧侶がバナナを割いている」と自分に言い聞かせた。すべての数字が読み上げられると、頭の中で地図の順路をまわり、どのイメージをどの場所に置いたかを思い出しながら、それぞれのイメージを対応する数字に置き換えていくのだ。

かつてのスティーブと同じように、フェンも長期記憶を活用していた。読み上げられた数字をすでに長期記憶の中に存在するモノと組み合わせることで、短期記憶の制約を大きく乗り越えることに成功したのだ。[15] ただフェンの手法のほうがスティーブと比べてはるかに高度で有効だった。

今日、記憶力競技に出場する人々は、先駆者の経験から学ぶことができる。最高のプレーヤーを特定し（一番多くの数字を覚えられた人を探せばよいのだから簡単だ）、それほどの成果をあげられたのはなぜかを調べ、同じ能力を身につけるための訓練方法を考案すればいい。レッスン内容を考えてくれる教師役はいないかもしれないが、過去のエキスパートが本やインタビューで語っているアドバイスを参考にすることはできる。しかも記憶術のエキスパートは一般的に、他の人々が同じような能力を身につけるのを積極的に支援しようとする。このように数字記憶の訓練は厳密に言えば限界的練習ではないが、その最も重要な要素、すなわち最高のプレーヤーから学ぶという特徴を備えており、それがこの分野の劇的な進歩を生み出すのに十分な効果を発揮している。

エキスパートの見極め方

できるだけ限界的練習に近いことを実践する。これがどの分野においても技能を向上させるための基本的な青写真だ。限界的練習が可能な分野にいるなら、もちろんそれを実践すべきだ。そうでなければ、できるかぎり限界的練習の原則を取り入れよう。それをしようとすると、結局は目的のある練習にいくつかの手順を加えたものになる。まず傑出したプレーヤーを特定し、次にそれほどの成果を出すために何をしているかを突きとめ、同じことができるようになるための訓練方法を考えるのだ。

エキスパートを見きわめるうえでは、トップとそれ以外とをはっきり分けるような客観的指標があるのが望ましい。個人スポーツやボードゲームなど直接勝敗が決まる分野なら簡単だ。だが、舞台芸術においても最高の演者を選ぶのは比較的簡単だ。評価を左右するのは主観的判断だが、パフォーマンスに対しては広く受け入れられた基準があり、エキスパートの技能として期待される内容は明確になっているからだ（プレーヤーがチームで活動するときはもう少し厄介だが、それでもメンバーのうちベスト、普通、ワーストが誰かはたいていはっきりわかる）。

しかし、本物のエキスパートが誰か見きわめるのがかなり難しい分野もある。たとえば最高の医師、最高のパイロット、あるいは最高の教師を見きわめるにはどうすればいいのか。最高の企業管理職、あるいは最高の建築家や最高の広告代理店の経営者となると、もう見当もつかない。

ルールに基づく直接対決、あるいは明確で客観的なパフォーマンスの評価指標（スコアやタイムなど）が存在しない分野で最高のプレーヤーを探すときは、誰かの主観的判断はさまざまな偏見に影響を受けやすいことを肝に銘じておきたい。他人の有能さや専門能力を評価するとき、われわれは学歴、経験、社会的評価、年齢、ときには愛想の良さや外見的魅力に影響を受けることが研究によって示されている[16]。

たとえばすでに指摘したとおり、われわれはベテランの医師ほど経験年数の少ない医師より優れていると思い込んだり、複数の学位を持っている人は一つだけ持っている人、あるいは大学を出ていない人より有能だと考えがちだ。楽器の演奏のような他の分野より客観性のありそうなところでも、審査員は演奏者の評判、性別、身体的魅力など演奏とは無関係の要素に影響されることを示す研究もある。

客観的な指標がない分野

多くの分野で、自他ともに認める「エキスパート」が、実際に客観的基準で評価するとまったくそうではないというケースはよく見られる。この現象の実例として私がよく挙げるのはワインの「エキスパート」だ。彼らは味覚が高度に発達していて、われわれ一般人にはわからないようなワインの微妙な味わいや違いを理解できるのだろうと思われているが、その能力は多分に過大評価されていることが研究で明らかにされている。たとえば個別のワインに対する格付けはエキスパートによって大きく異なることは以前から指摘されていたが、二〇〇八年に『ジャーナル・オブ・ワインエコノミクス』に掲載されたある記事は、同じエキスパートでもその時々で評価が変わると報じている。

カリフォルニア州の小さなワイナリーのオーナーであるロバート・ホジソンは、カリフォルニア州農産物フェアで毎年開催されるワイン品評会（毎年何千というワインが出品される）の審査委員長に、ある実験を持ちかけた。[17] 品評会では審査員が一度に三〇種類のワインをテイスティングする。審査員が既存の評価など他の要因に左右されないように、銘柄は明らかにされていない。ホジソンはテイスティングのいくつかのラウンドに、同じワインのサンプルを三回混ぜることを提案した。審査員は同じワインのサンプルに同じ格付けを与えるか、それとも格付けは変化するか、見きわめようというのだ。

審査委員長が合意したので、ホジソンは二〇〇五年から二〇〇八年まで四年続けて、州農産物フェアでこの実験を実施した。その結果、同じサンプルに同じような評価を与えた審査員はごくわずかだった。同じ審査員でも評価が上下に四ポイントずれることはめずらしくなかった。つまり同じサンプルに最初は九一点、二回目は八七点、三回目は八三点をつけることもあったわけだ。これは大きな差である。九一点のワインなら特別高い値段で売れるが、八三点ならごく平凡なワインと見なされる。三つのサンプルのうちの一つを金賞に推す一方、別のサンプルを銅賞かそれ以下と評価した審査員もいた。またどの年にも他の審査員より一貫性のある評価をした審査員がいたが、ホジソンが複数年にかけて比較したところ、ある年には一貫性があった審査員も翌年には一貫性を欠く評価をしていた。審査員はソムリエ、ワイン批評家、醸造家、コンサルタント、バイヤーなどで構成されていたが、常に一貫性のある評価をした者は一人もいなかった。

研究では、多くの分野の「エキスパート」は、評価の低い同業者やときにはまったく訓練を受けていない素人と比べて安定的に優れた成果を出すとは限らないことが示されている。心理学者のロビン・ドーズは名著『*House of Cards: Psychology and Psychotherapy Built on Myth*（「ハウス・オブ・カーズ――まやかしが支える心理学と精神療法」、未邦訳）』で、精神科医や臨床心理士の資格を得ている人のセラピーの力量は、最小限の訓練しか受けていない素人とまったく変わらないことを示す研究を挙げている[18]。

同じように金融の「エキスパート」が選んだ株式銘柄のパフォーマンスは、新米アナリストの選択や場当たり的に選んだものと比べて少しも優れていないことを示す研究も多い[19]。さらにすでに指摘したとおり、何十年も経験のある一般診療医と数年しか経験のない医師を客観的指標で比較すると、前者の評価のほうが低いこともある。若手医師のほうがつい最近までメディカルスクールにいたので最新の医学知識を学んでいるうえに、学んだ内容を覚えている可能性が高いのが主な要因だ。大方の予想に反して、医師や看護師の仕事の多くでは経験を積むことが技能の向上につながらないのだ[20]。

ここから学ぶべき教訓ははっきりしている。目標とするエキスパートは慎重に選ぶ必要がある、ということだ。人の能力を比較できるような客観的な指標があるのが理想的だが、存在しないときはできるだけそれに近いものを見つけよう。たとえばシナリオライターやプログラマーなど、ある人物のパフォーマンスや成果物が直接観察できる場合、まずは同業者の評価を調べるのがいいだろう。ただそうした評価は、無意識の偏見に影響されている可能性があることも頭に入れておいたほうがいい。

とはいえ医師、精神科医、教師のように、仕事をするときはたいてい一人であるため、その仕事ぶりや、患者や生徒とのかかわりにおいてどれほど有能であるかが同業者にはわからないといった職業も多い。その場合に有効な手は、多くのプロフェッショナルとかかわりのある仕事に就いている人、たとえば看護師なら複数の手術チームに加わり、それぞれのパフォーマンスを比較してベストな人を選べる立場にある人に助言を求めることだ。

もう一つの手は、プロフェッショナル自身が特に難しい状況に直面したときに助けを求める相手を探すことだ。その分野でベストなプレーヤーは誰だと思うか、周囲の人に聞いてみよう。ただそのときは優秀なプロフェッショナルとそうでない人を区別するのに必要な経験や知識を、相手が持っているか確認しなければならない。

現在就いている仕事など、すでに土地勘のある分野でエキスパートを探すなら、優れたパフォーマンスの特徴とは何かをよく考え、それを測る方法を考えてみよう。評価に多少、主観的要素が含まれていても構わない。それから優れたパフォーマンスに重要と思われる点で最も評価が高い人を探そう。常にベストとそれ以外を区別できるような客観的で再現可能な指標を見つけることが理想だが、不可能な場合はできるだけそれに近いものを目指そう。

能力の差は練習の差で生まれる

ひとたびエキスパートが見つかったら、次のステップは彼らのパフォーマンスは具体的にどこがその他大勢と違うのか、彼らがその域に達するのに役立った訓練方法がどのようなものかを突きとめることだ。これは必ずしも容易な作業ではない。なぜある教師は他の教師と比べて、生徒の成績を上げるのに長《た》けているのか。なぜある外科医は他の外科医と比べて手術の結果が良いのか。ある営業マンが常に他を上回る売り上げをあげるのはなぜか。たいていの分野ではエキスパートにさまざまなプレーヤーのパフォーマンスを見せると、どこが良くできていて、どこを改善する必要があるかを指摘することができるが、最高のプレーヤーとそれ以外を分ける要素が具体的に何なのかは彼ら自身にもわからないこともある。

問題の一端は、心的イメージが重要な役割を果たしていることにある。多くの分野でベストとそれ以外を分けているのは、心的イメージの質である。だが心的イメージはその性質上、直接観察することはできない。もう一度、数字列の記憶に戻ろう。スティーブ・ファルーンが八二ケタの数字を復唱する様子と、フェン・ワンが三〇〇ケタを復唱する様子を録画で見比べれば、どちらが優れているかは誰でもわかるが、その理由はまったくわからない。私にそれがわかるのは、二年間にわたってスティーブが自分の思考プロセスを口頭で報告するのに耳を傾け、その心的イメージについての仮説を検証するような実験を考案した後で、同僚のイー・フーと同じ方法を用いてフェン・ワンを研究する機会があったからだ[21]。

五、六人ほどの記憶術のエキスパートの心的イメージを研究したことで、私はスティーブとファエンの重要な違いに気づくことができるようになったが、これはかなり例外的なケースだ。心理学の研究者の間でも、他を圧倒するような技能を持つ人がいる理由を解明するうえで、心的イメージがどのような役割を果たすかという研究は緒に就いたばかりだ。「この分野で傑出した技能を持つ人が使っている心的イメージはこのようなもので、他の人が使っている心的イメージと比べて有効性が高い理由はこうだ」と自信を持って言えるような分野はごくわずかである。

心理学に興味がある人なら、傑出した技能を持つ人をつかまえて、作業への取り組み方とその理由を尋ねてみるとおもしろいかもしれない。だが相手が自分の手法を語ってくれたとしても、彼らが秀でている理由のほんの一端しかうかがえないだろう。というのも、彼ら自身にもそれがわかっていないからだ。これについては第七章でさらに詳しく見ていく。

幸い、エキスパートとその他を分ける要因などすっ飛ばして、エキスパートと他の人々のトレーニングの違いを直接調べられる分野もある。たとえば一九二〇年代から三〇年代にかけて、フィンランドのパーヴォ・ヌルミが一五〇〇メートルから二〇キロメートルまでの中長距離走で二二個の世界記録を樹立した。数年にわたりヌルミが参入した距離では、誰も彼に太刀打ちできなかった。他の人々は二位を目標に走るしかなかったのだ。しかしやがて他の選手が、ヌルミの強さは新たに編み出したトレーニング方法によるものだと気づいた。たとえばストップウォッチを使ってペースを作る、スピードを身につけるためにインターバル・トレーニングを取り入れる、常にトレーニングを怠らないように年間の訓練プログラムを作るといったことだ。こうした手法が広まると、中長距離走という種目全体のパフォーマンスレベルが底上げされた。

できるだけ優れた指導者を見つける

ここで重要なポイントをまとめよう。エキスパートを見つけたら、優れたパフォーマンスの理由と言えそうな、他の人とは違う部分を探そう。おそらく優れたパフォーマンスとは無関係の違いもたくさん見つかるだろうが、少なくともそれが第一歩となる。

こうした作業を進める際には、その狙いが目的のある練習に必要な情報を集め、その効果を高めるように進路をはっきりさせることだと意識しておこう。何かうまくいくことが見つかれば、それをやりつづけよう。うまくいかなければやめよう。その道の第一人者を正確に模倣するようなトレーニング方法をデザインすれば、効果的なものになる可能性が高い。

また最後にもう一つ頭に入れておきたいのは、できるだけ優れたコーチや教師と練習するのが一番良いということだ。有能な指導者は優れたトレーニング計画に含まれるべき要素をわかっており、必要に応じて個々のプレーヤーに合った修正を加えていく術を心得ている。

楽器の演奏やバレエのような分野、すなわちエキスパートになるのに一〇年以上かかり、しかも一つのスキルを習得するには前もって他の多くのスキルを習得しておくことが必要になるというように、訓練の性質上積み重ねがモノをいう分野では、そのような指導者を持つことが特に重要だ。分野に精通した指導者は学習者に優れた基礎を身につけさせ、それを土台に徐々に求められるスキルを積み上げていく。たとえばピアノを学ぶときには、まず正しい指の置き方を学ばなければならない。簡単な曲であれば指が正しい位置になくても弾けるかもしれないが、複雑な曲になると正しい指使いを身につけておかないととても弾きこなせない。経験豊富な教師は、どれだけ意欲があっても独学でそういうものを身につけられる生徒は一人もいないことをわかっている。

最後に、優れた教師は一人で練習していてはとても得られないような貴重なフィードバックを与えてくれる。効果的なフィードバックは、単に何かが正しくできたかできなかったかを指摘するにとどまらない。たとえば優れた数学教師は、設問の答えだけを見るのではない。生徒がどのような心的イメージを使っているか確かめる方法として、どのように答えを導き出したかをしっかり見る。そして必要があれば、もっと効果的な解き方をアドバイスするのだ。

「一万時間の法則」はなぜ間違っているのか？

私がラルフ・クランペ、クレメンス・テシュ゠レマーとともにベルリン芸術大学のバイオリン科の学生に関する研究結果を発表したのは一九九三年のことだ。これは傑出したプレーヤーに関する主要な科学的文献となり、多くの研究者に引用されてきた。ただ科学者以外にも広く知られるようになったのは、二〇〇八年にマルコム・グラッドウェルが『天才！　成功する人々の法則』を出版したのがきっかけだ[22]。特定の分野でトップに立つのに何が必要かという議論のなかで、グラッドウェルは魅力的なフレーズを編み出した。「一万時間の法則」である。この法則によると、たいていの分野では達人の域に到達するには一万時間の練習が必要だという。

たしかにわれわれは研究報告のなかで、トップクラスのバイオリニストが二〇歳になるまでに一人で練習した平均時間としてこの数字を挙げた。グラッドウェル自身も、ビートルズは一九六〇年代初頭のハンブルクでの修業時代に一万時間近い練習をし、ビル・ゲイツはソフトウエアを開発し、マイクロソフトを創業できるようになるまでにプログラミングの訓練に約一万時間を費やしたと推計している。一般的に、同じことが人間のあらゆる活動分野について言えるとグラッドウェルは主張する。一万時間近い練習を積まなければ、何かにおいてエキスパートになることはできない、と。

これは抗いがたい魅力のある法則である。まず覚えやすい。たとえばバイオリニストが二〇歳までに積まなければならない練習時間が一万一〇〇〇時間だったら、かなりインパクトは薄れるのではないか。また単純な因果関係でモノを考えたいという人間の欲求も満たしている。何かを一万時間練習すれば達人になれるよ、といった具合に。

だが、残念ながらこの法則は（今では練習の威力といえばたいていの人がこれを思い浮かべるようになったが）、いくつかの点で間違っている（ただ一つ重要な点においては正しい。それについては後で説明する）。第一に、一万時間という数字には何の特別な意味も魔力もない。グラッドウェルはバイオリン科のトップクラスの学生たちが一八歳までに注ぎ込んだ練習時間（約七四〇〇時間）を挙げてもよかったはずだが、あえて二〇歳になるまでに蓄積した練習時間を選んだのは、それが区切りのよい数字だったからだ。しかも一八歳と二〇歳のどちらをとるにしても、学生たちはバイオリンの達人には程遠かった。とびきり優秀で、将来はその道のトップに立つ可能性が高いと思われていたが、私が研究した時点ではまだ到底その域には達していなかった。国際的なピアノコンクールで優勝するピアニストは、三〇歳前後であることが多い。ということはおそらくそれまでに二万から二万五〇〇〇時間の練習を積んでおり、一万時間というのはその半分に過ぎない。

しかも数字は分野によって異なる。スティーブ・ファルーンはわずか二〇〇時間練習しただけで、数字列の記憶では押しも押されもせぬ世界一になった。今日数字記憶の世界でトップに立つ人々がそこに到達するまでに何時間の練習を積んでいるのか正確にはわからないが、おそらく一万時間よりはずっと少ないだろう。

第二に、トップクラスのバイオリン学生で二〇歳までに一万時間というのは平均値に過ぎない。トップクラスの学生一〇人のうち、半分はその年齢までに一万時間の練習を積み上げていなかった。グラッドウェルはこの事実を誤解し、このグループのすべての学生が一万時間以上の練習を積んだという誤った主張をした。

第三にグラッドウェルは、われわれの被験者となった音楽家が実践した限界的練習と、「練習」という言葉でくくられるさまざまな活動とを区別しなかった。たとえばグラッドウェルが一万時間の法則の代表例に挙げたのが、ビートルズが一九六〇年から六四年まで滞在したハンブルクでこなした過酷な公演スケジュールである。この間ビートルズは一二〇〇回の公演をこなし、一公演が八時間だったので合計は一万時間近くなる、とグラッドウェルは言う。ただ二〇一三年にマーク・ルイソンが出版した、ビートルズの詳細な記録である『チューン・イン』はこの推計値に疑問を投げかけ、徹底的な分析の結果、一一〇〇時間というのがより妥当な推計だと指摘する[23]。つまりビートルズは一万時間よりはるかに少ない練習時間で世界的成功を収めたのだ。

だが、それ以上に重要なのは、公演は練習とは違うということだ。たしかにビートルズはハンブルクでの長時間の演奏を経て、バンドとして上達した。毎晩同じ曲を演奏したため、観客はもちろん自分たち自身でもできばえを振り返り、改善点を見つけられたことも大きい。しかし観客の前で一時間演奏するときの目的はそのとき最高のパフォーマンスをすることであり、特定の弱みを克服し、特定の能力を向上させるという目標に向けて一時間練習するのとはまるで違う。ベルリンのバイオリン学生の能力をもたらした主たる要因はまさに後者だ。

それと関連してルイソンがもう一つ指摘しているのは、ビートルズが成功したのは他人の曲を演奏するのがうまくなったためではなく、オリジナル曲を制作する能力が高まったためだ、という点だ。つまり練習という観点からビートルズの成功を説明するには、作曲のほとんどを担ったジョン・レノンとポール・マッカートニーがその能力を向上させるために何をしたかに注目する必要がある。ハンブルクでの長時間の演奏が二人の作曲家としての能力を磨くのに役立ったとしてもごくわずかであろうし、ビートルズの成功の理由を探すならほかの部分に目を向けなければならない。

具体的な目標に向けた限界的練習と一般的な練習の区別はきわめて重要だ。というのもどんな練習でも、われわれの研究したバイオリン科の学生やバレエダンサーのような高い能力に結びつく、というわけではないからだ[24]。一般的に、限界的練習をはじめ特定の目標を達成することを意図した練習には、技能の特定部分を向上させるための個人別の（通常は一人で行う）トレーニングメニューが含まれている[25]。

一万時間の法則の最後の問題点は、グラッドウェル自身がそう書いたわけではないが、多くの人がそれを「一万時間練習すれば、だれでも特定分野のエキスパートになれる」と保証するものだと受け取ったことだ。だが私の研究でそんなことを示唆する結果は出ていない。そのような結論を出すには、無作為に選んだ多くの被験者に一万時間、バイオリンを意識的に練習させ、その結果を見る必要がある。われわれの研究が示したのは、ベルリン芸術大学の音楽専攻に合格するだけの能力を持った学生の間では、最も優秀な学生は比較的優秀な学生と比べて平均的に一人での練習に費やしてきた時間が大幅に長く、最も優秀な学生と比較的優秀な学生が一人での練習に費やした時間は音楽教育専攻の学生よりも多いということだけだ。

きちんと考案された練習を十分積めば、誰でも特定分野のエキスパートになれるかどうかという問いへの答えはまだ出ておらず、それについては次章で少し私の考えを述べるつもりだ。しかしわれわれの当初の研究では、それを肯定するような結果は出ていない。

人類の能力向上に限界はない

とはいえグラッドウェルは一つだけ正しいことを言っており、しかもそれはとても重要なことなのでここに改めて書いておきたい。多くの人がエキスパートになるために努力してきた長い伝統と歴史のある分野で成功するには、長年にわたるとほうもない努力が必要である、ということだ。それがきっかり一万時間であるかは別として、多くの時間を要することはたしかだ。

チェスやバイオリンではすでにそれが確認されており、それ以外の分野でも研究者が次々と同じような結果を得ている。作家や詩人が代表作を書くまでには通常一〇年以上の歳月がかかり、科学者が初めて論文を出版してから主要な業績と呼べる論文を出版するまでにもたいてい一〇年以上かかる（しかも最初の論文を出版するまでの研究期間はここには含まれていない）[26]。心理学者のジョン・R・ヘイズによる複数の作曲家の研究では、音楽を勉強しはじめてから、彼らが真に傑作と呼べるような曲を創るまでには平均二〇年かかっており、一〇年未満ということはまずない[27]。グラッドウェルの「一万時間の法則」はこの基本的な真実、すなわち多くの分野で世界トップクラスになるにはとてつもなく膨大な練習が必要であることを説得力のある、記憶に残るかたちで表現しており、それは好ましいことだ。

ただ、音楽、チェス、学術研究など競争の激しい分野で世界のトップを目指すのにどれだけの努力が必要かという点だけを強調すると、われわれのバイオリン学生の研究から得られた、より重要な教訓が見過ごされてしまう。何かに本当に秀でるには一万時間の（数字はなんでもいいが、とにかく膨大な）練習が必要だと言うと、それがどれほど大変な作業かということばかりに目が向いてしまう。「一万時間練習しさえすれば世界トップクラスに入れるのか！」とやりがいを感じる人もいるかもしれないが、それでストップのかかる人のほうが多いはずだ。「本当に上手になるまでに一万時間もかかるなら挑戦するだけムダだ」と。漫画『ディルバート』に出てくるドッグバートもこう言っている。「同じことを一万時間も練習しようなんて意欲があるのは頭がおかしい証拠だ[28]」。

だが私はここから学ぶべき教訓はまったく違うことだと考えている。人間が取り組むたいていのことにおいて、われわれには正しい方法で訓練さえすれば、技能をどこまでも向上させていくすばらしい能力があるのだ。あなたが何かを数百時間練習すれば、ほぼ確実にすばらしい能力向上が見られるはずだ。スティーブ・ファルーンが二〇〇時間で何を成し遂げたか思い出してほしい。ただそれもほんのさわりに過ぎない。もっともっと練習を続ければ、さらにどんどん上達する。どこまで上達するかはあなた次第だ。

こう考えると、一万時間の法則に対する見方もまったく変わってくる。世界トップクラスのバイオリニスト、チェスプレーヤー、あるいはゴルファーを目指す人が一万時間以上の練習を積まなければならないのは、比較される相手あるいは競争相手も一万時間以上の練習を積んでいるからだ。技能が限界に達し、それ以上練習してもさらなる向上は望めないという段階はない。だからこうした競争の激しい分野でトップクラスになりたければ、何千時間も集中して骨の折れるトレーニングを積まなければならない。さもなければ進んで同じような努力をする人々と競い合うチャンスさえ得られない。

これは特定のタイプの練習を続ければ（少なくとも今日わかっているかぎり）能力向上に限界はないという事実の裏返しと見ることもできる。トレーニング技術の改良が進み、次元の違う成果が次々と達成されていくなかで、あらゆる分野で活動する人々はさらに技能を高め、かつては不可能と思われたレベルに目標を引き上げる方法を見つけ出しており、それが止まる兆しはない。世代が代わるたびに、人類の可能性の地平は広がりつづけている。

第五章　なぜ経験は役に立たないのか？

意外にも年長の医師は、若手の医師と比べて医療の知識に乏しく、適切な治療の提供能力にも欠けていることがわかっている。楽にこなせる範囲で満足し、同じことを繰り返していては、一度身につけたスキルも徐々に落ちてしまうのだ。

ベトナム戦争さなかの一九六八年。アメリカ海軍と空軍の戦闘機のパイロットはたびたび、ソ連で訓練を受け、ロシア製のミグ戦闘機を乗りこなす北ベトナムのパイロットとドッグファイト（戦闘機同士の空中戦闘）を繰り広げていたが、状況はあまり芳しくなかった。それまでの三年、海軍と空軍のパイロットはドッグファイトで一機失うたびに北ベトナムの戦闘機を二機撃ち落としていた。だが一九六八年の最初の五カ月で、海軍のパイロットの勝率はほぼ一対一まで低下した。北ベトナム機を九機撃墜する一方、海軍は一〇機を失っていたのだ。しかも一九六八年の夏を通じて、海軍機は五〇発以上の空対空ミサイルを発射したにもかかわらず、ミグを一機も撃墜できなかった。海軍の上層部は何か手を打たなければならない、と判断した。(1)

その結果設立されたのが、アメリカ合衆国海軍戦闘機戦術教育（ＳＦＴＩ）プログラム（当初はアメリカ海軍戦闘機兵器学校）、通称「トップガン」だ。このプログラムは、海軍パイロットに効果的な操縦法を教育し、ドッグファイトの勝率を上げることを期待された。

海軍が設計したプログラムには、限界的練習の多くの要素が取り入れられていた。具体的には、訓練生にさまざまな状況でさまざまな課題に挑戦させ、パフォーマンスについてフィードバックを与え、学んだことを活かすように促していた。

教官には海軍でも最高のパイロットが選ばれた。彼らは訓練では敵である北ベトナムのパイロット役を務め、研修生と〝ドッグファイト〟を繰り広げる。「レッドフォース（赤の部隊）」と呼ばれる教官たちは、ミグのような戦闘機に乗り、北ベトナムのパイロットが学んでいたソ連流の戦術を用いた。どこから見ても北ベトナムのトップレベルのパイロットとそっくりだったが、一つだけ違うところがあった。ミサイルや銃弾の代わりにカメラを搭載し、敵機と遭遇する場面をすべて録画したのである。ドッグファイトもすべてレーダーで追跡、記録された。

トップガン・アカデミーに入ってくる訓練生は、空軍では教官たちに次ぐ優秀な戦闘機乗りで、「ブルーフォース（青の部隊）」と呼ばれた。乗るのは同じようにミサイルや銃弾を取り除いたアメリカ空軍の戦闘機である。彼らは来る日も来る日も戦闘機に乗って飛び立ち、レッドフォースと戦った。演習では戦闘機と自分自身を墜落寸前まで追い込み、戦闘機がどこまで耐えられるか、またそれだけの能力を引き出すには何をしなければならないかを学んだ。訓練生は多種多様な状況でさまざまな戦術を試し、相手の行動への最適な対応を学んでいったのだ。

たいていドッグファイトの勝者となったのは、空軍最強のパイロットであるレッドフォースの面々だ。しかも教官の優位性は時間とともに高まる一方だった。トップガンには数週間ごとに新たな訓練生が入所してくるのに対し、教官は何カ月もとどまってドッグファイトの経験を積むからで、やがて訓練生が仕掛けてくるようなことはすべてお見通しというレベルに達した。新たな訓練生が入ってきて最初の何日かは、ブルーフォースはこてんぱんにやられる。

米軍パイロットの劇的なレベルアップ

ただ、それでまったく構わない。というのも本当の戦いは、パイロットが空から降りてきたあと、海軍のいう「事後レポート」と呼ばれるセッションで行われるからだ。[2] このセッションでは教官が訓練生を容赦なく詰問する。飛んでいるとき何に気づいたか。そのときどんな行動をとったか。なぜその行動を選択したのか。どこで誤ったのか。他にどんな選択肢があったか。必要があれば教官は戦闘機同士が遭遇したときのフィルムやレーダー部隊が記録したデータを取り出し、ドッグファイトの最中に具体的に何が起きたか指摘する。そして詰問の途中あるいは終了後に、どこを変えればよいか、何に目を光らせるべきか、さまざまな状況でどんなことを考えるべきかといったアドバイスを与える。そして翌日、教官と訓練生は再び飛び立ち、また訓練を繰り返す。

すると、次第に訓練生はそうした問いを自らに投げかけるようになる。そのほうが教官から言われるよりずっとましだからで、毎日前日のセッションで言われたことを頭に叩き込んで離陸する。徐々に教えられたことが身につき、あれこれ悩まず、自然に状況に反応できるようになり、レッドフォースとの戦績も次第に改善していく。訓練期間が終了すると、他のパイロットとは比較にならないほどドッグファイトの経験を積んだブルーフォースのパイロットは所属部隊に戻り、飛行隊の訓練担当官として学んできたことを周囲のパイロットに教える。

この訓練は劇的な効果をもたらした[3]。アメリカ軍は一九六九年を通じて爆撃を停止していたので空中戦はなかったが、一九七〇年にはドッグファイトを含めて空での戦いを再開した。一九七〇年から七三年までの三年間でアメリカ海軍は、自軍の戦闘機を一機失うごとに平均一二・五機の北ベトナム機を撃墜した。一方この間、そうした訓練を受けていなかった空軍のキルレシオ（撃墜対被撃墜比率）は爆撃を中断する前と同じ二対一にとどまった。

おそらくトップガンの訓練の成果がもっともはっきりと表れているのは「交戦あたりの撃墜数」だろう。ベトナム戦争の期間を通じて、海軍の戦闘機は敵機との交戦五回あたり一機を撃墜した。だが終戦直前の一九七二年に限ると交戦一回あたり一・〇四機を撃墜している。つまり平均すると、海軍のパイロットは敵機と交戦するたびに相手を撃墜していたことになる。

トップガンの訓練の劇的な効果を目の当たりにした空軍は、のちに自軍のパイロットにドッグファイトを教えるための訓練コースを発足させ、海軍、空軍ともにベトナム戦争終結後もこの訓練を継続した。第一次湾岸戦争が始まる頃には、両軍ともにプログラムを徹底的に磨き上げていたため、パイロットの質は世界中に類を見ない高さに達していた。第一次湾岸戦争の最初の七カ月で、アメリカ軍のパイロットはドッグファイトで敵機三三機を撃墜したが、その間失ったのは一機のみだった。航空戦闘の歴史上、これほど圧倒的な勝率はおそらく例がないだろう[4]。

一九六八年に海軍が直面していた問題は、たいていの組織や職業にとって馴染みがあるのではないか。それは、すでに訓練を受けて職務に就いている人々の技能を向上させる最適な方法はどのようなものか、という問題である。

ビジネスの世界に限界的練習を取り入れる

海軍の場合、従来のパイロットの訓練が自分を撃墜しようとしている敵機のパイロットに立ち向かう準備として不十分であることが問題だった。他の戦争の実績を見ると、最初のドッグファイトを制したパイロットは二回目も生き残る可能性がぐっと高くなり、生き延びたドッグファイトの数が多いほど次も勝つ可能性が高くなることがうかがえる。二〇回近いドッグファイトを勝ち抜いたパイロットが次も、そのまた次も勝利する確率は一〇〇％に近い。とはいえ、もちろんここには一つ難点がある。この手の実地訓練（ＯＪＴ）のコストはおよそ容認できないほど高いことだ。海軍は敵機を二機撃墜するごとに一機を失っていたのが、あるときにはその比率が一対一になってしまった。つまり一機撃墜するたびに一機を失っていたのである。どの戦闘機にもパイロットが乗っており、二人乗りの戦闘機の場合には同乗している無線傍受担当も命を落とすか捕虜となってしまう。

技能が低いことの代償が死や収容所行きであるような分野はあまりないが、失敗のコストが許容できないほど高い分野はたくさんある。たとえば医療分野では医師の命こそかかっていないものの、患者の命がかかっている。そしてビジネスの場での失敗は時間や資金、将来の機会の喪失を招くこともある。

幸い、海軍はパイロットをそれほど危険にさらすことなく訓練する方法を編み出した（とはいえ危険がまったくなかったわけではない。訓練は非常に厳しく、パイロットの操縦能力の限界を試すものであったため、ときには墜落や死亡事故につながることもあった。ただそうした事象が起こる確率は訓練をＯＪＴのみに頼るのと比べればはるかに低かった）。トップガンはパイロットにさまざまなことに挑戦し、命を落とすことなく失敗を経験し、フィードバックを受けて改善する方法を学び、学んだことを翌日実践する機会を与えた。しかもこの作業を来る日も来る日も繰り返させた。

戦闘機のパイロット、外科医、あるいは企業の管理職のための効果的な訓練プログラムを設計するのは容易ではない。海軍も試行錯誤の末にトップガンを生み出したことは、その歴史を見ればよくわかる。[5] たとえば戦闘訓練をどれほど実戦に近いものにするかをめぐっては議論があった。パイロットや航空機へのリスクを抑えるために多少手心を加えるべきだという意見もあれば、パイロットをできるだけ実戦に近い状況に追い込むことが重要だという意見もあった。後者が通ったのは幸運だった。今日では限界的練習に関する研究から、パイロットをコンフォート・ゾーンの外へ追い出したほうが学習効果は高くなることが明らかになっている。

私の経験から言うと、今日の雇用市場には傑出したプレーヤーの研究から得られる知識が技能向上につながりそうな職種があふれている。つまりトップガン・プログラムを取り入れるべき分野がたくさんあるということだ。もちろん比喩的な意味で言っているのであり、戦闘機や背面飛行、「マーベリック」「バイパー」「アイスマン」といったおかしなニックネームは必要もない（どうしても使いたいなら別だが）。ここで言いたいのは多くの分野で限界的練習の原則を取り入れ、対象となる分野のトッププレーヤーを選び、能力の劣る他のプレーヤーを訓練してトップレベルに近づけることができるということだ。またそれによって組織全体あるいは職業全体の技能レベルを底上げすることができる。

ただ努力するだけでは業績は伸びない

職業人の世界、特にビジネス界には、能力向上を指南することを生業とする人がうなるほどいる。コンサルタント、カウンセラー、コーチなど肩書はさまざまで、本を書いたり講演をしたりセミナーを仕切ったりと忙しい。そうすることで、競争優位の確保に懸命な顧客企業のあくなき欲求を満たしているのだ。しかし、数多くの方法論の中でも、成功する可能性が一番高いのは限界的練習に最も近いものである。[6]

ここ数年、私は限界的練習の原則を理解し、それを企業経営者へのコーチングに取り入れようとしているコンサルタント、アート・タロックと連絡を取り合ってきた。ワシントン州カークランドを拠点とするアートとは、二〇〇八年に初めて会ったときはもっぱら企業経営ではなく短距離走の話をした。アートはマスターズ陸上競技で活躍しており、一方私は職場であるフロリダ州立大学が偉大な短距離走選手ウォルター・ディクスを擁《よう》していたこともあって短距離走選手の練習法に興味を持っていたため、最初から共通の話題があったのだ。アートは雑誌『フォーチュン』に載った限界的練習に関する記事[7]で私の名前を知ったと言い、話していると限界的練習はビジネスや短距離走にもうまく応用できそうだというアイデアに夢中になっているのが伝わってきた。

初めて会ったときから、アートは限界的練習の考え方を全面的に受け入れていた。[8]顧客が新たなスキルを練習し、能力を伸ばしていけるように、彼らをコンフォート・ゾーンから追い立てなければならないと説き、フィードバックの大切さを口にした。またゼネラル・エレクトリックで長年会長兼ＣＥＯを務めたジャック・ウェルチなど世界トップクラスの企業経営者の特徴を研究し、一般のビジネスパーソンが優れたプレーヤーとなるうえで身につけるべきリーダーシップ、営業、自己管理能力がどのようなものか探った。

顧客と話すときは、まず意識の重要性を訴える。組織のパフォーマンスを高める第一歩は、関係者が従来どおりのやり方を捨てなければ向上など望めないと認めることだ。それには世間にはびこる三つの誤解に気づき、排除することが必要だ。

一つ目は人間の能力の限界は遺伝的特徴によって決まっている、というおなじみの考え方だ。「私にはできない」「向いてない」といった発言は、そうした考えの表れと言える。「ボクはあまり独創的じゃないんだ」「部下を管理するのは苦手でね」「数字に弱いんだ」「これが限界だよ」云々。ただすでに見てきたように、正しい練習法を用いれば、誰だって自分が選んだ分野で能力を伸ばすことができる。才能は自分で作るものだ。

アートは気の利いたやり方で、このメッセージを顧客に伝える。企業のリーダー層と話していて、誰かが「できない」「向いてない」といった態度を見せると、ＮＦＬのコーチが審判の判断に納得できないときに掲げるような赤い旗をさっとあげる。後ろ向きな考え方をした人に、それを再評価して再考するよう求めるシグナルだ。会議室でいきなり赤い旗があがると雰囲気が和むが、ここには「意識は大事だ」というアートの訴えを印象的な形で伝える効果もある。

二つ目の誤解は、何かを長い間継続すれば徐々に上達するというものだ。これも間違っていることはすでに見たとおりだ。同じことをまったく同じやり方でいくら繰り返しても上達はしない。

むしろ停滞と緩やかな能力低下は避けられない。

三つ目の誤解は、努力さえすれば上達するという考えだ。優れた管理職になりたければ、努力すればいい。売り上げを伸ばしたければ、努力しよう。チームワークを良くしたければ、これもまた頑張ろう。しかし現実は、マネジメント、営業、チームワークはいずれも専門的能力であり、それを伸ばすことを念頭にデザインした練習方法を用いなければ、努力してもそれほどの改善は見込めない。

限界的練習の原則はまったく異なる立場をとる。誰でも能力を伸ばすことはできるが、それには正しい方法が必要である、と。上達しないのは生まれつき才能がないためではない。正しい方法で練習していないからだ。それさえわかれば、あとは「正しい方法」とは何かを探り当てるだけだ。

日常業務を限界的練習の機会にするには

そしてそれこそまさにアート・タロックの（トレーニングや能力開発を生業とする者は皆そうだが）本業である。アートの場合、顧客に提供するアドバイスのほとんどは限界的練習の原則に根差している。その一つの例が、アートの言う「仕事しながら学習法」だ。これはビジネスパーソンはみな忙しく、能力のトレーニングだけにそれほど時間を割けないという認識に基づいている。たとえばコンサート・ピアニストやプロスポーツ選手のように本番に費やす時間は比較的少なく、日々膨大な時間を練習に費やせる人々とは置かれた状況がまったく違う。そこでアートは、企業の日常業務を目的のある練習あるいは限界的練習の機会に変える方法を考えることにした。

たとえばふつうの企業の会議では、一人が前に出てパワーポイントを使ったプレゼンをして、管理職や同僚は照明を落としたスペースで眠気と戦う、という構図が一般的だ。こうしたプレゼンは何らかの業務上の役割を果たしているはずだが、アートはやり方を見直すことで会議に集まった全員にとってのトレーニング・セッションとしても役立つと説く。こんなやり方はどうか。話し手はプレゼンの間、特定のスキルに意識を集中する。聞き手を引き込むようなストーリーを語ること、あるいはなるべくパワーポイントのスライドに頼らず臨機応変に話を進めるといったことで、プレゼンを通じてこの点を改善するよう努力する。一方、聞き手のほうは話し手のプレゼンを見ながらメモをとり、終了後はフィードバックを与える練習をする。これが一回限りの試みで終わると、話し手は有益なアドバイスを得られるかもしれないが、一度の練習による上達などたかが知れているので、どれだけ効果があったかはよくわからないだろう。しかし会社がこれをすべての社内会議で行うようルール化すれば、従業員はさまざまなスキルを着実に伸ばしていくことができる。

アートはフォーチュン五〇〇企業から各地の中規模企業まで、数多くの顧客がこのプロセスを導入するのを支援してきた。その一つがアイスクリーム会社のブルーバニーで、ただ取り入れるだけでなく独自の工夫も加えた。[9] ブルーバニーの地域販売マネージャーは頻繁に主要顧客（食品スーパーチェーンなどアイスクリームをたくさん販売する会社）を訪問するほか、年に数回本社の営業担当幹部と会い、近々訪問する顧客への営業戦略を打ち合わせする。従来、こうした顧客管理の打ち合わせは最新の販売状況の確認だけで終わっていたが、ブルーバニーはこれに訓練の要素を加える方法を考案した。顧客訪問で遭遇するであろう難しい局面に備えるため、地域販売マネージャーがプレゼンをし、同僚が顧客の担当バイヤー役となるロールプレイ形式で打ち合わせをすることにしたのだ。

プレゼンでは地域販売マネージャーは会議室に集まった他のマネージャーから、どこがうまくいったのか、どこを改善する必要があるのかといったフィードバックを受ける。翌日、同じ販売マネージャーがもう一度プレゼンをして、再度フィードバックを受け取る。どちらのプレゼンも録画して、後で自分のパフォーマンスを繰り返し見られるようにする。実際に顧客を訪問する頃には、プレゼンはこうした準備をしなかった場合とは比較にならないほど改善し、磨かれたものになっているはずだ。

この「仕事しながら学習法」のメリットの一つは、社員が練習する習慣を身につけ、練習について考えるようになることだ。社員が定期的に練習することの重要性に気づき、さらにそれによってどれだけ上達できるかを理解すれば、日々の業務の中で練習活動に仕立てられるものがないか、自ら機会を探すようになる。やがて練習そのものが日常業務の一部となる。それが期待どおりに効果をあげれば、結果として普段の日は仕事だけ、練習はコンサルタントが来て研修をする日など特別な機会だけという一般的な認識とはまったく異なる考え方が醸成されるはずだ。この練習重視の考え方は傑出したプレーヤー、すなわち常に練習しているか他の能力を高める方法を模索している人々のそれに非常に近い。

ビジネス界、あるいはプロフェッショナルの世界で効果的なスキルアップの方法を模索している人への私の基本的なアドバイスは、限界的練習の原則に従おうというものだ。今の練習方法は、学習者にコンフォート・ゾーンの外へ出て、容易ではないことに取り組ませるようになっているだろうか。パフォーマンスや改善点についてすぐにフィードバックを返す仕組みがあるか。練習方法を考案した人は、その分野の最高のプレーヤーを特定し、彼らと他の人々とではどこが違うかを解明したのか。練習方法はその分野のエキスパートが持っている特定の能力を伸ばすように設計されているか。こうした質問への答えがすべて「イエス」であっても効果的な方法である保証はないが、その可能性がかなり高くなることはたしかだ。

放射線診断医はなぜ経験を積んでも能力が向上しないのか?

限界的練習の原則を実践しようとする人が直面する大きな問題の一つが、最高のプレーヤーとそれ以外を分ける要素が具体的に何かを把握することだ。ベストセラー『7つの習慣』の表現を借りれば、「大きな成功を収めている人の習慣」とはどんなものだろうか。ビジネスの世界などでこの問いにはっきりとした答えを出すのは難しい。

幸いこの厄介な問題をうまく迂回する方法として、さまざまな場面で使えるものがある。これをトップガン流の練習法と呼ぶことにしよう。トップガン・プロジェクトの発足当初、関係者は最高のパイロットのどこがそれほど優れているのか時間をかけて研究しようとはしなかった。代わりにパイロットが実際のドッグファイトで遭遇しそうな状況を模したプログラムを立ち上げ、実戦のようなコストをともなわずに何度も繰り返し練習し、フィードバックを受けられるようにした。これはさまざまな分野において、かなり優れたトレーニング・プログラムの作り方と言えるだろう。

たとえば乳癌を発見するためにレントゲン画像を分析する仕事を考えてみよう。女性が毎年のマンモグラム検査を受けると、乳房に精密検査が必要な異常が見られないか確認するため画像は放射線診断医に送られる。検査を受ける女性の大多数には乳癌であることを示す症状が一切ないため、放射線診断医が頼れるのはレントゲン画像しかない。ベトナム戦争初期の海軍のパイロットと同じように、診断医の中にも画像確認の腕が特に優れている者がいることが研究で明らかになっている。[10]たとえば他の医師より良性腫瘍と悪性腫瘍をはるかに正確に識別できる者がいるのだ。

乳房のレントゲン画像を分析する放射線診断医にとっての大きな問題は、自らの診断に対して有効なフィードバックを得るのが難しいことで、それが時間とともに能力を伸ばしていく制約となっている。原因の一端は、マンモグラム検査で乳癌が発見されるのは一〇〇〇件あたりわずか四～八件しかないことにある。しかも放射線診断医が癌かもしれない病変を見つけても、結果は患者のかかりつけ医に送られるので、彼らが生検の結果を知らされることはまずない。マンモグラム検査からおよそ一年以内に乳癌を発症した患者について知らされることはさらに稀で、それは放射線診断医からマンモグラムを見直して自分が初期の癌を見逃さなかったか否かを確認する機会を奪っていることになる。

フィードバックを与えて能力向上につなげていく練習がほとんど行われていないため、放射線診断医の能力は必ずしも経験とともに高まらない。[11]五〇万件のマンモグラム検査とアメリカの放射線診断医一二四人を対象とした二〇〇四年の分析では、経験年数や年間のマンモグラムの診断数などの背景因子のうち、診断の正確性と相関性のあるものは一つも確認されなかった。研究チームは、一二四人の診断医の技能の違いは診断医として独立する以前に受けた初期訓練から生じている可能性があるとしている。

放射線診断医の卵たちはメディカルスクールを卒業して研修を終えた後、さらに四年間の専門教育プログラムを受講する。経験豊富な放射線診断医と一緒に働きながら、注意点を教わったり、患者のマンモグラムを診させてもらうなどして専門技術を磨くのだ。指導役は〝卵〟の見立てをチェックし、診断結果や特定した異常な部位が自分の見解と一致しているか伝える。もちろん、指導役が正しいか否かはすぐにはわからないし、経験豊富な放射線診断医でも一〇〇〇件あたり一件の癌を見逃す一方、不必要な生検を求めることが珍しくないとされる[12]。

フィードバックによって診断の正確さは劇的に改善した

二〇〇三年にアメリカ医科大学協会の年次総会で行った基調講演を出版する際に、私は放射線診断医がマンモグラムをより正確に読めるようにするために、トップガン流の訓練法を取り入れるべきだと提案した[13]。私が主な問題と考えたのは、放射線専門医には画像診断を繰り返し練習し、毎回的確なフィードバックを受ける機会がないことだ。そこで私はこんなことを提案した。

まず過去の患者のデジタル化されたマンモグラムを大量に集めるとともに、その患者が最終的にどうなったのか（本当に癌の病変があったのか、あった場合癌はその後どう進行したのかなど）という情報をふんだんに集めるところから始める。これは「癌はあったのか、なかったのか」という問いに対してはっきりとした回答があるテスト問題を集めることにほかならない。画像の中には最終的に癌にならなかった女性のもの、反対に医者が画像をもとに正確に癌という診断を下した女性のものも含める。画像では見逃したものの後から癌が見つかったケースで、しかも当初の画像を振り返ったところ癌の兆候が発見できたものも含められればなお良い。画像はなるべく訓練的な価値が高いものを選ぶべきだ。たとえばどう見ても健康な乳房、あるいは明らかに腫瘍のある乳房の画像ばかり大量に集めても意味がない。最も望ましいのは癌なのか良性なのか識別しにくい異常が映っている、放射線診断医を悩ませるような画像だ。

そのような資料が集まれば、訓練に活用するのは簡単だ。放射線診断医がさまざまな画像を見て診断を下し、フィードバックを受けられるようなシンプルなコンピュータプログラムを書けばいい。訓練生が誤った回答をしたらコンピュータは同じような症状を含む他の画像を見せ、苦手な部分をさらに練習させる。音楽教師がある指使いを苦手とする生徒に、その指の動きを練習するためのフレーズをいくつも弾かせるのと同じ理屈だ。要するに、これは限界的練習である。

喜ばしいことに、私が提唱したものにきわめて近いデジタルデータ集がオーストラリアで構築された[14]。放射線診断医はそこからさまざまなマンモグラムのデータを呼び出し、力試しをすることができる。二〇一五年の調査では、データ集に含まれるマンモグラムを使ったテストの結果を見れば、放射線診断医が医療現場でどれだけ正確にマンモグラムを読めるかを予測できることが明らかになった[15]。次のステップは、データ集を使ったトレーニングによる能力向上が、医療現場での正確性の向上につながったと証明することだろう。

それとは別に、子供の足首のレントゲン画像についての同じようなデータ集も構築されている。

二〇一一年のある研究によると、ニューヨーク市にあるモルガン・スタンレー子供病院の医師チームは子供が足首を負傷している可能性がある症例を二三四件集めた(16)。どのケースにも複数のレントゲン画像と、患者の既往歴や症状を簡潔にまとめた資料がある。このデータ集は放射線科の研修医の訓練に使われた。研修医は症例の概要とレントゲン画像を渡され、診断を下すよう求められる。具体的にはそのケースが正常か異常か、また異常だとすればどこがおかしいのか指摘しなければならない。そしてすぐにベテランの放射線診断医から、診断のどこが正しくどこが誤っていたか、何を見逃したかといったフィードバックを与えられる。

研究を実施した医師チームは、この練習とフィードバックによって研修医の診断力が劇的に改善されることを発見した。最初の頃、研修医は主に既存の知識に頼るので、診断結果には当たり外れがあるが、二〇回目ぐらいの挑戦から継続的フィードバックの効果が表れはじめ、診断の正確さが徐々に向上しはじめる。改善は二三四症例の分析をすべて終えるまで続き、さまざまな状況から判断して、あと数百件の追加症例があればさらなる能力向上が見込めそうだった。

つまり、このように（メンターあるいはコンピュータプログラムから）即時フィードバックが得られる練習法は、技能向上にとほうもない威力を発揮するのだ。しかもあらかじめ新米の放射線診断医を悩ませるような問題を特定し、そこを集中的に訓練するような内容にしておけば、訓練プログラムの効果はさらに高まったと思う。具体的には、正しい診断を下すうえで心的イメージが果たす役割を研究し、その結果を訓練に反映するのである。

シミュレーター訓練を確立する

私がスティーブ・ファルーンとの研究で使った「思考発話法」と同じような手法で、放射線診断医の優れた技能の土台となる心的プロセスの解明を試みた研究者がおり、その結果を見るとトップクラスの診断医は他の人々より正確な心的イメージを持っているようだ[17]。また修業中の放射線診断医がミスを犯しやすい症例や病変についても、かなりよくわかってきた[18]。残念ながらエキスパートとそれ以外の診断方法のどこが違うかについてはまだ十分解明できておらず、後者の弱点を克服するような訓練法の設計には至っていない。

ただ優秀な医師が執刀中に使っている心的イメージの解明が進んだ腹腔鏡手術の分野では、どのような訓練プログラムが有効か明らかになっている。サンフランシスコのカリフォルニア大学の外科医であるローレンス・ウェイ氏が率いる研究チームは、胆囊《たんのう》を除去する腹腔鏡手術中に発生する、ある特徴的な胆管損傷の原因を突きとめようとした。ほとんどの場合、この損傷は「視覚的錯覚」、すなわち医師がある臓器を別の臓器と見間違えることが原因で起きていた[19]。この錯覚によって、本来切るべきであった胆囊管などの代わりに胆管を傷つけてしまう。錯覚はきわめて強力であるため、医師は手術中に何かおかしいと気づいても、手を止めて何か誤ったのではないかと自問することなく手術を続行してしまうことが多い。腹腔鏡手術が成功する要因を研究していた別の研究チームは、優れた外科医は一部の組織を脇に寄せて手術用カメラに目当ての部位がはっきり映るようにするなど、独自の方法を編み出していることを明らかにした[20]。

限界的練習による技能向上につながるのは、まさにこのような情報だ。一流の腹腔鏡外科医はどんな優れたことを実践しているのか、また最もありがちなミスはどのようなものかを理解すれば、外科医が手術室の外で心的イメージを向上させるための訓練プログラムを開発できる。考えられる方法の一つは実際の手術を録画し、訓練生に意思決定を迫られる場面まで見せて「次に打つべき手は何か」あるいは「ここで何が起きているのか」と尋ねるというものだ。回答方法は画面上に切除ラインを記入する、あるいは胆管の輪郭を記入する、といったことでもいい。目的部位がよく見えるように組織をよけるという提案もいいだろう。訓練生が回答したらすぐにフィードバックを与え、間違った場合は再び前画面に戻って判断ミスを確かめ、正解した場合はさらに難しい問題に取り組ませる。

このような方法を使えば、医師は問題の起こりそうな場面を中心に何十件、何百件もの練習を積み、有効な心的イメージを獲得することができる。

このトップガン流練習法は「オフライン」での訓練、すなわちミスが致命的な結果につながりかねない実践の場以外で繰り返し練習することが意味を持つ、さまざまな分野に応用できる。パイロット、外科医など高いリスクを伴う職業でシミュレーター訓練が用いられるのはこのためだ。放射線診断医の訓練にマンモグラムのデータ集を用いるのも、ある種のシミュレーター訓練と言える。この概念を活用できる分野はほかにもたくさんある。たとえば税理士が特定分野の知識を磨くため、あるいは諜報機関の分析官が他国の情勢を解釈する能力を高めるためにケーススタディを集めたデータベースを作ることなどが考えられる。

技能向上のためにシミュレーターその他の訓練方法がすでに導入されている分野でも、限界的練習のエッセンスを明確に反映させることで有効性を大幅に高められる可能性がある。すでに述べたとおり外科手術ではすでにシミュレーターが取り入れられている領域は多いが、その道で最も優秀な外科医の心的イメージについてわかっていること、あるいはこれから解明される事実を踏まえてプログラムを見直せば、おそらくはるかに効果的に技能向上をはかれるようになるだろう。

最も起こりやすく危険なミスはどのようなものかを特定し、そうしたミスが起こる状況に的を絞ったシミュレーションを設定することによって、シミュレーター訓練を改善することもできる。たとえば手術中に何らかの原因で一時的に手術が中断されることはめずらしくない。そして誰かが輸血前の血液型の確認をしている途中で手術が中断した場合、活動再開時にその人物が作業を継続することはきわめて重要である[21]。医師をはじめとする手術チームがそのような手術中断時の対応を経験できるように、シミュレーター指導官はさまざまな重要な場面を選んで手術を中断するといったこともできる。このようなシミュレーター訓練が可能な現場は他にもいくらでもある。

どれだけ知識があっても技能がなければ意味がない

敵機を打ち落とす、マンモグラムを解釈するなどの目的にかかわらず、トップガン流練習法に共通する暗黙のテーマの一つに行動重視の姿勢がある。もちろん任務を遂行するにはそれなりの知識も必要だが、最終的にモノを言うのは「何を知っているか」ではなく「何ができるか」だ。

この知識と技能の区別こそ、従来型の上達方法と限界的練習の違いの中核を成すものだ。従来型の練習は、きまって知識面に主眼を置いていた。最終的な目的が何かをすること、たとえばある種の数学の問題を解いたり優れた論文を書くことであっても、従来型のアプローチはそれを行うための正しい方法についての情報を提供し、あとは学び手が自らその知識を応用するのに任せていた。それとは対照的に、限界的練習の主眼は技能とその改善にある。

カーネギーメロン大学で私が行った記憶力の実験で三人目の被験者となってくれたダリオ・ドナテリは、記憶力の向上に取り組みはじめた当初、スティーブ・ファルーンに相談し、スティーブが具体的にどうやって八二ケタまで記憶できるようになったか説明を受けた。ダリオとスティーブは友人同士で頻繁に顔を合わせていたこともあり、スティーブは数字をグループごとにどうやって暗記するか、記憶の中で複数のグループをどう整理しておくかなど、ダリオにアイデアやアドバイスを与えた。

つまりダリオには数字の記憶法について大量の「知識」があったわけだが、そのうえで「技能」を習得する必要があった。スティーブのような試行錯誤をする必要がなかったため、少なくとも最初の頃はスティーブより速く上達できたが、それでも記憶力の向上には長い時間がかかった。知識は役には立ったが、それも技能を伸ばすための練習法についてスティーブより多くの情報を持っていたというだけに過ぎない。

プロフェッショナルあるいはビジネスの世界の訓練を見ると、技能をないがしろにして知識に主眼を置く傾向が見られる。それが昔からのやり方であり、そのほうがやりやすいことが主な原因だ。大勢の人にまとめて知識を教えるほうが、練習を通じて技能を習得できるような状況を提供するよりはるかに簡単なのだ。

医療教育を考えてみよう。アメリカで医者を目指す学生は一般大学を卒業するまでに一五年以上教育を受けるが、その教育はすべて知識に主眼を置くものであり、そのうち医者として必要な技能に直接応用できるものはほぼ皆無だ。医者としての訓練が始まるのはようやくメディカルスクールに進んでからだが、そこでも最初の二年間は教科学習に充てられ、臨床現場に出て医者としての技術を学びはじめるのはその後である。外科医、小児科医、放射線や消化器などの自ら選んだ専門科に分かれて必要な技能を学ぶのは、主にメディカルスクールを卒業してからだ。研修医（インターン）やその後の専門医実習生（レジデント）となってベテラン医師の監督のもとで修業を始めると、ようやく診断技術や専門科に応じた技能を学ぶことができる。

研修医や実習医を終えた後、さらにフェローとして専門医としての訓練を積むケースもあるが、指導官付きの正式な訓練はそれで終わりである。ここまで到達した新米医師は、患者をきちんと治療するのに必要な技能を身につけたとみなされ、一人前の医師として働きはじめる。

経験を積むだけでは高度な専門能力は身につかない

どこかで聞いたことがある話だと思ったかもしれない。それもそのはず、第一章で説明したテニスを習う人の一般的なパターンにとてもよく似ている。何回かレッスンを受け、それなりに試合をするのに十分な技術を身につけ、それから初期の学習期間の特徴といえる集中的な練習にいそしむ。すでに述べたとおり、テニス歴が長くなり、合計の〝練習〟時間が長くなるほど上達すると思われがちだが、現実は異なる。これもすでに見てきたとおり、単にテニスをしているだけでは大して上達はせず、ときには下手にもなりうるのだ。

医者と、遊びでテニスをしている人たちとのこうした類似性を指摘したのは、二〇〇五年にハーバード・メディカルスクールの研究チームが発表した論考だ。彼らは、医師が提供する治療の質が時間とともにどのように変化するかに関する研究を幅広く調べている[22]。医者としての活動年数が長いほど能力が高まるのであれば、治療の質も経験が豊富になるほど高まるはずである。しかし結果はまさにその逆だった。論考の対象となった六〇あまりの研究のほぼすべてにおいて、医師の技能は時間とともに劣化するか、良くても同じレベルにとどまっていた。年長の医師のほうがはるかに経験年数の少ない医師と比べて知識も乏しく、適切な治療の提供能力も低く、研究チームは年長の医師の患者はこのために不利益を被っている可能性が高いと結論づけている。経験を積むほど医師の能力が高まっているという結果が出たのは、六二本の研究のうちわずか二本だった。医師を対象に意思決定の正確さを調べた別の研究も、経験年数が増える恩恵はごくわずかであることを示している[23]。

特に意外ではないが、看護師についても状況はよく似ている。詳細な研究の結果、きわめて経験豊富な看護師でも平均してみると看護学校を出てほんの数年の看護師と治療の質はまったく変わらないことが示されている[24]。

年長で経験豊富な医療従事者のほうが、経験の少ない若手よりも技能が優れている、というわけではなく、ときには低いこともある理由は想像するしかない。若い医師や看護師のほうが専門学校で最新の知識や技術を学んでいるのは間違いなく、一方で継続教育が効果的に最先端の医療を教えていなければ、歳を重ねた医療従事者の技能は時代遅れになってしまうだろう。いずれにせよ、一つだけはっきりしていることがある。わずかな例外を除いて、医師も看護師も経験を積むだけでは高度な専門能力を身につけることはできない、ということだ。

もちろん医師たちは能力向上に懸命に取り組んでいる。会議や集会、ワークショップ、ミニコースなどにしょっちゅう足を運び、専門分野の最新の知識や技術を学ぼうとしている。本書の執筆中に「医療系会議を最も網羅的に掲載するウェブサイト」と称する『ドクターズレビュー・ドットコム』にアクセスし、会議検索ページで任意の分野（心臓学）と任意の期間（二〇一五年八月）を選び、検索ボタンを押してこのテーマについてこの一カ月で開かれる会議を検索してみた。するとヒューストンの「心臓血管外科医のためのブートキャンプ」からフロリダ州セントピータースバーグの「超音波誘導型血管アクセス」、カリフォルニア州サクラメントの「電気生理学一次診療従事者と心臓専門医のための不整脈解説」まで、二一一件ヒットした。たった一つの専門分野で一カ月に開かれる会議だけでこれだけあるのだ。ウェブサイトに掲載される会合の総数は二五〇〇以上という。

要するに、医師らが真剣に自らの技能を高めようとしていることははっきりしている。ただ残念ながら、そのやり方に問題がある。現役医師のための継続教育の効果を調べた複数の研究者は、無意味とは言えないまでも大した効果はないという見解で一致した。ただ医療界の人々の名誉のために言い添えておくと、彼らは自らの分野の欠点を明らかにし、是正する方法を見いだすことにことのほか熱心である。私が医師をはじめとする医療従事者との活動にこれほど時間を割く理由は、まさにここにある。医療界の訓練が他の分野のそれと比べて効果が低いためではなく、この世界で働く人々の改善する方法を見つけようという意欲が著しく高いためだ。

講義やセミナーを受けてもほとんど何の効果もない

医者の継続職業教育の効果に関する研究の中でも、特に秀逸なのがトロント大学の医師兼教育科学者であるデイブ・デービスによるものだ。デービス率いる研究チームが実施したある非常に影響力の大きい研究[25]では、さまざまな教育的「介入」、すなわち講座、会議などの集会、講義、シンポジウム、医療ツアーなど医師の知識を高め、技能を改善することを目的とするありとあらゆる活動を調べた。その結果、最も効果的な介入はロールプレイ、ディスカッション、問題解決、実地訓練など何らかのインタラクティブな（相互作用的）要素を含むものであることがわかった。こうした活動はまだごくわずかではあるものの、実際に医師の技能と担当患者の治療結果の改善につながった。

対照的に最も効果が低かったのは講義中心の介入、すなわち参加する医師らが講義を聴くだけの教育的活動で、残念ながら継続医学教育で最も多いのがこのタイプだ。このように受動的に講義を聴くのは、医師の技能にも担当患者の治療結果にもまったく有意な効果がないとデービスは結論づけている。

この研究では、一九九九年以前に出版された継続医療教育に関する他の研究も精査した。それから一〇年後にはノルウェーの研究者、ルイーズ・フォーセットランドの率いる研究チームがデービスの研究の後を継ぎ、その間に発表された継続医療教育に関する四九件の新たな研究を調査した。[26]この研究チームの結論もデービスのそれと似通ったものだった。すなわち、継続医療教育は医師の技能向上につながることもあるが効果は小さく、患者の治療結果への効果はさらに小さい、と。しかも効果があるのは何らかのインタラクティブな要素のある教育方法であり、講義、セミナーなどは医師の技能を向上させる効果はほぼなかった。最後に研究チームは、複数の手順を必要としたり、さまざまな要素を考慮しなければならなかったりという複雑な行為の能力を向上させるのに有効な継続医療教育は一つもなかったとしている。要するに継続医療教育が有効性を発揮する場面もあるとはいっても、それは医者の業務のうち基本的なものを改善するのに限られているというのだ。

限界的練習の観点に立てば、何が問題かは明らかだ。講義やミニコースなどに参加しても、フィードバックを得たり、新しいことに挑戦してミスを犯し、それを修正することで徐々に新たな技能を身につけていく機会はまったくと言ってよいほどない。それではアマチュアのテニスプレーヤーがテニス雑誌を読んだりときどきユーチューブの動画を見てうまくなろうとするのと変わらない。それで何かを学んだ気になるかもしれないが、腕が上がることはほとんどない。しかもネット上のインタラクティブな継続医療教育では、医師や看護師が日々の診療現場で直面するような複雑な状況を再現するのはきわめて難しい。

医療その他の専門職は、訓練を終えれば一人前に働けると見なされる。テニスのコーチのように一緒に弱みを見つけ、それを克服するためのトレーニングメニューを考え、トレーニングを監督したり指導したりしてくれるような人は付いてくれない。医療業界には一般的に（他の専門職についてもたいてい同じことが言えるが）、現役の専門職が訓練を積み、さらに能力を向上させるのを支援する確固たる伝統がない。医療専門職は自らの技能を向上させるのに有効な練習方法を自ら考え、実践することができると当然のように思われている。要するに医療教育においてはメディカルスクールで、あるいは医学専門誌やセミナーや継続教育講座で医師に必要な知識を与えさえすれば十分であるというのが暗黙の了解になっているのだ。

新しい技能の習得において、これまでの知識や経験は役に立たない

医療界には、二〇世紀初頭の外科医の草分けであるウィリアム・ホルステッドのものとされる、学習についてのこんな格言がある。「一度見て、一度やり、一度教える」[27]。つまり外科の研修医が新しい手術を覚えるには一度それを見れば十分であり、あとは自分で他の患者を手術することで覚えていけばいい、と言っているのだ。技能より知識を信奉する職業の極みと言えるだろう。

しかし一九八〇年代から九〇年代にかけての腹腔鏡手術の普及によって、こうした思想は大きく揺らぐことになった。腹腔鏡手術とは、目的の部位からときにはかなり離れた場所に小さな穴をあけ、そこから器具を挿入して行う手術方法だ。従来の外科手術とはまったく違う技術が必要になるが、それにもかかわらず経験豊富な外科医であれば特別な訓練をしなくても比較的簡単にこの技術を習得できると広く考えられていた。いずれにせよ手術をするのに必要な知識はすべて持っているのだから、と。だが医療研究者が、従来型の外科手術で豊富な経験を持つ外科医と、研修医の学習カーブを比較してみたところ、腹腔鏡手術を習得して合併症の件数を減らすのにかかる時間では、両グループにまったく差がないことが明らかになった[28]。

要するに従来の手術に関する豊富な知識や経験は、ベテラン外科医が腹腔鏡手術の技能を習得

するうえでは何の強みにもならなかったのだ。この技能は改めて一から習得する必要があることが明らかになった。こうした研究結果に基づき、今日では腹腔鏡手術の執刀を希望する外科医は、エキスパートが指導する訓練と、この技能に的を絞った試験を受けることが必要になっている。

伝統的に教育において技能より知識に重きを置いてきたのは医療界だけではない。ロースクールやビジネススクールなど他の専門職大学院でも状況は似たようなものだ。一般的に専門職大学院が技能より知識に主眼を置くのは、知識を教え、それを確認する試験制度を作るほうが簡単だからだ。一般的にその土台となるのは、知識さえあれば技能を習得するのは比較的容易である、という考え方だ。その弊害の一つが、大学を卒業した学生は働きはじめると、仕事に必要な技能を身につけるのに改めて多くの時間を費やすはめになるという現実だ。そしてもう一つの弊害は、多くの専門職においてすでに実務者となった人たちが技能を高めるための支援は医療界と同等、あるいはそれ以下の水準にとどまっていることだ。ここでもやはり単に経験を積めば、技能は向上するという思い込みが働いている。

よく言われるとおり、正しい問いが見つかれば、問題は半分解けたようなものだ。プロフェッショナルあるいはビジネスの世界で技能を高めるというテーマにおいて正しい問いは何かと言えば、それは「適切な知識をいかに教えるか」ではなく「適切な技能をいかに向上させるか」である。

トップガン流の練習法やアート・タロックの手法で見てきたとおり、プロフェッショナルやビジネスの世界でも能力を向上させるのに限界的練習の原則をそのまま取り入れることは可能だ。ただ長い目で見れば、今日たいていの分野で標準的に使われている知識ベースの訓練法を補完する、あるいは完全に置き換わるものとして、新たに技能ベースの訓練法を構築するのが一番良いと私は考えている。この戦略は、最終的に最も重要なのは「何ができるか」なので、訓練は知識の習得より実践に重きを置くべきであり、特に全員の技能をその道のトッププレーヤーに近いレベルに持っていくことを主眼とすべきである、という考えに基づいている。

二〇〇三年以降、私は医療従事者の協力のもと、限界的練習によって医師が日々使う技能にどれほど磨きをかけられるか実証しようとしている。そのような訓練法への転換はまさにパラダイムシフトと言え、医師の能力向上ひいては患者の健康に大きなプラスになるはずだ。ジョン・バークマイアーの研究チームによる非常に示唆に富む研究[29]では、ミシガン州の肥満治療外科医のグループに依頼して、それぞれが所属する病院での典型的な腹腔鏡胃バイパス手術の録画テープを提出してもらっている。そのテープを無記名のままエキスパートに渡し、執刀医の技術レベルを評価させた。本書の目的に照らして考えると、この研究の結果で重要なのは、技術力の高い外科医が執刀した患者は合併症を起こしたり死亡したりする可能性が低いなど、医師の技術レベルによって患者の術後に大きな違いが生じていることだ。これは技術的に劣る外科医の技能向上を支援すれば、患者に大きな恩恵があることを示唆している。この研究結果を受けて、きわめて高い技能を持つ外科医が技能の劣る医師の能力向上をコーチングするプロジェクトが設立された。

それでは、本章の締めくくりに、限界的練習の原則を使って医師のための新しい効果的な訓練法を開発し、最終的に患者がより良い治療を受けられるようにする方法を考えていこう。

最初の一歩は、対象分野でエキスパートと言える医師をある程度の確度を持って特定することだ。他の医師より確実に技能面で優れている医師を、どうすれば特定できるだろうか。第四章で見たとおり、これは必ずしも容易な作業ではないが、たいていはある程度客観的に特定する方法はある。医療において最も重要なのは患者の健康なので、われわれが本当に注目すべきは医師の行為と明確に関連性のある患者の病状変化だ。治療というプロセスにはたくさんの行為や関係者が携わり、また個別の医療従事者の貢献であると明確に言い切れるような結果指標は比較的少ないため、これもなかなか厄介だ。それでも医師のエキスパートを特定する方法のモデルとなりそうな事例が少なくとも二つある。(30)

八〇〇〇人の癌患者を追跡調査

二〇〇七年、ニューヨークシティのメモリアル・スローン・ケタリング癌センターのアンドリュー・ヴィカーズ率いる研究チームが、前立腺癌を患い、手術で前立腺を切除した男性約八〇〇〇人のその後の状況について報告をまとめた。(31)手術は一九八七年から二〇〇三年にかけて、四つの病院で合計七二人の外科医が担当した。この手術の目的は、前立腺を周囲の組織に侵食した癌細胞とともにそっくり除去することだ。細心の注意と高度な技術を要する複雑な手術で、完璧に実施しないと癌が再発する可能性が高まる。このため手術後の再発防止に成功した割合は、最も優れた外科医を識別する客観的指標と言える。

それこそまさにヴィカーズのチームが調査によって確認したことだ。この手術の経験が豊富な外科医と経験が比較的少ない外科医の技能には大きな差があったのだ。前立腺切除手術の経験が一〇件しかない外科医の場合、五年後再発率が一七・九％であったのに対し、二五〇件の手術経験がある医師ではわずか一〇・七％だった。要するに、執刀医が経験不足の外科医だと、ベテラン外科医に手術をしてもらうのに比べて五年後再発率がほぼ二倍になるのだ。

その後ヴィカーズは、外科医がさらに経験を積むと再発率がどうなるかを追跡調査した[32]。すると再発率は執刀数が一五〇〇～二〇〇〇件になるまで低下しつづけることがわかった。その時点で外科医は、前立腺以外に癌が広がっていない最も単純な症例では完璧に、また前立腺以外に癌が転移していた複雑な症例でも七〇％の確率で再発を防げるようになる。それ以降は練習を積んでも成功率は向上しない。

ヴィカーズは調査結果を書いた論文で、研究チームでは特に経験豊富な外科医のどこが違うのか、具体的に解明することはできなかったと述べている。ただ数百件、数千件の手術を執刀することが、患者の治療結果に大きな違いを生むような特別な技能の習得につながっているのは明らかなようだ。

もう一つ注目したいのは、手術の経験が能力向上につながっていることから、医師には自らの技術を振り返り、時間をかけて磨き上げていけるような何らかのフィードバックがあったはずであるという点だ。外科が大方の医療分野と違うのは、血管の破裂や組織の損傷など問題の多くは一見してわかるので、ミスをすると少なくとも一部については即座にフィードバックが返ってくることだ。手術後、患者の状況は慎重に監視される。ときにはこの段階で出血などの問題が発生し、それに対処するために追加手術が必要になることもある。そうした追加手術も、本来避けられたはずの問題についてフィードバックを得る機会となる。

癌組織を切除する手術では、切除した癌組織を検査室で分析し、すべての癌を除去できたか確認する。切除した組織のまわりを一定量の健全な組織が囲んでいるのが理想的で、この「きれいな余白」がない場合、それも外科医が今後同様の手術を執刀する際に役立つフィードバックとなる。心臓手術の場合、修復した心臓をテストすることで手術の成功を評価し、成功しなかった場合はどこが悪かったか分析できる。このようなフィードバックがあることが、他の医療従事者の多くと異なり外科医の能力が経験とともに向上する理由である可能性が高い[33]。

このような研究から、外科医がエキスパートと見なされる段階に到達するには長い歳月と手術経験が必要なのは明らかで、それゆえに外科医の技能向上のために限界的練習の原則に基づく訓練法を取り入れるのは特に有益だと思われる。外科医がエキスパートレベルに到達するまでの所要期間を半減させるような訓練法を開発できれば、患者には大きな福音となるだろう。

ヴィカーズが外科医の研究で観察したのと同じような能力向上のパターンは、放射線診断医のマンモグラム解釈能力に関する研究でも見られた[34]。放射線診断医の画像診断能力は仕事を始めて最初の三年間で大幅に向上し、偽陽性（本当は乳癌ではないが精密検査が必要と判断してしまうケース）の発生件数は着実に低下していくが、それ以降は向上のペースが劇的に下がってしまう。興味深いのは最初の三年間での劇的な向上が見られたのは、フェローとして勤務した経験のない診断医に限られていたことだ。放射線科のフェローとして勤務した経験のある医師にはこうした学習カーブは見られず、仕事を始めてほんの数カ月でフェロー経験のない医師が三年後に到達するレベルに達してしまった。フェロー期間中に受ける訓練がエキスパートレベルに到達するまでの所要期間をそれほど縮める効果があるのだとしたら、フェローにならなくても受講できる高度な訓練プログラムを開発すれば同じ効果が得られると考えるのは理にかなっている。

超一流の医師の問題発見法

一貫して周囲より優れた結果を出す人物が特定できたら、次のステップは優れた技能の裏づけとなる要因を突きとめることだ。それには通常、第一章で説明したスティーブ・ファルーンとの記憶実験で私が用いた手法のさまざまな応用形が使われる。たとえば対象者に行動の振り返りレポートを作成させる、任務を遂行するときに考えていることを語らせる、どの作業が容易でどの作業が難しいかを観察し、そこから結論を導き出すといったことだ。一流の医師とそれ以外を識別するために医師の思考プロセスを研究したチームは、こうした手法をすべて使っている。

この方法を実践した良い例が、八人の外科医に腹腔鏡手術の前と最中と後の思考プロセスを尋ねた最近の研究である[35]。腹腔鏡手術は患者の身体に小さな穴を開け、そこから手術器具を挿入して対象箇所に近づけて実施するもので、入念な準備と手術開始後に発生するどんな状況にも対応する能力が求められる。この研究の目的は、手術中に医師がどんな意思決定をどのように下しているのかを明らかにすることだった。研究チームは、どの組織を切除するか、腹腔鏡手術から開腹手術に変更すべきか、当初計画を放棄して臨機応変に手術を続ける必要があるかなど、医師が手術中に下す必要のある意思決定の種類を複数挙げている。

研究の詳細は腹腔鏡外科の医師や教授にしか興味がわかないようなものだが、それ以外の人にも示唆に富む結果が一つ出ている。手術のうち、典型的なパターンに従えば済むような簡単で単純明快な症例は比較的少なく、ほとんどのケースで想定外の事象あるいは障害が発生し、医師が自らの行為を慎重に検討し、何らかの意思決定を迫られる場面があったことだ。研究チームの表現を借りれば「エキスパートクラスの外科医でも手術中に、器具の変更や患者の体位変更といった代替案を検討するなど、自らの選んだ手術方法を慎重に再評価しなければならない場面に直面していた[36]」。

想定外の状況であることを認識し、さまざまな対応法を迅速に検討し、どれが最適な選択肢かを決断する能力がモノを言うのは医療の世界に限らない。たとえばアメリカ陸軍は、部隊を率いて現場に出て、想定外の攻撃など予見できない事態に対して即座に最適な行動を決断しなければならない尉官、佐官クラスの将校に「適応的思考」を教える最適な方法の検討に膨大な時間と労力を費やしてきた。こうした適応的思考を尉官クラスに教えるため、限界的練習の技法を用いた「司令官のように思考する訓練プログラム」まで開発したほどだ[37]。

トップクラスの医師の心的プロセスに関する研究では、彼らが手術前に計画を準備しておくものの、進行中の手術を頻繁に監視し、必要とあればギアチェンジできるようにしておくことが示されている。近年カナダの医療研究チームが実施した一連の研究では、それがはっきりしている[38]。このチームは医師が特に手こずりそうだと予測した手術を観察した。手術後のインタビューで医師に手術中の思考プロセスを尋ねたところ、問題発見の主なきっかけは、手術中に発生した何らかの状況が準備段階でイメージしていたものと一致しないと気づくことだとわかった。不一致に気づくと、いくつかの代替案を考え、一番うまくいきそうなものを選ぶ。

これは経験豊富な医師の行動パターンについて、ある重要な事実を示している。彼らは時間をかけて有効な心的イメージを習得し、それを手術の計画、実施、進捗状況のモニタリングに使っているので、何か異変が起きたときにそれを察知し、適切な対応をとることができるのだ。

こうしたことを踏まえると、最終的な目標が優れた外科医の条件を理解することであるならば、優れた外科医の心的イメージがどのようなものかをよく理解する必要がある、ということがわかる。心理学者は心的イメージを研究するためのさまざまな方法を編み出してきた。誰かがある作業を遂行するときに使う心的イメージを調べる標準的な方法の一つが、作業の途中でストップをかけ、部屋の明かりを戻して現在の状況、何が起きたか、これから何が起ころうとしているかを説明してもらうというものだ（第三章で紹介したサッカー選手の研究で使った手法である）。

当然ながら手術室で執刀中の外科医相手にこの手法は使えないが、外科手術のようなリスクを伴う状況で働く人々の心的イメージを調べる方法は他にもある。たとえば飛行訓練や特定の医療行為などシミュレーターが使えるケースでは、作業を途中で止めて操作者に質問をすることが可能だ[39]。あるいは本物の外科手術でも、手術の前後に手術はどんな具合に進みそうか、手術中の思考プロセスがどのようなものであったかなどを医師に尋ねることはできる。その場合は医師の手術中の行動を観察しながらインタビューするのが一番いい。手術の成功度を高めることにつながる心的イメージの特徴を特定できたら理想的だ。

安定して優れた結果を出す現役医師を特定し、その心的プロセスを解明するという研究者の試みが実を結びはじめたのは、主に二一世紀初頭以降である。ただ世界トップクラスの医師の能力の土台となる主要な要因が、その心的イメージの質であることはすでにはっきりしている。つまり限界的練習のノウハウを医療界に応用するカギは、医師が優れた心的イメージを習得するのを支援する訓練方法を見いだすことなのだ。他の多くの職業についても、まさに同じことが言える。

第六章　苦しい練習を続けるテクニック

自身の限界を超える負荷をかけつづける限界的練習は、決して楽なものではない。事実、超一流の中に、「練習が楽しい」と答える人など一人もいないのだ。では、なぜそうした苦しい練習を続けられる人と、続けられない人がいるのだろうか。

二〇一〇年、私はオレゴン州ポートランドのダン・マクローリンという人物からメールを受け取った。ジョフ・コルヴァンの『究極の鍛錬』などさまざまなところで限界的練習に関する私の研究を読み(1)、プロゴルファーになるためにその手法を活用したいという(2)。

それがどれほど無謀な挑戦か説明するため、ダンの経歴を少し紹介しよう。高校や大学のゴルフチームで活躍した経験はなし。というよりゴルフなどまともにしたこともない。友人と数回練習場に行ったことはあるものの、生まれてこのかた一八ホールをまわったこともない。三〇歳になるまで、スポーツと名のつくものにまじめに取り組んだことは一度もなかった。

だがダンには計画があり、しかも本気でそれを実行するつもりだった。商業写真家としての仕事をやめ、六年ほどゴルフの練習に没頭する、というのだ。マルコム・グラッドウェルの『天才！　成功する人々の法則』を読み、「一万時間の法則」をうのみにしたダンは、一万時間の限界的練習をすれば全米プロゴルフ協会（ＰＧＡ）のツアーに参加できる腕前になれると考えた。ＰＧＡツアーに参戦するには、まずクオリファイイング・トーナメント（ＱＴ）に出場しなければならない。ＱＴで上位に入ればＰＧＡツアーの出場権が得られ、ようやくそこで戦えることになる。[3]

自ら「ダン計画」と名づけたこのプロジェクトを始めて一年半後、ダンは雑誌『ゴルフ』の取材を受けている。[4]記者になぜこんなことを始めたのかと聞かれたときのダンの答えが、私はとても気に入った。どんな分野でも成功できるのは限られた人だけ、つまり数学の道に進めるのは論理的で「数学が得意」な人だけ、スポーツの道に進めるのは運動が得意な人だけ、すばらしい演奏家になれるのは音楽の才能に恵まれた人だけという考え方が気に入らないからだ、と言ったのだ。このような考え方は、やってみれば実はとても楽しく、ひょっとすると得意かもしれないことに手を出さない口実に過ぎず、自分はそんなワナにはまりたくないとダンは考えていた。

「それで、これまでまったくやったことのない何かに挑戦してみようという気になったんだ。時間をかける覚悟さえあれば、どんなことでも可能だと証明したかった」

この発言以上に私が頼もしく思ったのは、限界的練習は前途洋々でこれからチェスのグランドマスターやオリンピック選手や世界一流の音楽家を目指して練習を始めようという子供たちのためだけにあるのではない、とダンが理解していたことだ。それはアメリカ海軍のような、苛烈なトレーニング・プログラムを開発する余裕のある大組織に属する人のためだけにあるのでもない。限界的練習は夢を持つすべての人のためにある。絵の描き方、コンピュータ・コードの書き方、ジャグリングやサクソフォーンの演奏、アメリカ文化を象徴する小説の書き方などを学びたいという人。ポーカーやソフトボールがうまくなりたい、営業成績を伸ばしたい、歌がうまくなりたいという人。人生を主体的に選び、才能を自分で作り出し、今の自分が限界だという考えに与《くみ》しないすべての人のためにある。

本章はそんな人に向けて書いている。

六九歳で空手を始め、黒帯を目指す

もう一人、私のお気に入りの文通相手が、六九歳で空手を習いはじめたスウェーデン人のペル・ホルムロフだ。ペルは八〇歳までに黒帯を取る、という目標を立てていた。私に手紙を書いてきたのは、練習を始めて三年近く経った頃だ。上達の速度が遅すぎると思うので、どうすればもっと効果的に訓練できるかアドバイスが欲しいというのだ。

ペルは昔からよく運動をしていたが、武道はこれが初めてだった。空手は週に五〜六時間、それ以外に森の中をジョギングしたり、スポーツジムに行ったりと週に一〇時間ほど運動している。それ以外に何をしたら良いだろうか。

ここまで聞いて「上達が遅すぎるのは当然じゃないか。もう七二歳なんだから」と思う人もいるだろう。だがそれは違う。もちろん二四歳、あるいは五四歳の人のようには上達できないかもしれないが、ペルが上達のペースをもっと速められるのは間違いなかった。だから私はいくつかアドバイスを送った。その内容は相手が二四歳でも、あるいは五四歳でも変わらなかっただろう。

空手の稽古の多くは大勢の生徒に指導員が一人付き、指導員が手本を見せて全員が真似をするというかたちで進む。ときには指導員が特定の生徒が間違った動きをしているのを見つけて一対一で指導することもあるが、そんなフィードバックが与えられるのはまれだ。

ペルもそのような稽古に通っていたので、自分のレベルに合ったアドバイスをくれるようなコーチとの個人レッスンを受けるよう勧めた。

個人レッスンの費用を考えてグループレッスン、あるいはユーチューブで動画を見たり本を読んだりすることで済ませようとする人は多く、そういうやり方でもたいてい多少の効果はある。だがグループレッスンやユーチューブで何度手本を見ても、いくつか小さな要素を見逃したり誤解したりすることはあるだろうし（ときにはそれほど小さくないものも見逃すかもしれない）、たとえ自分の弱点に気づいたとしてもそれを直す最適な方法を自分で見つけることはできないだろう。

何より重要なのは、心的イメージにかかわる問題だ。第三章で見たとおり、限界的練習の主目的の一つは、対象が空手であれ、ピアノソナタを弾くことであれ、手術をすることであれ、自分のパフォーマンスの指針となる有効な心的イメージをひとそろえ習得することである。一人で練習していると、自分のパフォーマンスに目を光らせ、どこがおかしいかを判断するのに自分自身の心的イメージに頼らざるを得ない。不可能ではないが、経験豊富な教師に見てもらい、フィードバックをもらうのと比べてはるかに難しく、効率が悪い。練習を始めたばかりの段階では、心的イメージがまだあやふやで不正確であるため特に難しい。しっかりとしたイメージの基礎ができてしまえば、その上に新たな、より有効なイメージを独自に作っていくことができる。

どれほど意欲と知性に恵まれた学習者でも、何かを学ぶ際の最適な順序を理解していて、さまざまな技法の正しいやり方を知っていて手本を見せることができ、有効なフィードバックを与え、学習者に固有の弱点を克服するための練習メニューを考えられる教師の指導を受けたほうが速く上達できる。つまりあなたが成功するために一番重要なことの一つは、優れた教師を見つけ、その指導を受けることだ。

どうやって教師を選べばいいのか？

では、どうすれば優れた教師が見つかるのか。このプロセスには多少の試行錯誤がつきものだが、成功の確率を高められる方法はいくつかある。まず優れた教師は必ずしも世界トップクラスである必要はないが、その分野で成功を収めた人でなければならない。一般的に教師は、自分あるいはそれまでの教え子が到達したレベルまでしか指導することはできない。あなたがまだ完全な初心者なら、それなりに能力のある教師なら誰でも構わないが、数年練習を積んだらもっとレベルの高い教師が必要になる。

さらに優れた教師には、その分野で他人を教える技術と実際に教えた経験がある程度必要だ。プレーヤーとして成功していても、他人に教える方法をまったく知らないため教師としては最悪という人は多い。自分ができるからといって、他の人にやり方を教えられるとは限らない。教師になってもらおうと思う人からは経験を聞き、できればかつての、あるいは現在の教え子を調べたり、彼らと直接話をしたりしてみよう。どれほど良い教師なのか、彼らが身につけた技術はどの程度その教師の指導によるものか。教え子たちは教師のことを高く評価しているだろうか。

一番良いのは、今のあなたと同じぐらいのレベルのときにその教師の指導を受けはじめた生徒に聞くことだ。彼らの経験は、あなたがその教師に学ぶことで得るものに一番近いはずだ。理想を言えば、あなたと年齢や経歴が似ているような教え子を探したい。子供や若者相手には良い教師でも、それより何十年か年長の生徒を教えた経験は乏しく、適切な指導法がわからない可能性もあるからだ。

教師の評判を調べる際には、主観的評価には短所があることを頭に入れておこう。ネット上の評価サイトは特にこの短所が出やすい。というのもネット上の評価は、教師がどれほど有能であるかではなく、どれだけ親しみやすいか、あるいは習っていて楽しいかを映す傾向があるからだ。教師の評判を読むときは、レッスンがどれほど楽しいかといった記述は飛ばし、生徒がどのように上達したか、どんな障害を乗り越えたかといった具体的な記述に注目しよう。

特に重要なのは、教師候補に練習メニューを尋ねることだ。教師のもとへ週何回レッスンに通うかにかかわらず、練習の大部分は教師に与えられた練習メニューをこなすかたちであなたが一人ですることになる。

教師にはレッスン中にできるだけ充実した指導をしてもらう必要がある。何を練習すべきかだけでなく、具体的にどんな点に注意すべきか、あなたがどんなミスをしているのかを指摘し、優れたパフォーマンスを認識する方法も教えてもらおう。教師の最も重要な役割の一つは、生徒が自らのパフォーマンスをチェックして修正できるように、生徒自身の心的イメージの発達を助けることなのだから。

ダン計画のダン・マクローリンは、能力向上のためにインストラクターを活用した良い例だ

（極端とも言えるが）。限界的練習について文献を読み、その教訓の多くを学んだダンは、当初から個人レッスンの重要性を理解していた。練習を始める前に、早々と三人のインストラクターを揃えていたほどだ。ゴルフコーチ、筋力トレーニングとコンディショニングのコーチ、そして栄養士である。

その後のダンの経験からは、教師についてあと一つ教訓が学べる。自分自身が変化するのに伴い、教師も変える必要が生じる場合もある、ということだ。ダンは数年間、最初に付いたコーチとともに能力を伸ばしていったが、ある時点で頭打ちになった。そのコーチが教えられることはすべて吸収してしまったためで、彼は次のレベルのコーチを探すことにした。(5) あなたもある時点で能力向上のペースが衰えた、あるいはまったく伸びていないと気づいたら、ためらわずに新しいインストラクターを探そう。何より重要なのは、前に進みつづけることだ。

練習に没頭できているか？

再びペルの話に戻ると、限界的練習にはもう一つの重要な要素があり、適切なマンツーマン・レッスンはそれを後押しする効果があることがわかる。ペルはそれまで受けていた空手のグループレッスンに、完全に集中し没頭することができていなかったのではないか、と私はにらんでいる。指導員が前に立ち、生徒が一斉に指示に従うというグループレッスンでは、自分のパフォーマンスのこの部分を改善しよう、という具体的な目標を持って真剣に練習するのではなく、「単に動きをなぞるだけ」になりがちだ。右足で一〇回蹴り、それから左足で一〇回蹴る。右手で受けと突きのコンビネーションを一〇回、それから左手で一〇回。これでは、ただ身体を動かし、頭では別のことを考えはじめ、あっという間に練習の効用は消え失せてしまう。

第一章で述べた基本原則、すなわち上達するための明確な計画もなしにただひたすら繰り返すのではなく、目的のある練習に没頭することの大切さを思い出してほしい。チェスがうまくなりたいのであれば、チェスをするだけではダメだ。グランドマスターの試合の棋譜を一人で黙々と勉強するのである。ダーツがうまくなりたければ、友達とダーツバーに行って負けた人に次のゲームをおごらせる、といったことをやっていてはダメだ。毎回まったく同じフォームで投げられるように、一人で練習する時間を作らなければならない。計画的に狙う場所を変えていき、コントロール力をつけていかなければならない[6]。ボーリングがうまくなりたければ、ボーリング仲間と毎週木曜の晩にレーンに繰り出してもあまり効果はないだろう[7]。一人でレーンに立ち、難しいピン配置で狙ったとおりの場所にボールが行くように練習する、質の高い時間を持つべきだ。目標がなんであれ、すべて同じである。

これだけは忘れないでほしい。練習中に注意散漫になったりくつろいだり、楽しんでいるだけでは、おそらく上達はしない。

一〇年ほど前に、スウェーデンの研究チームが二つのグループが歌唱レッスンを受けている間と受けた後の状態を調べたことがある[8]。被験者の半分はプロの歌手で、残りの半分はアマチュアだった。全員が少なくとも半年以上の歌唱レッスンを受けていた。研究チームは被験者の心電図や血液サンプルを測定したり、表情を観察するなどさまざまな手法で評価したほか、レッスン後にはレッスン中の思考プロセスを理解するためたくさんの質問をした。

被験者はアマチュアかプロかにかかわらず、レッスン後にはレッスン前と比べて全員がリラックスして生き生きとしていたが、気分が高揚したと答えたのはアマチュアだけだった。歌唱レッスンによってアマチュアは楽しい気持ちになったが、プロはならなかった。両者の違いは、それぞれのレッスンへの向き合い方にある。アマチュアにとってレッスンは自己表現の場であり、日頃の悩みを歌で吹き飛ばし、歌うことの純粋な喜びを感じる時間だった。一方、プロにとってレッスンは歌唱技術を向上させるために発声技術や呼吸法などに集中する場だった。集中していたが、そこに喜びはなかったのだ。

プライベートレッスン、グループレッスン、一人での練習、あるいは試合や競技をすることも含めたありとあらゆる練習から最大の効果を引き出すカギはここにある。自分がしていることにとにかく集中するのだ。

フロリダ州立大学で私とともに研究をした大学院生のコール・アームストロングが、高校生ゴルファーがこのような集中力を身につけた過程を書いている[9]。高校二年生のとき、生徒たちは単に練習をするのと、目的のある練習に没頭することの違いを理解するようになった。コールは博士論文に、ある高校生ゴルファーが自らの練習への向き合い方がいつ、どのように変化したか語った言葉を引用している[10]。

二年生のときのある出来事はよく覚えている。コーチが練習場にいた僕のところにやってきて「ジャスティン、何をしているんだ?」と聞いてきた。僕はボールを打っていたので「試合に向けて練習しているんです」と答えた。すると先生は「いや、していない。しばらく君を見ていたが、単にボールを打っているだけだ。ルーチン（決まった所作）も何もやってないじゃないか」。そこで僕らは話し合い、練習のルーチンを決めた。僕が単にボールを打ったりパッティングをするのではなく、具体的目標に向けた意識的行動として本気で練習を始めたのはそれからだ。

このように没頭すること、意識的に技能を習得して磨き上げる姿勢を身につけるのは、練習の効果を高める最も強力な方法の一つだ。

一回の練習時間は短いほうが良い

アメリカの水泳選手、ナタリー・コーグリンも自らの「気づき」の瞬間を語っている[11]。オリンピックで合計一二個のメダルを獲得し、女性スイマーの生涯オリンピックメダル獲得数で他の二人と並んでトップに立っている選手だ。もともと優れた水泳選手ではあったが、真に偉大な選手となったのは練習の間中途切れることなく集中することを学んでからだ。水泳を始めた頃は、プールで過ごす時間のほとんどは空想にふけっていたという。これは水泳だけでなく長距離走など持久力を求められるスポーツで、スタミナをつけるために毎週何時間も長い距離を走ったり泳いだりするのに費やす選手にはよくあることだ。何時間も繰り返し、とにかく水をかいて、かいて、かきまくる。退屈して集中力が途切れてしまい、心がプールの外にさまよい出るのは自然のなりゆきだ。まさにコーグリンがそうだった。

だがカリフォルニア大学バークレー校で選手として活躍していたとき、コーグリンはプールで過ごす何時間もの間、自分が大きな機会をムダにしていることにはたと気づいた。ぼんやり他のことを考えるのではなく、自分の技術に集中し、一つひとつのストロークをできるだけ完璧に近づけようとすればいいのだ。特に自らのストロークの心的イメージを磨きあげること、つまり「完璧な」ストロークをしたときの具体的な身体感覚がどんなものか突きとめることに集中すればいい。理想的なストロークの感覚がどのようなものかはっきりわかれば、疲れたりターンが近づいたりしたときにその理想から外れてしまったらそうとわかる。逸脱をできるだけ抑え、ストロークを理想に近い状態に維持するよう努めるのだ。

そう気づいてからコーグリンは意識して自分がやっていることに没頭するようになり、プールにいる時間をフォーム改善に使うようになった。タイムが本当に伸びはじめたのはそれからで、練習中にフォームに集中するほど競技会で良い結果が出るようになった。コーグリンは特別な例ではない。研究者のダニエル・チャンブリスは水泳のオリンピック選手を対象とする広範な調査の結果、水泳で傑出した成果を出すカギは、技能のあらゆる側面に細やかな注意を払いつづけることにあると結論づけている。[12]「あらゆる点で最高の動きが習慣として身体にしみこむまで、一つひとつを繰り返し正確にやることだ」と。[13]

これが練習の効果を最大限に高めるコツだ。ボディビルや長距離走など、トレーニングの大部分が単純に何かを繰り返す作業のように思えるスポーツでも、一つひとつの動きを正しくやることに意識を集中すると上達が加速する。長距離走選手の研究[14]では、アマチュア選手は走ることの辛さや疲労感から逃れるために楽しいことを考えたり空想にふけったりする傾向があるのに対し、トップクラスの長距離選手は自らの身体に意識を集中させ、最適なペースをつかみ、レースの間それを維持するのに必要な調整をしていく。ボディビルあるいは重量挙げで、今の能力では限界というウエイトを挙げるときには入念に準備をして、完全に集中しなければならない。どんな活動でも能力の限界に挑戦するときには、一〇〇％の集中力と努力が必要だ。そしてもちろん、筋力や持久力がそれほど必要とされない知的活動や楽器演奏、芸術活動などは、そもそも集中せずに練習してもまったく意味がない。

しかし長年練習を積んできたその道のエキスパートであっても、このような集中力を保つのは難しい。第四章で紹介したベルリン芸術大学のバイオリン学生には、練習がとても疲れるので午前と午後の練習の間に昼寝をする者が多かった。練習に集中することを学びはじめたばかりの人にとっては、何時間も集中力を保つことは難しい。もっと短い練習時間から始めて、徐々に伸ばしていく必要がある。

この点について私がペル・ホルムロフに送ったアドバイスは、限界的練習を始めようとしている人すべてに当てはまる。集中して意識的に練習に取り組むことが何より大切なので、新しい技能をもっと速く習得するのに一番良いのは毎回明確な目標を設定して練習時間を短くすることだ、と私は書いた。一〇〇％の力で短い時間練習するほうが、七〇％の力でもっと長く練習するより好ましい。これ以上集中できないと思ったら、練習は打ち切ろう。そして練習に最大限集中できるように、睡眠はしっかりとろう、と。

ペルは私のアドバイスに従った。師範から個人レッスンを受けるようにして、レッスン時間は短くする一方で集中力を高め、毎晩七～八時間の睡眠に加えて昼食後に昼寝をするようになった。

すでに緑帯を取得し、次は青帯を目指している。七〇代にして黒帯という目標までの道のりの半分は超えており、ケガさえしなければ八〇歳までの目標達成に自信を持っている。

ベンジャミン・フランクリンの独学法

第一章でベンジャミン・フランクリンに触れたのは、チェスに膨大な時間を注いでいたがまったく上達しなかった、という文脈であった。そのやり方は、一歩ずつ上達していくための計画もなく、ただ何かを繰り返しやるだけという、練習方法の悪い見本の最たるものだった。だがフランクリンはもちろん、ただのチェスプレーヤーではなかった。科学者、発明家、外交官、新聞の発行人、著述家の顔もあり、その著作は二〇〇年経った今でも広く読まれている。そこで今度はフランクリンがチェスよりはるかに優れた成果を収めた分野に目を向けよう。

自伝の序盤でフランクリンは、若い頃に文章力を高めるためにどんな努力をしたか書いている[15]。自己評価では、子供時代に受けた教育では十人並みの文章力しか身についていなかったという。その後イギリスの雑誌『スペクテーター』を読み、その文章の質の高さに感銘を受けたという。自分もこれぐらい上手に書けるようになりたいと思ったものの、その方法を教えてくれる人はいなかった。そこでフランクリンは独学で『スペクテーター』の筆者と同じレベルの文章力を身につけるため、うまい練習法をいくつか考えた。

まず記事中に具体的にどのような言葉が使われていたか忘れてしまった後に、どれだけ正確に文章を再現できるか試してみることにした。そこですばらしいと思った記事を何本か選び、一文ずつ内容を簡単に、後で何が書いてあったか思い出すのに最低限必要な分だけ書き留めた。数日後に書き留めたヒントを参考に、記事の再現を試みた。目標は元の記事を一字一句思い出すのではなく、それと同じぐらい詳しく質の高い記事を自分で書くことだ。自分なりの記事を書き終えると元の記事と照らし合わせ、必要があれば自分の記事に修正を加えた。この作業によって考えを明瞭かつ説得力をもって伝える方法を学んだ。

この練習によってフランクリンは、自分の最大の問題は『スペクテーター』の筆者と比べて語彙が乏しいことだと気づいた。言葉を知らないというのではなく、書いているときにパッと出てこないのだ。この問題を克服するため、最初の練習法に少し変化を加えることにした。詩を書くと、韻律を考えたり韻を踏んだりするために普段使わない言葉を考えなければならなくなると考え、『スペクテーター』の記事を韻文に作り変えた。それから元の記事の記憶が薄れるのを十分待ち、今度は詩を散文に直す。この練習によって最適な言葉を探す習慣が身につき、記憶からすぐに呼び出せる語彙も増えた。

最後に、文章の構造と論理展開の向上にも取り組んだ。ここでも『スペクテーター』の記事を使い、一文ずつヒントを書いた。ただ今回はヒントをバラバラの紙片に書き、シャッフルして順序がわからないようにした。それから再び、今度は元の記事に使われていた言葉だけでなく話の展開も忘れてしまうまで寝かせて、また記事の再現を試みた。バラバラになった記事のヒントを見て、一番論理的展開だと思える順番に並べ、ヒントをもとに文章を書いてその結果を元の記事と比べるのである。

この練習では、文章の中で思考をどのように展開させていくべきかを入念に考えることを求められた。元の筆者ほどうまく論理展開ができなかった部分が見つかれば、自分の文章を直して失敗から学ぼうとした。自伝にはいつもの謙虚な調子で、練習によって望んでいた効果が得られたことを書いている。「ときには、ほんの心もちではあるが、首尾よく文章作法や言葉遣いを上達させられたのではないかと夢想して喜び、それに意を強くしていつの日かまずまずの書き手になれるかもしれないという途方もなく大胆な思いを抱いたりした」

同じ課題を徹底的に繰り返す

もちろんフランクリンは度を超えて謙虚であっただけで、やがて『プーア・リチャードの暦』で建国間もないアメリカで最も尊敬される作家の一人となり、のちに執筆した自伝はアメリカ文学の古典となった。フランクリンは上達したいが教えてくれる人がいない、という多くの人が折に触れて直面する問題を乗り越えた。あなたも教師につく余裕がない、あるいは身近に教えてくれる人が誰もいないという状況にあるかもしれない。エキスパートがいない、少なくとも他人に教えられるような人はいないという分野で能力を高めたいと思っているかもしれない。理由はなんであれ、限界的練習のいくつかの基本原則に従えば（フランクリンはそれを本能的に理解していたようである）、それでも上達は可能だ。

目的のある練習あるいは限界的練習の最大の特徴は、できないこと、すなわちコンフォート・ゾーンの外側で努力することであり、しかも自分が具体的にどうやっているか、どこが弱点なのか、どうすれば上達できるかに意識を集中しながら何度も何度も練習を繰り返すことだ。職場、学校、趣味など日常の生活の中ではなかなかこのような意識的反復訓練をする機会がないので、上達するには自分で機会を作らなければならない。

フランクリンは文章を書くことのさまざまな側面に照準を当てた練習でそれを成し遂げた。優れた教師やコーチの役割は、あなたがその時々に課題としている特定の技能を向上させるのに役立つような練習法を考えることに尽きる。だが先生役がいないのなら、自分で独自の練習方法を考えなければならない。

幸い今の時代インターネットを使えば、興味を持つ人が多い能力についてはたいてい訓練法が見つかるし、あまり一般的ではない能力についてもかなりの割合で見つかる。ホッケーのパックの扱いがうまくなりたければ、インターネットで探せばいい。文章の書き方もルービックキューブをあっという間に完成させる方法も、インターネットで見つかる。もちろんアドバイスは慎重に選別しなければならないが（インターネットに唯一欠けている機能は品質チェックだ）、優れたアイデアやヒントが手に入るので、試してみて自分に一番適したものを選べばいい。

とはいえインターネットにはなんでもそろっているわけではなく、またそこにあるものがあなたのやろうとしていることに合致しない、あるいは現実的ではないこともある。たとえば練習するのが特に難しい能力として、他の人とのかかわりが必要なものが挙げられる。部屋にこもってルービックキューブをまわすスピードをあげたり、ゴルフ練習場でドライバーの練習をしたりするのは簡単だが、あなたが伸ばそうとしている能力がパートナーや観客を必要とするものだとしたらどうか。そのような能力を練習する効果的な方法を考えるには、多少の創意工夫が必要だ。

フロリダ州立大学の同僚で、ＥＳＬ（英語が母国語ではない学生）を教えていた教授から、ある学生がショッピングモールに行き、大勢の買い物客を呼び止めては繰り返し同じ質問をしたという話を聞いた。そうすることで同じような答えを何度も聞くことができ、ネイティブスピーカーが普通の速さで話しても聞き取りやすくなるのだという。もし、そこで毎回違う質問をしていたら、聞き取りの能力はほとんど伸びなかっただろう。

同じように、英語力を伸ばそうとして、英語で制作された字幕付きの映画を一本選び、繰り返し観た学生もいるという。最初は字幕を隠してセリフを理解しようと努め、それから字幕を見て理解が正確であったかを確かめた。同じ会話を繰り返し聴くことで、毎回違う映画を大量に観た場合よりはるかに速く英語の聞き取り能力が向上したという。

ここでは、学生たちがただ同じことを繰り返していたのではない点に注目してほしい。彼らは毎回自分が何を間違えたかに注意を払い、それを直していたのである。これは目的のある練習だ。やみくもに同じことを何度も繰り返すのではまったく意味がない。反復練習の目的は自らの弱い部分を見つけ、それを集中的に強くしていくことにあり、そのためにはこれだという方法が見つかるまで試行錯誤する必要もある。

指導者が見つからないときは三つの「F」が重要

こうした自己流の練習法として私が特に気に入っているのは、リオ・デ・ジャネイロのサーカス学校の学生が教えてくれたものだ。この学生はサーカスのリングマスター（演技監督）を目指しており、ショーの間どうやって観客の興味をつなぎとめておくかが課題だった。さまざまな演目を紹介するだけでなく、次の演目の準備が遅れてしまったときなどは臨機応変に場を持たせなければならない。

とはいえ本物の観客の前で学生に練習の機会を与えてくれる人などいるはずもなかったので、この学生はあるアイデアを思いついた。ラッシュアワーにリオの中心部に行き、帰宅途中の人を呼び止めて会話をするのだ。ほとんどの人が家路を急いでいるので、足を止めて話を聞いてもらうにはよほど興味をひきつけなくてはならない。そのためには声の調子やボディランゲージを使って注意を惹きつけたり、長すぎも短すぎもしない間《ま》を使ってドラマチックな緊張感を盛り上げたりといった術を練習しなければならない。

私が何より驚いたのは、この学生の練習ぶりがどこまでも意識的であったことだ。まず時計を使って、一つひとつの会話の持続時間を測った。毎日二時間ほどをこの練習に費やし、どんなテクニックが一番うまくいき、どれがうまくいかなかったかメモを取った。

コメディアンも同じような修業をする。コメディアンの多くが即興のコメディを見せる劇場に立った経験があるのはこのためだ。それはネタと演じ方を試す機会であり、ウケるか、ウケないか、観客の反応がすぐに返ってくる。しかも毎晩舞台に立ち、ウケないものは捨ててウケるものはさらに良くするなど、ネタに磨きをかけていくことができる。人気が出てからも、新しいネタを試す、あるいは単に演技に磨きをかけるためだけに即興劇場に戻ってくる者が多い。

先生がいなくても効果的に技能を高めるには、三つの「F」を心がけるといい。フォーカス（集中）、フィードバック、フィックス（問題を直す）である。技能を繰り返し練習できる構成要素に分解し、きちんと分析し、弱みを見つけ、それを直す方法を考えよう。

リングマスターの卵、ＥＳＬの学生、ベンジャミン・フランクリンはみな、このやり方を実践した。またフランクリンの手法は、教師からのアドバイスがほとんどない状況で心的イメージを習得していく優れたモデルと言える。『スペクテーター』の記事を分析し、どこが優れているのか検討することを通じて、フランクリンは自らが努力するうえで指針となる心的イメージ（おそらくこんな言葉は知らなかっただろうが）を作っていたのだ。練習を積むほど心的イメージは磨かれ、やがて目の前に『スペクテーター』の手本がなくてもその記事に引けをとらない文章を書けるようになった。優れた文章の書き方を内面化したのであり、それは優れた文章の特徴をとらえた心的イメージを作り上げたというのと同義である。

皮肉なことに、これこそチェスプレーヤーとしてのフランクリンに欠けていた作業だ。こと執筆においては、エキスパートの業績を研究し、それを再現しようとした。うまく再現できなかったときには見直して、次はもっとうまくいくように自分がどこを失敗したか確認した。これはチェスプレーヤーにとっても最も効果的な練習法である。グランドマスターの試合を研究し、一手ずつ再現し、自分が選んだ手がグランドマスターのものと違っていた場合はもう一度駒の配置を見直して自分が何を見落としていたのか確認する。しかし当時は簡単にマスターの棋譜を入手することはできなかったので、フランクリンはこの手法を実践することができなかった。当時はチェスマスターのほとんどはヨーロッパにおり、彼らの棋譜を集めた研究用の本もなかった。フランクリンがマスターの試合を学ぶことができていたら、時代を代表するチェスプレーヤーになっていたかもしれない。少なくとも時代を代表する著述家であったのはたしかだ。

同じ手法を使えば、さまざまな分野で有効な心的イメージを作ることができる。音楽の分野では、モーツァルトの父は息子に作曲を教える手段の一つとして、当時を代表する作曲家の作品を勉強させ、書き写させていた。芸術の世界では伝統的に、芸術家の卵は巨匠の絵画や彫刻をそっくりまねることで腕を磨いてきた。フランクリンが文章力を高めるのに使ったのととてもよく似た方法[16]、すなわち巨匠の芸術作品をじっくり研究し、記憶を頼りにその再現を試み、できあがった作品を元の作品と比べて違いを見つけ修正するという方法を取ったケースもある。模写があまりにも上手であったために捏造を生業とするようになった者もいたが、この練習法の目的はそもそもそんなものではない。芸術家は、誰かと同じような作品を生み出そうとは思わない。能力と傑出した技能をもたらす心的イメージを習得し、その傑出した技能を使って自らの芸術的ビジョンを表現したいと思うものだ。

「心的」という言葉を冠していても、心的イメージを獲得するには心の中だけの分析ではまるで足りない。有効な心的イメージは、傑出したプレーヤーの技を再現しようとして失敗し、なぜ失敗したかを突きとめ、もう一度挑戦し、それを何度も何度も繰り返すことによってのみ形成される。優れた心的イメージは理論だけでなく行動と密接に結びついており、またわれわれが求める心的イメージを生み出すのはオリジナル作品を再現しようとする長期間にわたる練習の積み重ねなのだ。

頭打ちの状態から抜け出すテクニック

二〇〇五年、ジョシュア・フォアと名乗る若いジャーナリストが記憶力競技会について記事を書くため、私の地元タラハシにインタビューにやって来た。すでに紹介したとおり、誰が一番多くの数字を記憶できるか、誰が無作為に選んだ複数のトランプを一番速く記憶できるか、といった技を競い合う大会だ。話の中で、ジョシュアは競技を実体験するため自らも出場を考えていること、そしてトップクラスの選手であるエド・クークの下でトレーニングを開始するつもりだ、と語った。競技に出場した経験を本にするかもしれない、というぼんやりとしたアイデアにも触れた。

クークとのトレーニングを始める前に、私は指導する大学院生とともにジョシュアの基礎となる能力がどの程度のものか測るため、さまざまな面から記憶力をテストした。それからしばらくはほとんど連絡を取り合わなかったが、ある日電話をかけてきて進歩が頭打ちになってしまったと訴えた。どれだけ練習しても、無作為に選んだカードの順番を覚えるスピードが一向に改善しないという。

私は頭打ちの状況を打破するためのアドバイスをいくつか与え、ジョシュアは再び練習に戻った。ことの顚末はジョシュアの著書『ごく平凡な記憶力の私が1年で全米記憶力チャンピオンになれた理由』に詳しいが、結論はこうだ。ジョシュアの記憶スピードは大幅に向上し、最終的に二〇〇六年全米記憶力大会で優勝した。

ジョシュアが直面した頭打ちという事態は、あらゆるトレーニングにつきものだ。新しいことを学習しはじめると最初は急激に、少なくとも安定して能力が伸びていくのが普通で、その伸びが止まると、自分はどうにも超えられない限界に達したと思いがちだ。それで上達しようと努力するのをやめてしまい、その停滞したレベルに安住する。どんな分野でも、上達が止まってしまう理由はたいていこれだ。

私もスティーブ・ファルーンとの実験で、まさにこの問題に直面した。スティーブは数週間、同じケタ数で足踏み状態になり、限界に達したのかもしれないと思うようになった。記憶力はすでにこれまで誰も到達しなかった水準にあったため、ビル・チェースと私にも答えはわからなかった。スティーブは本当に限界に達したのだろうか。そうだとしても、どうすればそれを確認できるのか。そこでわれわれはちょっとした実験をすることにした。私が数字を読み上げる速度を落としたのである。ほんの些細な変化だったが、スティーブには余裕が生まれ、記憶できるケタ数はそれまでより大幅に伸びた。これでスティーブは問題は数字の数ではなく、数字を符号化するスピードにあると納得し、数字を長期記憶に刻みこむのに要する時間を縮められれば、パフォーマンスを向上できるかもしれないと思うようになった。

スティーブが直面したもう一つの頭打ち状態は、数字列が一定の長さになると、どうしても一つのグループ内の数字を間違えてしまうというものだった。このときも正確に覚えられる数字グループの数が上限に達したのではないか、とスティーブは悩んだ。そこでビルと私は、それまで記憶できた最大数よりもさらに一〇以上長い数字列を与えた。そのほとんどを記憶できたこと、特に完璧に正解こそしなかったものの、それまでの最大数を上回る数を記憶できたことにはスティーブ自身が面喰《めんくら》った。これによってスティーブは、もっと長い数字列を記憶することは可能であり、問題は記憶力の限界に達したことではなく、数字列全体のうち一つか二つのグループをミスしてしまうことだと気づいた。そこでグループを符号化して長期記憶に刻みこむ作業に集中するようになり、またしても頭打ち状態を脱した。

スティーブの経験からわかったことは、成長が頭打ちになった人すべてに当てはまる。停滞を打破するのに一番良いのは、脳や身体を別の方向から攻めてみることだ。たとえばボディビルダーはエクササイズの種類を変えたり、持ち上げるウエイトの重さを増減させたり、反復の回数を変えるなどして毎週の練習メニューを変えていく。実際、たいていの選手は練習パターンを自ら変えていくことで、そもそも頭打ちにならないように工夫している。複数のスポーツを組み合わせるクロストレーニングと呼ばれるものも、同じ原則に基づいている。訓練の種類を切り替えていくことで、常に身体にさまざまな負荷がかかるようにしている。

何が上達の足を引っ張っているのか特定する

それでもときには、考えられる手を尽くしてもまだ膠着《こうちやく》状態を脱せないこともある。ジョシュアがトランプの記憶について助けを求めてきたとき、私はスティーブとの実験でうまくいった方法とその理由を説明した。タイピングについても話した。一般的な十本の指のそれぞれに特定のキーを割り当てるタイピング法を習うと、やがて一分間に三〇～四〇ワードというそれなりのペースであまりミスなく打てるようになる。そしてこのあたりで頭打ちになる。

だが、タイピングの指導者には、このような停滞を打破する定番的な手法がある。[17] ほとんどのタイピストは、集中して速くタイピングしようと努力するだけで、スピードを一〇～二〇％アップできる。問題は集中力が低下すると、またスピードが停滞したレベルに戻ってしまうことだ。これに抗うため、タイピングの指導者は通常、一日一五～二〇分、この特別速いスピードで打つ時間を設けるようアドバイスする。

これには二つの効果がある。まず練習者は特定の文字の組み合わせなど、自分のタイピングスピードの足を引っ張っている弱点に気づきやすくなる。問題を特定できれば、そうした場面でのスピードを高めるための練習法を考えることができる。たとえば「O」が「L」のほぼ真上にあるため、「OL」あるいは「LO」と続くと打ちにくいという場合、この二文字が連続する単語を「OLD」「COLD」「ROLL」「TOLL」「LOW」「LOT」「LOB」「LOX」「FOLLOW」「HOLLOW」といった具合に繰り返し練習すればいい。

もう一つの効果は、いつもより速いペースでタイピングすると、次に出てくる文字を見て、事前に指の配置を考えるようになる。たとえば次の四文字がすべて左手の指で打つものなら、右手で打つはずの五文字目の位置に右手を動かしておく、といった具合に。一流のタイピストを対象とした実験では、打ちながらどれくらい先の文字を見ているかはスピードと密接に関連していることがわかっている。

タイピングも数字記憶もきわめて専門性の高いスキルだが、この二つの分野における頭打ちの状態を打破する方法は、こうした状態から脱け出す有効な方法として一般化できる。ある程度複雑なスキルはどれもさまざまな構成要素からできており、あなたが得意なものもあれば不得意なものもあるだろう。上達が伸び悩んでいるとき、原因となっているのはそのすべてではなく、ほんの一つか二つの構成要素に過ぎない。問題は、それがどれかだ。

それを調べるには、いつもよりほんの少し（たくさんでなくていい）パフォーマンスのレベルを上げる方法を見つけなければならない。そうすれば、たいていどこでつまずいているかがわかる。テニスプレーヤーなら、いつもの練習相手より少し上手な相手と手合わせしてみるといい。おそらくいつもより弱みがはっきりするはずだ。管理職なら業務が忙しくなったり立て込んできたりしたとき、どんな問題が起こるか注意してみよう。そうしたときに発生する問題はおそらく特異なものではなく、もともと存在しているが日頃はあまり目につかない弱みの表れであることが多い。

こうしたことを念頭に置いたうえで私はジョシュアに、トランプの順序を記憶するスピードを上げたいのであれば、いつもより短い時間でやってみて、どこでミスが起きているか分析してみるといいとアドバイスした。トランプ一式の記憶にかかる時間を減らすための全体練習を繰り返しするのではなく、具体的に足を引っ張っているのは何か特定し、その部分のスピードを上げるのに特化した練習法を考えたらどうか、と。

これが他の手段ではどうにも頭打ちを打破できないときに試してみるべき方法である。まず具体的に何が上達の足を引っ張っているのか把握しよう。いつ、どんなミスをしてしまうのか。コンフォート・ゾーンから大きく飛び出るぐらい努力して、最初にほころびが生じるのはどこか見きわめよう。それからその弱点の改善に特化した練習方法を考えよう。何が問題かがわかれば、自分で直せるかもしれないし、経験豊富なコーチや教師のアドバイスを求める必要が生じるかもしれない。いずれにせよ自分の練習中に何が起きているか、しっかり観察しよう。上達していなければ、何か違うことを試す必要があるのだ。

この手法が効果的なのは、なんとかうまい方法が見つかるのを期待しながらさまざまな手を試すのではなく、上達を阻んでいる具体的な問題に的を絞って改善するからだ。一見当たり前のことのようであるし、また頭打ちの状態を打破するのに驚くほど効果があるにもかかわらず、このやり方はあまり認知されておらず、経験豊富な教師でも知らない人が多い。

楽しくない練習を継続できる人とできない人

二〇〇六年夏、ワシントンDCで開かれたスペリングのコンテスト「スクリップス・ナショナル・スペリングビー」に、アメリカ全土、そして世界から二七五人の中学生が参加した。優勝したのは第二〇ラウンドで「ursprache（祖語）」という単語を書いたニュージャージー州スプリングレイク出身の一三歳、ケリー・クローズだ。私はスペリング能力が最も高い子供たちとそれ以外とを分ける要素を見きわめようと、指導している学生を伴って現地を訪れていた[18]。

われわれは全出場者に、日ごろの勉強方法について詳細な質問票に回答してもらった。質問票には出場者の性格を調べるための項目もあった。スペリングコンテストの出場者には、基本的に二つの準備方法がある。さまざまな単語リストや辞書を使って一人で単語を勉強するか、同じようなリストを使って仲間に問題を出してもらう、というやり方だ。

その結果、出場者は最初の頃は仲間に質問してもらう時間のほうが長いものの、次第に一人で勉強する時間が長くなることがわかった。スペリングビー・コンテストでの成績と勉強履歴を比較したところ、最も優秀な成績を収めた出場者はほかの出場者と比べて目的のある練習に費やした時間、すなわちできるだけたくさんの単語のスペルを覚えることに一人で集中的に取り組んだ時間が大幅に長かった。最も優秀な出場者は仲間から質問を受けた時間も長かったが、目的のある練習に費やした時間のほうがスペリングビーでの成績との相関性が高かった。

ただわれわれが本当に興味を持っていたのは、生徒たちが単語のスペルを勉強するのにこれだけの時間を費やす意欲はどこから来たのか、だ。スペリングビーの地域予選を勝ち抜き、全国大会に出場する生徒たちは（たとえそこで上位に食い込めなくても）それまでの数カ月間、膨大な時間を勉強に費やす。それはなぜなのか。とりわけ最も優秀な成績をあげた出場者が、ほかの出場者を大幅に上回る時間を勉強に費やした原動力はなんだったのか。

生徒たちがこれほど長時間スペリングの練習に費やしたのは、この手の勉強が好きで、それが楽しいからだという見方もあった。ただ生徒たちが質問票に記入した回答からは、まったく異なる様相が浮かびあがった。彼らはスペリングを勉強することなど、好きでもなんでもなかったのだ。最も優秀な成績を収めた生徒を含めて、好きだと答えた者は一人もいなかった。何千もの単語を覚えるために一人で何時間も勉強するのは楽しくなく、ほかのことをしたほうがずっと楽しかったはずだ。最も優秀な成績を収めた生徒たちの顕著な特徴は、退屈さやほかの楽しい活動への誘惑に抗い、勉強に打ち込みつづける能力が格別優れていたことだ。

いかにして継続するか。これは目的のある練習あるいは限界的練習に取り組む人がみな、遅かれ早かれ直面する最大の問題といえるだろう。

何事も始めるのは簡単だ。新たな年を迎えてスポーツジムに通いはじめたことのある人ならよくわかるだろう。シェイプアップしたい、ギターを弾けるようになりたい、新しい言語を習得したい。そんな思いからさっそく取りかかる。ワクワク、ドキドキするだろう。一〇キロ痩せたら、あるいはニルヴァーナの『スメルズ・ライク・ティーン・スピリット』が弾けたら、どんな気分だろう。だがしばらくすると厳しい現実に直面する。ジム通いや練習に必要な時間を見つけるのは難しく、だんだんレッスンから足が遠のく。思っていたほどのペースで上達していない。もう楽しくなくなり、目標を達成しようという決意が揺らぎはじめる。最終的に完全にやめてしまい、もう一度始めようとはしない。「一年の計効果」とでも呼ぶべきか、一月には込み合っていたスポーツジムが七月には閑散とし、ほぼ未使用のギターが山ほど個人向けの「売ります・買います」サイトに出品される理由はここにある。

問題を簡単に説明するとこういうことで、要は目的のある練習は負担が大きいのである。継続するのは難しい、継続したとしても（ジムに定期的に通ったり、ギターを毎週何時間か練習したり）集中力と熱意を維持するのは難しいので、次第に頑張らなくなり上達が止まってしまう。では、どうすればいいのだろう。

「意志の力が強い人」など存在しない

この問いに答えるうえで最初に指摘しておきたいのは、大変ではあるが、継続することは間違いなく可能であるということだ。世界一流のスポーツ選手、プリマ・バレリーナ、バイオリニスト、チェス・グランドマスターはそれが可能であること、すなわち過酷な練習を何日も、何週間も、何年も続けることは可能であるという生きた実例だ。彼らは例外なく「一年の計効果」を乗り越え、限界的練習を日々の生活の一部に取り込む方法を見いだした。いったいどうやったのだろう。努力を継続するには何が必要か、われわれが傑出したプレーヤーから学べることはあるだろうか。

あらかじめ一つの可能性を排除しておこう。このように何年も厳しい練習スケジュールをこなせる人たちには強い意志の力、ガッツ、粘り強さなどふつうの人には備わっていない特別な才能があるのだろうと思いたくなるが、それはきわめて説得力のある二つの理由から間違いである。

第一に、どんな場面にも役立つ汎用的な「意志の力」が存在するという科学的証拠はまず見当たらない。たとえば全国レベルのスペリングビー・コンテストに出場するために膨大な時間勉強するだけの「意志の力」を持つ生徒たちが、ピアノやチェスや野球を練習しろと言われたら同じだけの「意志の力」を発揮できるという証拠は何もない。どちらかと言えば既存のエビデンスは、意志の力がかなり状況に左右されるものであることを示している。一般的に誰にでも楽に努力できる分野とそうではない分野があるのだ。

ケイティが一〇年間の研究の末にチェスのグランドマスターになる一方、カールが六カ月でチェスに見切りをつけたら、ケイティのほうがカールより意志の力が強い、ということになるのだろうか。実はケイティはチェスを始める前にピアノを一年習っただけでやめてしまったが、カールは今や国際的に有名なピアニストであるという追加情報があれば、前の問いの答えは変わるかもしれない。このように状況に左右される性質からして、汎用的な意志の力が何カ月、何十年と日々練習しつづける能力を生んでいるという主張には疑問符が付く。

ただ、生まれつきの才能というまやかし（これについては第八章で詳しく述べる）から派生した「意志の力」という概念には二つ目の、もっと大きな問題がある。意志の力も生まれつきの才能も、誰かに対して後付けで付与される特性だ。ジェイソンはすばらしいテニスプレーヤーだ、だから生まれつき才能があるに違いない。ジャッキーは長年、毎日何時間もバイオリンの練習を続けた、だからきっとすごい意志の力があるはずだ、といった具合に。いずれのケースでもこのような判断を事前に何らかの確実性を持って下すことはできないし、またこの生まれつきの才能とされるものの裏づけとなる遺伝子は特定されていない。チェスやピアノ演奏家として成功するのに必要な遺伝子の存在を裏づける科学的証拠が存在しないのと同じように、意志の力の有無を決める個別の遺伝子が存在するという科学的証拠はない。

そのうえ、ひとたび何かを生まれつきの特徴と見なしてしまうと、それは自動的にどうにもできないものになってしまう。生まれつき音楽の才能がなければ、優れた音楽家になろうなどと考えるだけムダである。生まれつき十分な意志の力がなければ、膨大な努力が求められる何かに挑戦しようなどと考えないほうがいい。「練習を続けられなかったという事実は、私には十分な意志の力が備わっていないことを示しており、だからこそ私は練習を続けられなかったのだ」といった堂々巡りの考え方は、無益を通り越して有害だ。挑戦するだけムダだと自分を納得させる口実になるからである。

それより意欲に注目するほうがずっと有益だと私は考えている。意欲は意志の力とはまったく別物だ。われわれはみな時と状況に応じて、強かったり弱かったりさまざまな意欲を持つ。そうなると次に考えるべき重要な問いは、意欲を生み出す要因は何か、だ。そんな疑問を持つことで、従業員、子供、教え子、そしてわれわれ自身の意欲を高めることにつながりそうな要因に目が向くようになる。

誘惑にかられるリスクを抑える

技能を向上させることとダイエットをすることには興味深い類似性がある。[19] 体重過多の人はたいてい進んでダイエットに取り組み、そしてだいたい多少なりとも体重は減る。ただほとんどのケースで体重減少にブレーキがかかり、痩せた分を徐々に取り戻し、またダイエットを始めた頃の体重に戻る。長期的に体重を減らすことに成功するのは、成功を脅かすさまざまな誘惑に抗い、体重減少につながる行動を続けるような新たな習慣を身につけるなど、ライフスタイルをそっくり見直した人だけだ。

目的のある練習あるいは限界的練習を長期にわたって継続できる人にも同じようなことが言える。彼らもたいてい練習を継続するのに役立つさまざまな習慣を身につけている。私は一つの目安として、特定の分野で能力を向上させたいと思う人は毎日一時間以上、完全に集中して練習するべきだと思っている。そんなたゆまぬ訓練を可能にする意欲を維持できるかは、二つの要素にかかっている。続ける理由とやめる理由だ。初めはやりたいと思っていたことをやめてしまうのは、やめる理由が続ける理由に勝ってしまったからだ。つまり意欲を維持するには、継続する理由を強くするかやめる理由を弱くすればいい。意欲の維持に成功したケースには、たいてい両方の要素が含まれている。

やめる理由を弱める方法はいろいろある。最も有効な方法の一つは決まった練習時間を設け、他の仕事や注意散漫になる要素をすべて排除することだ。あらゆる条件に恵まれているときでも練習しようと自らを奮い立たせるのは大変だが、他にやるべきことやりたいことがあると、口実を見つけてそちらに逃げてしまう誘惑と常に戦わなければならない。その頻度が高まると練習は徐々に減っていき、トレーニング計画自体が死のスパイラルに陥ってしまう。

私が研究したベルリン芸術大学のバイオリン学生のほとんどは、朝起きるとすぐに練習する傾向があった。その時間に他に何もすることがないようにスケジュールを組んでいた。それは、練習のためだけに確保された時間だった。しかもその時間帯を練習時間と決めることで、それが習慣であり義務であるという意識が生まれ、別のことをしようという誘惑にかられるリスクが抑えられた。「Sランク」と「Aランク」の学生たちは、「Bランク」の学生と比べて週の平均睡眠時間が五時間近く多かったが、それは主に午睡の時間が長かったからだ。また、すべての被験者の週当たりの余暇活動時間はほぼ同じだったが、「Sランク」の学生のほうが余暇にどれだけの時間を費やしているか正確に記憶しており、これはスケジュール管理により真剣に取り組んでいたことを示している。きちんと計画を立てることで、望んでいるほど練習できないという事態を招きそうな多くの要素を回避できるのだ。

私たちも生活全般にわたり、練習の妨げになりそうな要素に目を光らせ、その影響を最小限に抑える方法を考えよう。スマートフォンが気になるなら電源を切ろう。電源を切って別の部屋に置いてくればなおいい。朝に運動するのがどうしても辛いなら、ランニングやトレーニングレッスンを身体への負担感が少ないもっと遅い時間に組み込もう。朝に活動を始めるのが苦手な人には、睡眠不足が原因のケースもある。自然に（目覚ましに頼らずに）すっきりとした気分で目覚めるのが理想で、そうでないなら就寝時間を早める必要があるかもしれない。一つひとつは些細なことかもしれないが、それが積み重なれば影響は大きい。

目的のある練習あるいは限界的練習を効果的にするには、自分をコンフォート・ゾーンの外に追い立て、集中力を維持しなければならないが、それは精神的にとても疲れる活動だ。傑出したプレーヤーは一見意欲とは無関係でありながら、実際にはその維持に役立ちそうなことを二つしている。一つ目は身体の調子を整えることだ。十分な睡眠をとり、健康を維持するのである。疲れていたり体調が悪いと集中力を維持するのはずっと難しくなり、手を抜きやすくなる。第四章でも説明したとおり、バイオリン科の学生はみな毎晩しっかり睡眠をとるよう気をつけており、午前の練習が終わったら早めに午睡する者も多かった。二つ目は練習時間を一時間程度で区切ることだ。それより長くなると完全な集中を維持することはできなくなる。練習を始めたばかりなら、集中できる時間はもっと短くなるだろう。一時間以上練習したければ、一時間やったら休憩を入れるようにしよう。

幸い長期間にわたって練習を続けるうちに、だんだん楽に感じるようになる。身体も心も練習に慣れていく。ランナーをはじめとするスポーツ選手は、次第に練習に伴う身体的苦痛に慣れていく。興味深いことに、スポーツ選手は自らの種目に伴う痛みには順応していくものの、痛み全般に慣れるわけではないことが研究で明らかになっている。他の痛みはふつうの人と同じように感じる。同じように音楽家など猛烈な練習を積む人々も、時間が経つと何時間も練習することが以前ほど辛くなくなる。練習が完全に楽しくなることはないが、だんだん楽しいと厳しいの中間に近づいていき、そうなると練習を続けることはそれほど大変ではなくなる。

意欲を高めるためには何が必要か?

ここまでやめたくなる理由を抑える方法をいくつか見てきたので、今度は続けたい気持ちを強くする方法を見ていこう。

もちろん意欲とは、今練習している能力を高めたいという願望であるはずだ。そう願わないなら、なぜ練習するのか。ただ、願望にはさまざまなかたちがある。純粋に内発的な願望もあるだろう。たとえばずっと折り紙を折りたいという願望を持っている人がいる。なぜだかわからないが、その願いは常に心の中にある。一方で、願望が大きな夢の一部であることもある。交響楽団の演奏を聴き、そのオーケストラの一員になってすばらしい演奏に貢献したいと心から思った。ただ、クラリネットやサックスなど特別に弾きたい楽器があるわけではない、といった具合に。あるいは願望がどこまでも現実的で外発的な目的に基づく場合もある。人前で話すのは大嫌いで苦手だが、それが出世の妨げになっていることに気づき、なんとか聴衆の前で話す方法を身につけようと決意するというのが一例だ。どれも意欲の源泉になり得るが、意欲をかりたてる要素は他にもある。というより、あったほうがいい。

傑出したプレーヤーの研究では、しばらく練習を続けて結果が出てくると、能力そのものが意欲の源になることがわかっている。自分の能力に誇りを感じるようになり、仲間から褒められることに喜びを感じ、自己認識が変わってくる。自分は人前で話すのが得意である、ピッコロの演奏家である、折り紙のクリエーターである、といった具合に。この新たな自己認識は能力を伸ばすために積み重ねてきた何時間もの練習の賜物《たまもの》であるという意識があれば、練習は費用ではなく投資に思えてくる。

限界的練習の意欲を高めるもう一つの要素が、自分は成功すると信じる気持ちだ。どうしても気分がのらないときでも練習するには、自分は上達できると信じること、（特にエキスパートを目指す人は）その分野でトップクラスになれると信じることが必要だ。この信じる気持ちはとても強力で、ときには現実さえ変えてしまう。

スウェーデンで最も有名なアスリートの一人に、中距離走者のグンダー・ヘーグがいる。[20]一九四〇年代に一五個の世界記録を樹立した人物だ。グンダーはスウェーデン北部の僻地《へきち》で、木こりの父親に育てられた。一〇代前半の頃グンダーは森を走るのが大好きで、どれぐらい速く走れるのか父子は興味を持った。そこで一五〇〇メートルほどのルートを見つけ、グンダーが走り、父親が目覚まし時計でタイムを測ってみた。グンダーが走り終わると、父親は「四分五〇秒だ」と告げた。それほどの距離を森で走ったにしては驚くほどの好タイムである。のちに自伝では、このときのタイムに意を強くしてランナーとして輝かしい未来が待っていると信じ、真剣に練習に励むようになったと書いており、彼はやがて本当に世界トップクラスのランナーとなった。実はその日の本当のタイムは五分五〇秒で、実際以上に良く言ったのは走ることへの興味を失いつつあった息子を勇気づけたかったからだ、と父が打ち明けたのはずっと後のことだったという。

心理学者のベンジャミン・ブルームが、さまざまな分野から多数のエキスパートを集め、その子供時代を調べるプロジェクトを実施したことがある。そこで一つわかったのは、未来のエキスパートたちが幼かった頃、やめさせないように親がさまざまな手を尽くしていたということだ。

一部の被験者は幼い頃、病気やケガなどでしばらく十分練習できないことがあったと語っている。ようやく練習を再開しても、およそ以前のようなパフォーマンスはできず、意欲を削がれてやめたくなったという。そんな彼らに親は、やめたければやめてもいいが、まずは練習を休む前のレベルに戻ってからにしなさいと言った。これは効果抜群だった。練習を再開してしばらく経ち、元のレベルに戻ると、続けていれば上達すること、後退は一時的なものであったことがわかるからだ。

信じることは大切だ。あなたはグンダーの父親のようなことをしてくれる人には恵まれないかもしれないが、ブルームの傑出したプレーヤーに関する研究からは間違いなく重要な教訓を学べる。成績が下がったり頭打ちになったりして、自分が目標を達成できると信じられなくなってもやめてはいけない。元の水準に戻るまで、あるいは頭打ちの状態を打破するのに必要な努力をしたうえでならやめてもいい、と自分と約束するのだ。きっとやめないだろう。

外発的意欲の中でも特に強力なのが、社会的意欲である。これにもいくつかのかたちがある。最もわかりやすく直接的なのは、他者からの承認や尊敬だ。小さな子供が楽器やスポーツを練習する意欲を持つのは、たいてい親に認められたいからだ。一方、もう少し大きくなると、自分の成果への肯定的なフィードバックが意欲につながることが多い。それなりの期間練習を続けて能力が一定の水準に達すると、それが評判になる。「あの子は芸術的センスがある」「あの子はピアノが上手だ」「あの子はバスケットボールがめちゃめちゃうまい」などと認められることが、練習を続ける意欲を生むこともある。大勢のティーンエイジャーが（そして少なからぬ数の大人が）楽器やスポーツを始めるのは、それが上手になれば異性にモテるだろうと思ってのことだ。

社会的意欲を生み出し、維持する最適な方法の一つは、あなたの努力を勇気づけ、支援し、檄を飛ばしてくれる人で周囲を固めることだ。ベルリンのバイオリン学生はほとんどの時間を他の音楽専攻の学生たちと過ごすだけでなく、恋人にも音楽専攻の学生や、少なくとも自分の音楽への情熱や練習を優先させなければならないことを理解してくれる相手を選んでいた。

周囲をサポートしてくれる人で固めるのが一番楽なのは、集団あるいはチームで行う活動だ。たとえばオーケストラの一員であれば、同僚をがっかりさせたくないから、同じパートの仲間に負けられないから、あるいはその両方の理由から練習しようという意欲が高まるだろう。バスケットボールやソフトボールチームのメンバーは大会での優勝に向けてみんなで頑張るが、同時にチームメンバーとのポジション争いもあり、その両方によって意欲が高まるだろう。

ただ一番重要なのは、おそらく社会的環境があるという事実そのものだ。限界的練習は孤独な営みになることもあるが、オーケストラやバスケットボールチームやチェスクラブのメンバーなど同じ立場の仲間がいれば、初めからサポート体制が整っていることになる。彼らはあなたが練習でどんな苦労をしているか理解し、トレーニングのコツを教えてくれ、ともにあなたの勝利を喜び、失敗を悲しんでくれる。あなたを信頼し、あなたも彼らを信頼することができる。

目標に向かって併走できる仲間を見つける

私はペル・ホルムロフに、七〇代にして黒帯を取るために多くの時間を費やす意欲はどこから湧いてくるのか尋ねてみた。最初に空手に興味を持ったのは、孫が空手を始め、それを見たり練習にかかわったりするのが楽しかったからだという。ただ何年も練習を続けてこられた原動力は、仲間の生徒や教師との交流だった。空手の練習には二人一組でやるものが多く、パートナーとしてペルの空手への取り組みや上達を心から応援してくれる女性（二五歳年下で、子供たちも空手に通っている）が見つかったのだと説明してくれた。教室には他にも応援してくれる年下の男性が何人かいて、こうした仲間が練習を継続していくうえで最も強力な動機づけとなったという。

　直近でペルと連絡を取り合ったのは二〇一五年夏だったが、そのときペル夫妻がオーレ山脈の近く（アメリカで言えばコロラド州アスペンのようなところだ）に引っ越したと聞いた。すでに青帯を取得し、茶帯を取得しようと計画していたが、元の教室の仲間と練習できなくなってしまったため、黒帯に向けて努力するのは断念することにした、という。今でも師範がペルのために作ってくれた、ウォームアップ、型、ダンベルを使った筋トレや瞑想を含む練習メニューは毎朝こなしており、頻繁に山歩きも楽しんでいる。今では「知恵と活力」が人生の目標だと書いてくれた。

　ここでまた思い出すのがベンジャミン・フランクリンだ。若い頃のフランクリンは哲学、科学、発明、著述、芸術などありとあらゆる知的探求に関心があり、そのすべてにおいて自らの成長を促したいと考えた。そこで二一歳のとき、フィラデルフィアでもとびきり才気煥発《かんぱつ》な一一人を集めて、「ジャントー」という名の相互啓発クラブ（「秘密結社」の意味があり、のちに発展してアメリカ哲学協会となった）を作った。[21] メンバーは毎週金曜の晩に集まり、互いの知的探求を後押しした。それぞれが毎回倫理、政治、科学について興味深い話題を一つ、持ち寄ることになっていた。トピックは通常、質問の形態をとっており、「論争や勝利を求める気持ちなど抜きに、純枠に真実を探求する精神にのっとって」全員で議論した。議論を率直で協力的なものとするため、ジャントーの規則は他のメンバーに異を唱えたり、自らの意見を強硬に主張することを禁じていた。そして三カ月に一度、ジャントーのメンバーはそれぞれ好きなテーマについて論文を書いて会合の場で読み上げ、それをみなで議論するといったこともしていた。

このクラブの目的の一つは、メンバーに毎回提示される知的テーマに触れる機会を与えることだった。フランクリンはこのクラブを作ったことで、フィラデルフィアで最も興味深い人々に頻繁に会う機会を得たばかりでなく、こうしたテーマを深く学ぶ意欲をさらに高めることができた（そんな必要はなかったかもしれないが）。毎週少なくとも一つは興味深い問いを発しなければならないこと、また他のメンバーの質問に答えなければならないことを思うと、その時代の科学、政治、哲学において最も重要で知的刺激に富むテーマについて読み、考えなければという思いが一段と強まったはずだ。

この手法はたいていの分野に応用できる。同じテーマに興味を持っている人を集める、あるいは既存のグループに加わり、そのグループの仲間意識や共通の目標を使って自分の目標を達成する意欲を高めるのだ。読書クラブ、チェスクラブ、市民劇団などの社会的集団の多くはこうした発想から生まれたもので、そうした集団に加わる、あるいは必要とあれば自ら作ることは、大人が意欲を持ちつづけるのにきわめて有効な方法だ。

ただ一つ重要なのは、グループの他のメンバーもあなたと同じような上達の目標を掲げているか確認することだ。あなたがボーリングのスコアを伸ばしたくてボーリングチームに加入したのに、他のメンバーがリーグ戦の勝敗などまるで気にせず、ただ集まって楽しむことにしか関心がないのであれば、苛立ったり意欲を失ったりするだろう。音楽で食べていけるようにギターの腕を上げたいというギタリストは、土曜日の晩に誰かの家のガレージに集まって即興演奏するのが楽しみというバンドに加わるべきではない（とはいえ「ジャントー」はロックバンドにはうってつけの名前なので覚えておくといい）。

もちろん限界的練習は本質的に孤独な営みだ。考え方の似た仲間を集めて支援や激励をもらうのは構わないが、それでも上達できるかどうかは自分一人でどんな練習をするかにかかっている。何時間もそんなふうに集中して練習する意欲をどうすれば維持できるのか。

夢を追いかけない理由などない

とても効果の高い方法を一つアドバイスしよう。たとえわずかでも自分が上達していることがはっきりとわかるサインを、常に確認できる状況を作っておくことだ。長い旅路を達成可能な目標に分割し、一つずつ達成していく。達成するたびに自分にちょっとしたご褒美を与えるのもいい。たとえばピアノ教師は、幼い生徒には長い目標を細かな段階に区切るのが有効だとわかっている。そうすることで生徒は新しい段階に到達するたびに達成感を持ち、その達成感が意欲を高めるので、上達していないと感じてやる気を失うことが少なくなる。段階は好きに決めて構わない。大切なのは、永遠に続きそうな課題をいくつかのはっきりとした段階に区切ってあげることで、生徒の進歩をはっきりさせ、勇気づけることだ。

ダン計画に取り組むゴルファー、ダン・マクローリンもＰＧＡツアーへの挑戦において、これとても良く似た方法をとった。最初から挑戦をいくつかの段階に分解したのだ。それぞれの段階では特定の技術を習得することを目標に掲げ、その時々の自分のレベルと進歩を常に確認できるような測定方法も設定した。最初のステップはパッティング技術の習得で、数カ月間握ったクラブはパターだけだった。同じ作業を何度も繰り返すようなさまざまなゲームを考え、ゲームを終えるたびに結果を詳細に記録した。たとえば初期にやったゲームでは、ホールを中心に半径九〇センチの円を描くように、等間隔で六カ所に印をつけていった。それから順に六カ所にボールを置き、パッティングをする。このセットを一七回繰り返し、合計一〇二回打つ。一セット六回のパットを終えるたびに、ダンは何回ホールに入ったか数えてスコア表に書き込んだ。こうして自分の進歩をかなり具体的に把握することができた。どんなミスをしているのか、どこを改善する必要があるのかといったことだけでなく、自分がどれだけ進歩したかを毎週はっきりと確認できた。

その後もダンはゴルフクラブを一本ずつ習得していった。最初はピッチングウェッジ、次にアイアン、ウッド、そして最後にドライバーという具合に。ようやくクラブ一式を使って一八ホールをまわったのは、ゴルフを始めて一年半以上も過ぎた二〇一一年一二月のことで、それまでにいくつもの方法で自らの進歩を記録するようになっていた。ドライバーの精度、つまりティーショットのうちフェアウェイに乗った回数、右にそれた回数、左にそれた回数、グリーンに乗ってから何パットで沈めたか、といったことである。こうした数字はどの分野を改善する必要があり、どんな練習が必要かといったことを示すだけでなく、傑出したゴルフプレーヤーになる道のりの里程標となった。

ゴルフに多少の知識がある人なら誰でもわかるように、ダンの進歩を示す最も重要な指標はハンディキャップだ。ハンディキャップの計算式はやや複雑だが、簡単に言えば、ダンが調子の良い日にどれくらいのスコアでラウンドできるかを示す数字である。たとえばハンディキャップ一〇の人なら、一八ホールをパープラス一〇打でまわれるはずだ、という意味になる。ハンディキャップがあることで、能力差のあるプレーヤーがある程度対等な立場で戦える。しかもハンディキャップは直近二〇ラウンド程度のスコアをもとに計算されるので常に変化し、ここしばらくどれくらいのレベルでプレーしているかの指標となる。

二〇一二年五月にダンがハンディキャップの計算と記録を始めたときの値は八・七で、ゴルフ歴がほんの二年あまりのプレーヤーとしてはかなり良かった。二〇一四年後半は三と四の間を上下するという、本当にすばらしい進歩を遂げていた。本書を執筆している二〇一五年後半の時点では、ケガでしばらく練習できなかった状態から回復しつつある。練習時間はすでに六〇〇〇時間を超えたので、一万時間という目標の六割を超えたことになる。ダンが本当にPGAツアーで戦うという目標を達成するかはわからないが、三〇歳のゴルフ未経験の男性でも正しい練習法によってゴルフのエキスパートと呼べる水準まで到達できることを証明したのはたしかだ。

私のメールの受信ボックスには、こんなストーリーがあふれている。デンマークの心理療法士は歌唱力を伸ばすのに限界的練習を取り入れた結果、歌をレコーディングし、デンマーク中のラジオ局で流れるまでになった。フロリダ州の機械技師は限界的練習によって絵を描く能力を伸ばし、初めて描いた作品の写真を私に送ってくれたのだが、それは驚くほど上手だった。ブラジルの技術者は折り紙のエキスパートになるために一万時間（またこの数字だ！）を投じることを決意した。そんな例は枚挙にいとまがない。その全員に共通している点が二つだけある。一つは夢があったこと、そしてもう一つは限界的練習を知って、その夢を実現する方法があると気づいたことだ。

彼らのストーリーやさまざまな研究からわれわれが学ぶべき最も重要な教訓はこうだ。「夢を追いかけない理由などない」。限界的練習は、絶対に自分には手が届かないと思っていたさまざまな可能性への扉を開いてくれる。その扉を開けようじゃないか。

第七章　超一流になる子供の条件

心理学者のラズロ・ポルガーは、自身の子育てを通じて限界的練習の効果を実証した。彼は三人の娘を全員チェスのトッププレーヤーに育てあげたのだ。子供は超一流になるまでに四つのステップを踏む。その各段階で親がすべきことは何か。

一九六〇年代末、ハンガリーの心理学者、ラズロ・ポルガーと妻のクララは、それから四半世紀にわたり人生を賭けて取り組むことになる壮大な実験に乗り出した。[1]ラズロはさまざまな分野で天才と呼ばれる何百人の人材を研究した末に、正しい育て方をすればどんな子供でも天才になれるという結論を導き出していた。そこでクララに求愛をする際には自らの理論を説明し、それをわが子の子育てを通じて証明するのに協力してくれる妻を求めていると訴えた。ウクライナ出身の教師であったクララはおそらくかなり特別な女性だったのだろう、そんな風変わりな求愛を好意的に受け止め、ラズロの申し込み（結婚、そして未来の子供たちを天才に育てるということ）を受け入れた。

ラズロは自分の考えたトレーニング・プログラムならどんな分野でもうまくいくと確信していたので、ターゲット選びにこだわりはなく、夫妻はさまざまな選択肢を検討した。たとえば語学だ。子供に何カ国語まで教えることが可能なのだろう。また、数学も候補にあがった。共産主義体制下にあった当時の東欧では、退廃的な西欧より自分たちのほうが優れていることを証明する方法の一つとして、優秀な数学者への社会的評価が高まっていたのだ。当時トップクラスの数学者に女性は一人もいなかったことから、娘ができたらラズロの理論をかなり説得力をもって証明できるはずだ。だが夫妻が選んだのは、上記のいずれでもなかった。

「対象が何であれ、早期に訓練を始めてたくさんの時間を投じ、さらにその対象を心から愛せば同じ成果が得られたはずよ。でも私たちが選んだのはチェスだった。客観性が高く、結果の測定が簡単だったから」とクララはのちに新聞の取材で語っている。チェスはもともと「男性脳」に適したゲームと見られており、女性プレーヤーは二級市民のような扱いを受けていた。女性を男性と競わせるのはかわいそうだと、女性には専用のトーナメントや競技会があり、女性がグランドマスターになった例もなかった。女性がチェスをすることへの当時の考え方は、サミュエル・ジョンソンの有名な言葉のとおりといえる。「女性が教会で説教をするのは、犬が後ろ足で歩くようなものだ。およそ上手ではないし、そもそもそんな光景を見るだけで驚いてしまう」

三人の娘を世界トップクラスのチェスプレーヤーに育て上げる

ポルガー夫妻は三人の娘に恵まれた。ラズロの主張を証明するには、まさにうってつけであった。一九六九年四月に生まれた一番上の娘はスーザン（ハンガリー語ではジュジャンナ）、一九七四年一一月に生まれたのがソフィア（ジョーフィア）、一九七六年七月にはジュディットが生まれた。夫妻はできるだけたくさんの時間をチェスに充てるため、娘たちは学校に通わせず自宅で教育した。夫妻の実験がすばらしい成果をあげるようになるまで、それほど時間はかからなかった。

長女のスーザンがトーナメントで初勝利をあげたのはわずか四歳のときで、「ブダペスト競技会　女子一一歳未満の部」で一〇勝ゼロ敗ゼロ引き分けという圧勝ぶりだった。彼女は一五歳で女性のチェス世界ランク一位となり、その後女性プレーヤーとして初めて男性と同じ条件を満たしてグランドマスターの地位を手に入れた（女性限定の世界選手権で優勝してグランドマスターとなった選手は他に二人いた）。とはいえ、ポルガー三姉妹のなかで最も成功したのはスーザンではなかった。

次女のソフィアもすばらしいチェスプレーヤーだった。おそらくキャリアのハイライトと言えるのは弱冠一四歳で、ローマで開かれたトーナメントを制したときだ。出場者にはかなりの腕前とされる男性のグランドマスターも数名いた。九戦八勝一引き分けという成績で優勝したソフィアの単一トーナメント・チェスレーティング（単一のトーナメントでの試合結果のみに基づくレーティング）は二七三五と、男女を問わずそれまでほとんど例のない高さだった[2]。一九八九年のこの一件はチェス界で「ローマ略奪」と呼ばれ、今でも語り草となっている。ソフィアの自己最高レーティングは二五四〇と、グランドマスターの基準である二五〇〇を大幅に上回っており、また公式戦での成績も申し分なかったものの、グランドマスターの称号を付与されることはなかった。これは、ソフィアのチェス能力に対する判断ではなく、多分に政治的な決定だったのだろう（姉や妹と同じように、ソフィアも男性が支配するチェス界のエスタブリッシュメントに媚《こ》びることは一切なかった)。女性チェスプレーヤーの世界ランキングで六位につけたこともあるソフィアだが、それでもポルガー三姉妹の中では落ちこぼれと言えるかもしれない。

ラズロ・ポルガーの実験が生んだ最高傑作は三女のジュディットだ。一五歳五カ月でグランドマスターとなったのは、男女を問わず当時の最年少記録だ(3)。二〇一四年に引退するまで二五年にわたり、女性チェスプレーヤーの世界ランク一位に君臨した。男女を含む世界のチェスプレーヤのランキングで八位になったこともあり、二〇〇五年には世界チェス選手権に女性として初めて(そしてこれまでのところ唯一)参戦した。

ポルガー三姉妹はそろって押しも押されもせぬエキスパートだった。成績評価がどこまでも客観的な分野で、全員が世界のトップクラスに入った。チェスには芸術点もない。学歴も職歴も関係ない。だから三姉妹がどれだけ優秀であるかがはっきりわかるのであり、実際、彼女たちはとびきり優秀だった。三姉妹の生い立ちにはいささかふつうではないところもあるが(子供を何らかの分野で世界トップにすることにこれだけ注力する親は少ない)、傑出したプレーヤーになるのに必要な条件を明確に示している(やや極端な例かもしれないが)。

エキスパートを育てるためのハウツー・マニュアル

スーザン、ソフィア、ジュディットがチェスを極めるために歩んだ道は、あらゆるエキスパートが非凡な存在になるために歩んだ道と本質的に変わらない。具体的にはエキスパートの成長は、最初に興味を抱いてから高度な技術の完全な習得まで、四つの明確な段階を経ることが心理学者の研究で明らかになっている。ポルガー三姉妹については父親の指導という多少変則的な要素もあるが、彼女たちについて伝えられている情報を見るかぎり、三人がそうした段階を踏んで成長していったことがうかがえる。

本章では傑出したプレーヤーになるのに必要なことは何か、詳しく検討していく。すでに説明したとおり、限界的練習についてわかっていることの多くは、エキスパートや彼らが非凡な能力を身につけた方法の研究からもたらされたものだが、本書ではここまでそれが〝ふつうの人〟にとってどのような意味を持つかという観点から話を進めてきた。能力を伸ばすために限界的練習の原則を役立てることはできるが、その道で世界トップクラスには一生なれないかもしれない人々が話の中心だったわけだ。ここからは視点を切り替え、世界トップクラスの人々、つまり世界一流の音楽家、オリンピック選手、ノーベル賞科学者、チェス・グランドマスターなどに目を向けていく。

ある意味では本章はエキスパートを育てるためのハウツー・マニュアルであり、頂点を極めるためのロードマップと言ってもいい。本章を読んだからと言ってジュディット・ポルガーやセレーナ・ウィリアムズに次ぐ人材を育てられるとは限らないが、そのような道を目指すとはどういうことかがよくわかるはずだ。

もう少し大きな目で見れば、本章では人間の適応性をめいっぱい引き出し、人間の能力の限界に挑戦するのに何が必要か順を追って見ていく。たいていこのプロセスは子供時代あるいは青年期の初め頃に始まり、エキスパートレベルに到達するまで一〇年以上続く。だがそこで終わるわけではない。傑出したプレーヤーの顕著な特徴の一つは、その道のトップクラスになってもさらに練習方法を改良し、上を目指そうと努力しつづけることだ。こうして最先端を走りつづける人こそ新たな道の開拓者として、それまで誰も到達したことのない領域に足を踏み入れ、人間の信じられないような可能性をわれわれに見せてくれる存在なのだ。

「超一流」の子供時代

スーザン・ポルガーがあるとき雑誌のインタビューで、チェスに興味を持ったいきさつを語ったことがある[4]。「初めてチェスのセットを見つけたのは、家のクローゼットで新しいおもちゃを探していたときよ。最初は駒の形に惹かれ、それからその理屈や難しさに魅力を感じるようになったの」

スーザン自身が語るチェスに興味を持ったきっかけと、両親が抱いていた計画を対比させるとなかなか興味深い。スーザンをトップクラスのチェスプレーヤーにすると初めから決めていたラズロとクララが、スーザンが偶然チェスの駒を見つけて魅力を感じる可能性に賭けていたとは考え難い。とはいえ具体的に何があったのかは重要ではない。重要なのはスーザンが子供時代にチェスに興味を持ったこと、それもその年齢（当時三歳だった）の子供にとって自然なかたちで興味を持ったことだ。チェスの駒をおもしろいもの、おもちゃ、遊びの道具だと思ったのだ。小さな子供は好奇心旺盛で遊ぶのが大好きだ。子犬や子猫と同じように、遊びを通じて世界とかかわる。遊びたいと思う気持ちがいろいろなことに挑戦し、何がおもしろくて何がおもしろくないか確かめ、さまざまな活動に取り組んで能力を伸ばしていく最初のきっかけとなる。この時点で身につける能力はもちろん単純なもので、たとえばチェス盤に駒を並べたり、ボールを投げたりラケットを振ったり、あるいはビー玉を形や柄別に整理したりといったことだが、未来のエキスパートにとって興味を持ったことに楽しんでかかわることが、やがてそれに情熱を持って取り組む第一歩となる。

一九八〇年代初頭に心理学者のベンジャミン・ブルームがシカゴ大学で行った研究プロジェクトは、次のシンプルな問いから出発していた。[5] エキスパートの子供時代を振り返ったら、なぜ彼らだけが非凡な能力を身につけられたのか説明できる要因が見つかるだろうか、と。研究チームはピアニスト、オリンピックの水泳選手、テニスチャンピオン、数学者、神経学者、彫刻家という六つの分野から一二〇人を選び、その成長過程に共通因子を探した。

この研究では全員に共通する三つの段階が特定された。それはブルームらの研究対象となった六分野に限らず、あらゆる分野の傑出したプレーヤーの成長過程に共通して見られる。

子供のやる気を引き出すには

第一段階として子供時代のエキスパートは、やがて自分が興味を持つことになる分野と楽しい出会いをする。[6] スーザン・ポルガーはチェスの駒を見つけて、その形を気に入った。当初は遊ぶためのおもちゃに過ぎなかったのだ。タイガー・ウッズが小さなゴルフクラブを与えられたのも、わずか生後九カ月のときだった。もちろん玩具としてである。

初めは親が子供のレベルに合わせて遊んであげるが、次第に遊びから〝おもちゃ〟本来の用途へと誘導していく。チェスの駒の動き方を教えたり、ゴルフクラブを使ってボールを打つ方法を教えたり、ピアノがでたらめな音ではなく美しい調べを奏でるものであることを示したりする。

この段階でやがてエキスパートとなる子供の親は、子供の成長においてきわめて重要な役割を果たす。まず子供にたくさんの時間と目と励ましの言葉をかける。さらに成果にとことんこだわり、子供に自己規律、努力、責任、時間を生産的に使うことの大切さを教える。そして子供が特定の分野に興味を持ったら、そこにも規律、努力、成果といった同じ価値観を持って取り組むよう促す。

これは子供の成長においてとても重要な時期だ。子供の場合、たいてい自然な好奇心や遊びたいという気持ちが何かを探求したり試したりするきっかけとなり、親にとってはこの興味が子供を特定の活動へと導く出発点となるが、好奇心から生まれる最初の動機づけは、別の要素で補完してやる必要がある。補完材料として小さな子供に特に効果があるのは、褒めることだ。もう一つ動機づけとなるのは何らかの能力を身につけたという満足感であり、そこに親からの褒め言葉が加われば効果大だ。バットで安定的にボールを打てるようになったり、ピアノで簡単な曲が弾けるようになったり、箱に入った卵を数えられるようになったりすると、子供はその成果を誇らしく思い、その気持ちが「もっとできるようになろう」という動機づけになる。

ブルームのチームが研究したエキスパートの多くは、親が興味を持っていたものを、自身の活動に選んでいた。たとえば演奏家あるいは音楽を聴くのが大好きという親の子供は音楽に興味を持つことが多かった。そうすることで親と過ごせる時間が増え、興味を共有できるからだ。スポーツに熱心な親の子供も同様だ。また将来、数学者や神経学者など知的分野で活躍することになる子供の親は、子供と知的問題を議論することが多く、また学校や勉強の大切さを説いていた。このように親は（少なくとも将来エキスパートとなった子供の親は）、子供の興味に影響を与えていた。ブルームが研究した中にはポルガー夫妻のように初めから意識的に子供を特定の分野に進ませようとした事例はなかったが、そもそも意識的にする必要などない。親が積極的に子供とかかわるだけで、自分と同じことに興味を持たせる動機づけとなるのだ。

この第一段階では、子供は練習らしい練習はしない。それはもっと後の話だ。その代わりに遊びと練習の中間のような活動を考える。その一例が史上最高のアイスホッケー選手の一人とされるマリオ・ルミューだ。ルミューにはアランとリチャードという二人の兄がおり、三人でよく自宅の地下室に降りていき、氷の上にいるかのように床を靴下で滑りながら、木でできた料理用のヘラでビンのフタを打って遊んでいたという(7)。

もう一つの例がハードル選手のデイビッド・ヘメリーだ。イギリス最高の陸上選手の一人であるヘメリーは子供時代、いろいろな遊びを自分との競争に見立てて、記録を伸ばそうと努力した。たとえばクリスマスにホッピングをもらうと、電話帳を積み上げて障害物を飛び越える練習をする、といった具合に(8)。私の知るかぎり、このように遊びながら練習することの価値を調べた研究は存在しないが、こうした活動を通じて子供たちはエキスパートへの第一歩を踏み出すと言えそうだ。

弟・妹のほうが兄・姉より大成する理由

マリオ・ルミューの事例は、天才の子供時代に見られるもう一つの顕著な特徴を示している。彼らの多くが兄や姉に刺激を受け、学び、競い、模範としているのだ。ジュディット・ポルガーにはスーザンとソフィアという姉がいた。モーツァルトには四歳半年長のマリア・アンナがおり、モーツァルトが音楽に興味を持つ頃にはすでにチェンバロを弾けるようになっていた。テニス界の天才セレーナ・ウィリアムズは、同じように当代きっての女子プレーヤーであった姉のビーナス・ウィリアムズの背中を追っていた。二〇一四年のオリンピックで史上最年少でスキーの回転競技を制したミカエラ・シフリンには、同じ競技スキーの選手である兄のテイラーがいた。挙げていけばきりがない。

これも一つの動機づけとなる。年上の兄弟が何かの活動で親から注目されたり褒められたりしているのを見ると、自然に自分も加わりたい、同じように注目されて褒められたいと思うものだ。兄弟と競うこと自体が動機づけとなる子供もいる。

研究対象となった例では、優秀な兄や姉がいる子供の場合、両親あるいはどちらかの親が熱心な応援者となるケースが多かった。ポルガー姉妹についてはすでに説明したとおりで、モーツァルトの父親も天才を育てる熱意にかけてはラズロ・ポルガーに引けを取らなかった。セレーナとビーナスの父親であるリチャード・ウィリアムズは、初めから娘たちをプロテニスプレーヤーにするつもりだった。このようなケースでは兄弟の影響と親の影響を切り分けるのは難しい。とはいえ一般的にこのようなケースでは、年下の子供のほうが最終的に高いレベルに到達するのは偶然ではないだろう。

親が最初の子供との経験からいろいろ学び、下の子供の教育ではもっとうまくやれるというのも一因と考えられるが、それに加えて同じ種目に真剣に取り組んでいる兄や姉がいると、弟や妹にはいくつかメリットがある。兄や姉が真剣に何かをしているのを見ることで、身近にそのような存在がいない場合と比べてかなり早い時期に興味を持つようになるというのが一つ。また兄や姉から教えてもらうことができ、それは親から習うより楽しいかもしれない。さらに兄弟で競争する場合、少なくとも何年か経験を積んで技術的にも上手である相手と競う下の子供のほうが得るものは多い。

ただブルームらの研究では、数学者や神経学者となった人たちの幼少期については、スポーツ選手や音楽家や芸術家などとはやや異なるパターンが見られた。前者の場合、両親は彼らを特定の分野に親しませるというより、知的探求全般の魅力を伝えていた。子供の好奇心を褒め、余暇には本を読み聞かせ、大きくなったら自分で読ませるなど読書に時間を割いていたのだ。また遊びの中にモデルの組み立てや科学的プロジェクトなど教育的活動を取り入れていた。

とはいえ、そうした細かな違いはあるものの、未来のエキスパートに共通するパターンとして、あるタイミングで特定の分野に強い興味を抱いたこと、そして同年代の子供と比べて筋が良さそうだったことは挙げられる。スーザン・ポルガーの場合、そのタイミングとはおもちゃとしてのチェスの駒に興味を失う一方、試合中に駒がどのように動き、他の駒とどんなふうに影響しあうかという理屈に興味を持ちはじめたときだった。それは子供が次のステージに移る準備ができたサインだ。

「褒めて伸ばす」はやがて使えなくなる

未来のエキスパートがある分野に興味を持ち、しかも見込みがありそうだとなると、たいてい次の段階としてコーチや教師のレッスンを受けることになる。[9]この時点で多くの学習者は初めて限界的練習を経験する。それまでの遊びに近い取り組み方と違い、練習が真剣なものになる。

一般的に、学習者が最初にこのようなレッスンを受ける相手はその道のエキスパートではないが、子供と接するのが上手な教師であることが多い。生徒にやる気を出させ、限界的練習を通じて上達するという作業に慣れるまで、どのように導くべきか知っている。熱心で、励ますのがうまく、子供が何かをやり遂げると褒め言葉やときには飴玉などのご褒美を与えるのだ。

ポルガー姉妹の場合、最初の教師となったのは父のラズロだ。特別チェスがうまかったわけではないが（娘たちはそろってティーンエイジャーになるはるか以前に父を追い抜いた）、子供たちに良いスタートを切らせるのに十分な知識はあり、それ以上に重要なこととして子供たちにチェスへの興味を持続させる術を心得ていた。ジュディットは、父親ほどやる気を出させるのが上手な人間には会ったことがない、と語っている。能力や正しい習慣を身につけていく間、興味ややる気を維持することこそ、おそらくエキスパートの成長の初期段階において何より重要な要因だろう。

両親にも重要な役割がある（言うまでもなくポルガー家の場合は、ラズロが親であり教師であった）。子供が日課（たとえば毎日一時間ピアノを練習するなど）をきちんとこなせるようになるのを助け、上達するのに必要な支援や励ましや褒め言葉を与えるのだ。必要とあれば、遊ぶのは練習が終わってからと言い聞かせ、練習を他の活動より優先させるよう促す。そして子供がなかなか練習スケジュールをこなせない場合は、もっと極端な手段に出なければならない。ブルームらが研究した未来のエキスパートの親たちは「ピアノレッスンを打ち切ってピアノを売ってしまう」「もう水泳の練習には連れて行かない」などと脅しに近い戦術に出ていた。当然ながら未来の傑出したプレーヤーは、こうして決断を迫られたときに続けることを選んだのだろう。他の子供ならやめるという選択肢を選んだかもしれない。

親や教師が子供のやる気を引き出す方法はいろいろあるが、最終的には意欲は子供自身の中から湧き出てくるべきものだ。さもなければ続かない。子供が小さいうちは褒め言葉やご褒美などでやる気を出させることもできるかもしれないが、いずれその手は使えなくなる。意欲を長持ちさせる方法として親や教師にできるのは、練習を子供が楽しめる活動と結びつける方法をともに考えてあげることだ。たとえば子供自身が自分は人前で楽器を演奏するのが好きなのだと気づけば、必要な練習を頑張る意欲が自然とわいてくるかもしれない。

子供が心的イメージを獲得できるように助けてあげるのも、自ら学習の成果を評価できるようになり、やる気を引き出すことにつながる。音楽の心的イメージがあれば、子供は音楽の演奏を聴いたり、自分でお気に入りの曲を弾いたりするのをもっと楽しめるようになる。チェスの心的イメージがあれば、ゲームのすばらしさをより深く楽しめるようになる。野球の試合の心的イメージがあれば、子供はゲームの背後にある戦略を理解し、評価することができるようになる。

最高の数学教師の条件

ブルームらは将来数学者となる子供たちの興味や意欲には、他とは異なるパターンが見られることに気づいた。他の被験者と比べて対象分野に取り組みはじめるのがずっと遅いのも一因だ。親が六歳の子供に数学の特別指導をするための家庭教師をつけるといったことはまずない。未来の数学者が代数、幾何、微積分など本格的な数学に巡りあうのはたいてい中学や高校に入学してからで、生涯にわたって燃えつづけることになる情熱に最初に火をともすのは親ではなく、授業を担当する教師であることが多い。最高の教師というものは、特定の問題の解き方を教えるのではなく、生徒に一般的なパターンやプロセスを考えさせる。つまり「どうやって解くか」ではなく「なぜそうなるのか」に目を向けさせるのだ。これが目の前の勉強や、数学者となってからは研究に取り組む原動力となる知的好奇心を刺激し、未来の数学者の意欲を引き出すことになる。

　彼らはほかの分野と比べて対象分野に興味を持つ年齢が比較的高く、しかも親の影響でそうなったわけでもないため、親にせっつかれたり励まされたりしなくても宿題をはじめ教師の出す課題に取り組むことができていた。唯一彼らの親がしたことと言えば、学業全般の重要性を説き、高校や大学に進んでほしいという期待をはっきりと伝えたことだ。

　この段階の初めのうちは、親や教師の励ましやサポートが子供の進歩に欠かせないが、やがて生徒自身が努力の成果を実感し、自発的に練習に取り組むようになる。ピアノを習っていたある生徒は、人前で演奏して拍手を浴びる楽しさを知った。水泳選手の卵も仲間に認められ、尊敬されることに喜びを感じた。その過程で彼らは対象に一段とのめり込み、自分を周囲とは違う特別な存在にしているこうした能力をアイデンティティの一部ととらえるようになる。水泳のようなチームスポーツでは、同じような価値観を持つ仲間に囲まれているのが好きだという者が多かった。理由が何であれ、意欲は外から与えられるものから、内から湧き出るものへと次第に変化していく。

子供が一流の教師についた後も、親からのサポートは必要

未来のエキスパートの実力がますます伸びていくと、やがて自らを新たな次元へと導いてくれる高い能力を持った教師やコーチを求めるようになる。たとえばピアノの生徒は地元の教師のもとを離れ、試験に合格しなければレッスンも受けさせてもらえないような一流の教師につく。同じように水泳の生徒も一番通いやすい教室ではなく、できるだけ優れたコーチのいる教室に移ろうとする。指導のレベルが高まるのにともない、練習時間も長くなる。親も引き続きレッスン料を払ったり道具を買ったりといったサポートはするが、練習に責任を負うのは親から子供とそのコーチや教師へと完全に移行する。

モントリオールのコンコーディア大学の研究者であるデイビッド・パリサーは、のちに才能ある芸術家となる人々の子供時代にも、同じような動機づけが見られることを指摘している。「(子供たちには) すばらしい成果を出そうという内から湧き出る意欲があった。ただし親や教師からの精神的、技術的サポートは必要としていた」と。[10]

ブルームの研究では、この段階が二〜五年ほど続くと、未来のエキスパートは学校や社会生活など他の関心事より、自らが伸ばそうと努力している能力にアイデンティティを感じるようになることがわかった。一一〜一二歳になる頃には「ピアニスト」あるいは「水泳選手」という自己認識を、一六〜一七歳になる頃には「数学者」という自己認識を持つ。自分の選んだ道に本気になるのだ。

どの段階においても（むしろ人生全体について言えることだが）、意欲に影響を与えるさまざまな要素を切り分けるのは難しい。好奇心など子供にもともと備わっている心理的要因と、親や仲間からのサポートや励ましといった外部要因の両方が何らかの役割を果たしているのは間違いない。ただ見逃されがちなのが、実際にその活動をすることによる神経学的影響だ。チェス、楽器演奏、数学の学習など、どんなことでも長期間練習すれば、その能力を高めるような変化が脳に起こる。そうだとすれば、こうした練習によって意欲や喜びの感情をつかさどる脳の領域にも変化が生じると考えるのは自然だろう。

まだこの問いの答えは明らかになっていないが、少なくとも長年の練習を通じて特定分野の能力を伸ばしていく人たちは、その能力を使うことを大いに楽しんでいるように見受けられることはたしかだ。音楽家は楽器の演奏を、数学者は数学に取り組むことを、サッカー選手はサッカーをすることを楽しむ。もちろんこれは完全に自己淘汰の結果かもしれないが（生まれつき練習を楽しいと感じる人だけが、何年も練習を続けられる）、練習そのものがその活動をすることに喜びや意欲を感じるような生理学的適応を引き起こす可能性もある。まだ憶測に過ぎないが、合理的な憶測と言えよう。

一流のテニスプレーヤーを育てるにはいくらかかるか？

未来のエキスパートの多くは一〇代の初めから半ばにかけて、この道でとことんやってやろうという一大決心をする。これが第三段階の始まりだ。

この段階では多くの生徒がトレーニングのために一番良い教師や学校を探しはじめる。アメリカの西海岸から東海岸への引っ越しさえ厭わない。ここで言う教師とは、かつてはピアニストであった、オリンピック選手を育てた実績がある、現役の一流数学者であるなど、自らもその道のトップクラスの人材であるケースがほとんどだ。このような教室やプログラムに入るのは容易ではなく、合格すること自体が「自分はこの道でトップになれる」という生徒の確信に、教師がお墨付きを与えたことを意味する。

生徒に期待される事柄は次第に高度になり、やがて人間にはこれが限界というレベルの努力をするようになる。水泳選手はひたすら自己ベストを更新するよう促され、最終的には全国記録や世界記録を目指すようになる。ピアニストはますます難しい課題曲を完璧に弾きこなすよう求められる。数学者はこれまで誰も解けなかった問題に取り組み、一流であることを証明するよう期待される。もちろんいずれも一朝一夕にできることではないが、これまで人類の能力の限界とされてきたところへ到達し、世界トップクラスの仲間入りをすることが常に究極の目標として掲げられる。

この段階においては、意欲は完全に学習者本人から生まれるものだが、依然として家族はサポート役として重要な役割を果たしつづける。たとえばティーンエイジャーが遠方の一流のコーチにつくことになると、一家そろって引っ越すケースが多い。また教師やコーチに支払うレッスン料だけでなく、備品や交通費など、トレーニングにおそろしくお金がかかる場合もある。

二〇一四年に『マネー』が、子供を一流のテニスプレーヤーに育てるための費用を試算した(11)。プライベートレッスンに年四五〇〇～五〇〇〇ドル、それに加えてグループレッスンが七〇〇〇～八〇〇〇ドル、テニスコートを借りるのに一時間あたり四五～一〇〇ドルかかる。全国大会に出場するには参加費が約一五〇ドル、それに交通費もかかるが、トッププレーヤーは年に二〇試合ほどに出場する。それにコーチを帯同すれば一日三〇〇ドル、プラス交通費や宿泊費、食事代も払わなければならない。それをすべて足し合わせると、あっという間に年三万ドルを超えてしまう。本気でテニスに取り組む生徒は一年中トレーニングできるテニスアカデミーに入ることが多く、そうすると費用はさらに劇的に膨らむ。フロリダ州のＩＭＧアカデミーは学費と寮費で年七万一四〇〇ドル、それに加えて試合に出場すれば費用は自前である。

当然ながら、このレベルのパフォーマンスを追求する子供を一人以上支えられる家族は少ない、とブルームは報告している。お金がかかるだけでなく、平日のレッスンへの送迎や週末の試合への付き添いなど、一流を目指す生徒のサポートはフルタイムの仕事に匹敵する。しかし親の協力も得てこの艱難辛苦《かんなんしんく》に満ちた道を最後まで歩み切った学習者は、人間の能力の限界に到達したと胸を張って言い切れる〝選ばれし者〟の仲間入りを果たしているはずだ。

大人になってからでは遅いのか？

ブルームの研究では、一二〇人のエキスパートは全員、子供時代に頂点を目指す旅路に踏み出しており、これは傑出したプレーヤーの多くに共通する。ただ私がよく聞かれるのは、もっと遅い時期にスタートを切った者には見込みがないのか、という質問だ。分野による細かな違いはあるが、大人になってから練習を始めた人の能力向上についても、絶対的な制約は比較的少ない。むしろ身体的あるいは心的制約以上に、大人は毎日四〜五時間も限界的練習をする時間を確保できないといった現実的制約のほうが問題であるケースが多い。

ただ子供時代に訓練を始めなければ、どうしてもエキスパートにはなれないという分野もある。そうした制約があることを理解しておくと、どの分野で努力するかを決める際に役立つかもしれない。技能の面で最もわかりやすいのは、身体能力に関する問題だ。一般人の身体能力は二〇歳前後でピークを迎える。さらに歳を重ねると柔軟性が失われ、ケガをしやすくなり回復も遅くなる。そして全般的に鈍くなる。アスリートの多くは二〇代のどこかでピークを迎えるが、一方で近年のトレーニング技術の進歩もあり、三〇代や四〇代前半になっても第一線で活躍するプロスポーツ選手もいる。実は八〇代になっても効果的に身体を鍛えることは可能だ[12]。

さまざまな能力が年齢とともに衰えていくのは、トレーニングを減らす、あるいはやめてしまうのが原因であることが多い。歳をとっても頻繁にトレーニングを続ける人は、技能の衰えがはるかに小さい。マスターズの陸上競技大会には八〇歳あるいはそれ以上を対象とする年齢グループもあり、こうした大会に出場を目指す人のトレーニング方法は、何十歳も若い陸上選手のものとまったく同じだ。ケガのリスクが高く、またトレーニング後の回復に時間がかかるため、練習の時間や負荷が少ないだけだ。年齢はかつて思われていたほど絶対的制約ではないという認識が広がるのに伴い、厳しいトレーニングに励む比較的年配のアスリートは増えている。ここ二〇～三〇年で年配のアスリートの成績は若いアスリートをはるかに上回るペースで向上してきた[13]。たとえば今日では六五歳～六九歳のマラソン選手の四分の一が、二〇～五四歳のランナーの過半数を上回るペースで走れるとされる[14]。

マスターズ競技会に出場する中でも最年長の選手の一人がダン・ペルマンで、二〇一五年には一〇〇歳以上で初めて一〇〇メートル二七秒を切った[15]。このときの競技会（サンディエゴ・シニアオリンピック）では、彼は他にも四種目、高跳び、幅跳び、円盤投げ、砲丸投げで年齢層別の新記録を作った。ペルマンと同じ一〇〇～一〇四歳の年齢層で活躍するアスリートはたくさんおり、種目数はマラソンを含めて一般の陸上大会とほぼ同じだ（この年齢層のマラソンの世界記録は、二〇一一年にイギリスのフォージャ・シンが樹立した八時間二五分一七秒だ）。タイムは遅く、飛べる距離は短く、クリアできる高さは低くなるかもしれないが、この年代のアスリートはまだ頑張っている。

子供時代に始めなければ習得できない能力もある

年齢にともなう身体能力の衰えとは別に、子供時代にトレーニングを始めなければどうしてもエキスパートレベルには到達できない身体能力もある。人間の身体は思春期から一〇代後半か二〇代前半まで成長と発達を続けるが、二〇歳前後で骨格はほぼ固まり、それが一部の能力では制約要因となる。

たとえばバレエダンサーが基礎的な動きであるターンアウト（足を股関節から開き、両足のかかとをつけたまま爪先は一八〇度横を向く姿勢）を習得するには、幼少期から訓練を始めなければならない。[16] 八～一二歳ぐらいで股関節や膝の関節が固くなってから練習を始めると、完全なターンアウトを習得するのはおそらく不可能だろう。同じことがスポーツ選手の肩についても言える。[17] たとえば野球の投手などは、頭上に手を振り上げてボールを投げるという動きが必要になる。大人になったときに必要な可動域を持ち、投球腕を肩よりはるか後ろに伸ばすワインドアップができるのは、子供時代にトレーニングを始めた者だけだ。テニスプレーヤーのサーブの動きも同じで、子供時代に始めた者だけがフルスイングでサーブを打てる。

子供時代にトレーニングを始めるプロテニスプレーヤーは、ラケットを握る手の前腕も、筋肉だけでなく骨まで大きく発達する。[18] テニスプレーヤーの利き腕の骨は、反対の腕と比べて二〇％も太くなることがある。この差は大きく、時速八〇キロメートルを超えるスピードで飛んでくるボールの度重なる衝撃に骨が耐えられるようになる。とはいえ二〇代など遅めのスタートを切ったテニスプレーヤーでもこのような適応はある程度可能で、小さい頃に始めるほどではないというだけだ。[19] 別の言い方をすれば、人間の骨は思春期を大幅に過ぎても、負荷に対応して変化する能力を維持するのである。

身体が負荷その他の刺激に適応する能力と、年齢との関係を調べると、こうしたパターンが繰り返し確認される。身体も脳も大人より子供時代や青年期のほうが適応性は高いが、ほとんどの面において人生を通じて何らかの適応性を維持している。年齢と適応性の関係はどの特性に着目するかによってかなり違い、また心的適応と身体的適応の場合ではパターンが大きく異なる。

たとえば音楽的トレーニングが脳に及ぼすさまざまな影響を考えてみよう。これまでの研究で、音楽家はそうでない人と比べて脳の一部が大きいことが明らかになっているが、その中でも幼少期からトレーニングを始めた人しかそうした変化が認められない部位がある。その一例が脳梁《のうりょう》と呼ばれる、左右の大脳半球をつなぎ、その間で情報をやりとりする経路となっている組織だ[20]。成人の音楽家の脳梁は音楽家ではない人と比べて有意に大きいが、詳しく見ていくと、そう言えるのは七歳以前に訓練を始めた音楽家だけであることがわかった。一九九〇年代、最初にこうした研究成果が発表されて以降、脳の他の部位についても音楽家のほうが一般人より大きいが、そうなるのはトレーニングを一定の年齢以下で開始したケースに限られるという現象が数多く確認されている[21]。その多くは感覚運動皮質など、筋肉のコントロールと関係する部位だ。

一方、動きのコントロールに関係する脳の部位にも、音楽家とそれ以外で大きさに差はあるが、トレーニングを始めた時期が早いか遅いかによる違いはないものもある[22]。小脳の中でいったい何が起きているのか正確なところはわからないが、さまざまな研究成果は子供時代を過ぎてから音楽のトレーニングを始めても、小脳に顕著な影響を及ぼしうることを示しているようだ。

大人の脳がどのように学習するかというのは比較的新しく、かなり刺激的な研究分野で、脳は青年期を過ぎると変化しなくなるという従来の常識を覆しつつある。そこから一般論として言えるのは、年齢を重ねても新しい能力を習得することは間違いなく可能だが、能力を習得する具体的な方法は年齢が上がるとともに変化する、ということだ。人間の脳に灰白質（ニューロン、ニューロン同士を結びつける神経線維、ニューロンの支持細胞を含む組織）が最も多いのは青年期初期で、それ以降脳は灰白質を減らしていく。神経細胞の接合部位であるシナプスが最も多くなる年齢はもっと若く、二歳児は大人の一・五倍ある。

子供と大人では脳の学習のメカニズムが異なる

重要なのはこうした細々とした事実ではなく、脳は人生最初の二〇年を通じて絶えず発達と変化を遂げており、それゆえに学習の受け皿となる環境も変化しているという一般的事実である。だから同じものを学ぶときでも、六歳児の脳が学ぶ方法が一四歳のそれと違っており、一四歳の方法が大人のそれと違っているのは当然なのだ。

脳が複数の言語を学習するとき、何が起こるか考えてみよう。二カ国語以上を話す人は言語機能に関係するとされる下頭頂小葉をはじめ脳のいくつかの部位に灰白質が多いこと、また第二言語を学習した時期が早いほどこの灰白質の上乗せ分は多くなることはよく知られている[23]。つまり人生の早い時期の言語学習は、灰白質を増やしながら進んでいく側面があることがうかがえる。

ただ大人になってから第二言語を習得して同時通訳になった多言語使用者の研究では、まったく異なる脳の変化が確認されている[24]。このような同時通訳者は、同じ数の言語を話せるが同時通訳を仕事としていない人と比べて、灰白質が少なかったのだ。研究を実施した研究者らは、この差異は学習が行われる脳内環境の違いに起因するのではないかと考えている。子供やティーンエイジャーが新しい言語を学習している時期には、脳内で灰白質の増加が起きているため、新たな言語の学習は灰白質を増やすことを通じて行われるのかもしれない。それに対して、大人が複数言語の学習に取り組む際には（この場合は同時通訳を目的とする学習）、脳内では余分なシナプシスの削減が進んでいる。このため大人になってからの言語学習は、不要な灰白質の排除、すなわち処理スピードを高めるために無駄な神経細胞を減らすことによって進んでいくと考えられる。そうだとすれば同時通訳者の灰白質が一般の多言語使用者より少ない理由が説明できる。

現段階では異なる年代の脳の学習法の違いについては、明らかになっていることよりわからないことのほうが多いが、本書の目的に照らすと、ここから学ぶべき点は二つある。第一に大人の脳は子供や若者の脳と比べていくつかの面では適応性が低いかもしれないが、それでも学習し、変化することは十分可能だ。第二に大人の脳は若い脳とは違う適応性を持つため、大人が何かを学習するメカニズムも、若者のそれとは違う可能性が高い。大人でも懸命に努力すれば、脳が学ぶ方法を見つけてくれるはずなのだ。

三二歳で絶対音感の習得に挑む

大人の脳が新たな能力を学ぶ方法を考えるため、再び本書の冒頭で脳の適応性を示す例として取り上げた絶対音感の話に戻ろう。そこで述べたとおり、ある年齢を超えると絶対音感を身につけるのは不可能とは言わないまでもきわめて困難になるようだ。六歳になるまでに適切な訓練を受ければ、絶対音感が身につく可能性が高いが、一二歳まで手を打たなければ見込みはない、といった具合に。少なくともこれまでは一般的にそう考えられてきたが、実はもう一つ意外な、そしてかなり有益な事実が判明している。

一九六九年、当時のベル研究所で働いていた研究者のポール・ブレイディが、どう見ても非現実的な企てに乗り出した[25]。このとき三二歳だったブレイディは、ずっと音楽とかかわってきた。七歳からピアノを続けているうえ、一二歳からは合唱団に入り、チェンバロを自分で調律することもあった。ただおよそ絶対音感は持ち合わせていなかった。ピアノやチェンバロの音を正確にいい当てられたためしはない。しかもすでに大人になっていたので、それまでの絶対音感に関するあらゆる常識に照らせば、もはやブレイディがどれほど努力しても絶対音感を身につけるチャンスはないはずだった。

しかしブレイディは、みんながそういうからという理由だけで何かを信じるようなタイプではなかった。二一歳のとき、音符を聞き分ける能力を自力で身につけようと思い立った。そこで二週間にわたってピアノでラの音を弾き、その音を覚えようとした。だがうまくいかなかった。しばらく経ってからやり直しても、ラとシとド、あるいはソのシャープとを聞き分けることはできなかった。数年後にまた同じやり方で試してみたが、やはり結果は同じようなものだった。

三二歳になったとき、今度は成功するまで絶対に努力しつづけるという強い決意のもと、再び挑戦することにした。考えられる方法はすべてやってみた。頭の中で何時間も音符について考えたり曲を演奏してみたりして、ある音符と別の音符との違いを聞き分けようとした。効果はなかった。同じ曲をキー（調）を変えて演奏してみれば、キーの違いを識別できるのではないかと試してみたが、これもうまくいかなかった。三カ月経っても、始めたときから一歩も前進していなかった。

　そんなとき絶対音感のない音楽家が音を識別できるようにするためのトレーニング方法についての論文(26)を読み、ひらめいた。ブレイディはコンピュータを使って純音（周波数が一つだけの音。ピアノの音は純音ではなく、基本波以外にも複数の周波数がある）を無作為に鳴らすプログラムを作り、それを使って練習することにした。最初はコンピュータが無作為に鳴らす純音のほとんどをドの音の周波数にした。ドを認識できるようになれば、それとの関係で他の音も認識できるようになるだろうと考えたのだ。ドの音を正確に認識できるようになると、コンピュータはドの音を鳴らす頻度を徐々に減らし、最終的には一二の音すべてが同じ頻度で鳴るようにした。

　ブレイディは毎日三〇分、コンピュータを使ってトレーニングを続け、二カ月が過ぎたところでコンピュータが鳴らす一二音はまったくミスをせずに聞き分けられるようになった。そこで本当に絶対音感を身につけたのか試すため、ピアノを使ったテストを考案した。毎日妻にでたらめに選んだ音をピアノで弾いてもらい、ブレイディが当てるのだ。妻はこれをほぼ二カ月、正確に言うと五七日間続けた。テスト期間が終わると、ブレイディは自分の成績を振り返った。完璧に当てたのが三七回、半音だけ間違えた（たとえばシではなくシーフラットと答える）のが一八回、そして全音違ったのが二回だった。完璧ではないが、かなりの結果だった。しかも絶対音感の専門的定義も、回答が一定の割合で半音ずれることは良しとしており、研究者によって絶対音感があると正式に認められた人でもそうしたミスは犯す。つまり理論的定義のうえでも現実に照らしても、ブレイディは二カ月にわたる正しい練習によって絶対音感を身につけたのである。

　ブレイディが自らの成果をまとめた論文は、被験者が一人で、しかも研究者自身であったこともあり、それから数十年というものあまり注目されなかった。研究者はその後も大人が絶対音感を習得できることを示す有力なエビデンスは見つからないと言いつづけてきた。

大人でも絶対音感は身につけられる

一九八〇年代半ば、オハイオ州立大学の大学院生であったマーク・アラン・ラッシュがそうした見方が正しいかどうかを検証するため、複数の大人に絶対音感を習得させることを目指す緻密な対照試験を企画した。[27]使うことにしたのは、誰でも絶対音感を習得できるという謳《うた》い文句のトレーニングコースを提供していた、デイビッド・ルーカス・バージのシステムだ。バージのコース（今でも販売されている）は音それぞれの「色」に注目し、大きさや音色ではなく、音の色に意識を向けるような聴き方をするよう説いていた。

ラッシュは音楽専攻の学部生五二人を選び、そのうち半分に絶対音感を身につけさせるためバージのコースを受けさせ、残りの半分には何もさせなかった。九カ月にわたる実験期間の前と後に、全員の聴音能力をテストした。

ラッシュの実験結果はバージの訓練法の有効性を全面的に支持するものではなかったが、それでも音を識別する能力は向上させられることを示すエビデンスが得られた。九カ月の実験期間が終わったとき、対照群の聴音能力は当然ながら実験前とほぼ同じだった。一方、訓練を受けたグループでは多数の学部生の聴音能力が向上していた。テストは一二〇個の音で構成され、ラッシュは被験者が正解した割合に加えて、間違った場合はどれくらいずれたかを記録した。

最も能力が伸びたのは、もともと一番耳が良かった学生だ。実験前のテストでは六〇問正解し、二回目は一〇〇問以上成功しており、絶対音感を持っていると言えるレベルになった。とはいえ、この学生はトレーニングを始める前からかなりレベルが高かった。一方、三人の学生は最初のテストでは比較的点数が悪かったにもかかわらず、トレーニング後は正解数が二倍〜三倍になり、間違えた場合でも大きくずれる回数は大幅に減った。訓練を受けた二六人のうち、この四人以外は実験前とほぼ同じレベルにとどまった。それでも能力向上のパターンを見れば、聴音能力は大人になっても（少なくとも一部の人については）訓練によって改善できること、そして訓練を継続すれば、あるいはもっと有効な訓練法を使えば、被験者の多くが絶対音感を身につけていた可能性もあることがわかる。

これは従来の絶対音感に対する見方とはまったく違う。従来の見方は絶対音感を、子供時代に習得しなければ決して身につかないものと捉えていた。たしかに大変な努力が必要であり、またどう頑張っても結局身につけられない人もいるかもしれないが、少なくとも大人でも絶対音感を習得できるケースはあると言えそうだ。

クリエイティビティも限界的練習から生まれる

一九九七年、ナイジェル・リチャーズというニュージーランド人が、自国で開かれた全国スクラブル選手権に出場した[28]（スクラブルはアルファベットの書かれた積木で単語を作成し、得点を競うボードゲーム）。そして誰も想像もしていなかったことに勝者となった。それから二年後にはオーストラリアのメルボルンで開かれた世界スクラブル選手権に出場し、またしても優勝した。リチャーズはその後、競技スクラブルの世界の支配者となった。世界選手権は三回、アメリカの全米選手権は五回、UKオープンは六回、そして世界最大のスクラブル競技会であるバンコクのキングスカップは一二回制した。スクラブルのレーティングでは史上最高を達成した。何よりすばらしい戦績は、フランス語が話せないにもかかわらず二〇一五年の全仏スクラブル選手権を制したことだ。[29] 九週間かけてフランス語スクラブル辞典に出てくる単語を覚え、それで準備万端となったのである。

スクラブルの世界ではナイジェル・リチャーズのような存在は前代未聞だったが、他の分野ではそうでもない。ベートーベン、ゴッホ、ニュートン、アインシュタイン、マイケル・ジョーダン、タイガー・ウッズなどはよく知られた例だ。いずれもそれぞれの分野を一変させ、後に続く人のために新たな地平を切り拓いた人物だ。これは傑出した技能獲得の第四段階であり、その分野の既存の常識を覆し、独自かつ独創的な成果を出すことを指す。四つの段階の中でも最も研究が進んでおらず、最も興味をそそる部分と言える。

ここに挙げたイノベーターについてほぼ例外なく一つはっきりしているのは、新境地を切り拓く以前にもすでにその分野で傑出したプレーヤーとして活躍していたことだ。考えてみれば当然だろう。同じ分野の先達が成し遂げたことをよく理解せず、あるいはそれを再現することもできないのに、新しい科学理論や新しいバイオリンの技法を生み出すことなどできるはずがない。

新しいものが必ずしも古いものの蓄積の上に生まれるわけではないように見える分野でも、同じことが言える。パブロ・ピカソの例を考えてみよう。ピカソの晩年の有名な作品しか知らない人は、それが過去の芸術作品とあまりにもかけ離れているために、芸術界の伝統にとらわれない人物から唐突に生まれたものと思うかもしれない。しかし現実には、画家になった当初のピカソの作風は古典的と言えるもので、しかもこの作風でもすばらしい才能を発揮していた。それから時間をかけてさまざまな芸術的スタイルを探求し、最終的にそれを結合、修正して独自のスタイルを生み出した。それまでに長年、画家になるため、また先達が築き上げた技法で秀でた存在になるために懸命に努力を重ねたのだ。

クリエイティビティは結局、どこから生まれるのだろう。そもそも限界的練習とはまるで別の次元の話ではないのか。限界的練習はつまるところ、他の人たちがすでに身につけた能力を自分も獲得するため、他の人々が考案した方法に従って練習することに過ぎないのではないか、と思う人もいるかもしれない。

しかし、私はそうは思わない。数多くの独創的天才を研究してきた経験から言うと、傑出したプレーヤーが自らの分野の限界を押し広げ、新たなものを生み出すためにしていることは、彼らがまずその限界に到達するためにしてきたことにかなり近いからだ(30)。

ノーベル賞受賞者は他の研究者よりはるかに多くの論文を書いている

こう考えてみよう。自らの分野の最先端にいる人、たとえば一流の数学者や世界トップランクのグランドマスター、メジャー大会を制したゴルファー、世界中をツアーでまわるバイオリニストなどは、教師の真似をすることでそのような高みに上り詰めたわけではない。何しろこの段階では、すでに教師を超えているケースがほとんどだからだ。彼らが教師から学ぶ一番重要なことは、自力で上達していく能力である。教師はトレーニングの一環として、生徒が自分自身のパフォーマンスをモニタリングし、改善すべき点に気づき、その改善を実現するために使える心的イメージの形成を助ける。生徒はこのような心的イメージに常に磨きをかけ強化することで、偉大なプレーヤーへの道を進んでいく。

ハシゴを一段ずつ作っていくプロセスをイメージするとわかりやすいだろう。できるだけ高くまで登り、一番上の段の上にもう一つ段を作ると、さらにもう一段のぼり、さらにもう一段作る、といった具合に。分野の最先端に到達してしまうと、そこからどこへ向かえばいいのかはっきりとはわからないかもしれないが、だいたいの方向はわかる。しかも人生のかなりの時間をこのハシゴ作りに費やしてきたので、さらにもう一段作るのに何が必要かはよくわかっている。

科学、芸術、音楽、スポーツなどさまざまな分野の独創的天才がどのようにイノベーションを生み出したかを調べた研究者は、それが例外なく長い時間のかかる、同じ作業の繰り返しのような営みの産物であることを明らかにしている。新たな道を切り拓こうとする彼らはときとして、何がしたいかはわかっているが、どうしたらできるかがわからないといった事態に直面する。どうすれば思いどおりの視覚効果を出せるのか思い悩む画家のように。そこで、うまくいく方法を見つけるため、さまざまなやり方を試してみる。自分がどこに向かっているかははっきりわからないが、解決すべき問題あるいは改善すべき状況はわかっていることもある。どうにも解けない定理を証明しようとする数学者などがその例で、過去にうまくいった経験を参考にしながらさまざまなやり方を試してみる。大きな飛躍などない。門外漢には小さな一歩の積み重ねであることがわからず、大きな飛躍に見えるだけだ。ひらめきの瞬間は、膨大な努力によって大伽藍をあと一歩で完成というところまで築き上げた結果として訪れるものだ。

しかも科学をはじめ、さまざまな分野で他を圧倒するような独創的成功を収めた人々の研究では、クリエイティビティは長期間にわたって努力と集中力を維持する能力と切り離せない関係にあることが明らかになっている。それはまずある分野のエキスパートになるのに必要な、限界的練習の構成要素と完全に一致している。たとえばノーベル賞受賞者の研究では、一般的に最初の論文を発表するのは同年代の研究者より早く、その後も生涯にわたって同分野の他の研究者を大幅に上回る数の論文を発表しつづけることが明らかになった[31]。要するに誰よりも努力したわけだ。

最先端で努力する者だけが新たな地平を切り拓く

クリエイティビティには、それまで誰も見たことも経験したこともないようなものを生み出すという性質から、神がかり的あるいは天賦の才といったイメージがついてまわる。ただある分野のエキスパートになるのに必要な集中力や努力といった要素が、誰も到達したことのない領域を切り拓くパイオニアの業績にも色濃く表れているのは間違いない。

ナイジェル・リチャーズのスクラブルの能力を研究した心理学者が「ナイジェル効果」について書いている。スクラブル界におけるリチャーズの登場とその驚くべき戦績（リチャーズは出場したトーナメントでの勝率七五％と、常に世界トップクラスで戦ってきた者としては信じられないような数字を残している）は、他のプレーヤーにもどこまでこのゲームを追求することができるかという新たな可能性を示した。リチャーズが登場するまで、これほど高いレベルのゲームが可能であるとは誰も思ってもいなかったので、それ以降は他のプレーヤーも能力を高める方法を模索せざるを得なくなったのだ。

リチャーズは自らの訓練方法や戦略を語りたがらないことで有名で、彼がどうやってこれほどの能力を身につけたかは誰にもわからなかった。ただ強みの一因が、ライバル選手より多くの単語を知っていることであるのはたしかだ。そこで他のスクラブルプレーヤーは自らもたくさん単語を覚えたり、あるいは語彙の多さの優位性を打ち消すような戦略を研究したりしている。本書執筆時点ではまだリチャーズがトップに君臨しているが、いずれ間違いなく他の誰かが彼と肩を並べるか、もしかしたら超えるようなテクニックを身につけるだろう。そうすることでスクラブルの世界そのものが進歩するのだ。

いつの時代も、世の中とはそういうものだ。クリエイティブでエネルギーと意欲にあふれた人々は現状に満足していられず、さらに先に進む方法、他の人々がやっていないことをする方法を模索する。こうして開拓者が新たな可能性を示すと、他の人々もその技法を学んで追随する。開拓者がリチャーズのように自らのテクニックを明かさない場合でも、何かが可能であるとわかるだけで、他の人はそれに挑もうとする意欲を駆り立てられる。

進歩を実現するのは、今わかっていることや可能なことの最先端で努力する者であり、最先端に到達するのに必要な努力を怠る者ではない。つまり高度に発達した分野をはじめ、たいていの分野において人類がさらなる高みに到達できるかは、エキスパートの双肩にかかっている。だが、人類にとって幸いなのは、それこそエキスパートと呼ばれる人々が最も得意とすることなのだ。

第八章　「生まれながらの天才」はいるのか？

わずか一一歳で協奏曲を書いたモーツァルト。だがその「作曲」は、他人の作品の焼き直しであったことがわかっている。「生まれつきの才能」で超一流になった人などおらず、またトッププレーヤーに共通の遺伝的特徴なども存在しない。

限界的練習やエキスパートの能力について文章を書いたり講演をしたりすると、決まって聞かれる質問がある。「では生まれつきの才能についてはどうなんだ」と。

私が論文や講演で伝える基本的メッセージは、本書とまったく同じである。傑出したプレーヤーは長年にわたるひたむきな練習を通じて、長く苦しい努力の過程で一歩一歩並外れた能力を身につけていく。てっとり早く上達する方法はない。さまざまな練習法の中で最も効果が高いのは限界的練習である。限界的練習とは人間の脳と身体にもともと備わった適応性を活かし、新たな能力を生み出していくものである。そうした能力の獲得を促すのが、詳細な心的イメージだ。詳細な心的イメージがあると、そうではない場合と比べて、状況を分析し、反応する能力が格段に高まる。

こう言うと、それはよくわかる、でも、とさらに聞いてくる人がいる。それほど努力しなくてもみんなよりできる人というのがいるのではないか。反対に生まれつき音楽や数学やスポーツなどの才能がなく、どれだけ頑張っても全然うまくならないという人もいるんじゃないか、と。

人間の資質に関する議論のなかでも、生まれつきの才能が能力を決定するうえで大きな役割を果たすという考え方は根強い。一部の人は生まれつき才能に恵まれており、他の人よりも楽に傑出したスポーツ選手や音楽家、チェスプレーヤー、物書き、数学者などになれる。もちろん能力を伸ばすためにある程度の練習は必要だが、それほど才能に恵まれていない人と比べれば練習量ははるかに少なくて済む一方、最終的に到達できるレベルははるかに高い、という見方だ。

だがエキスパートに関する私の研究からは、なぜある分野で一部の人が他の人々より優れた能力を身につけるのかという問いに対して、まったく違う説明が浮かび上がる。そこで決め手となるのは限界的練習だ。本章では並外れた能力を獲得するうえで才能と練習がそれぞれどのような役割を果たすのか、その複雑に入り組んだ関係をひもとき、固定観念と現実を区別していく。そうすれば生まれ持った資質の影響は一般に思われているよりはるかに小さく、また世間のイメージとはまるで違うことがわかるはずだ。

一本の弦で曲を奏でたパガニーニ

ニコロ・パガニーニは自らの時代を代表するバイオリニストだったが、それでも長年語り継がれてきたある逸話はおよそ信じがたいものだ。(1)〝事件〟が起きたのは満員のコンサートホールであったという説と、ある紳士の依頼で貴婦人のためにセレナードを演奏していたときであるとする説があるが、基本的な内容は同じだ。

高度な技巧を要する曲の終盤にさしかかり、聴衆（コンサートに集まった数百人か、たった一人の幸運な貴婦人かはわからないが）がその美しさに引き込まれていたとき、バイオリンの四本の弦のうちの一本がパチンと切れてしまった。当時の弦は羊の腸を使っており現代のものより切れやすく、パガニーニが曲のクライマックスに近づいていたこともあり激しい演奏に耐えられなくなったのだろう。聴衆は驚き、せっかくの演奏が終わってしまうのかと思ったが、パガニーニがそのまま弾きつづけたので胸をなでおろした。弦が三本に減ってしまっても、四本のときと変わらずその調べは美しかった。しばらくすると二本目の弦も切れてしまったが、それでもパガニーニは演奏をやめなかった。聴衆は再びほっとしつつ、信じられないという面もちで見守った。たった二本の弦で、どうしてあんなに美しいメロディーを奏でられるのだろう。弦を押さえるパガニーニの指は、どんな演奏家でも不可能と思われるほど速くまた柔軟に動き、それでも音にはまったく乱れがなかった。わずか二本の弦でのパガニーニの演奏は、他のバイオリニストが四本使ってもかなわないほどすばらしかった。

続いて（ご想像のとおり）三本目の弦も切れてしまった。それでもパガニーニは動じなかった。驚く聴衆を尻目に目にもとまらぬ速さで指を動かし、残る一本の弦で最後まで曲を弾き切ったのである。

私が初めてこの話を父から聞いたのは、一〇歳の頃だ。そのときは本当に話のとおりなら、パガニーニは生まれつきとても珍しい、もしかしたら唯一無二の不可思議な才能を持っていたのだろうと思った。その後限界的練習について研究を始めて何年か経ったとき、再び父から聞いた話を思い出し、パガニーニになぜそんな離れ業ができたのか調べてみることにした。

魔法のような能力も限界的練習の賜物だった

パガニーニに関する文献を読んでいると、まず彼が真に革新的なバイオリニストであったことがわかる[2]。数々の新たな技法を生み出し、それまでにない演奏をした。しかもサービス精神旺盛で、他のバイオリニストなら絶対にしないようなまねをして聴衆を驚嘆させるのが好きだった。父から聞いた話を理解するのに最も役立ったのは、パガニーニ自身の言葉をそのまま記録した古い論文だ[3]。そこにはこう書かれていた。

二〇〇年ほど前、パガニーニは当時皇帝だったナポレオン・ボナパルトが家族とともに頻繁に滞在したイタリアの街ルッカで、よく演奏した。そんなある日、演奏会に何度も顔を出していた女性が目に留まった。お互いへの気持ちが募るなか、パガニーニは彼女のために曲を作り、次の演奏会で弾くことにした。『ラブシーン』という曲名で、愛し合う二人の会話をイメージした曲にするつもりだった。そこで真ん中の二本の弦を取り外し、一番音の低いG線を男性の声、一番音の高いE線を女性の声として使うというアイデアを思いついた。対話の様子をパガニーニはこう描写している。「二本の弦はときに文句を言い、ため息をつき、囁き合い、うめき、はしゃぎ、楽しみ、そして歓喜する。そして最後の融和の場面で新たに結ばれた恋人たちはパ・ド・ドゥを舞い、すばらしいコーダで幕を閉じる[4]」

この曲の演奏は大成功を収め、パガニーニは演奏会の後、風変わりな依頼を受けた。ナポレオン一族のある女性（パガニーニは「妃殿下」としか言っていない）に、弦一本だけで演奏できる曲を書いてくれないかと頼まれたのだ。彼女は音に敏感で、四本の弦を使った演奏はときにうるさすぎると感じることがあったようだ。パガニーニは承諾し、G線だけを使った新曲は皇帝の誕生日が近づいていたことから『ナポレオン』と名づけた。この曲も聴衆に大いに喜ばれ、パガニーニは弦を一本しか使わない曲を作り演奏するという挑戦に魅了された。

もちろん根っからお客を楽しませることが大好きなパガニーニは、弦一本の曲をレパートリーに加えつつ、初めから種明かしはしなかった。力強い演奏のために弦が次々と切れてしまい、最後にG線しか残らない状態で弾き終わるように仕組んでおいたのだ。曲を書くときはこれを念頭に、ほとんどの部分は四本の弦を使い、最後のほうに三本、続いて二本、最後にG線だけで弾くためのセクションを作った。まだレコードなどが普及するずっと前だったこともあり、聴衆がパガニーニの曲を聴くのは初めてで、もともとどんな曲なのか誰も知らなかった。わかるのはそれがただすばらしいということだけで、あるときなどパガニーニは切れた三本の弦を使いながら演奏を終えたこともある。

たった一本の弦だけですばらしい楽曲を作り、演奏できるパガニーニの能力は掛け値なしにすばらしい。巨匠の名にふさわしく、その能力は同世代のバイオリニストの中で抜きんでていた。しかしパガニーニの演奏は魔法でもなんでもない。長期にわたる徹底的な練習の産物だ。

生まれつきの才能がモノを言うと思われがちなのは、生まれつきの天才に見える人がいるからだ。パガニーニのように誰にも真似できない能力を発揮したり、ほとんど訓練を受けていないのにプロ級の力を発揮したりといった具合に。そんな天才が本当に存在するなら、少なくともそのうちの幾人かは、もともと他の人にはできないことができる能力を持って生まれてきたのだろうと誰でも思う。

そんな天才の人生を調べるのは私にとって趣味のようなものだが、長期間にわたる厳しい練習をせずに並外れた能力を獲得したと断言できるケースにはこれまで一度もお目にかかったことがないと断言する。天才を理解しようとするときの私の基本的なやり方は、傑出したプレーヤーに対するものとまったく同じだ。二つのシンプルな問いを投げかけるのである。「その人物の能力は具体的にどのようなものか」「どんな訓練によってそれを獲得することができたのか」だ。三〇年にわたる探求の中で、この二つの問いへの答えを聞いても説明のつかない能力は一つもなかった。

世の中には「生まれつきの天才」と呼ばれる人がたくさんいて、およそここには紹介しきれないし、それが本書の目的でもない。ただ一見魔法のように思える能力が、限界的練習というレンズでとらえると、たちまちずっと実体のあるものに見えてくる。いくつか具体例を挙げよう。

誇張されていた「モーツァルト伝説」

生誕二五〇周年を過ぎた今でも、モーツァルトほど不可思議な天才のイメージにぴったりな人物はいない。若くして驚異的な能力を示し、生まれつき特別な才能があったという以外に説明がつかないようなケースだ。

古い記録では、モーツァルトは幼い頃からチェンバロ、クラビコード、バイオリンの演奏でヨーロッパ中の観衆をうならせていたとされる。モーツァルトがまだ六歳の頃から、父親は姉とともに数年がかりでヨーロッパをまわる演奏旅行に連れ出した。ミュンヘン、ウィーン、プラハ、マンハイム、パリ、ロンドン、チューリッヒなど多くの都市で、モーツァルトと父レオポルト、姉アンナ・マリアの三人は当時の上流階級の前で演奏会を開いた。もちろん最大の呼び物はまだピアノの椅子に座っても足が床に届かず、指もやっと鍵盤に届くほどの幼いモーツァルトだ。それは誰も見たことのない光景だった。

　このように幼いモーツァルトにすばらしい能力があったのは間違いない。そこで考えるべきなのは、どのような練習をしたのか、そしてその練習が能力を獲得できた理由と言えるだろうか、という点だ。幼いモーツァルトがバイオリンや鍵盤楽器を、一八世紀のヨーロッパの人々には信じられないほど上手に弾きこなしていたのはたしかだ。しかしスズキ・メソードでバイオリンやピアノを習い、見事な演奏をする五〜六歳児が珍しくなくなった今日では、モーツァルトの実績はそれほど驚くようなものではない[5]。

　ユーチューブにはバイオリンやピアノで大人顔負けの素晴らしい演奏をする四歳児の動画があふれている。だが、そんな動画を見るほうも、彼らがみな生まれつき特別な音楽的才能を持っていたのだとは思わない。このような〝天才〟が続々と登場するなかで、その能力が二歳になるかならないかの頃からの厳しい練習の賜物であることが広く知られるようになったからだ。

　もちろんモーツァルトの時代にはスズキ・メソードは存在しなかったが、彼には今日子供をスズキ・メソードに通わせる親の誰にも負けないほど音楽の天才を育てることに熱心な父親がいた。しかもレオポルトは序章で述べたとおり、子供の音楽教育に関する本を書き、その理論をモーツァルトの姉のマリア・アンナで試しただけでなく、きわめて早い時期からレッスンを始めるというアイデアを実行に移した初の音楽教師でもあった。モーツァルトはおそらく四歳になる前に訓練を始めたのだろう。すでに判明している事実からも、モーツァルトが生まれ持った特別な才能などに頼らなくても、幼くして高い能力を身につけた理由を説明することができる。

これで幼くして優れた演奏家となった理由は説明できたが、モーツァルト伝説のもう一方の核を成す早熟な作曲家としての才能は、現代のありきたりな天才バイオリニスト育成法では説明できない。さまざまな評伝を見ると、モーツァルトが作曲を始めたのは六歳のときで、八歳で最初の交響曲を書いたとされる[6]。オラトリオと鍵盤楽器用の協奏曲を書いたのは一一歳、オペラは一二歳だ。

ここでいう才能とは具体的にどのようなものか、いったいモーツァルトは何をしたのか。まずこの問いに答えてから、どうやってそれを成し遂げたかを考えてみよう。

まず指摘しておきたいのは、今日の音楽教育はモーツァルトが父親から授けられたものとはまったく違うということだ。スズキ・メソードの教師は、単一の楽器の演奏という音楽の一つの側面だけに集中するのに対し、レオポルトはモーツァルトに複数の楽器を教えただけでなく、曲を聞いて分析したり、自ら作曲することを教えた。つまりモーツァルトが幼いときから、レオポルトは作曲能力を高めようとしていたのだ。

ただもっと肝心なことを言えば、モーツァルトが六歳や八歳で作曲していたというのは、ほぼ間違いなく誇張である。第一に、モーツァルトの初期の作品とされるものは実際にはレオポルトの筆跡で書かれている。息子の作品を清書しただけだというのが父の言い分だったが、どこまでがモーツァルトの作品でどこまでが父親のそれか、われわれに知る術はない（すでに指摘したとおりレオポルト自身も作曲家であり、しかも自分が思うような名声を得られなかったことにいつも不満を抱いていた）。

今日でも、子供が小学校のサイエンスフェア（科学展）に出す作品に関与しすぎる親は山ほどいる。同じようなことが幼いモーツァルトの作曲で起きていたとしても不思議ではない。その頃にはレオポルトが自らの音楽家としてのキャリアを捨て、自分の成功を息子のそれと完全に重ねていたことを思えばなおさらだ。

モーツァルトが一一歳で「作曲した」とされるピアノ協奏曲について明らかになっている事実を考えると、ますますこうした可能性は現実味を帯びてくる[7]。いずれも長年モーツァルトのオリジナル作品と考えられてきたが、音楽学者の研究によって、すべて他人が作曲したあまり知られていないソナタが元になっていることが明らかになった。どうやらこれらの作品は、息子をピアノ協奏曲の構造に親しませるために父が作曲の練習用に渡したものであり、モーツァルトが独自に作曲した部分はかなり少ないようだ。しかも証拠を見るかぎり、このように他人の作品を焼き直すだけの作業でも、モーツァルトは父の助けをかなり借りなければならなかったことがうかがえる。モーツァルトの手による初の本格的な楽曲と間違いなく言えるものが書かれたのは一五〜一六歳の頃、つまり父親の指導の下、真剣に練習を始めてから一〇年以上が経過した後のことだ。

「生まれつきの才能」を裏付ける証拠は一つもない

このようにモーツァルトがティーンエイジャーになるまでに評価に値する楽曲を作ったという確固たる証拠は一つもなく、むしろ作曲しなかったと考えるべき十分な根拠があると言えよう。そして間違いなくモーツァルト本人が洗練された独自の作品を生み出すようになったのは、すでに作曲の訓練を始めてから一〇年近くが経過した頃だ。要するに、モーツァルトが最終的に傑出した演奏家兼作曲家となったことに疑問の余地はないが、その天才ぶりは練習の結果などではない、つまり、生まれつき才能があったと結論づけるしかないという主張を裏づける証拠は一つもないのだ（逆にそうではないという証拠は山ほどある）。

これまで私が調べてきた天才少年・少女のすべてについて、同じことが言える(8)。もっと最近の事例としてカナダ人で史上最高のアイスホッケー選手の一人に数えられるマリオ・ルミューのケースを見てみよう。幼いルミューが氷上で水を得た魚のように動きまわっていたこと、最初からスケート靴を履いて生まれてきたような滑りっぷりであったこと、ずっとスケートをしてきた年長の子供たちにバツの悪い思いをさせたことなど、天才ぶりを物語るエピソードは枚挙にいとまがない（たいてい情報源はルミューの母親だ(9)）。それゆえにルミューこそ生まれつき特別な才能に恵まれた人の最たる例だという声がある(10)。

しかしルミューの子供時代を少し調べてみるだけで、幼い頃のモーツァルトとかなり似通った状況が浮かび上がる(11)。第七章で述べたとおりルミューは「アイスホッケー命」という一家の三番目の息子で、ようやく歩きはじめた頃から二人の兄に教わってアイスホッケーやスケートをするようになった。三兄弟は地下室で靴下を履いて床を滑りながら木製の料理用ヘラでアイスホッケーごっこを楽しみ、その後は父親が庭に造ってくれたリンクで練習した。

ルミューの両親は息子たちにアイスホッケーの練習をさせることにとにかく熱心で、外が暗くなってもスケートができるように家の中に氷の廊下を造ったほどだ。家の中に大量の雪を持ち込み、玄関から食堂、居間まで床に敷き詰め、雪が解けないように玄関を開けたままにした。三兄弟は部屋から部屋へとスケートをしながら移動することができた。究極の「ホームリンク」と言えよう。

要するに、モーツァルトと同じようにルミューも、周囲が彼の「生まれつきの才能」に気づくはるか以前から練習を積んでいたようだ。

彗星のごとく現れるスター選手

最近の最もドラマ性あふれる〝天才〟スポーツ選手と言えば、走り高跳びのドナルド・トーマスだろう。トーマスの物語はデイヴィッド・エプスタインの『スポーツ遺伝子は勝者を決めるか？：アスリートの科学』[12]に詳しく、あまりにも印象的な内容であるがゆえに他にもさまざまな文献で取りあげられている。簡単に言うとこういう話だ[13]。

バハマ諸島出身のドナルド・トーマスはミズーリ州リンデンウッド大学の学生で、バスケットボールチームの二軍メンバーとして活動していた。ある日陸上競技チームの友人とバスケットボールをしていて、すばらしいダンクシュートを見せつけた。その後カフェテリアに移動したとき、友人が軽口をたたいた。「たしかにダンクシュートはうまかったが、高跳びで六フィート六インチ（約一九八センチ）は絶対に飛べないよ」（リンデンウッドのような競技レベルの低い大学ではかなりの記録と見なされるが、大学のトップクラスの選手なら七フィート〔二一三センチ〕はクリアする）。トーマスは友人の挑戦を受けて立つことにした。

二人は大学の陸上競技施設に向かい、友人が高跳びのバーを六フィート六インチに設定した。バスケット用ズボンとシューズ姿のトーマスはそれを楽々と飛び越えた。友人がバーを六フィート八インチ（約二〇三センチ）に上げると、それもまた飛び越えた。すると友人はバーを七フィートまで上げた。トーマスがそれすらもクリアすると、友人が彼をつかんで陸上コーチのところに連れて行き、トーマスをチームのメンバーとして二日後に開催される競技会に出場させることを了承させた。

競技会にも陸上用ではなくバスケットシューズで出場したトーマスは、二二二センチを飛んで優勝した。これは競技会が開かれたイースタン・イリノイ大学の新記録だった。その二カ月後、トーマスはオーストラリアのメルボルンで開かれたイギリス連邦競技会にバハマ代表として出場、二二三センチを飛んで四位に食い込んだ。オーバーン大学に移って陸上競技チームに加わったトーマスは、高跳びの才能を見いだされてからわずか一年で、大阪で開かれた世界陸上大会で二三五センチを飛んで優勝した。

エプスタインは著書で、トーマスの実績をスウェーデンのステファン・ホルムと比較している。ホルムは子供の頃から高跳びに真剣に取り組み、二人が対戦するまでに二万時間以上を練習に費やしていた。しかし二〇〇七年の世界陸上では、ホルムが数百時間しか練習していないトーマスに敗れた。

突然彗星のように現れた選手が、天賦の才を発揮して頂点を極めるというストーリーはたしかに魅力的だ。特に近年は「一万時間の法則」がこれほど有名になったこともあり、その誤りを「証明」するものとしてこのような天才ストーリーが使われることが多い。ドナルド・トーマスのような存在は、正しい遺伝子さえ持って生まれれば、たいした努力をしなくても世界のトップに立つことは可能だと証明している、というわけだ。

気持ちはよくわかる。みな人生には魔法がある、すべてが現実世界の凝り固まった退屈なルールに従わなければならないと決まったわけではない、と信じたいのだ。生まれつき信じられないような才能に恵まれ、努力も自制心も必要なしというのは、なんとも魅惑的だ。こんな想定に基づく漫画のジャンルもあるほどだ。不意に何か魔法のようなことが起こり、信じられないような力を手に入れる。ある日突然、自分がクリプトン星生まれであり、空を飛べることがわかる。あるいは放射能を浴びた変異クモに噛まれて、壁にくっつくことができるようになる。または宇宙放射線を浴びて透明になってしまう、といった具合に。

しかし私は数十年にわたり傑出した能力を研究してきた結果、魔法は存在しないという確信を持つに至った。並外れた能力を持つ人の事例を、先に上げた二つの質問（「その人物の能力は具体的にどのようなものなのか」「どんな訓練によってそれを獲得することができたのか」）のレンズを通じて見ると、カーテンの裏で本当は何が起きているのかがわかるのだ。

競技を始める前に十分なトレーニングを積んでいた

トーマスの事例を考えてみよう。トーマスの経歴については、本人が語ったこと以外はほとんどわかっておらず、それもきわめて情報量が限られているため、実際に彼がどんなトレーニングを積んできたのか調べるのは難しい。しかしいくつかわかっていることがある。第一に、トーマス自身があるインタビューで、高校時代に校内競技会で「六フィート二、六フィート四程度の、あまりパッとしない記録を残したことがある」と語っている。[14] つまり大学以前にも少なくとも高跳び競技に参加したことはあり、しかも高校の陸上チームのメンバーであったのであればある程度のトレーニングを受けたのは間違いない。また「パッとしない記録」というのはやや控えめで、高校生で六フィート四というのは秀逸とまでは言わないが、立派な記録である。

もちろん高校時代にもまったくトレーニングをしておらず、大学で七フィート飛んだときと同じように練習もせずにいきなり競技に参加して六フィート四を飛んだ可能性もある。ただこの説には問題がある。トーマスが初めて大学の競技会に参加してバーを飛び越えたときの写真が残っており、そこに写っている技術はおよそ高跳び未経験の人ができるようなものではないのだ。トーマスはアメリカの高跳び選手、ディック・フォスベリーが発案し、一九六〇年代に広まった「フォスベリー・フロップ（背面跳び）」という技術を使っている。

これは、バーを飛び越える方法としてはかなり直観に反するもので、弧を描くような助走でバーの前まで来ると、背中をバーに向けたまま飛びあがり、背中を弓なりにしてバーを越え、最後の瞬間にバーを蹴落とさないように足を上げるという方法だ。単に足に跳躍力があるだけでは不十分で、この飛び方をするには正しい技法を身につけなければならない。長期間にわたる練習なしに背面跳びができる者はいない。トーマスがリンデンウッド大学の競技場に立つまでにどんなトレーニングを積んできたか、はっきりしたことはわからないが、「六フィート二、六フィート四程度の」跳躍ができるようになるまで何時間かの練習を積んだことはたしかだ。

トーマスについてわかっている二つ目の事実は、ダンクシュートですばらしい跳躍力を見せていたことだ。ゴールから四・六メートル離れたフリースローレーンから飛び立ち、ゴールの鉄リングめがけて二〜三人の頭上を飛び越えていく映像が残っている。ダンクシュートについてもトーマスがどれくらい練習したのか情報は一切ないが、これほどの跳躍力を身につけるために努力したのは間違いない。ダンクシュートは明らかにトーマスが得意としていたものであり、一生懸命練習していなかったと考えるほうがおかしい。

これについても推測に過ぎないが、トーマスはダンクシュートのために高く飛び上がる能力を熱心に鍛えていたはずだ。たまたまではあるが、ダンクシュートに必要な、数歩走って片足で跳び上がるという跳躍技術は、走り高跳びに必要なものととても良く似ている。ダンクシュートの訓練を積むことで、トーマスは走り高跳びの訓練も積んでいたわけだ。二〇一一年の研究では、片足で跳び上がる能力は優れた高跳び選手の飛べる高さと密接な関係にあることが明らかになっている(15)。

三つ目の要素として指摘したいのは、トーマスの身長が一八八センチと、高跳び選手として理想的とまでは言えないが好ましい高さであることだ。すでに述べたとおり、スポーツの技能に確実に影響を与えることがわかっている遺伝的要素は、身長と体格の二つだけだ。二〇〇七年の世界陸上でトーマスに敗れたスウェーデンのステファン・ホルムは一八〇センチと、高跳び選手としては極端に背が低く、この弱点を補うため人並み以上に練習しなければならなかった。しかし、一方のトーマスは遺伝的に、高跳び向きの体形に恵まれていたのだ。

こうした要素をすべて考えると、トーマスの成功はそれほど不可思議とも思えなくなる。すばらしい成功であるのはたしかだが、説明のつかないものではない。少なくともきちんと背面跳びができる程度に、過去に高跳びの練習をしていたことはほぼ間違いなく、ダンクシュートの練習を通じて片足で跳び上がる能力も鍛えていた。それは高跳びの訓練法としてはめずらしいが、少なくともトーマスのケースでは効果があったのだ。

それに、トーマスが過去に訓練を積んでいたことを示唆する証拠はもう一つある。二〇一五年の時点でトーマスの高跳びにおける競技生活は九年に達した。彼は、スポーツ選手の能力を最大限引き出す方法を心得たコーチの下でトレーニングを積んできたが、もし二〇〇六年の時点で本当にまったくの素人であったのなら、真剣に練習を始めて以降、めざましい成長が見られたはずである。

トーマスが彗星のごとく登場してから最初の一～二年は、生まれ持った才能によって二四五センチという世界記録を突破するのは確実と見られていた。だがいまだにそれには遠く及ばない。競技会での自己ベストは、二〇〇七年に世界陸上で記録した二三五センチだ。その後もそれに近い高さは飛んでいるが、そこまで達していない。二〇一四年のイギリス連邦競技会での記録は二二一センチと、八年前の二〇〇六年大会に初出場して脚光を浴びたときにも及ばない。

ここから導き出せる明白な結論は、トーマスは二〇〇六年に初めて大学の競技会に出場した時点で、すでに十分なトレーニング（高跳びそのものの練習とダンクシュートのために高く飛ぶ練習）を積んでいたということだ。だからこそ、その後練習を積んでもあまり成績が伸びなかったのだ。まったくトレーニングをしたことがなかったら、もっと上達していたはずである。

特筆した能力を持つサバン症候群の人たち

モーツァルトやドナルド・トーマスのような文句なしの天才以外にも、魔法のような並外れた能力を持つとされる人々がいる。サバン症候群と呼ばれる症状を持つ人々だ[16]。彼らの特殊な能力は一般的に、きわめて限られた分野に出現する。楽器演奏に優れ、何千という曲を記憶していて、初めて聴いた曲も即座に覚えてしまう人。絵、彫刻などの芸術活動に優れ、信じられないほど詳細な作品を描く人。頭の中で大きな数字の掛け算ができてしまうような算術演算が得意な人。カレンダー計算、たとえば二五七七年一〇月一二日は何曜日か（答えは日曜日である）が計算できる人。

こうした能力が特に注目に値するのは、サバン症候群の人の多くは他の面においては精神的に何らかの障害を抱えていることが多いためだ。知能テストの成績が極端に低い人もいれば、重い自閉症で他人とのコミュニケーションがほとんどとれない人もいる。通常の社会生活を送るのが困難であるにもかかわらず、こうした驚くような能力を持っているのがサバン症候群の興味深いところであり、それゆえに彼らの能力は普通なら必要とされるような練習なしに獲得されたように見える。

　サバン症候群の人の能力を理解するうえで最適な方法は、まずそれが具体的にどのような能力なのかを理解し、次にそうした能力が身についた理由を説明するような練習が何であったかを考えることだ。そのような方法論に基づく研究からは、サバン症候群の人は生まれつき何らかの超自然的才能に恵まれていたのではなく、他の人々と同じように努力して能力を獲得したことが示されている[17]。

　ロンドンのキングス・カレッジの研究者であるフランチェスカ・ハッペとペドロ・バイタルは、特別な能力を獲得した自閉症の子供と、そうした能力を獲得しなかった自閉症の子供を比較した。その結果、特別な能力を持つ自閉症児はそうではない自閉症児と比べて、物事の細部へのこだわりが極端に強く、反復行動をする傾向があることがわかった[18]。何かに興味を持つとまわりが一切目に入らなくなり、自分だけの世界に籠ってそれに没頭する。このタイプの自閉症児は特定の楽曲を練習すること、あるいは大量の電話番号を記憶することに異常なまでに執着し、結果として同じ分野で目的のある練習あるいは限界的練習をする人々と同じ方法で能力を獲得している可能性が高いのだ。

　その最たる例が、これまで確認されたなかで最速かつ最も正確なカレンダー計算能力を持つ自閉症でサバン症候群でもあるドニーだ。どんな日付でも一秒以内に曜日を答えることができ、間違えることはまずない。長年ドニーを研究しているオランダのグロニンゲン大学のマーク・シオクスは、自閉症サバン症候群の心理についてさまざまな事実を明らかにしている。

ドニーは日付中毒だ、とシオクスは指摘する[19]。初対面の人にはまず誕生日を聞く。常に日付のことを考えており、独り言で日付をつぶやいている。一四種類の年間カレンダー、すなわち一月一日が日曜日、月曜日、火曜日、水曜日、木曜日、金曜日、土曜日で始まる通常年のカレンダーと、同じ曜日で始まる閏年《うるうどし》のカレンダーをすべて記憶していて、特定の年がどのカレンダーに該当するかを瞬時に計算する方法を身につけている[20]。特定の日付が何曜日か、と聞かれると、ドニーはまず年に注目し、それが一四種類のカレンダーのどれに当てはまるかを考え、それから記憶の中のカレンダーを頼りに曜日を確定する。要するにドニーは長年にわたる猛烈な練習の成果としてきわめて高度な能力を習得したのであり、生まれつき奇跡のような才能を持っていたという証拠はない。

超人的な能力も後天的に獲得したものだった

一九六〇年代末、バーネット・アディスという心理学者が、平均的な知能を持った人が訓練によってサバン症候群の人と同じようなカレンダー計算能力を習得できるか調べてみることにした[21]。具体的には、カレンダー計算能力のある双子について、それぞれのやり方を調べた。二人のＩＱは六〇〜七〇で、西暦一三万二四七〇年までのあらゆる日付について平均六秒以内に曜日を計算できた。アディスによると、双子の方法はまず一六〇〇年から二〇〇〇年までの間で該当する年を見つけ、それから日、月、年、世紀に対応する数を足し合わせていくというものだった。この知識をもとに、アディスは被験者の大学院生に同じ方法を教え込めばカレンダー計算ができるか確かめた。すると、わずか一六回のレッスンで、大学院生は二組の双子と同じくらい速く曜日を計算できるようになった。何より興味深いのは、大学院生が曜日を計算するまでの所要時間は、どれだけの計算が必要かに応じて変化したことだ。大学院生の所要時間のパターンは、双子のうちの速いほうと一致していたことから、アディスは両者が同じような認知的プロセスを通じて答えを導き出していると考えた。

ここからわかるのは、ドニーをはじめとするサバン症候群の人のカレンダー計算能力は魔法でもなんでもないということだ。ドニーは長年にわたって日付の計算を繰り返し、日付についてとことん考え抜いた結果、われわれが自分の電話番号を覚えているのと同じように一四種類のカレンダーをそっくり記憶し、どの年にどの種類を使うべきかを算出する独自の方法を編み出したのである（その詳細はまだ研究者にもわかっていない）。それは意欲を持って心理学の実験に参加した大学院生にも十分習得可能な能力だった。

サバン症候群の人の多くはコミュニケーションをとったり、それぞれの方法論について質問に答えたりするのが難しいため、彼らがどのように特異な能力を獲得しているか、正確なところはわからない。ただ私が一九八八年の論文[22]に書いたとおり、サバン症候群の能力に関するさまざまな研究は、それが基本的に後天的に獲得されたものであることを示している、すなわち彼らが他のエキスパートと同じような方法で傑出した能力を獲得したことを示唆している。つまり脳の適応性を活かすような方法で練習を積み、その結果として並外れた能力を生み出すような変化が脳に生じる。サバン症候群の人の脳に関する最近の事例研究でも、一貫してこの見解を支持する結果が得られている[23]。

「生まれつき才能がない」ように見える人たち

天才やサバン症候群の分析についてはほかにもたくさん事例があるが、内容はここまで述べてきたこととほぼ変わらない。結論は、彼らをじっくり調べてみると、その並外れた能力が例外なく膨大な練習や訓練の産物であることがわかるというものだ。このように、天才やサバン症候群の存在は、さまざまな分野には生まれつき特別な才能に恵まれた人がいると考える根拠にはならない。

では天才の逆のケースはどうだろう。ある分野において、生まれつきまるで才能がないように見える人たちだ。これを個人レベルで解明するのはとても難しい。ある人物が何かをできない理由が具体的に何であるかを突き止めるのは困難だからだ。努力が足りないのか、指導が不十分だったからか、あるいは「生まれつきの才能」がないからか。原因が必ずしもはっきりしているわけではないが、次の例を考えてみよう。

アメリカ人の六人に一人は歌が歌えないと思っている。[24] 自分はまったくの音痴だと思い、多くの場合それを心から残念に思っている。[25] 音楽教師や音痴の研究者に尋ねれば、音楽が苦手な人の多くはそうした状況を変えたいと思っていると言うはずだ。周囲をぎょっとさせずに『ハッピーバースデー』ぐらいは歌いたいと願い、なかにはカラオケに行って『マイウェイ』や『ベイビー・ワンモアタイム』を歌いあげて周囲をうっとりさせる場面を夢想している人もいるだろう。しかし彼らは人生のどこかで、誰かに歌が下手だという審判を下されてしまっていた。[26] インタビューの結果、審判を下すのは親、兄や姉、音楽の教師や尊敬していた友人などそれなりの権威がある相手のことが多く、たいていそれは大人になってもはっきりと思い出せるような決定的な場面(たいていは辛いもの)であったことがわかっている。「音痴だ」と指摘されたという人が多く、その結果自分は生まれつき歌が歌えないのだと思い込み、諦めてしまったのだ。

「音痴」という言葉の定義は非常に明確だ。それはある音と別の音との区別がつかないことを意味する。たとえばピアノで「ド」と「レ」を連続して弾かれても、音痴の人はその違いがわからない。そしてもちろん音の違いがわからなければ、さまざまな音の連続であるメロディーなど歌えない。赤と黄色と青の違いがわからないのに夕焼けの絵を描こうとするようなものだ。

たしかに、生まれつき音痴の人というのは存在する。「先天的失音楽症」と呼ばれる医学的状態だが、これについては一つ意外な事実がある。きわめて稀なのだ。失音楽症の女性が見つかったことを報告した論文が、主要な科学誌に掲載されたほどである[27]。この女性には明らかな脳の障害や欠陥は一切発見されず、聴力や知能も正常だったが、すでに聴いたことのあるシンプルなメロディーとまったく聴いたことのないものとの違いがわからなかった。しかも興味深いことに、音楽のリズムを聴き分けることもできなかった。この女性はどれだけ努力しても、メロディーを歌うことがまったくできなかった。

しかし、ほとんどの人の状況はこれとは違う。自分は歌が歌えないと思っている人が乗り越えなければならない最大の障害は、そうした思い込みそのものだ。このテーマについてはさまざまな研究者が調べてきたが、歌う能力を持たずに生まれてくる人が大勢いることを示唆するエビデンスはひとつも示されていない[28]。

世界にはナイジェリアのアナング・イビビオ族のように、誰もが歌うことを期待され、歌い方を教えられ、実際に歌える文化もある[29]。われわれの文化において歌えないと思っている人が大勢いる理由は、歌う能力を習得できるような方法で練習してこなかったためだ。

数学のような科目についても同じことが言えるだろうか。数学ほど苦手だという人が多い科目はおそらく他にないだろう。特にアメリカでは、自分には足し算と引き算、頑張っても掛け算が限界で、それより複雑な数学的問題を解く能力は生まれつき備わっていないのだという確信を持って高校を卒業していく人の割合が高い。だがさまざまな試みが成果を挙げてきたことで、正しい方法で教えればほとんどの子供が数学を学べることが証明されている。

中でも特に魅力的なのはカナダの数学者、ジョン・マイトンが開発した「ジャンプ・マス」というカリキュラムで、限界的練習とよく似た基本原則に基づいている[30]。具体的には、学ぶべき対象を明確に定義された能力に分解し、それぞれの能力を正しい順序で学ばせるための練習法をデザインし、フィードバックを通じて学習の進捗をモニタリングしていく。このカリキュラムを使った教師は、一人も「落ちこぼれ」を出さず、すべての生徒に必要な数学の能力を教えることができたと報告している。「ジャンプ・マス」の有効性はオンタリオ州で、二九人の教師と約三〇〇人の小学五年生の生徒を対象に無作為対照実験で評価された。五カ月後の標準テストの結果を見ると、ジャンプ・マスの授業を受けた生徒たちの数学的概念の理解度は、一般の生徒と比べて二倍も伸びていた。

残念ながらこの実験結果は論文審査を受ける科学誌に掲載されていないため、その客観性を判断するのは難しく、他の学区で同様な結果が再現されるまで完全に信頼することはできない。しかしこの結果は、歌や数学に限らず文章、絵、テニス、ゴルフ、ガーデニング、スクラブルやクロスワードパズルなどのゲームといったさまざまな分野で私が観察してきたものと一致している。われわれが何かを学習あるいは上達できないのは、生まれ持った才能の上限に達したためではない。何らかの理由で練習をやめてしまう、あるいはそもそも練習しないためだ。他の面では心身ともに健常な人が、歌唱や数学など特定の能力だけを持たずに生まれてくることを示すエビデンスはひとつもないのだ。

飲み込みの早い人と遅い人の違い

子供の頃、ピアノの弾き方や野球のボールの投げ方、絵の描き方などを覚えはじめたときのことを思い出してみよう。あるいはもう少し時計の針を先に進め、サッカーを習いはじめて半年後にいろいろなことがわかりはじめたとき、チェスクラブに入って一年後にひととおり試合ができるようになったとき、数学の授業で足し算、引き算、掛け算をマスターして教師が割り算の筆算を教えはじめたときのことを考えてみよう。いずれのケースでも周囲を見渡すと、友達や仲間やクラスメートの中で他の子供よりできる子、できない子がいたはずだ。何かを学習する速度は、人によって違う。そのため、他の人より楽々と楽器を弾けるようになる人、生まれつき運動が得意な人、生まれつき数字に強い人などがいるように思えてしまう。

ビギナーレベルでこのような違いを目の当たりにすると、それがずっと続くと思いがちだ。最初からよくできる人たちは、ずっと楽々と上達していくのだろう、幸運にも生まれ持った才能によって難なくその道を極めていくのだろう、とわれわれは考える。たしかに、旅路の出発点を観察して、残りの旅路も同じようなものになると判断するのは、筋が通っているように思える。

だがそれは誤りだ。ビギナーからエキスパートに至るまでの旅路全体を俯瞰すれば、学習や上達はどのように起こるのか、傑出した能力を身につけるには何が必要かという問題について、まったく異なる認識が得られるはずだ。

この問題を考えるのにうってつけなのがチェスだ。一般的にチェスの優れた力量は、圧倒的な論理力や知能と密接に結びついていると思われている。作家や脚本家がとびきり頭脳明晰な人物を描きたければ、チェス盤の前に座らせて、機転の利いたやり口でチェックメイトをかけさせればいい。この天才がすでに試合が始まっているところにやってきて、駒の配置を一〜二秒見ただけで勝ち筋《すじ》を見抜いてしまうという筋書きならなおいい。

こうしたチェスプレーヤーがちょっと風変わりだがとびきり優秀な探偵、あるいは同じように風変わりでとびきり優秀な犯罪者というのがよくあるパターンで、その両方がチェス盤を挟んで向き合い、知恵比べをするというのも魅力的な展開だ。二〇一一年公開の映画『シャーロック・ホームズ　シャドウゲーム』ではシャーロック・ホームズが宿敵モリアーティ教授とチェス盤そっちのけで、まるで相手をノックアウトしようとするボクサーの打ち合いのように、互いに次の手を叫び合いながら目隠しチェスを繰り広げる場面がある。ただ状況がどんなものであれ、メッセージは常に同じだ。卓越したチェスの能力は、ひとにぎりの幸運な人だけが生まれ持った強烈な知能の表れである、と。裏を返せば、すばらしいチェスを打つには、すばらしく優秀でなければならないということになる。

たしかにチェスを学びはじめた子供を見ると、ＩＱが高い子ほど上達も速い。だがそれは物語の始まりに過ぎない。本当に重要なのは終わり方だ。

チェスや囲碁の能力はＩＱの高さに比例するのか？

長年、多くの研究者が知能とチェス能力の関係を研究してきた。その先駆けの一つが一八九〇年代に知能テストの生みの親であるアルフレッド・ビネーが行ったもので、目隠しチェスに必要な記憶能力を解明するのを主な目的に、チェスプレーヤーを研究した[31]。ＩＱテストはもともと学業で苦労する生徒を特定するために開発され、目的どおり学業成績との相関性が非常に高いものとなった。

ただビネーの時代から、ＩＱテストが測定するのは音楽やチェスなど、実質的にすべての分野での成功と相関性のある一般的能力である、と多くの研究者が指摘している。つまりＩＱテストが測定するのは、生得的な一般的知能であるという見方だ。一方、ＩＱテストが示すのは生得的知能ではなく、単に比較的珍しい単語の知識や後天的な数学能力といった、「ＩＱテストが直接測定しているもの」を示しているにすぎないという見方もある。この論争に深入りするつもりはないが、ＩＱのスコアについては生得的知能ととらえるのではなく、このテストによって測定されるある種の認知的要素を示しているのであり、学業の成功など特定の事柄を予測するうえで有効性が確認されている、という事実を受け入れるにとどめるべきだと私は思う。

一九七〇年代以降、大勢の研究者がビネーの先例にならい、チェスプレーヤーの思考法や優れたチェスプレーヤーの条件の解明に努めてきた。その中でも特に示唆に富むのが、二〇〇六年にオクスフォード大学のメリム・ビラリクとピーター・マクロード、ブルネル大学のフェルナンド・ゴベットという三人のイギリスの研究者が行った研究だ[32]。理由はこれから詳しく述べるが、三人はグランドマスターではなく、小学校から中学校までのチェスクラブでチェスに親しむ五七人の生徒を調査対象に選んだ。その多くは九～一三歳で、経験年数は平均四年だった。チェスのトーナメントで一般の大人を簡単に負かしてしまうような非常に優秀な生徒もいれば、まったく強くない生徒もいた。五七人の被験者のうち四四人が男の子だった。

研究の目的は、優れたチェスプレーヤーになるうえでIQがどのような役割を果たすのか（あるいは果たさないのか）を調べることだ。この問題は彼ら以前にも少なからぬ数の研究者が調べていたが、三人が自らの研究成果をまとめた論文で指摘したとおり、確固たる結論は出ていなかった。たとえば一部の研究者はIQとチェス能力、そして空間視覚能力とチェス能力に相関性を見いだした[33]。チェスには人並み以上の知能が必要だと一般に思われていること、また戦略を考えるうえで駒の動きを視覚的にイメージしなければならないため空間視覚能力が重要だと思われていることを考慮すると、特に意外性はない結果だ。ただこうした研究はいずれも年少のチェスプレーヤーを対象に実施されたもので、彼らのIQスコアは平均以上ではあったものの、IQとチェスの技量には明確な相関は見られなかった。

対照的に大人のチェスプレーヤーを対象にした実験では、彼らの空間視覚能力はチェスをしない人と比べて特段優れてはいなかった[34]。またグランドマスターを含めてチェスが強い成人のIQは、同程度の教育を受けた成人と比べて有意に高くはなかった[35]。優れたチェスプレーヤーのIQ

とチェスレーティングにも相関は確認されていない[36]。すばらしいチェス能力を持つ悩み多き天才といった架空のキャラクターに親しんできた者には奇異に映るかもしれないが、あらゆるエビデンスは成人においては知能の高さとチェスの能力に相関がないことを示している。

アジア版チェスと言われる囲碁については、さらに興味深い結果が出ている。囲碁は二人のプレーヤーが、碁盤上の縦横一九本の線の交点に白石と黒石を交互に打っていく。相手の碁石を囲むか捕るかして、試合終了時点でより多くの陣地を支配しているプレーヤーが勝者となる。チェスと違って駒の種類もその動き方（交点に打つ）も一種類だけだが、試合展開の選択肢がはるかに多いという意味ではチェスよりずっと複雑で、優れた囲碁コンピュータの開発はチェスコンピュータのそれより難航している。最先端のチェスコンピュータは人間のグランドマスター相手に一貫して勝利を収めているが、最先端の囲碁プログラムは少なくとも二〇一五年時点では一流の棋士に太刀打ちできていない。

こうしたことからチェスと同じように、囲碁の名人も高いＩＱあるいは並外れた空間視覚能力を持っていると思われがちだが、これもまた事実ではない。囲碁の名人についての最近の研究では、彼らのＩＱの平均は一般人と比べてむしろ低いぐらいであることが明らかになっている[37]。韓国のトップクラスの棋士を対象にした二つの研究では、トップ棋士のＩＱの平均値が約九三であったのに対し、囲碁とは無縁の、年齢と性別の同じ対照群の平均値は約一〇〇だった。二つの研究の対象となった棋士の数が少なかったため、ＩＱが標準以下という結果が出たのは統計的誤差かもしれないが、平均してみれば囲碁の達人のＩＱは一般人と比べて特段高くないことは明白である[38]。

「エリート集団」の中ではIQが低い人のほうがチェスの能力は高かった

こうした過去の研究を踏まえて、三人のイギリスの研究者はチェスプレーヤーをめぐる見解の相違を決着させるべく、新たな研究に乗り出した。高い知能（すなわちＩＱスコアが高いこと）は優れたチェスプレーヤーとなるうえで役に立つのか、立たないのか。三人は知能と練習時間の双方を考慮するような研究計画を立てた。それまでの研究はどちらか一方しか見ていなかったためだ。

ビラリクらの研究チームは五七人の被験者についてできるだけ詳細な情報を集めるところから始めた。まずさまざまな観点から知能を調べた。ＩＱや空間視覚能力だけでなく、記憶力、言語性知能、情報処理能力なども測定した。チェスを始めたのはいつか、練習にどれくらいの時間を費やしたかも尋ねた。それに加えて半年間、毎日練習した時間を記録する練習日誌をつけてもらった。この研究で一つ問題だったのは、「練習」時間の多くは一人での練習ではなくチェスクラブの仲間との試合に充てられており、しかも研究チームは両者の区別をしなかったことだ。それでもこの指標は、それぞれの子供が自分の能力を高めるのにどれだけ努力したかを評価するまずまずの目安となった。最後に子供たちのチェス能力を評価するため、チェスの問題をいくつか与えたほか、ゲーム中盤のチェス盤を短時間見せ、記憶を頼りに配置を再現させた。頻繁に試合に出場していた一部の被験者については、試合のレーティングも参考にした。

こうしたデータをすべて分析した結果は、他の研究者が示したものと類似していた。子供のチェス能力を説明する最大の要因は練習量であり、練習時間が多いほどチェス能力を評価するさまざまな指標のスコアは良くなった。それより影響力は小さいが、もう一つ有意な要因だったのが知能で、IQが高いほどチェス能力は高くなった。意外なことに空間視覚能力は重要な要因ではなく、記憶力や情報処理速度のほうが影響があった。すべてのエビデンスを検討した結果、研究チームはこの年齢の子供の場合、生まれつきの知能（IQ）も影響はするものの、成功を左右する最大の要因は練習であると結論づけた。

とはいえ被験者のうち「エリート」プレーヤーだけに注目すると、まったく違った光景が見えてきた。ここで言うエリートとは、地元や全国、ときには国際レベルの試合に頻繁に出場する二三人（全員男子）で、チェスレーティングの平均は一六〇三、最も高いプレーヤーで一八三五、最も低いプレーヤーは一三九〇だった。つまりすでにかなりの腕前に達している子供たちだ。大人と子供を含めてチェスの試合に出場する人のレーティングの平均は一五〇〇前後なので、エリート集団の少年の大部分は平均以上であり、一番レーティングが低い子でも大人のプレーヤーに十分チェックメイトをかけられるレベルだった。

この二三人のエリートプレーヤーについても練習量がチェス能力の最大の決定要因であることに変わりはなかったが、知能は明らかな影響を及ぼしていなかった。エリートグループのIQの平均値は、被験者五七人全体の平均値よりも多少高かったが、エリートグループの中ではIQが低いプレーヤーのほうが平均して見るとチェスの能力は高かった。

この事実をじっくり考えてみよう。この若いエリートプレーヤーの間では、IQが高いことはまったく有利に働いていないどころか、むしろ不利に働いているようだった。研究チームはその理由について、ＩＱが低いエリートプレーヤーのほうがたくさん練習する傾向があり、それによってＩＱが高いエリートプレーヤーよりチェスの腕前が上達したと説明している。

この研究は、過去の研究に見られる明らかな矛盾、すなわち年少のプレーヤーの場合はＩＱの高さがチェス能力に結びついているにもかかわらず、大人で試合に出場する選手やチェスマスター、グランドマスターの場合はＩＱとチェス能力に相関が見られないという点についても、きちんと説明をしている。この説明がわれわれにとってきわめて重要なのは、それがチェスプレーヤーのみならず、あらゆる能力の発達に当てはまるからだ。

ＩＱの高さが有利に働くのは初期段階だけ

子供がチェスを学びはじめる段階では知能、すなわちＩＱテストのスコアがどれだけ速くゲームを覚え、最低限の能力を獲得するかに影響する。ＩＱスコアが高い子供は一般的にルールの学習や記憶、戦略の立案や実行が得意だ。それはチェスを覚える初期段階では有利に働く。この段階では抽象的思考をそのままチェス盤上での駒の動きに当てはめていくことになるからだ。この種の学習は学校での学習とよく似ており、それこそビネーがＩＱテストを開発するうえで測定対象としていた能力だ。

とはいえすでに見てきたとおり、子供は（大人も）チェスを学習していく過程で、たくさんの心的イメージを発達させていく。言わば心的近道のようなもので、チェスの試合中に現れる駒の配置についての優れた記憶力と状況に応じた最適な手を迅速に絞り込む能力をもたらす。この優れた心的イメージが、試合を迅速かつ有利に進めていくのに役立っている可能性が高い。心的イメージがあれば、駒の配置を見たときにどの駒がどの駒を攻撃しているのか、あるいは攻撃できるのかといったことをいちいちじっくり考えなくて済む。パターンを認識すれば、ほとんど反射的に一番有効な手や対抗策を思いつく。あらゆる駒の位置を覚え、自分がこの手を打ったら、あるいは相手がこんな手を打ったらどうなるかを想像するために短期記憶や分析能力に頼る必要はない。勢力線などさまざまなイメージテクニックを駆使して、特定の配置において何が起きているか全体像がわかり、盤上の個別の駒ではなく心的イメージを使って論理的に思考する。

十分な独習を積めば、心的イメージはゲームを進めるうえで非常に有益で強力なものとなり、空間視覚能力、記憶力、情報処理能力といった知能ではなく、心的イメージの質と量、さらにはそれをどれくらい有効に使えるかがプレーヤーの能力の決め手となる。心的イメージはチェスの配置を分析し、最適な手を考えるためだけに発達するもので（すでに述べたとおり、通常はグランドマスターの棋譜を何千時間も勉強することでできあがっていく）、チェスの試合を進めるうえでは記憶力や論理力を頼りに盤上の個別の駒の状況を分析するよりはるかに有効だ。このようにグランドマスター、あるいは試合に頻繁に出場する一二歳の優秀なプレーヤーともなれば、IQテストで測定される能力の重要性は、練習によって獲得された心的イメージと比べてはるかに低くなる。成功したチェスプレーヤーの場合、IQとチェス能力に何の相関も見られない理由はここにあると私は考えている。

もちろんIQテストで測定される能力は初期段階には役に立つようで、最初のうちはIQが高い子供ほどチェスがうまい。だがビラリクらの研究では、チェスの競技会に参加する子供たち、すなわち真剣にチェスに取り組み、学校の親睦クラブで打つより上の段階に進んだ子供たちの間では、ＩＱが低いほど練習量が多くなる傾向が見られた。その理由ははっきりとはわからないが、推測はできる。エリートプレーヤーは全員チェスに真剣に取り組んでおり、最初はＩＱの高い子供のほうが多少楽に能力を伸ばしていく。ＩＱの低い子供たちは追いつくためにたくさん練習をする。たくさん練習する習慣を身につけた彼らはやがて、それほど頑張らなければならないプレッシャーを感じなかったＩＱの高い子供たちを追い抜いていくのだ。ここから学ぶべき教訓はこうだ。長期的に勝利するのは、知能など何らかの才能に恵まれて優位なスタートを切った者ではなく、より多く練習した者である。

トッププレーヤーに共通の遺伝的能力などない

チェスの研究結果は、さまざまな能力の発達における「才能」と練習の相互作用について重要な洞察を与えてくれる。特定の資質（チェスの研究の場合はＩＱ）を生まれつき持ち合わせている人は、能力を学びはじめた当初は有利かもしれないが、時間が経つにつれてその影響は小さくなり、最終的には練習の量と質がその人がどれほどの能力を獲得するかを決定するうえではるかに大きな意味を持つようになる。

さまざまな分野の研究で、同じパターンが存在するエビデンスが確認されてきた[39]。音楽でもチェスと同じように、初期段階ではＩＱと技能に相関が見られる。たとえばある研究で、五年生の子供九一人に半年間ピアノを習わせたところ、ＩＱの高い子供のほうが低い子供より平均的に半年後の習熟度は高かった[40]。しかしＩＱと音楽的技能の相関は経験年数が増えるほど小さくなり、大学の音楽専攻の学生やプロの音楽家の間ではＩＱと技能には一切相関が見られなくなる[41]。

口腔外科の技能に関する調査では、歯学部生の技能は空間視覚能力の結果と相関があることが明らかになった[42]。空間視覚能力の検査結果が良い学生ほど、顎のモデルを使ったシミュレーション手術の成績は良かった。しかし同じテストを歯科の研修医や歯科医に行ったところ、そのような相関は確認されなかった。つまり当初見られた空間視覚能力が手術能力に及ぼす影響は、学生が訓練を積み、研修医になるまでには消失し、「才能」の差（この場合は空間視覚能力の差）は明らかな影響を持たなくなる。

第二章で紹介したロンドンのタクシー運転手に関する研究でも、訓練を終了して運転手の資格を得た人と途中で落伍した人のＩＱ水準に違いは見られなかった[43]。運転手がロンドンの街の走り方をどれだけ覚えられるかにＩＱはまったく関係なかったのだ。

科学者の平均的ＩＱは一般人より間違いなく高いが、科学者の間ではＩＱと学術的業績との間に相関はない[44]。ノーベル賞を受賞した科学者には、知能テストで全人口の上位二％に入る人の国際組織「メンサ」（ＩＱ一三二が足きりラインとされる）への入会資格がない人も多い。二〇世紀最高の物理学者の一人とされるリチャード・ファインマンのＩＱは一二六、ＤＮＡ構造の共同発見者であるジェームズ・ワトソンは一二四、トランジスタの共同発明者としてノーベル物理学賞を受賞したウィリアム・ショックレーは一二五だった[45]。ＩＱテストで測定される能力が、科学の授業で良い成績を取るのに役立つのは間違いなく、実際にＩＱスコアが高い生徒のほうが低い生徒より成績は良い。まさに学業能力を測ろうとしたビネーのもくろみどおりだ。しかしプロの科学者になった人の間では、ＩＱが高いからといって有利にはならない。

一般的にさまざまな分野で立派な業績を残すには、最低必要条件があると指摘する研究者は多い。たとえば少なくとも一部の分野で科学者として成功するにはＩＱ一一〇〜一二〇は必要で[46]、それ以上高くても追加的メリットはないとされる。ただ一一〇というＩＱスコアが、科学者としての職務を遂行するのに必要なのか、それとも科学者として職を得るのに必要なのかは判然としない。たいていの科学分野では、博士号を持っていなければ研究費を獲得して研究することすらままならないし、そもそも博士号を取得するには学部を卒業してから四〜六年にわたって優秀な学業成績を残さなければならず、それには高度な文章執筆能力と豊富な語彙力が必要だ。いずれも言語知能で測定できる能力である。

さらにほとんどの科学分野の博士課程では数学的、論理的思考能力が必須で、それは他の学力テストで測られる。大学生が大学院に応募するときにはこうした能力を測るＧＲＥなどのテストを受ける必要があり、科学系大学院に受け入れられるのはそこでトップクラスの成績を取った学生だけだ。こうした視点に立てば、科学者が一般的にＩＱ一一〇〜一二〇以上というのは意外ではない。そのようなスコアを取る能力がなければ、そもそも科学者になるチャンスすらなかっただろう。

スポーツや絵を描くことなどにも同じような最低限必要な「才能」があり、基準に満たない人は各分野で高い能力を発揮するのは難しい、あるいは不可能であるという見方もできるだろう。しかしスポーツにおける身長と体格のようなきわめて基本的な身体的特徴のほかには、そのような最低必要条件の存在を示す確固たるエビデンスはない。

そしてここが重要なのだが、自ら選んだ分野で十分な練習を積み、一定の能力レベルに達した人の間では、誰がトップとなるかを決定するうえで何らかの遺伝的能力が影響することを示すエビデンスは一切ない。そして誰かがトップに立った場合、それを可能にしたのは少なくとも一般に思われているような意味での「才能」、すなわち特定分野でトップに立つことを保証するような生まれつきの能力のおかげではない。

練習こそが能力の最大の源

どんな分野でも、誰がトッププレーヤーになるかを予測するのが非常に難しいのはこのためだろう。特定分野で最終的に誰がトップになるかが先天的能力で決まってしまうなら、未来のチャンピオンを早い時期に特定するのははるかに容易なはずだ。たとえばプロのアメリカン・フットボール界でトップを極める選手は生まれつきアメフト絡みの何らかの才能を持ち合わせているのだとしたら、大学に入る頃には誰の目にも明らかになっているはずだ。その時点でたいてい六〜七年はプレーをしているからだ。だが現実には大学のアメフト選手を見て、将来トップになる人と不発に終わる人を識別する方法を見いだした者はいない。二〇〇七年のNFLのドラフトで、誰よりも注目されたのはルイジアナ州立大学のジャマーカス・ラッセルだった。だがラッセルは完全な期待はずれで、三年後にはアメフト界を去っていた。一方、二〇〇〇年のドラフトで、第六ラウンドで一九九人目としてようやく指名されたトム・ブレイディは、史上最高のクォーターバックの一人に成長した。

二〇一二年のテニスプレーヤーに関する研究[47]では、ジュニアプレーヤー（プロを目指す若者たち）の成功ぶりやランキングに注目し、その後彼らがプロに転向した後の成功と比較した。フタを開けてみると、両者にはなんの相関もなかった。生まれつきの才能によって最高のプロテニスプレーヤーが決まってしまうなら、ジュニア時代からその差は顕著になりそうなものだが、まったくそんなことはない。

結論としては「生まれつき才能がある人」を特定する方法は、これまで誰ひとり見つけていないということだ。どこかの分野で傑出した技能を発揮することを予測できるような遺伝子の変異は発見されていないし、幼い子供のうち最高のスポーツ選手、最高の数学者、最高の医師や音楽家になる者を特定するような検査方法を発明した人もいない。

理由は簡単である。たとえ（学習の初期段階を過ぎてからの）技能レベルに影響を与える遺伝的差異が存在するのだとしても、それは能力の多寡に直接影響するもの、つまり「音楽の遺伝子」「チェスの遺伝子」あるいは「数学の遺伝子」などではないはずだ。遺伝的違いがあるとすれば、それは能力を発達させるのに必要な練習や努力の過程で効いてくるものだと私は考えている。

たとえば子供のなかには、絵を描いたり楽器を弾いたりすることを楽しいと感じるさまざまな遺伝子を、生まれつき持っている者がいるのではないか。そうすると他の子供よりも自然と絵を描いたり楽器を弾いたりする時間が増えるはずだ。芸術や音楽のレッスンを受けさせれば、楽しいから他の子より練習に多くの時間を割くだろう。どこへ行くにもスケッチブックやギターを携えていく。こうして次第に彼らは周囲より優れた芸術家、優れた音楽家になっていく。音楽や芸術的能力を高めるような遺伝子を備えているという意味での「生まれつきの才能」があったためではなく、何らかの（おそらく遺伝的な）要素によって、他の子供より優れた能力を身につけるように後押しされたというほうがふさわしい。

幼い子供の語彙の獲得に関する研究では、子供の性格や親の言葉に注意を払う能力が、獲得する語彙の豊富さに影響することが明らかになっている。幼い子供の語彙の発達のほとんどは、親など保護者とのかかわりを通じて行われる。研究では社会的かかわりに積極的な性格の子供は、言語能力の発達が良いことが示されている[48]。同じように、生後九カ月の時点で、絵本を読んだり挿絵を見せたりする親にしっかり注意を払う子供ほど、そうではない子供と比べて五歳になったときの語彙が豊富だった[49]（練習を通じた能力獲得ではまさにこのような資質がモノを言う）。

このような遺伝による違いはいろいろ考えられる。たとえば生まれつき他の人よりも深く長時間集中する能力を持っている人もいるかもしれない。限界的練習の成否は集中力を維持できるかどうかにかかっているので、このタイプの人は生まれつき他の人より効果的な練習をする能力があり、それゆえに練習からより大きな効果を引き出せるかもしれない。ひょっとすると困難に直面したときの脳の反応にも個人差があり、練習によって他の人より効率的に新しい脳内構造や心的能力を獲得できる人がいるのかもしれない。

いずれも現時点では憶測に過ぎない。しかしある人がある分野で最終的にどれだけの業績をあげられるかを決定づける最も重要な要因が練習であることははっきりしているので、遺伝子に何らかの役割があるとすれば、その人がどれぐらい熱心に限界的練習をするか、あるいは練習がどれぐらい効果的なものになるかに作用すると考えるのが理にかなっている。このように考えると、遺伝による違いというものに対する見方がまるで変わってくる。

「自己充足的予言」の危険性

本章では傑出したプレーヤーの発達における、練習と生まれつきの才能の役割について見てきた。そして生まれつきの資質は新たなスキルや能力を学びはじめた段階ではパフォーマンスに影響するかもしれないが、能力を伸ばすために努力した人の中で誰が秀でるかを決めるうえでは練習や訓練の量や有効性のほうがはるかに重要な役割を果たす、というのが私の考えである。なぜなら最終的には身体や脳に本来備わっている困難への適応性のほうが、当初は一部の人に有利に働くかもしれないあらゆる遺伝的差異よりも重みがあるからだ。だからこそ私は、どのような練習がなぜ上達に役立つかを理解するほうが、人々の遺伝的差異を研究するよりはるかに重要だと思っている。

ただ生まれつきの違いより練習の効果を重視すべき理由として、もっと重要なものがある。「自己充足的予言」の危険だ。

ある分野で成功できるかどうかを左右する、あるいは決定づけるのは生まれつきの才能であるという考え方は、特定の意思決定や行動につながる。生まれつき才能に恵まれていない人は絶対に成功できないという前提に立てば、何かに挑戦してすぐに適性を見せない子供は、別のことに挑戦するよう促される。不器用な子はスポーツをやめさせられ、音程どおりに歌えない子は音楽以外の何かに挑戦しろと言われ、数字の扱いにてこずる子は数学ができないと決めつけられる。

そして当然のように、そうした予言は現実となる。スポーツなどやめたほうがいいと言われた少女はテニスやサッカーで活躍することはなく、音痴だと言われた少年は楽器を弾いたり歌を歌ったりするようにはならず、数学ができないと言われた子供たちはそう思い込んだまま大きくなる。予言が自己充足するのだ。

もちろんその逆も真なりで、教師やコーチに目をかけられたり褒められたり、そして親から支援や励ましを受けたりする子供たちは、挑戦しない子供たちよりはるかに能力を伸ばしていく。こうして誰もが当初の見立てが正しかったのだと確信する。これも自己充足的だ。

マルコム・グラッドウェルは『天才! 成功する人々の法則』で、カナダのプロアイスホッケー選手に一〇～一二月生まれより一～三月生まれが多いのはなぜかという話題に触れている。[50] それ以前にもよく言われていた話だが、グラッドウェルによって広く知られることとなった。一～三月に生まれた赤ん坊はアイスホッケーの特別な才能に恵まれるという魔法のような作用があるのだろうか。もちろんそんなことはない。カナダのジュニアアイスホッケーは前年の一二月末時点で何歳であったかによってプレーできる年齢グループが変わるので、年の初めの三カ月に生まれた子供たちは各グループで最年長になる。四～五歳でホッケーを始める子供たちの間では、この月齢の差はきわめて大きい。ほぼ一年早く生まれた子供のほうが一般的に背が高く、体重も重く、バランス感覚も良く、精神的にも成熟している。そのうえ同じ年齢グループでも年の後半に生まれた子供と比べて、プレーできるシーズンも多いため、その分能力も高まりやすい。だが月齢による体格の違いは年齢が上がるにつれて小さくなり、成人に達する頃には消失する。このため月齢による優位性の起源は、体格の差が残っていた子供時代にあると思われる。

「才能なし」のレッテルを貼られた子供

月齢効果の明らかな原因は、まずコーチにある。コーチは幼少期から、とにかく才能のあるプレーヤーを探すものだ。それぞれの子供がどれくらいの月齢なのか、コーチにはわからない。わかるのは筋が良いのは誰か、またそこから推測できることとして才能がありそうなのは誰かだ。コーチの多くは「才能ある」プレーヤーを褒め、指導し、試合の出場機会を与える傾向がある。またこうしたプレーヤーはコーチだけでなく、仲間のプレーヤーからも才能があると目されるようになる。そのうえいずれかなり高いレベル、ことによるとプロとしてプレーできる見込みもあると言われれば、練習にも熱が入るだろう。こうしたことが重なった結果は重大で、それはアイスホッケーに限った話ではない。たとえば一三歳のサッカープレーヤーに関する調査では、最高レベルと評価された者の九割以上が年の前半に生まれていた。

アイスホッケープレーヤーの間では月齢による優位性はナショナルホッケーリーグに到達する頃には消失するようだ[51]。それまでには誕生日が遅くてもなんとか踏みとどまった者たちが周囲より一生懸命練習する習慣を身につけ、半年早く生まれた者たちより上手になるのだろう。しかしカナダでホッケーをする少年たちの間では、一月～三月の間に生まれることが有利に働くことは間違いない。

チェスの世界でも同じことが起こるとしよう。チェスの初心者のうち「生まれつき才能がありそうな者」を選び、特別コースを受けさせるという企画を立て、まず選別のため子供たちを集めて三〜六カ月ほどチェスを教え、最も上手な子を選ぶとする。結果がどうなるかは容易に想像がつく。平均的にＩＱが高い子供のほうが当初は速く駒の動きを覚えられるので、選ばれてさらなる訓練や指導を受けられるのは彼らだろう。他の子供たちは特別コースには招かれない。結果的に、平均よりＩＱが高いチェスプレーヤーがたくさん育つことになる。しかし現実にはグランドマスターにもＩＱテストのスコアはそれほど高くない者はたくさんいるので、このような仕組みの下ではすばらしいチェスプレーヤーになったかもしれない子供たちの才能がムダになってしまう。

これがチェスの特別コースではなく、どの学校でも教えている算数や数学だったらどうだろう。算数・数学についてはチェスほど多くの研究がなされていないが、同じようなことがここでも起きていると想定しよう。つまり空間的知能が高い子供のほうが基本的な算数問題の解き方を速く習得できるとする。近年の研究では、就学前にすごろくなどコマの数を数える能力を求められるゲームで遊んだ経験がある子供のほうが、就学後の算数の成績が良いことが示されている。[52] それ以外にも就学前の経験はさまざまなかたちで就学後の算数の成績に影響を与えているだろう。

ただ教師の多くはこのような可能性を認識していないので、一部の子供の飲み込みが早いと数学の才能があると判断し、それ以外の子供はそうではないと考える。「才能がある」とされた子供は励まされ、追加的な指導を受けるなどして、一〜二年もすれば当然ながら他の子供よりはるかに算数ができるようになり、この優位性は学生時代を通じて持続する。工学や物理学など大学でも数学を必須とする学部は多いため、数学に才能なしと判断された学生たちはこうした道から締め出されてしまう。だが算数・数学もチェスと同じだとすると、出だしで「才能なし」のレッテルを貼られたばかりに、その後理系分野で才能を開花させる機会を奪われた子供がたくさんいるかもしれない。

これが生まれつきの才能を信じることの弊害だ。生まれつきの才能を信じる気持ちは、一部の人にはある分野での才能があり、他の人々にはそれがなく、違いは幼少期からはっきりしているという考えにつながりやすい。そうすると「才能のある」子供を励まして支援する一方、それ以外の子供には挑戦を思いとどまらせ、予言が自己充足することになる。一番結果が出そうなところに時間やお金や指導や励ましやサポートといった資源を集中させたい、子供たちに挫折を味わわせたくないと思うのは人間の本能だ。本来そこにはなんの悪意もないのだが、おそろしく有害な結果を招きかねない。これを避ける一番良い方法は、あらゆる人間に可能性を認め、それを伸ばす方法を見つけることだ。

終章　人生の可能性を切り拓く

限界的練習は、すでに多くの分野で活用されている。プロのスポーツチームはもちろん、ノーベル物理学賞を受賞したカール・ワイマンは、限界的練習をもとに新たな学習メソッドを作りあげた。私たちの仕事、学習すべてに応用できるのだ。

「未来への窓」とでも言うべきか。

伝統的な大学一年生向けの物理学のコースを受講した学生たちが、一週間にわたって未来の物理学の授業を体験する機会を与えられた。対象となったのは二学期にまたがるコースの終盤にあたる電磁波に関する項だけだったが、その結果はまさに奇跡だった。限界的練習の原則にヒントを得た教授法で電磁波を学んだ学生たちは、伝統的な方法で同じ項を学んだ学生たちの二倍の知識を習得したのである。ある指標では、これまでのどんな教育的介入よりも効果的であるという結果が出た。

未来への窓を提供したのはブリティッシュ・コロンビア大学と縁のある三人の研究者、ルイス・デロリエ、エレン・シェルー、カール・ワイマンだ。[1] 二〇〇一年にノーベル物理学賞を受賞したワイマンは、学部生に対する科学教育を改善するという第二のキャリアに邁進《まいしん》している。ノーベル賞の賞金の一部を使い、二〇〇二年にはコロラド大学に物理学教育技術プロジェクトを立ち上げ、その後ブリティッシュ・コロンビア大学でカール・ワイマン科学教育イニシアチブを創設した。こうした試みを支えるのは、科学教育においては従来の五〇分にわたる教室での講義形式より優れた教授法があるはずだという確信だ。二人の同僚とともに伝統的教授法の牙城ともいえる大学一年生の物理学コースで立証しようとしたのが、まさにそれである。

ブリティッシュ・コロンビア大学の物理学コースの受講生は八五〇人で、三クラスに分かれていた。工学専攻の一年生を対象とする、微積法を使って物理学の概念を教える本格的な授業で、学生は高い数学能力を求められる問題を解かなければならなかった。教授陣は長年このコースを教えた実績があり、学生からの評価も高いベテランぞろいだった。教授法はかなり標準的で、パワーポイントを使った大教室での五〇分の講義が週三回、また毎週課題が出され、それに加えて学生たちは教育助手による個別指導セッションで練習問題に取り組むというものだ。

ワイマンらはそれぞれ約二七〇人の受講生がいる三クラスのうち、二つを調査対象に選んだ。二学期の一二週目に一つのクラスは通常のやり方で、もう一方はまったく別の方法で電磁波について学習する。両クラスの学生はこのうえなく似通っていた。それまでに二回実施された期中テストの平均点はまったく同じで、第一一週に行われた物理学の知識を問う標準テストの平均点も同等、第一〇週と一一週の出席率とエンゲージメント（授業への関与）も同等だった。要するに実験の直前まで、二クラスは授業中の態度や物理学の学習度合いにはまったく違いがなかったわけだ。だが、そんな状況は変わろうとしていた。

第一二週に入り、一つのクラスでは指導教官がそれまでどおりの授業を続ける一方で、もう一つのクラスの教官はワイマンの同僚であるデロリエとシェルーに代わった。デロリエが主たる教官となり、シェルーがそのアシスタントとなった。どちらもそれまで授業を受け持ったことはなかった。ポスドク（博士課程修了後の研究者）であったデロリエは、カール・ワイマン科学教育イニシアチブでの物理学の教授法など、効果的教授法に関する訓練を多少受けたことがあった程度、シェルーは物理学専攻の大学院生で、物理教育に関するセミナーを受けていた。二人とも教育助手の経験はあったが、人を教えた経験は二人合わせても、実験中にもう一方のクラスを教えていた教員と比べればはるかに見劣りした。

ただデロリエとシェルーは、ワイマンらが限界的練習の原則を応用しながら開発した、新たな物理学の教授法を身につけていた。実験が行われた一週間にわたり、二人は担当したクラスの学生に従来の授業とはまったく異なるパターンの学習を求めた。毎回の授業前には、教科書の課題部分（通常三〜四ページ）を読み、それについて「はい・いいえ」で回答する小テストをネットで受けさせた。授業に来る前に、あらかじめ授業中に扱う概念をひととおり知ってもらうことが目的だ（条件をそろえるため、この一週間の間は伝統的授業を受けたクラスにも授業前に資料を読ませた。従来型クラスのやり方を変えたのはこの一点だけだ）。

驚異的な効果を出した新教育メソッド

限界的練習型の授業の目的は、学生に知識を与えることではなく、物理学者のようにモノを考える練習をさせることだった。(2) このためデロリエはまず学生を小さなグループに分け、パソコンを使った小テストを与えた。学生たちがパソコン上で回答すると、答えが教員に自動的に送られるようになっていた。テスト問題は、ふつうの学部一年生には難しい概念について考えさせるようなものばかりだった。学生たちが小グループ単位で問題を議論し、回答を送ると、デロリエが結果を表示して、学生からの質問に答えるなどして、説明を行った。仲間との議論を通じて、学生は概念について深く考えたり、何かと関連づけしたりして、与えられた問題をさらに発展させていくことが多かった。

一回の授業あたり複数の問題が出され、ときにはデロリエが説明の後さらなるヒントを与え、もう一度同じ問題についてグループディスカッションをさせることもあった。学生たちが特定の概念について理解に苦しんでいるときには、ミニ講義をすることもあった。毎回の授業には「アクティブラーニング・タスク」として、各グループの学生が一つの問いを考え、一人ずつ個別に回答を記入して提出し、それを受けたデロリエが回答を示して誤解があれば説明するという作業もあった。授業中はシェルーがグループをまわって質問に答えたり、議論に耳を傾けたり、問題がありそうな分野を確かめたりした。

伝統的教授法のクラスと比べて、このクラスの学生たちははるかに積極的に授業に参加した。それはワイマンの研究チームが使ったエンゲージメントの指標によって示された。第一〇週、一一週には二つのグループのエンゲージメントには差はなかったが、第一二週にはデロリエが教えたクラスの数値は伝統的授業を受けたクラスの二倍近かった。ただ違いはエンゲージメントの度合いだけではない。デロリエのクラスの学生はさまざまな概念の理解度について、仲間の学生や教員から即座にフィードバックを受け取っており、誤って理解していた場合もすぐに正された。

また小テストの問題もアクティブラーニング・タスクも、学生に物理学者と同じように考えさせるようにデザインされたものだった。

まず問題を正しく理解し、どの概念が当てはまるかを考え、そこから答えを論理的に導き出すのである（伝統的授業の教員は自分のクラスを教える前にデロリエの授業を見学し、授業では同じ問題を使うようにしたが、それによって議論を促すのではなく、全体のうち何人が正解したかを授業中に示すためだけに使った）。

第一二週の終わりには、両クラスの学生の教材の理解度を測るため、選択式の小テストを実施した。デロリエと伝統的授業の指導員は、三つ目のクラスの担当教員と話し合い、その週の学習目標の到達度を測るのに適切と思われるテストを作成した。設問はかなり標準的なもので、ほとんどが別の大学が物理学の授業で少し修正を加えて使っているテスト問題から抜粋したものだった。

フタを開けてみると、伝統的授業を受けた学生の平均正答率は四一％であったのに対し、デロリエのクラスの平均正答率は七四％だった。それだけでも大きな違いだが、全問に当てずっぽうで回答しても二三％は正当することを考慮すると、伝統的授業を受けた学生が正しい答えをわかっていたのは設問全体のわずか二四％ほどになるのに対し、限界的練習の原則を応用した授業を受けた学生の平均は六六％となる。これはものすごい差である。限界的練習の授業を受けた学生は、別のクラスの学生と比べて正答率が二・五倍以上高かったわけだ。

ワイマンらはこの違いを「効果量」という統計的概念を使って表した。効果量で見た場合、両クラスのパフォーマンスの差は二・五標準偏差（ＳＤ）だった。比較のために挙げると、科学技術系の授業での他の新しい教授法の効果量は一・〇SD未満のものが多い[3]。今回の実験以前で最も効果量が大きかった教育的介入でも二・〇SDで、それは経験豊富な家庭教師の力量に負うところが大きかった。しかしワイマンの手法は、それまで授業を担当したことのない大学院生とポスドク生だけで二・五SDを達成したのである。

スポーツトレーニングにはまだまだ改善の余地がある

ワイマンの成果は本当に胸の躍《おど》るものだ。それは伝統的教授法を手直しし、限界的練習の知識を反映させれば、さまざまな分野における教育の効果を劇的に高められることを示唆している。ではどこから手をつけるべきか。

まず考えられるのは、世界一流のスポーツ選手、音楽家などの傑出したプレーヤーの育成だろう。私はかねてから限界的練習の解明をめぐる自分の研究が、いつかこのような傑出したプレーヤーやそのコーチに役立つことがあればと願ってきた。結局のところ、技能を伸ばす方法に最も興味があるのは彼らであり、また私が研究において最も多くを学ばせてもらったのも彼らからなのだ。そして現実に、傑出したプレーヤーやその卵がトレーニングの方法を改善する余地は多分にある。

たとえばプロのスポーツ選手やそのコーチと話をすると、技能のどの部分を改善したいかを考え、それに的を絞ったトレーニング方法を設計するという作業にまるで時間を割かない人が多いことに驚く。現実にはスポーツ選手、とりわけ団体スポーツの選手のトレーニングはグループで行うものがほとんどで、個々の選手が何に注力すべきかを一切考慮することなく実施されている。

また高い成果をあげているスポーツ選手が使っている心的イメージについて理解しようとすることもほとんどない。この問題を解決する理想的な方法は、スポーツ選手にパフォーマンス中にどんなことを考えているのか口頭で報告してもらうことだ。それによって第三章で説明したような方法で研究者、コーチ、あるいは選手自身が試合の本番で用いる心的イメージを改善するためのトレーニングメニューを考案できるようになる。もちろんなかには自力で有効なイメージを発達させられるトップアスリートもいるが、ほとんどの選手は自分の思考法が力量の劣る選手とどう違うのかまったく気づいていない。その逆も然りで、力量の劣る選手はトップ選手と比べて自分の心的イメージがどれだけ弱いか理解していない。

たとえばここ数年、私は全米フットボール連盟（ＮＦＬ）のフィラデルフィア・イーグルスのヘッドコーチを務めたチップ・ケリーをはじめ、さまざまな種目でコーチを務める人々と連絡を取り合ってきた。彼らの多くは、限界的練習によって選手の技能を向上させる方法を学ぶことに熱心だ。二〇一四年春にイーグルスの全コーチ陣と開いたミーティングでは、優れた選手はポイントとなる味方と敵のプレーヤーの動きをよく意識しており、それについてトレーニング後や試合後に議論できるという話をした。だがミーティングでわかったのは、有効な心的イメージの重要性を理解しているコーチでも、力量の劣る選手の心的イメージを向上させるための支援をほとんどしていないことだ。そんなことをするより、すでに有効な心的イメージを獲得した選手を選び、それをさらに改善するようなトレーニングを与えるほうが容易だと思っている。

二〇一一年にイングランドのマンチェスター・シティ・フットボールクラブを訪問した際にも

（同チームがＦＡチャレンジカップに優勝する前だった）、同じような問題を議論した。ここのコーチ陣は心的イメージを鍛えるという話により前向きだった。いずれプロチームで活躍することになるメンバーを含む、年少選手のトレーニングも担当していたためだ。

限界的練習の知見を活かして水泳指導の質を高めるため、水泳のコーチで国際水泳コーチング協会会長も務めるロッド・ハブリラクとも協力してきた[4]。われわれは初級と中級レベルの水泳選手に対しては、一人ひとりに合わせたコーチング、すなわち限界的練習がほとんど実践されていないことに気づいた。

これまで限界的練習の原則を、スポーツ選手をはじめとする傑出したプレーヤーの育成にどう応用するかという研究がほとんどなされてこなかったことを考えると、一人ひとりに合ったトレーニングの強化や心的イメージの評価によって、この分野で大幅な改善が見込まれることは明らかだ。私としても引き続きコーチ、トレーナー、選手と協力し、限界的練習を活用した効果的なトレーニングができるよう支援していくつもりだ。

知識ではなく技能を教える

とはいえ限界的練習を取り入れることで最も大きな恩恵が期待できるのは、この分野ではないと私は考えている。結局のところ、プロスポーツ選手や世界一流の音楽家、チェスのグランドマスターなど専門性が高く、競争の激しい分野で活躍するトッププレーヤーが世界人口に占める割合はほんのわずかだ。彼らがとても目立ち、われわれを楽しませてくれる存在であるのは間違いないが、この限られた人々の技能があと少し向上したところで、それが残る大多数の人々に与える影響は比較的小さい。もっと大勢の人が恩恵を享受でき、また既存の訓練法が限界的練習の理想とはかけ離れた状態にあるために、はるかに大きな改善が見込める分野は他にもある。

その一つが教育だ。教育はすべての人にかかわる問題であり、しかも限界的練習によってさまざまな面から人々の学び方に革命を起こすことができる。

まずは教育学にかかわるものだ。学生にとって最適な勉強法とはどのようなものか。これについては限界的練習をめぐる研究から多くの示唆が得られる。

限界的練習の原則を応用すると学生が従来型の勉強法と比べてより速く、多くを学習できるようになるのはなぜかを説明するため、もう一度ブリティッシュ・コロンビア大学の授業を振り返ってみよう。ワイマンのチームが教え方を考えるうえで最初に行ったのは、伝統的授業を担当していた教員と話し、電磁波の項を学び終えた時点で学生が何をできるようになっているべきかを正確に把握することだった(5)。

第五章で議論したとおり、限界的練習型の学習法と従来型の学習法の違いは、技能と知識、すなわち「何ができるか」と「何を知っているか」のどちらに重きを置くかにある。限界的練習が最も重視するのは技能だ。技能を発達させるのに必要な知識は身につけるが、知識の習得そのものが目的になることは決してない。とはいえ限界的練習をすると、その過程で学生はかなり多くの知識を身につける。

学生に事実、概念、法則などを教えるとバラバラのかけらとして長期記憶に保存され、それを引き出して何かしようとすると(問題を解く、問いに答えるための論拠とする、主題や仮説を導き出すために整理・分析するなど）注意力や短期記憶の制約がかかってくる。解を見いだすための作業の間、こうしたバラバラで関連性のない情報のかけらをすべて頭の中にとどめておかなければならないからだ。だがすべての情報が、特定の行為の心的イメージとして統合されている場合、個別のかけらは互いに結びついたパターンの一部となり、それぞれの情報に文脈や意味が与えられるため作業がしやすくなる。

第三章で見たとおり、何かについて考えていても心的イメージは形成されない。何かをしようと努力し、失敗し、やり方を見直し、再び挑戦するという作業を繰り返すなかでイメージはできていく。最終的には伸ばそうとしている技能に見合った有効な心的イメージが獲得できるだけでなく、その技能と関連性のある膨大な情報も身につくのだ。

講義計画を作るときには、「学生が何をできるようになっているべきか」を考えるほうが、「何を知っておくべきか」を考えるよりはるかに効果的だ。というのも後者は前者についてくるものだからだ。

ワイマンらは、授業終了後に学生が何をできるようになっているべきかをリストにまとめたうえで、それをいくつもの具体的な学習目標に落とし込んだ。これも典型的な限界的練習の手法だ。技能を教えるときにはレッスンをいくつかのステップに分割し、学生が一つずつ習得できるようにして、それを積み重ねていくことで最終目標に到達できるようにするのだ。伝統的教育における「足場構築法」にかなり似ているように思えるかもしれないが、決定的な違いは限界的練習のほうは各ステップで学ぶべき心的イメージを明確にし、学生に次のステップに進む前に確実に適切なイメージを身につけさせることに力点を置くことだ。これはたとえば前章で紹介した「ジャンプ・マス」プログラムが成功を収めるうえで欠かせない要素だった。[6] ジャンプ・マスは特定の数学能力の獲得に必要な心的イメージをしっかりと定義し、それを生徒が獲得できるような教え方をする。

科学教育に欠けているもの

どんな分野の教育についてもたいてい言えることだが、学習目的として一番有益なのは、学び手が有効な心的イメージを獲得するのを支援することだ。たとえば物理学では、学生に特定の方程式の解き方やどのような状況でどの方程式を当てはめるべきかを教えることはもちろん可能だが、それは物理学者にとって最も重要な知識ではない。物理学の学生と専門家を比較した研究[7]によると、定量的問題（正しい方程式を当てはめれば解くことのできる数的問題）を解くことにおいては学生も専門家に引けを取らない場合があるのに対し、定性的問題、すなわち数ではなく概念にかかわる問題（「なぜ夏は暑く、冬は寒いのか」など）を解くことにおいてはまったく歯が立たない。定性的問題に答えるには数を扱う能力より、特定の事象やプロセスの根底にある概念をしっかり理解していることのほうが重要で、それは優れた心的イメージを持っていることにほかならない。

科学の教師を除けば、小学校時代から何度か学校の授業で習っているにもかかわらず、なぜ季節の変化が起こるのかを正確に説明できる人は少ない。[8] 最近のハーバード大学の卒業式で撮影されたある動画では、大勢の卒業生が自信満々に、季節の変化が生じるのは、夏は地球が太陽に近づき、冬は太陽から遠ざかるからだと説明しているので、おもわず笑ってしまう。[9] もちろんこれは完全な間違いだ。北半球が夏のとき、南半球は冬である。季節変化の本当の原因は、地球の軸が傾いていることだ。とはいえここで私が指摘したいのは、ハーバード大の卒業生がどれほどモノを知らないかではなく、科学教育では学習者に対して方程式に数字を突っ込んで解くことばかりを教え、物理現象についてしっかり考えるために必要な基本的な心的イメージをほとんど教えていないということだ。

ワイマンらは物理学の講義を受講した学生たちがそのような心的イメージを獲得するのを支援するため、教員が決めた学習目標に到達するのに役立つような、いくつかの小テストや学習タスクを考案した。それらは学習すべき概念を理解し、応用することが求められるような議論を喚起し、それによって最終的に概念を使って問題に答えたり課題を解いたりできるようにすることを念頭に選ばれた。

また問題やタスクを考えるうえでは、学生たちをコンフォート・ゾーンの外へ押し出すようなもの、苦労しなければ答えにたどりつけないようなものでありつつ、まったく歯が立たないほどコンフォート・ゾーンを大きく外れたものにはならないように配慮した。小テストや学習タスクができあがると、受講者の中から選んだ二人のボランティアで有効性をテストした。[10] 学生たちに問題やタスクを提示し、解答に至るまでの思考プロセスを声に出して語らせた。ワイマンらは思考発話法によって聞き出した内容をもとに、誤解が生じないように、また学生にとって難しすぎるものにならないように問題やタスクを修正した。それから再び別のボランティアでテストをして、問題と学習タスクをさらに磨きあげた。

そして、ワイマンらの授業は学生がさまざまな概念に繰り返し触れ、さらに自分が間違ったところや直し方についてフィードバックが得られるような構成になっていた。フィードバックの中には同じディスカッショングループの学生たちからのものもあれば教員によるものもあったが、一番重要なのは学生が何か間違ったことをしたときに、即座に指摘し、直し方を教えることだ。

多くの教員が限界的練習を授業に採用しはじめている

ブリティッシュ・コロンビア大学で実施された新たな発想に基づく物理学の授業は、限界的練習の原則に従って教授法を見直すための手引きとなる。まず学生が何のやり方を学ぶべきかをはっきりと定義する。目的は知識ではなく技能の獲得だ。ある技能を身につける最適な方法を検討する際には、エキスパートがどうやっているかに着目する。特にエキスパートがどんな心的イメージを使っているかをできるだけ詳細に理解し、学習者が同じような心的イメージを獲得できるような教え方をする。たとえば技能を複数のステップに分けて順を追って教え、しかも一つひとつのステップは学び手をコンフォート・ゾーンの外に押し出しつつ手が届かないほど難しいものにはならないように目配りすることだ。それからたっぷり反復練習をさせ、フィードバックを与える。挑戦し、失敗し、フィードバックを受けて再び挑戦するというサイクルを通じて、学習者は心的イメージを獲得する。

ブリティッシュ・コロンビア大学ではワイマンの限界的練習に基づく物理学の教授法が成功したことを受けて、多くの教員がそれを取り入れた。『サイエンス』の記事によると、ワイマンの実験後、限界的練習に基づく教授法は一〇〇近い科学と数学の授業に採用され[11]、受講した学生の数は三万人を超えた。数学や科学の教授というものは本来、教え方を変えることにきわめて強い抵抗感があることを思えば、ワイマンの実験にどれだけ説得力があったかがうかがえる。

ワイマンの実験に参加した学生らの信じられないような学習ぶりからもわかるように、限界的練習の考え方に基づいて教え方を見直せば、学習の速度や質は劇的に改善する可能性がある。ただそれには教育者のモノの考え方を変えるだけでなく、エキスパートの思考法のさらなる解明が欠かせない。エキスパートがどのような心的イメージを使っているのか、そのようなイメージを発達させるためにどのような限界的練習が必要かという研究は緒に就いたばかりだ。やるべきことはまだたくさんある。

まずは一つの分野のエキスパートになろう

より効果的な教育方法の開発というわかりやすい例以外にも、限界的練習の原則を教育の場に応用する道はいろいろある。私が特に有益だと思うのは、青少年が少なくとも一つの分野で精緻な心的イメージを身につけられるように支援することだ。これは現在の教育システムでは目標とされておらず、一般的に高度な心的イメージを発達させられるのはスポーツや楽器など学校以外の活動で技能を鍛えている者だけだ。またそのような学習者でさえ、自分のしていることを本質的には理解しておらず、また自らの習得した心的イメージが多様な分野にまたがる重要な現象と結びついていることを認識していない。

若い学習者にとって（というより誰にとってもそうだが）心的イメージを身につけるメリットとは、その能力を自らの力で極めていく自由が手に入ることだ。たとえば音楽の世界では、ある曲をどのように演奏すべきか、さまざまなセクションがどのように組み合わさって全体を作るのか、演奏方法を変えることで音にどのような変化が生まれるかなどについて、はっきりしたイメージがあれば、学習者は自分だけで弾いたり他者に聞かせたりすることができるし、さまざまな弾き方を試したり工夫したりすることもできる。教師に手取り足取り教えてもらわなくても、自分なりに探求することができるのだ。

学問分野にも同じようなことが言える。心的イメージを発達させた学生は、自分で科学実験を考案したり、本を書くようになる。成功を収めた科学者や著作家の多くは、このようなかたちで早くからキャリアを切り拓いてきたことが研究で明らかになっている。学生が特定分野でスキルや心的イメージを発達させるのを支援する一番良い方法は、模倣し、学習できるモデルを与えることだ。ベンジャミン・フランクリンが『スペクテーター』の記事を見ながら文章力を磨いていったように。もちろん試行錯誤は必要だが、成功事例がどのようなものかを示すモデルをいつでも参照できるようにしておくといい。

学生に一つの分野で心的イメージを身につけさせると、その分野だけでなく、どのような分野でも成功するには何が必要か、理解するきっかけとなる。大人も含めてたいていの人は、傑出したプレーヤーのように自らのパフォーマンスを計画、実行、評価するのに心的イメージを使うことがどれほど有効かを、理解できるほど何かを極めたことがない。だからそのようなレベルに到達するのに何が必要か、どれほどの時間と質の高い練習が必要か、本当のところを理解できない。

何らかの分野でトップレベルに到達するのに何が必要か身をもって体験すれば、他の分野でトップに立つのも同じような努力が必要なことが少なくとも頭ではわかるはずだ。だからこそある分野のエキスパートは、たいてい他の分野のエキスパートを尊重する。専門的なことはわからなくても、優れた物理学者は優れたバイオリニストになるには何が必要かわかるだろうし、優れたバレリーナは優れた画家になるためにどれだけの犠牲を払わなければならないかがわかるだろう。

学校教育は、あらゆる生徒に何らかの分野でこのような経験を積む機会を与えるべきだ。そうすることで初めて、人間の潜在能力のすばらしさとそれを実現するために何が必要かが理解できるのである。

限界的練習は「革命」を起こす

序章では、限界的練習は人間の潜在能力に対するわれわれの考え方に革命的変化を起こす可能性がある、と述べた。誇張でもなんでもない。さまざまな分野でトップに立つ人々は、生まれつきの才能などによってその座を獲得したのではなく、長年にわたる練習を通じて人間の身体や脳の適応性を活かして能力を発達させてきた。われわれがそれを理解したとき、革命的変化は始まる。

ただし、この事実に気づくだけでは足りない。身体や脳の適応性を活かし、自分の才能を自らの意のままに伸ばしていくためのツールを広く提供しなければならない。私が本書を通じて行っているように、限界的練習の概念を広めていくのもそうした努力の一環だが、必要なツールの多くはまだ開発されていない。多くの分野ではまだエキスパートとそれ以外を分ける要素は何かが具体的に解明されていない。エキスパートの心的イメージについても細かいところはわかっていないところが多い。高度な専門能力を身につけたいと願っている他の人々の参考になるように、エキスパートの生涯を見渡してその人物をエキスパートたらしめているさまざまな要因を特定していくことも必要だ。

ただ総合的なロードマップの完成を待たずとも、取り組みを開始することは十分可能だ。たとえば本章で述べたとおり、若者たちが少なくとも一つの分野で高度な専門能力と有効な心的イメージを獲得できるように支援することで、高度な専門能力そのものへの理解（それを身につける方法、誰にでも手の届くものであるという事実）を深めさせることができる。

また第六章で見てきたとおり、限界的練習を通じて能力を身につけていくと、その能力に対して肯定的なフィードバックが返ってくるため、さらに向上したいという意欲につながりやすい。誰にでも好きな能力を伸ばしていく力が備わっていること、能力を伸ばすのは楽ではないがそれに見合うだけの見返りがあることを若者に示せれば、彼らが生涯にわたって限界的練習によってさまざまな能力を発達させていく可能性を高めることができるだろう。

このように時間をかけてさまざまな分野での傑出した技能につながる要因について理解を深め、またそうした知見を活用する術を身につけた若者世代を育てることにより、まったく新しい世界が出現するかもしれない。多くの人が限界的練習を理解し、自らの、そして子供たちの人生を豊かにするためにそれを活用する世界だ。

どんな世界になるのだろう。まず今よりはるかに多くの分野で、はるかに多くのエキスパートが活躍しているはずだ。その社会的インパクトははかりしれない。医師、教師、技術者、パイロット、コンピュータ・プログラマーをはじめさまざまな分野のプロフェッショナルが、今日のバイオリニストやチェスプレーヤーやバレリーナと同じやり方で技能を磨く世界を想像してみよう。こうした職業に就く人の五〇％が、現在は五％の人しかできていないような高い水準のパフォーマンスができるようになったらどうか。それはわれわれの医療、教育システム、技術にどのような意味を持つのか。

個人が享受するメリットも同じように大きい。この点については本書であまり触れていないが、傑出したプレーヤーは自らの能力を駆使することに深い満足や喜びを感じ、新たな能力を身につけるため、特にその分野の限界に挑戦するために努力することに大きな達成感を得ている。いつも新たな挑戦やチャンスがあり、退屈とは無縁の刺激的な旅を続けているような感覚だ。また音楽家、ダンサー、体操選手など、演じることがその能力の一部を成す分野のエキスパートは、人前で演じることに深い喜びを感じると言う。すべてが嚙みあうと、ミハイ・チクセントミハイによって有名になった「フロー」という心理状態に近い、あらゆることが難なくできてしまう状況に到達する。[12] これはエキスパート以外はめったに体験することのないきわめて稀な昂揚感、つまり「ハイ」の状態をもたらす。

自分の人生の可能性は自分で切り拓いていける

私の人生における最も刺激的な経験の一つが、のちにノーベル賞を受賞したハーバート・サイモンとともに研究をしたことだ。研究チームの誰もが、自分たちの分野の最先端に身を置いていることを実感し、その場にいられる幸運をかみしめていた。芸術に革命を起こそうとしていた当時の印象派の画家たちも、同じような感覚を抱いていたのではないか。

たとえ自らの分野の最先端に到達できなくても、自分の人生を主体的に選び、能力を高めていくという挑戦を楽しむことは誰にでもできる。限界的練習が当たり前のものとなった世界では、われわれはより強い意欲と満足感を抱いているはずだ。

自らを向上させようと努力しているとき、われわれは最も人間らしさを発揮していると言えるのではないか。他の生き物と違い、人間は意識的に自らを変え、思いどおりに自らを向上させていくことができる。これこそ現存する、あるいはかつて存在した他のあらゆる種とわれわれとの違いである。

人間の本質に対するこれまでの考え方は「ホモ・サピエンス（知恵のある人）」という、われわれが自らに与えた呼称に凝縮されている。われわれの遠い祖先には「ホモ・エレクトス」、すなわち直立歩行ができたために「直立した人」と呼ばれた原人や、「ホモ・ハビリス」、すなわち最も早い時期に石器を作り、使用したと考えられたために「順応性のある人」と呼ばれる猿人がいる。われわれが自らを「知恵のある人」と呼ぶのは、祖先との違いは膨大な知識を持っていることにあると認識しているからだ。だが、もっとふさわしいのは「ホモ・エクセサンス」、「練習する人」という認識ではないか。練習により自らの人生の可能性を広げ、未来を切り拓く種である。

この新たな自己認識を持つのに、今以上のタイミングはないと言える。技術進歩のおかげで、われわれの世界はかつてないほどのペースで変化している。二〇〇年前であれば、一つの技術や職業に習熟すれば、かなりの確率でそれで一生食べていけた。私の世代も同じような認識で育った。教育を受け、就職すれば、引退するまで安泰だ、と。だがそうした状況は私が生きている間に変わってしまった。四〇年前に存在していた多くの仕事が消滅、あるいはまったく違うかたちに変わってしまった。今から社会に出ようとしている人たちは、おそらく現役時代に二〜三回は仕事を変えることを覚悟しておかなければならない。これから生まれてくる赤ん坊の世代がどうなるかは誰にもわからないが、変化のペースが鈍化することはおそらくないだろう。

社会として、そのような事態にどう備えるべきだろうか。望むと望まざるとにかかわらず、今後はほとんどの人が新たな能力を学びつづけていかなければならないことを考えれば、若者や大人に効果的に学ぶ方法を教えることがきわめて重要になる。技術革命によって、教育の有効性を高めるための新たな選択肢が出てきた。たとえば医師、スポーツ選手、教師などが実際にどのように働いているかを録画し、学習者のための資料集や学習センターを創設すれば、実地訓練に依存して学習者や患者や顧客の安寧をリスクにさらすようなことを避けられる。

今すぐ動き出す必要がある。すでに社会に出ている大人には、限界的練習の原則に基づく、有効な心的イメージを生み出すことを目的とした優れた訓練法を開発する必要がある。現在の仕事で使っている能力を向上させるだけでなく、新たな仕事のための能力も開発できるような訓練法だ。そのうえで、こんなメッセージを伝えていく必要がある。自分の可能性は自分で切り拓いていけるのだ、と。

ただ最も大きな恩恵を享受できるのは、これからの世代だ。われわれが子供世代に与えられる一番大切な贈り物は、自分は何度でもやり直せるという自信、そしてそれを成し遂げるためのツールである。若者たちには絶対に手が届かないと思っていた能力を手に入れる経験を通じて、自分の能力は自らの意のままに伸ばすことができること、生まれつきの才能などという古臭い考えにとらわれる必要はないということを、身をもって学ばせる必要がある。そして好きな道で能力を伸ばしていけるように知識とサポートを与えよう。

つまるところ、急速な技術進歩によって仕事、余暇、生活環境が変化しつづける世界に対する唯一の解は、自らの成長は自らが決めるものであることを理解し、それを実現する方法も心得た人々の社会を創ることかもしれない。われわれが限界的練習と、それがもたらす未来を自己決定する力について学んできたこと、これから学ぶことの究極の成果が、おそらく「ホモ・エクサセンス」の世界なのだろう。

謝辞

私がこれまでの研究を成し遂げることができたのは、本書で述べてきたような要因のおかげである。両親は私に安全・安心な環境を与え、必要な努力をする意思さえあればどんなことにも挑戦させてくれた。スウェーデンのストックホルム大学で師事したガナー・ゴーデ教授は、自らが動物の研究を専門としていたにもかかわらず、人間の思考への私の関心を励まし、後押ししてくれ、それによって私は自分の力で研究を進めることとなった。カーネギーメロン大学のハーバート・サイモンとビル・チェースは重要な問題を特定し研究する方法を示してくれたうえに、アメリカのコロラド大学で心理学教授としての職を得られるよう支援してくれた。

ベルリンのマックス・プランク人間発達研究所のポール・バルテスは、ラルフ・クランペとクレメンス・テシュ＝レマーとともに音楽専攻の学生を対象とする研究をする機会と資金を与えてくれた。アンドレス・リーマンを筆頭に、学生やポスドクのフェローなど協力者の方々にもお礼を言いたい。自らの思考法を私に教え、パフォーマンスを研究する機会を与えてくれた多くのエキスパートや実験の参加者の方々にもお礼を申し上げる。最後にスティーブ・ファルーン、ダリオ・ドナテリ、ジョン・コンラッド、ラジャン・マハデバンら長期にわたる訓練の研究に協力してくれた被験者の方々に感謝を申し上げる。

私の研究は以下の団体からの資金援助に支えられてきた。海軍研究事務所（ＯＮＲ）の助成金

（N00014-84-K-0250, N00014-04-1-0588, N00014-05-1-0785, N00014-07-1-0189）、陸軍研究所のコロラド大学への助成金（CU-1530638）、マックス・プランク研究所の助成金、アメリカサッカー基金の助成金（FSU Research Foundation grant 1 1520 0006）、そしてフロリダ州財団のコンラディ・エミネント・スカラー基金からの研究費である。

アンダース・エリクソン

フロリダ州立大学心理学部のトーマス・ジョイナーに、何年も前にアンダース・エリクソンを紹介してくれたお礼を言いたい。本書がこうして生まれたのはジョイナーのおかげである。またアンダース自身にもお礼を言いたい。貴重なアイデアや洞察をこれほど惜しみなく与えてくれる人物にはあまりお目にかかったことがない。限界的練習についてアンダースから学んだことにより私の人生は本当に豊かになった。ともに本書を執筆しなかったとしても、それは変わらない。限界的練習をビジネスの世界にどのように応用することができるか、すばらしく魅力的な例を示してくれたアート・タロックにも感謝したい。

最後に最大かつ心からの感謝を、本書に多大な協力をしてくれた妻のディーン・ローラ・プールに伝えたい。本書執筆の（おそろしく長い）期間を通じて、アイデアの源泉、聞き役、理解力のある最初の読者、すばらしい編集者の役割を果たしてくれた。アイデアをともに議論し、鋭い質問を投げかけ、思慮に富む提案を出し、弱点や弱みを指摘するなど、大小さまざまなかたちでこのテーマに関する私の考えを固めるのを手伝ってくれた。自らも物書きである妻の助力により、本書の内容と文章は大いに練られたものになった。表紙に妻の名はなくても、その痕跡は本書のあちこちに残っている。

ロバート・プール

著者二人は、本書ができるだけ多くの読者にとって興味あるものとなるように企画書を練り、最終的には本書そのものを磨きあげてくれたエリス・チェイニーとアレックス・ジェイコブズの多大な支援と努力に感謝している。また思慮深く、われわれの弱点を指摘するような問題やアイデアを提起し、論理展開や本書そのものの構成を大いに改善してくれた編集者のイーモン・ドランにも心から感謝している。

ソースノート

序　章　絶対音感は生まれつきのものか？

1　モーツァルトの絶対音感を説明する手紙は、以下で読める。Otto Erich Deutsch, *Mozart: A Documentary Biography*, 3rd ed. (London: Simon and Schuster, 1990), 21. 以下も参照。Diana Deutsch, "Absolute pitch," in *The Psychology of Music*, ed. Diana Deutsch, 3rd ed. (San Diego: Elsevier, 2013), 141–182.

2　たとえば以下を参照。William Lee Adams, "The mysteries of perfect pitch," *Psychology Today*, July 1, 2006, https://www.psychologytoday.com/articles/200607/the-mysteries-perfect-pitch（二〇一五年二月二五日に確認）.

3　Robert J. Zatorre, "Absolute pitch: A model for understanding the influence of genes and development on neural and cognitive function," *Nature Neuroscience* 6, no. 7 (2003): 692–695. 以下も参照。Siamak Baharloo, Paul A. Johnston, Susan K. Service, Jane Gitschier, and Nelson B. Freimer, "Absolute pitch: An approach for identification of genetic and nongenetic components," *American Journal of Human Genetics* 62 (1998): 224–231.

4　Diana Deutsch, Kevin Dooley, Trevor Henthorn, and Brian Head, "Absolute pitch among students in an American music conservatory: Association with tone language fluency," *Journal of the Acoustical Society of America* 125 (2009): 2398–2403.

5　絶対音感が後天的なものであるエビデンスについての私自身のレビューの概要は以下を参照。K. Anders Ericsson and Irene Faivre, "What's exceptional about exceptional abilities?" in *The Exceptional Brain: Neuropsychology of Talent and Special Abilities*, ed. Loraine K. Obler and Deborah Fein (New York: Guilford, 1988), 436–473.

6　Ayako Sakakibara, "A longitudinal study of the process of acquiring absolute pitch: A practical report of training with the 'chord identification method,'" *Psychology of Music* 42, no. 1 (2014): 86–111.

7　二四人の子供のうち、二人は訓練の途中でドロップアウトしたが、やめた理由は訓練が順調であったか否かとは関係なかった。訓練を完了した二二人の子供はすべて絶対音感を身につけていた。

8　Deutsch, *Mozart*, 21.

9　Stanley Sadie, *Mozart: The Early Years, 1756–1781* (New York: W. W. Norton, 2006), 18.

10　国際レベルで活躍する大人の体操選手の平均身長は約一五七・五センチ、上限は約一七〇センチである。Neoklis A. Georgopoulos, Anastasia Theodoropoulou, Nikolaos D. Roupas, et al., "Growth velocity and final height in elite female rhythmic and artistic gymnasts," *Hormones* 11, no. 1 (2012): 61–69.

11　Jackie MacMullan, "Preparation is key to Ray Allen's 3's," *ESPN Magazine*, February 12, 2011, http://sports.espn.go.com/boston/nba/columns/story?columnist=macmullan_jackie&id=6106450（二〇一五年三月三〇日に確認）.

12　たとえば以下を参照。Malcolm Gladwell, *Outliers: The Story of Success* (New York: Little, Brown, 2008)（『天才！：成功する人々の法則』勝間和代訳、講談社、

二〇一四年）; David Shenk, *The Genius in All of Us: Why Everything You've Been Told About Genetics, Talent, and IQ Is Wrong* (New York: Doubleday, 2010)（『天才を考察する：「生まれか育ちか」論の嘘と本当』中島由華訳、早川書房、二〇一二年）; Carol Dweck, *Mindset: The New Psychology of Success* (New York: Random House, 2006)（『マインドセット：「やればできる！」の研究』今西康子訳、草思社、二〇一六年）. 他にも枚挙にいとまがない。K. Anders Ericsson and Jacqui Smith, eds., *Toward a General Theory of Expertise: Prospects and Limits* (Cambridge, UK: Cambridge University Press, 1991); K. Anders Ericsson, ed., *The Road to Excellence: The Acquisition of Expert Performance in the Arts and Sciences, Sports, and Games* (Mahwah, NJ: Erlbaum, 1996); Janet Starkes and K. Anders Ericsson, eds., *Expert Performance in Sport: Recent Advances in Research on Sport Expertise* (Champaign, IL: Human Kinetics, 2003); K. Anders Ericsson, Neil Charness, Paul Feltovich, and Robert R. Hoffman, eds., *The Cambridge Handbook of Expertise and Expert Performance* (Cambridge, UK: Cambridge University Press, 2006); K. Anders Ericsson, ed., *Development of Professional Expertise: Toward Measurement of Expert Performance and Design of Optimal Learning Environments* (Cambridge, UK: Cambridge University Press, 2009).

第一章　コンフォート・ゾーンから飛び出す「限界的練習」

1　Pauline R. Martin and Samuel W. Fernberger, "Improvement in memory span," *American Journal of Psychology* 41, no. 1 (1929): 91-94.

2　記憶できた数字の平均、つまり「デジットスパン」の計算方法は以下のとおりである。正解の次が不正解だった場合、スティーブはデジットスパン記憶の限界に達したとみなす。たとえば六ケタを正解したあと七ケタを間違えたら、デジットスパンは六と七の間とみなし、六・五とする。セッションが終わるたびに、すべてのスコアを平均してセッション全体のスコアを算出する。スティーブの四回目のセッションの平均スコアは八・五で、これは八ケタは正答できるが九ケタは間違えることが多かったことを示す。ただ覚えやすい数字列とそうでないものがあるため、例外も多かった。

3　Anthony Tommasini, "Virtuosos becoming a dime a dozen," *New York Times*, August 12, 2011. 以下で閲覧可能。http://www.nytimes.com/2011/08/14/arts/music/yuja-wang-and-kirill-gerstein-lead-a-new-piano-generation.html?_r=2（二〇一五年一一月一一日に確認）.

4　http://rcranger.mysite.syr.edu/dvorak/blackburn.htm（二〇一五年一一月一六日に確認）.

5　http://www.guinnessworldrecords.com/world-records/greatest-distance-cycled-in-24-hours-(unpaced)-/（二〇一五年一一月一六日に確認）.

6　http://www.guinnessworldrecords.com/world-records/most-mental-calculations-in-one-minute（二〇一五年一一月一六日に確認）.

7　二〇一二年六月一八日付、ボブ・J・フィッシャーとの私的なメールのやりとりより。

8　Steve Oare, "Decisions made in the practice room: A qualitative study of middle school students, thought processes while practicing," *Update: Applications of Research in Music Education* 30 (2012): 63–70, conversation at 63.

9 Niteesh K. Choudhry, Robert H. Fletcher, and Stephen B. Soumerai, "Systematic review: The relationship between clinical experience and quality of health care," *Annals of Internal Medicine* 142 (2005): 260–273. 以下も参照。Paul M. Spengler and Lois A. Pilipis, "A comprehensive meta-analysis of the robustness of the experience-accuracy effect in clinical judgment," *Journal of Counseling Psychology* 62, no. 3 (2015): 360–378.

10 会議の報告書は以下よりダウンロード可能。http://macyfoundation.org/publications/publication/enhancing-health-professions-education-technology

11 ベンジャミン・フランクリンのチェスの話は少なくともチェスの世界では比較的よく知られている。たとえば以下を参照。John McCrary, "Chess and Ben jamin Franklin — His pioneering contributions," http://www.benfranklin300.org/_etc_pdf/Chess_ John_McCrary.pdf（二〇一五年四月一三日に確認）. 以下も参照。Bill Wall, "Benjamin Franklin and chess trivia" (2014), http://www.chess.com/blog/billwall/benjamin-franklin-and-chess-trivia（二〇一五年四月一三日に確認）.

12 Christopher L. Tyner, "Violin teacher Dorothy DeLay: Step by step, she helps students reach beyond their limits," Investors.com (October 2, 2000), http://news.investors.com/management-leaders-in-success/100200-350315-violin-teacher-dorothy-delay-step-by-step-she-helps-students-reach-beyond-their-limits.htm#ixzz3D8B3Ui6D（二〇一五年三月一三日に確認）.

13 William G. Chase and K. Anders Ericsson, "Skilled memory," in *Cognitive Skills and Their Acquisition*, ed. John R. Anderson (Hillsdale, NJ: Lawrence Erlbaum Associates, 1981), 141–189.

14 William G. Chase and K. Anders Ericsson, "Skill and working memory," in *The Psychology of Learning and Motivation*, ed. Gordon H. Bower, vol. 16 (New York: Academic Press, 1982), 1–58; K. Anders Ericsson, "Memory skill," *Canadian Journal of Psychology* 39, no. 2 (1985): 188–231; K. Anders Ericsson and Walter Kintsch, "Long-term working memory," *Psychological Review* 102 (1995): 211–245.

第二章　脳の適応性を引き出す

1 ロンドンのタクシー運転手の試験に関する情報の多くは、以下より引用した。Jody Rosen, "The knowledge, London's legendary taxi-driver test, puts up a fight in the age of GPS," *New York Times Stylemagazine*, Nov. 10, 2014, http://www.nytimes.com/2014/11/10/t-magazine/london-taxi-test-knowledge/

2 Eleanor A. Maguire, David G. Gadian, Ingrid S. Johnsrude, Catriona D. Good, John Ashburner, Richard S. J. Frackowiak, and Christopher D. Frith, "Navigation-related structural change in the hippocampi of taxi drivers," *Proceedings of the National Academy of Sciences USA* 97 (2000): 4398–4403.

3 John R. Krebs, David F. Sherry, Susal D. Healy, V.

Hugh Perry, and Anthony L. Vaccarino, "Hippocampal specialization of food-storing birds," *Proceedings of the National Academy of Sciences USA* 86 (1989): 1388–1392.

4　Nicola S. Clayton, "Memory and the hippocampus in food-storing birds: A comparative approach," *Neuropharmacology* 37 (1998): 441–452.

5　特にタクシー運転手はそうではない人と比べて、海馬後部に灰白質が多かった。灰白質とは脳のニューロンの大部分を含む脳組織である。

6　厳密に言うと、タクシー運転手の経験年数の増加とともに大幅なサイズ増加が見られるのは、右の海馬後部だけだった。人間には海馬が二つあるが、話をわかりやすくするため海馬全体という言い方をした。ロンドンのタクシー運転手ではどちらの海馬も一般人より大きいが、マグアイアーらの当初の研究でサイズと経験年数の有意な相関が見られたのは右の海馬後部だけだった。両側の海馬に相関がある可能性は高いが、この研究では被験者が少なすぎたため統計的有意な差は確認されなかった。

7　Eleanor A. Maguire, Katherine Woollett, and Hugo J. Spiers, "London taxi drivers and bus drivers: A structural MRI and neuropsychological analysis," *Hippocampus* 16 (2006): 1091–1101.

8　Katherine Woollett and Eleanor A. Maguire, "Acquiring 'the knowledge' of London's layout drives structural brain changes," *Current Biology* 21 (2011): 2109–2114.

9　最初の実験の被験者がすべて二回目の測定に参加したわけではない。対照群の三一人は全員二度目も参加したが、訓練生では七九人のうち五九人しか戻らなかった。運転手の試験に合格して免許を得た者の中では四一人中三九人が戻ったが、免許を取得できなかった三八人のうち戻ったのは二〇人だけだった。

10　以下のレビューを参照。Lofti B. Merabet and Alvaro Pascual-Leone, "Neural reorganization following sensory loss: The opportunity of change," *Nature Reviews Neuroscience* 11, no. 1 (2010): 44–52.

11　神経可塑性と目が見えないことに関する知見を明確にまとめたレビューとして、以下を参照。Andreja Bubic, Ella Striem-Amit, and Amir Amedi, "Large-scale brain plasticity following blindness and the use of sensory substitution devices," in *Multisensory Object Perception in the Primate Brain*, ed. Marcus Johannes Naumer and Jochen Kaiser (New York: Springer, 2010), 351–380.

12　H. Burton, A. Z. Snyder, T. E. Conturo, E. Akbudak, J. M. Ollinger, and M. E. Raichle, "Adaptive changes in early and late blind: A fMRI study of Braille reading," *Journal of Neurophysiology* 87, no. 1 (2002): 589–607. 以下も参照。Norihiro Sadato, "How the blind 'see' Braille: Lessons from functional magnetic resonance imaging," *Neuroscientist* 11, no. 6 (2005): 577–582.

13　Annette Sterr, Matthias M. Müller, Thomas Elbert, Brigitte Rockstroh, Christo Pantev, and Edward Taub, "Perceptual correlates of changes in cortical representation of fingers in blind multifinger Braille readers," *Journal of Neuroscience* 18, no. 11 (1998): 4417–4423.

14　Uri Polat, Clifton Schor, Jian-Liang Tong, Ativ Zomet, Maria Lev, Oren Yehezkel, Anna Sterkin, and

Dennis M. Levi, "Training the brain to overcome the effect of aging on the human eye," *Scientific Reports* 2 (2012): 278, doi:10.1038/srep0278.

15　James A. Carson, Dan Nettleton, and James M. Reecy, "Differential gene expression in the rat soleus muscle during early work overload-induced hypertrophy," *FASEB Journal* 16, no. 2 (2002): 207–209.

16　完全な正確性を期すため、研究者は酷使された筋肉の中のメッセンジャーＲＮＡ、すなわち一一二ｍＲＮＡを調べた。メッセンジャーＲＮＡはＤＮＡの情報を使ってタンパク質を生成するプロセスの一部を成すもので、個々のｍＲＮＡは個別の遺伝子と関連性がある。ただ研究者が実際に調べたのは遺伝子ではなくｍＲＮＡだった。

17　これについても正確性を期すため、ラットの筋肉が完全に新しい負荷に対応する前にラットを犠牲にして筋肉組織を分析した。この作業が必要だったのは、筋肉がひとたび適応し、ホメオスタシスが回復すると、筋肉組織は一一二個の遺伝子を出さなくなるためだ。ラットをそのまま生かしておけば筋肉は適応し、ホメオスタシスが回復したはずだ。

18　Fred H. Gage, "Neurogenesis in the adult brain," *Journal of Neuroscience* 22 (2002): 612–613.

19　Samuel J. Barnes and Gerald T. Finnerty, "Sensory experience and cortical rewiring," *Neuroscientist* 16 (2010): 186–198.

20　Arne May, "Experience-dependent structural plasticity in the adult human brain," *Trends in Cognitive Sciences* 15, no. 10 (2011): 475–482. 以下も参照。Joenna Driemeyer, Janina Boyke, Christian Gaser, Christian Büchel, and Arne May, "Changes in gray matter induced by learning— Revisited," *PLoS ONE* 3 (2008): e2669.

21　この研究に関するすばらしいレビューは以下を参照。Karen Chan Barrett, Richard Ashley, Dana L. Strait, and Nina Kraus, "Art and science: How musical training shapes the brain," *Frontiers in Psychology* 4, article 713 (2013).

22　Thomas Elbert, Christo Pantev, Christian Wienbruch, Brigitte Rockstroh, and Edward Taub, "Increased cortical representation of the fingers of the left hand in string players," *Science* 270 (1995): 305–307.

23　脳磁図を使った測定は困難であるため、研究チームは左手の指を一本ずつ測定する代わりに、親指と小指だけに注目した。真ん中の三本指に対応する脳の領域は、親指と小指に対応する領域の中央にあるため、この二つの数字を見るだけで親指と四本の指をコントロールする領域の大きさを調べることができた。

24　Siobhan Hutchinson, Leslie Hui-Lin Lee, Nadine Gaab, and Gottfried Schlaug, "Cerebellar volume of musicians," *Cerebral Cortex* 13 (2003): 943–949.

25　Christian Gaser and Gottfried Schlaug, "Brain structures differ between musicians and non-musicians," *Journal of Neuroscience* 23 (2003): 9240–9245.

26　Kubilay Aydin, Adem Uçar, Kader Karli Oguz, O. Ozmen Okur, Ayaz Agayev, Z. Unal, Sabri Yilmaz, and Cengizhan Öztürk, "Increased gray matter density in the parietal cortex of mathematicians: A voxel-based morphometry study," *American Journal of Neuroradiology* 28 (2007): 1859–1864.

27 Sandra F. Witelson, Debra L. Kigar, and Thomas Harvey, "The exceptional brain of Albert Einstein," *The Lancet* 353 (1999): 2149–2153.

28 興味深いことに、数学者としてのキャリアの長さと脳の領域との相関は、左の下頭頂小葉では見られなかった。しかしそれは統計的に有効な結果を得るのに十分な被験者がいなかったためだけかもしれない。さらに大規模な研究をすれば相関が見られるかもしれない。

29 Tosif Ahamed, Motoaki Kawanabe, Shin Ishii, and Daniel E. Callan, "Structural differences in gray matter between glider pilots and non-pilots: A voxel-based morphometry study," *Frontiers in Neurology* 5 (2014): 248.

30 Gaoxia Wei, Yuanchao Zhang, Tianzi Jiang, and Jing Luo, "Increased cortical thickness in sports experts: A comparison of diving players with the controls," *PLoS One* 6, no. 2 (2011): e17112.

31 Sara L. Bengtsson, Zoltán Nagy, Stefan Skare, Lea Forsman, Hans Forssberg, and Fredrik Ullén, "Extensive piano practicing has regionally specific effects on white matter development," *Nature Neuroscience* 8 (2005): 1148–1150.

32 Katherine Woollett and Eleanor A. Maguire, "Acquiring 'the knowledge' of London's layout drives structural brain changes," *Current Biology* 21 (2011): 2109–2114.

33 David Williams, Andre Kuipers, Chiaki Mukai, and Robert Thirsk, "Acclimation during space flight: Effects on human physiology," *Canadian Medical Association Journal* 180 (2009): 1317–1323.

34 Iñigo Mujika and Sabino Padilla, "Detraining: Loss of training-induced physiological and performance adaptations. Part II: Long term insufficient training stimulus," *Sports Medicine* 30 (2000): 145–154.

35 Katherine Woollett, Hugo J. Spiers, and Eleanor A. Maguire, "Talent in the taxi: A model system for exploring expertise," *Philosophical Transactions of the Royal Society B* 364 (2009): 1407–1416.

第三章　心的イメージを磨きあげる

1 アレヒンとそのドラマチックな目隠しチェス同時対戦公開試合の描写の多くは、以下より引用。Eliot Hearst and John Knott, *Blindfold Chess: History, Psychology, Techniques, Champions, World Records, and Important Games* (Jefferson, NC: McFarland, 2009).

2 目隠しチェスの歴史はさまざまな資料に書かれているが、最も包括的な資料は以下である。Hearst and Knott, 同右。

3 Eliot Hearst, "After 64 years: New world blindfold record set by Marc Lang playing 46 games at once," Blindfold Chess, December 16, 2011, http://www.blindfoldchess.net/blog/2011/12/after_64_years_new_world_blindfold_record_set_by_marc_lang_playing_46_games/（二〇一五年三月二七日に確認）.

4 アレヒンの生涯とチェスプレーヤーとしてのキャリアは複数の情報源を参考にした。Alexander Kotov, *Alexander Alekhine*, trans. K. P. Neat (Albertson, NY: R. H. M. Press, 1975): Hearst and Knott, *Blindfold*

Chess; "Alekhine's biography" on Chess.com, http://www.chess.com/groups/forumview/alekhines-biography2（二〇一五年三月二七日に確認）; "Alexander Alekhine" on Chessgames.com, http://www.chessgames.com/perl/chessplayer?pid=10240（二〇一五年三月二七日に確認）.

5　Kotov, *Alexander Alekhine.correspondence tournaments*: Hearst and Knott, *Blindfold Chess*, 74.

6　Alexander Alekhine, *On the Road to the World Championship, 1923-1927*, 1st English ed. (New York: Pergamon Press, 1984)。以下の資料より引用。Hearst and Knott, *Blindfold Chess*, 78.

7　Adrianus D. de Groot, *Thought and Choice in Chess*, 2nd ed. (The Hague: Mouton de Gruyter, 1978).

8　William G. Chase and Herbert A. Simon, "Perception in chess," *Cognitive Psychology* 4 (1973): 55-81. チェスマスターと素人の通常のチェスの配置と無秩序な駒の配置の記憶力を比較する実験を初めて手掛けたのはアドリアヌス・ディ・デグルートである。たとえば以下を参照。Adrianus Dingeman de Groot, *Thought and Choice in Chess* (The Hague: Mouton, 1965); Adrianus Dingeman de Groot, "Perception and memory versus thought: Some old ideas and recent findings," in *Problem Solving*, ed. B. Kleimnuntz (New York: Wiley, 1966), 19-50.

9　Fernand Gobet and Neil Charness, "Expertise in chess," in *The Cambridge Handbook of Expertise and Expert Performance*, ed. K. Anders Ericsson, Neil Charness, Paul J. Feltovich, and Robert R. Hoffman (New York: Cambridge University Press, 2006), 523-538.

10　William G. Chase and K. Anders Ericsson, "Skill and working memory," in *The Psychology of Learning and Motivation*, ed. G. H. Bower (New York: Academic Press, 1982), 1-58.

11　Herbert A. Simon and Kevin Gilmartin, "A simulation of memory for chess positions," *Cognitive Psychology* 5, no. 1 (1973): 29-46.

12　Hartmut Freyhof, Hans Gruber, and Albert Ziegler, "Expertise and hierarchical knowledge representation in chess," *Psychological Research* 54 (1992): 32-37.

13　たとえば以下を参照。Hearst and Knott, *Blindfold Chess*, 10.

14　Andrew Waters, Fernand Gobet, and Gery Leyden, "Visuo-spatial abilities in chess players," *British Journal of Psychology* 93 (2002): 557-565.

15　Sean Muller and Bruce Abernethy, "Expert anticipatory skill in striking sports: A review and a model," *Research Quarterly for Exercise and Sport* 83, no. 2 (2012): 175-187.

16　Paul Ward, K. Anders Ericsson, and A. Mark Williams, "Complex perceptual-cognitive expertise in a simulated task environment," *Journal of Cognitive Engineering and Decision Making* 7 (2013): 231-254.

17　Bettina E. Bläsing, Iris Güldenpenning, Dirk Koester, and Thomas Schack, "Expertise affects representation structure and categorical activation of grasp postures in climbing," *Frontiers in Psychology* 5 (2014): 1008.

18　読解力と心的イメージというテーマについてのレビューと参考資料のリストは以下を参照。K. Anders

Ericsson and Walter Kintsch, "Long-term working memory," *Psychological Review* 102, no. 2 (1995): 211–245.

19　Lisa Sanders, "Think like a doctor: A knife in the ear," *New York Times*, August 6, 2015, http://well.blogs.nytimes.com/2015/08/06/think-like-a-doctor-a-knife-in-the-ear/（二〇一五年九月二四日に確認）; Lisa Sanders, "Think like a doctor: A knife in the ear solved," *New York Times*, August 7, 2015, http://well.blogs.nytimes.com/2015/08/07/think-like-a-doctor-a-knife-in-the-ear-solved/（二〇一五年九月二四日に確認）.

20　Vimla L. Patel, Jose F. Arocha, and David R. Kaufmann, "Diagnostic reasoning and medical expertise," in *Psychology of Learning and Motivation*, ed. Douglas Medin, vol. 31 (New York: Academic Press, 1994), 187–252.

21　Thomas W. Leigh, Thomas E. DeCarlo, David Allbright, and James Lollar, "Salesperson knowledge distinctions and sales performance," *Journal of Personal Selling & Sales Management* 34, no. 2 (2014): 123–140.

22　Xavier Sanchez, P. Lambert, G. Jones, and D. J. Llewellyn, "Efficacy of pre-ascent climbing route visual inspection in indoor sport climbing," *Scandinavian Journal of Medicine & Science in Sports* 22, no. 1 (2010): 67–72.

23　たとえば以下を参照。Nathan R. Zilbert, Laurent St. Martin, Glenn Regehr, Steven Gallinger, and Carol-Anne Moulton, "Planning to avoid trouble in the operating room: Experts' formulation of the preoperative plan," *Journal of Surgical Education* 72, no. 2 (2015): 271–277.

24　以下の資料より。Marlene Scardamalia and Carl Bereiter, "Knowledge telling and knowledge transforming in written composition," *Advances in Applied Psycholinguistics*, ed. Sheldon Rosenberg (Cambridge, UK: Cambridge University Press, 1987), 142–175. 特に一四九ページを参照。

25　「知識口述型」と「知識変化型」という用語は、前述のScardamalia and Bereiterの資料より引用。

26　全体像をまとめた優れた資料として以下を参照。Paul L. Sikes, "The effects of specific practice strategy use on university string players' performance," *Journal of Research in Music Education* 61, no. 3 (2013): 318–333.

27　Gary E. McPherson and James M. Renwick, "A longitudinal study of self-regulation in children's musical practice," *Music Education Research* 3, no. 2 (2001): 169–186.

28　Susan Hallam, Tiija Rinta, Maria Varvarigou, Andrea Creech, Ioulia Papageorgi, Teresa Gomes, and Jennifer Lanipekun, "The development of practicing strategies in young people," *Psychology of Music* 40, no. 5 (2012): 652–680.

29　Roger Chaffin and Gabriela Imreh, "'Pulling teeth and torture': Musical memory and problem solving," *Thinking and Reasoning* 3, no. 4 (1997): 315–336; Roger Chaffin and Gabriela Imreh, "A comparison of practice and self-report as sources of information about the goals of expert practice," *Psychology of Music* 29 (2001): 39–69; Roger Chaffin, Gabriela Imreh, Anthony F. Lemieux, and Colleen Chen, "'Seeing the big picture':

Piano playing as expert problem solving," *Music Perception* 20, no. 4 (2003): 465–490.

30 Roger Chaffin and Topher Logan, "Practicing perfection: How concert soloists prepare for performance," *Advances in Cognitive Psychology* 2, nos. 2-3 (2006): 113–130.

第四章　能力の差はどうやって生まれるのか?

1 二〇一五年七月時点の記憶力競技に関する統計は、世界記憶競技協議会の以下のウェブサイトより。http://www.world-memory-statistics.com/discipline.php?id=spoken1（二〇一五年七月一五日に確認）。

2 K. Anders Ericsson and Peter G. Polson, "A cognitive analysis of exceptional memory for restaurant orders," in *The Nature of Expertise*, ed. Michelene T. H. Chi, Robert Glaser, and Marshall J. Farr (Hillsdale, NJ: Lawrence Erlbaum, 1988), 23–70.

3 William L. Oliver and K. Anders Ericsson, "Repertory actors' memory for their parts," in *Eighth Annual Conference of the Cognitive Science Society* (Hillsdale, NJ: Lawrence Erlbaum Associates, 1986), 399–406.

4 先に出版された論文でも、一部の情報は掲載されている。K. Anders Ericsson, Clemens Tesch-Romer, and Ralf Krampe, "The role of practice and motivation in the acquisition of expert-level performance in real life: An empirical evaluation of a theoretical frame-work," in ***Encouraging the Development of Exceptional Skills and Talents***, ed. Michael J. A. Howe (Leicester, UK: British Psychological Society, 1990), 109–130. ただこの研究の包括的な説明は以下を参照。K. Anders Ericsson, Clemens Tesch-Römer, and Ralf Th.Krampe, "The role of deliberate practice in the acquisition of expert performance," *Psychological Review* 100, no. 3 (1993): 363–406.

5 教員の判断だけに頼ったわけではない。その判断の正しさは他の指標を使って確認した。具体的には、一般に開かれた音楽コンクールでの学生の成績に関する情報を集め、「Sランク」のバイオリニストは「Aランク」のバイオリニストよりも成功を収め、この二グループが音楽教育専攻の学生よりも良い成績を収めていることを確認した。さらにSランクのバイオリニストは、Aランクよりも多くの曲を記憶だけで弾けること、この二グループのバイオリニストは音楽教育専攻の学生よりも多くの曲を記憶だけで弾けることも確かめた。こうした結果から、明確に異なる能力を持った三つのグループができたという自信を持つことができた。

6 それまでの練習量については古い記憶に頼らざるをえなかったが、彼らの記憶は比較的正確である可能性が高いと考えた。彼らはバイオリンを始めたかなり初期から、一日あるいは一週間で練習すべき時間を確保しており、それは年齢を重ねるとともに増えていった。このように段階ごとにどれだけの練習をしていたかをかなりよくわかっていた。

7 一つ想定された問題は、各グループの学生は自分がどれだけ練習したかを評価するときに異なる偏りを持っている可能性があったことだ。しかしそうした偏りがあった場合、Sランクの学生（ずっと才能があると褒められてきた人々）は他の才能の劣る人々ほど一生懸命練習しなくてもいいという考えに染まり、練習にかける時間の重要性を過小評価することが想定された。このような偏りがあったら、優れた学生ほど練習量が多くなるという結果は出にくかったはずである。

8　Carla U. Hutchinson, Natalie J. Sachs-Ericsson, and K. Anders Ericsson, "Generalizable aspects of the development of expertise in ballet across countries and cultures: A perspective from the expert-performance approach," *High Ability Studies* 24 (2013): 21–47.

9　Herbert A. Simon and William G. Chase, "Skill in chess," *American Scientist* 61 (1973): 394–403.

10　グランドマスターの若年化について。Robert W. Howard, "Preliminary real-world evidence that average human intelligence really is rising," *Intelligence* 27, no. 3 (1999): 235–250. より効果的な練習法に関するエビデンス。Fernand Gobet, Guillermo Campitelli, and Andrew J. Waters, "Rise of human intelligence: Comments on Howard" (1999), *Intelligence* 30, no. 4 (2002): 303–311.

11　Ericsson, Tesch-Romer, and Krampe, "The role of deliberate practice," 367–368.

12　David Wechsler, *The Range of Human Capacities* (New York: Williams & Wilkins, 1935).

13　K. Anders Ericsson, Xiaojun Cheng, Yafeng Pan, Yixuan Ku, and Yi Hu, "Refined memory encodings mediate exceptional memory span in a world-class memorist"（学術誌に出稿済み）, corresponding author Yi Hu, School of Psychology and Cognitive Science, East China Normal University, Shanghai, China.

14　Frances A. Yates, *The Art of Memory* (Chicago: University of Chicago Press, 1966).

15　長期記憶の活用に関するより詳しい議論は以下を参照。K. Anders Ericsson and W. Kintsch, "Long-term working memory," *Psychological Review* 102 (1995): 211–245.

16　Alf Gabrielsson, "The performance of music," in *The Psychology of Music*, ed. Diana Deutsch, 2nd ed. (San Diego, CA: Academic Press, 1999), 501–602.

17　Robert T. Hodgson, "An examination of judge reliability at a major U.S. wine competition," *Journal of Wine Economics* 3, no. 2 (2008): 105–113.

18　Robyn M. Dawes, *House of Cards: Psychology and Psychotherapy Built on Myth* (New York: Free Press, 1994).

19　初期の研究の一つに、以下の文献がある。Carl-Axel S. Staël Von Holstein, "Probabilistic forecasting: An experiment related to the stock market," *Organizational Behavior and Human Performance* 8, no. 1 (1972): 139–158. スタール・フォン・ホルスタインの研究では、株式市場の専門家、銀行家、統計の専門家、大学の経営学教授、大学の経営学教員に二〇週にわたり株価予測をさせたところ、偶然よりも高い確率で予測できたグループはなかった。より最近の研究は以下を参照。K. Anders Ericsson, Patric Andersson, and Edward T. Cokely, "The enigma of financial expertise: Superior and reproducible investment performance in efficient markets," http://citeseerx.ist.psu.edu/viewdoc/download?, doi:10.1.1.337.3918&rep=rep1&type=pdf（二〇一五年八月一六日に確認）.

20　K. Anders Ericsson, "Acquisition and maintenance of medical expertise: A perspective from the expert-performance approach with deliberate practice,” *Academic Medicine* 90 (2015): 1471-1486. 以下も参照。Niteesh K. Choudhry, Robert H. Fletcher, and Stephen B. Soumerai, “Systematic review: The relationship between clinical experience and quality of health care,” *Annals of Internal Medicine* 142 (2005): 260-273; K. Anders Ericsson, James Whyte 4th, and Paul Ward, “Expert performance in nursing: Reviewing research on expertise in nursing within the framework of the expert performance approach,” *Advances in Nursing Science* 30, no. 1 (2007): E58-E71; Paul M. Spengler, Michael J. White, Stefania Agisdottir, Alan S. Maugherman, Linda A. Anderson, Robert S. Cook, Cassandra N. Nichols, Georgios K. Lampropoulos, Blain S. Walker, Genna R. Cohen, and Jeffrey D. Rush, “The meta-analysis of clinical judgment project: Effects of experience on judgment accuracy,” *Counseling Psychologist* 37 (2009): 350-399.

21　こうした手法の詳細は以下を参照。K. Anders Ericsson, “Protocol analysis and expert thought: Concurrent verbalizations of thinking during experts' performance on representative tasks,” in *The Cambridge Handbook of Expertise and Expert Performance*, ed. K. Anders Ericsson, Neil Charness, Paul Feltovich, and Robert R. Hoffman (Cambridge, UK: Cambridge University Press, 2006), 223-242.

22　Malcolm Gladwell, *Outliers: The Story of Success* (New York: Little, Brown), 2008.（『天才！：成功する人々の法則』、勝間和代訳、講談社、二〇一四年）

23　Mark Lewisohn, *Tune In* (New York: Crown Archetype, 2013).

24　研究者でもときどきこれを理解しない者がいる。私が本書を書いている間に、ある研究グループがメタ分析（すでに発表された多数の研究を分析したもの）を発表し、体系的練習（研究チームはこれを「限界的練習」と呼んだ）では、音楽、スポーツ、教育などのさまざまな職業における個人のパフォーマンスの差はあまり説明できないという結論を出した。以下を参照。Brooke N. Macnamara, David Z. Hambrick, and Frederick L. Oswald, “Deliberate practice and performance in music, games, sports, education, and professions: A meta-analysis,” *Psychological Science* 25 (2014): 1608-1618.　このメタ分析の大きな問題は、研究チームが調べた研究のうち、われわれが限界的練習と呼ぶような練習の効果を調べたものがほとんどなかったことだ。メタ分析に含める研究の選定基準は極めて緩く、その結果われわれが本書の前段で説明した限界的練習の基準を満たさないようなさまざまな練習や訓練法が含まれることとなった。この研究に対する私の詳細な批判は、以下を参照。K. Anders Ericsson, “Challenges for the estimation of an upper-bound on relations between accumulated deliberate practice and the associated performance in domains of expertise: Comments on Macnamara, Hambrick, and Oswald's (2014) published meta-analysis.” 結論としては、このメタ分析が示したのは、一部の人が他の人より優れた技能を持つ理由を理解したいのであれば、あらゆるタイプの練習に費やした時間を測定するだけでは十分ではない、ということだ。われわれの示した限界的練習の基準に基づく活動に注目する必要がある。以下の資料などを参照。K.Anders Ericsson,

"Why expert performance is special and cannot be extrapolated from studies of performance in the general population: A response to criticisms," *Intelligence* 45 (2014): 81–103.

25　以下の文献の限界的練習の定義を参照。K. Anders Ericsson and Andreas C. Lehmann, "Expert and exceptional performance: Evidence of maximal adaptations to task constraints," *Annual Review of Psychology* 47 (1996): 273–305. 限界的練習は「反復的で継続的な訓練によって、個人のパフォーマンスの特定の面を改善するためにコーチや教師が特別にデザインした、個人に合ったトレーニング活動」により構成されている（278–279）。

26　Ericsson, Tesch-Romer, and Krampe, "The role of deliberate practice."

27　John R. Hayes, *The Complete Problem Solver* (Philadelphia: Franklin Institute Press, 1981).

28　Scott Adams, *Dilbert*, February 7, 2013.

第五章　なぜ経験は役に立たないのか？

1　トップガン・スクールの創設と初期の様子に関する描写は、以下より引用。Ralph Earnest Chatham, "The 20th-century revolution in military training," in *Development of Professional Expertise*, ed. K. Anders Ericsson (New York: Cambridge University Press, 2009), 27–60. 以下も参照。Robert K. Wilcox, *Scream of Eagles* (New York: John Wiley & Sons, 1990).

2　Chatham, "The 20th-century revolution."

3　"'You fight like you train,' and Top Gun crews train hard," *Armed Forces Journal International* 111 (May 1974): 25–26, 34.

4　Wilcox, *Scream of Eagles*, vi.

5　同右。

6　K. Anders Ericsson, "The influence of experience and deliberate practice on the development of superior expert performance," in *Cambridge Handbook of Expertise and Expert Performance*, ed. K. Anders Ericsson, Neil Charness, Paul Feltovich, and Robert R. Hoffman (Cambridge, UK: Cambridge University Press, 2006), 685–706.

7　Geoff Colvin, "What it takes to be great: Research now shows that the lack of natural talent is irrelevant to great success. The secret? Painful and demanding practice and hard work," *Fortune*, October 19, 2006, http://archive.fortune.com/magazines/fortune/fortune_archive/2006/10/30/8391794/index.htm（二〇一五年九月二七日に確認）.

8　ここで紹介した情報の多くは、タロックのウェブサイト（www.turock.com）およびその著作を参考にした。Art Turock, *Competent Is Not an Option: Build an Elite Leadership Team Following the Talent Development Game Plan of Sports Champions* (Kirkland, WA: Pro Practice Publishing, 2015).

9　タロックはブルーバニーのエピソードを、自らの著書で紹介している。*Competent Is Not an Option*, 同右。

10　Diana L. Miglioretti, Charlotte C. Gard, Patricia A. Carney, Tracy L. Onega, Diana S. M. Buist, Edward A. Sickles, Karla Kerlikowske, Robert D. Rosenberg, Bonnie C. Yankaskas, Berta M. Geller, and Joann G. Elmore, "When radiologists perform best: The learning curve in screening mammogram interpretation," *Radiology* 253 (2009): 632–640. 以下も参照。Calvin F. Nodine, Harold L. Kundel, Claudia Mello-Thoms, Susan P. Weinstein, Susan G. Orel, Daniel C. Sullivan, and Emily F. Conant, "How experience and training influence mammography expertise," *Academic Radiology* 6 (1999): 575–585.

11 William E. Barlow, Chen Chi, Patricia A. Carney, Stephen H. Taplin, Carl D'Orsi, Gary Cutter, R. Edward Hendrick, and Joann G. Elmore, "Accuracy of screening mammography interpretation by characteristics of radiologists," *Journal of the National Cancer Institute* 96 (2004): 1840–1850.

12 同右。

13 K. Anders Ericsson, "Deliberate practice and the acquisition and maintenance of expert performance in medicine and related domains," *Academic Medicine* 79 (2004): S70–S81.

14 http://www.breastaustralia.com/public/index

15 BaoLin Pauline Soh, Warwick Bruce Lee, Claudia Mello-Thoms, Kriscia Tapia, John Ryan Wai Tak Hung, Graham Thompson, Rob Heard, and Patrick Brennan, "Certain performance values arising from mammographic test set readings correlate well with clinical audit," *Journal of Medical Imaging and Radiation Oncology* 59 (2015): 403–410.

16 M. Pusic, M. Pecaric, and K. Boutis, "How much practice is enough? Using learning curves to assess the deliberate practice of radiograph interpretation," *Academic Medicine* 86 (2011): 731–736.

17 Alan Lesgold, Harriet Rubinson, Paul Feltovich, Robert Glaser, Dale Klopfer, and Yen Wang, "Expertise in a complex skill: Diagnosing X-ray pictures," in *The Nature of Expertise*, ed. Michelene T. H. Chi, Robert Glaser, and Marshall J. Farr (Hillsdale, NJ: Lawrence Erlbaum Associates, 1988), 311–342; Roger Azevedo, Sonia Faremo, and Susanne P. Lajoie, "Expert-novice differences in mammogram interpretation," in *Proceedings of the 29th Annual Cognitive Science Society*, ed. D. S. McNamara and J. G. Trafton (Nashville, TN: Cognitive Science Society, 2007), 65–70.

18 Claudia Mello-Thoms, Phuong Dung Trieu, and Mohammed A. Rawashdeh, "Understanding the role of correct lesion assessment in radiologists' reporting of breast cancer," in *Breast Imaging: Proceedings, 12th International Workshop, IWDM 2014*, ed. Hiroshi Fujita, Takeshi Hara, and Chisako Muramatsu (Cham, Switzerland: Springer International, 2014), 341–347.

19 Lawrence L. Way, L. Stewart, W. Gantert, Kingsway Liu, Crystine M. Lee, Karen Whang, and John G. Hunter, "Causes and prevention of laparoscopic bile duct injuries: Analysis of 252 cases from a human factors and cognitive psychology perspective," *Annals of Surgery* 237, no. 4 (2003): 460–469.

20 Helena M. Mentis, Amine Chellali, and Steven Schwaitzberg, "Learning to see the body: Supporting instructional practices in laparoscopic surgical procedures," in *Proceedings of the SIGCHI Conference on Human Factors in Computing Systems* (New York: Association for Computing Machinery, 2014), 2113–

2122.

21　輸血の例は以下より引用。David Liu, Tobias Grundgeiger, Penelope M. Sanderson, Simon A. Jenkins, and Terrence A. Leane, "Interruptions and blood transfusion checks: Lessons from the simulated operating room," *Anesthesia & Analgesia* 108 (2009): 219–222.

22　Niteesh K. Choudhry, Robert H. Fletcher, and Stephen B. Soumerai, "Systematic review: The relationship between clinical experience and quality of health care," *Annals of Internal Medicine* 142 (2005): 260–273. 以下も参照。Paul M. Spengler and Lois A. Pilipis, "A comprehensive meta-analysis of the robustness of the experience-accuracy effect in clinical judgment," *Journal of Counseling Psychology* 62, no. 3 (2015): 360–378.

23　Paul M. Spengler, Michael J. White, Stefanía Ægisdóttir, Alan S. Maugherman, Linda A. Anderson, Robert S. Cook, Cassandra N. Nichols, Georgios K. Lampropoulos, Blain S. Walker, Genna R. Cohen, and Jeffrey D. Rush, "The meta-analysis of clinical judgment project: Effects of experience on judgment accuracy," *Counseling Psychologist* 37 (2009): 350–399.

24　K. Anders Ericsson, James Whyte 4th, and Paul Ward, "Expert performance in nursing: Reviewing research on expertise in nursing within the framework of the expert-performance approach," *Advances in Nursing Science* 30, no. 1 (2007): E58–E71.

25　Dave Davis, Mary Ann Thomson O'Brien, Nick Freemantle, Fredric M. Wolf, Paul Mazmanian, and Anne Taylor-Vaisey, "Impact of formal continuing medical education: Do conferences, workshops, rounds, and other traditional continuing education activities change physician behavior or health care outcomes?" *JAMA* 282, no. 9 (1999): 867–874.

26　Louise Forsetlund, Arild Bjørndal, Arash Rashidian, Gro Jamtvedt, Mary Ann O'Brien, Fredric M. Wolf, Dave Davis, Jan Odgaard-Jensen, and Andrew D. Oxman, "Continuing education meetings and workshops: Effects on professional practice and health care outcomes,"*Cochrane Database of Systematic Reviews* 2 (2012): CD003030.

27　J. M. Rodriguez-Paz, M. Kennedy, E. Salas, A. W. Wu, J. B. Sexton, E. A. Hunt, and P. J. Pronovost, "Beyond 'see one, do one, teach one': Toward a different training paradigm," *Quality and Safety in Health Care* 18 (2009): 63–68. 以下も参照。 William C. McGaghie, S. Barry Issenberg, Elaine R. Cohen, Jeffrey H. Barsuk, and Diane B. Wayne, "Does simulation-based medical education with deliberate practice yield better results than traditional clinical education? A meta-analytic comparative review of the evidence," *Academic Medicine* 86, no. 6 (June 2011): 706–711.

28　Michael J. Moore and Charles L. Bennett, and the Southern Surgeons Club, "The learning curve for laparoscopic cholecystectomy,"*American Journal of Surgery* 170 (1995): 55–59.

29　John D. Birkmeyer, Jonathan F. Finks, Amanda O'Reilly, Mary Oerline, Arthur M. Carlin, Andre R. Nunn, Justin Dimick, Mousumi Banerjee, and Nancy J.

O. Birkmeyer, "Surgical skill and complication rates after bariatric surgery," *New England Journal of Medicine* 369 (2013): 1434–1442.

30 K. Anders Ericsson, "Acquisition and maintenance of medical expertise: A perspective from the expert-performance approach with deliberate practice," *Academic Medicine* 90, no. 11 (2015): 1471–1486.

31 Andrew J. Vickers, Fernando J. Bianco, Angel M. Serio, James A. Eastham, Deborah Schrag, Eric A. Klein, Alwyn M. Reuther, Michael W. Kattan, J. Edson Pontes, and Peter T. Scardino, "The surgical learning curve for prostate cancer control after radical prostatectomy," *Journal of the National Cancer Institute* 99, no. 15 (2007): 1171–1177.

32 Andrew J. Vickers, Fernando J. Bianco, Mithat Gonen, Angel M. Cronin, James A. Eastham, Deborah Schrag, Eric A. Klein, Alwyn M. Reuther, Michael W. Kattan, J. Edson Pontes, and Peter T. Scardino, "Effects of pathologic stage on the learning curve for radical prostatectomy: Evidence that recurrence in organ-confined cancer is largely related to inadequate surgical technique," *European Urology* 53, no. 5 (2008): 960–966.

33 K. Anders Ericsson, "Surgical expertise: A perspective from the expert-performance approach," in *Surgical Education in Theoretical Perspective: Enhancing Learning, Teaching, Practice, and Research,* ed. Heather Fry and Roger Kneebone (Berlin: Springer, 2011), 107–121.

34 Diana L. Miglioretti, Charlotte C. Gard, Patricia A. Carney, Tracy L. Onega, Diana S. M. Buist, Edward A. Sickles, Karla Kerlikowske, Robert D. Rosenberg, Bonnie C. Yankaskas, Berta M. Geller, and Joann G. Elmore, "When radiologists perform best: The learning curve in screening mammogram interpretation," *Radiology* 253 (2009): 632–640.

35 Curtis Craig, Martina I. Klein, John Griswold, Krishnanath Gaitonde, Thomas McGill, and Ari Halldorsson, "Using cognitive task analysis to identify critical decisions in the laparoscopic environment," *Human Factors* 54, no. 6 (2012): 1025-1039.

36 同右。

37 James W. Lussier, Scott B. Shadrick, and Michael Prevou, *Think Like a Commander Prototype: Instructor's Guide to Adaptive Thinking* (Fort Knox, KY: Armored Forces Research Unit, U.S. Army Research Institute, 2003).

38 Sayra M. Cristancho, Tavis Apramian, Meredith Vanstone, Lorelei Lingard, Michael Ott, and Richard J. Novick, "Understanding clinical uncertainty: What is going on when experienced surgeons are not sure what to do?" *Academic Medicine* 88 (2013): 1516–1521; and Sayra M. Cristancho, Meredith Vanstone, Lorelei Lingard, Marie-Eve LeBel, and Michael Ott, "When surgeons face intraoperative challenges: A naturalistic model of surgical decision making," *American Journal of Surgery* 205 (2013): 156–162.

39 Mica R. Endsley, "Expertise and situation awareness," in *The Cambridge Handbook of Expertise and Expert Performance,* ed. K. Anders Ericsson, Neil

Charness, Paul J. Feltovich, and Robert R. Hoffman, eds. (Cambridge, UK: Cambridge University Press, 2006), 633-651. 以下を参照。Paul M. Salmon, Neville A. Stanton, Guy H. Walker, Daniel Jenkins, Darshna Ladva, Laura Rafferty, and Mark Young, "Measuring situation awareness in complex systems: Comparison of measures study," *International Journal of Industrial Ergonomics* 39 (2009): 490-500.

第六章　苦しい練習を続けるテクニック

1　ダン・マクローリンは『究極の鍛錬：天才はこうしてつくられる』で私の研究を知ったと語ったが、それ以前にも限界的練習の威力を取り上げた本はいくつかあり、この概念はよく知られていた。いくつか例を挙げよう。Geoff Colvin, *Talent Is Overrated: What Really Separates World-Class Performers from Everybody Else* (New York: Portfolio, 2008)（『究極の鍛錬：天才はこうしてつくられる』米田隆訳、サンマーク出版、二〇一〇年）; Malcolm Gladwell, *Outliers: The Story of Success* (New York: Little, Brown, 2008)（『天才！：成功する人々の法則』勝間和代訳、講談社、二〇一四年）; and Daniel Coyle, *The Talent Code: Greatness Isn't Born. It's Grown. Here's How* (New York: Bantam Dell, 2009).

2　ダン・マクローリンは自らの計画と進捗を説明するウェブサイト（thedanplan.com）を設けている。雑誌ゴルフにもダン・マクローリンについて優れた記事が掲載された。Rick Lipsey, "Dan McLaughlin thinks 10,000 hours of focused practice will get him on Tour," *Golf*, December 9, 2011, www.golf.com/tour-and-news/dan-mclaughlin-thinks-10000-hours-focused-practice-will-get-him-tour（二〇一五年八月二六日に参照）.

3　ダンが計画を始めてから、PGAツアーカードを取得するためのルールが変更された。今ではPGAツアー・クオリファイイング・トーナメントで優れた実績を残しても、PGAウェブ・ドットコムツアーにしか参戦できず、そこで良い成績を収めて初めてPGAツアーに参戦できる。

4　Lipsey, "Dan McLaughlin thinks 10,000 hours."

5　二〇一四年六月四日のダン・マクローリンとの私信より。

6　Linda J. Duffy, Bahman Baluch, and K. Anders Ericsson, "Dart performance as a function of facets of practice amongst professional and amateur men and women players," *International Journal of Sport Psychology* 35 (2004): 232-245.

7　Kevin R. Harris, "Deliberate practice, mental representations, and skilled performance in bowling" (Ph.D. diss., Florida State University, 2008), Electronic Theses, Treatises and Dissertations, DigiNole Commons, paper no. 4245.

8　Christina Grape, Maria Sandgren, Lars-Olof Hansson, Mats Ericson, and Töres Theorell, "Does singing promote well-being? An empirical study of professional and amateur singers during a singing lesson," *Integrative Physiological and Behavioral Science* 38 (2003): 65-74.

9　Cole G. Armstrong, "The influence of sport specific social organizations on the development of identity: A case study of professional golf management" (Ph.D.

diss., Florida State University, 2015), Electronic Theses, Treatises and Dissertations, DigiNole Commons, paper no. 9540.

10　同右、179.

11　ナタリー・コーグリンのトレーニングに関する描写は以下より引用。Gina Kolata, "Training insights from star athletes," *New York Times*, January 14, 2013.

12　Daniel F. Chambliss, *Champions: The Making of Olympic Swimmers*（New York: Morrow, 1988）; Daniel F. Chambliss, "The mundanity of excellence: An ethnographic report on stratification and Olympic swimmers," *Sociological Theory* 7（1989）: 70-86.

13　Chambliss, "Mundanity of excellence," 85.

14　先駆的な研究は以下のとおり。W. P. Morgan and M. L. Pollock, "Psychological characterization of the elite distance runner," *Annals of the New York Academy of Sciences* 301（1977）: 382-403. その後の研究のレビューや、思考法に関する最近のレポートの説明は以下を参照。Ashley Samson, Duncan Simpson, Cindra Kamphoff, and Adrienne Langlier, "Think aloud: An examination of distance runners' thought processes," *International Journal of Sport and Exercise Psychology*, online publication July 25, 2015, doi:10.1080/1612197X.2015.1069877.

15　Benjamin Franklin, *The Autobiography of Benjamin Franklin*（New York: Henry Holt, 1916）, original publication in French in 1791; first English printing, 1793, https://www.gutenberg.org/files/20203/20203-h/20203-h.htm（二〇一五年八月三〇日に確認）. 私がフランクリンの文章練習法について最初に触れたのは、以下の文献の序章である。K. Anders Ericsson, ed., *The Road to Excellence: The Acquisition of Expert Performance in the Arts and Sciences, Sports, and Games*（Mahwah, NJ: Erlbaum, 1996）, 1-50. 最近の優れた説明資料として以下がある。Shane Snow, "Ben Franklin taught himself to write with a few clever tricks," *The Freelancer*, August 21, 2014, http://contently.net/2014/08/21/stories/ben-franklin-taught-write-clever-tricks/（二〇一五年八月三〇日に確認）.

16　Lecoq de Boisbaudran, *The Training of the Memory in Art and the Education of the Artist*, trans. L. D. Luard（London: MacMillan, 1911）, https://books.google.com/books?hl=en&lr=&id=SJufAAAAMAAJ&oi=fnd&pg=PR5&dq=the+training+of+the+memory+in+art+and+the+education+of+the+artist&ots=CvAENj-mHl&sig=Iu4ku1d5F-uIP_aacBLugvYAiTU#v=onepage&q=the%20training%20of%20the%20memory%20in%20art%20and%20the%20education%20of%20the%20artist&f=false（二〇一五年一〇月一一日に確認）.

17　K. Anders Ericsson, "The acquisition of expert performance as problem solving," in *The Psychology of Problem Solving*, ed. Janet E. Davidson and Robert J. Sternberg（New York: Cambridge University Press, 2003）, 31-83.

18　Angela L. Duckworth, Teri A. Kirby, Eli Tsukayama, Heather Berstein, and K. Anders Ericsson, "Deliberate practice spells success: Why grittier competitors triumph at the National Spelling Bee," *Social Psychological and Personality Science* 2（2011）: 174–

181.

19　たとえば以下の文献を参照。Rena R. Wing and Suzanne Phelan, "Long-term weightloss maintenance1-4," *American Journal of Clinical Nutrition* 82 (supplement, 2005): 222S–225S; K. Ball and D. Crawford, "An investigation of psychological, social, and environmental correlates of obesity and weight gain in young women," *International Journal of Obesity* 30 (2006): 1240–1249.

20　このエピソードは四〇年ほど前に書かれたヘーグの自伝で紹介されている。Gunder Hägg, *Mitt Livs Lopp* [The competition of my life] (Stockholm: Norsteds, 1987).

21　Franklin, *Autobiography*.

第七章　超一流になる子供の条件

1　ポルガー家の物語の描写は、いくつかの文献に基づいている。Linnet Myers, "Trained to be a genius, girl, 16, wallops chess champ Spassky for $110,000," *Chicago Tribune*, February 18, 1993, http://articles.chicagotribune.com/1993-02-18/news/9303181339_1_judit-polgar-boris-spassky-world-chess-champion（二〇一五年八月一九日に確認）; Austin Allen, "Chess grandmastery: Nature, gender, and the genius of Judit Polgár," *JSTOR Daily*, October 22, 2014, http://daily.jstor.org/chess-grandmastery-nature-gender-genius-judit-polgar/（二〇一五年八月一九日に確認）; Judit Polgar, "Biography," Judit Polgar website, 2015, http://www.juditpolgar.com/en/biography（二〇一五年八月一九日に確認）.

2　"Chessmetrics player profile: Sofia Polgar," at Chessmetrics, http://chessmetrics.com/cm/CM2/PlayerProfile.asp?Params=199510SSSSS1S102714000001111022676000246101000（二〇一五年八月一九日に確認）. 以下も参照。"Zsofia Polgar," at Chessgames.com, http://www.chessgames.com/player/zsofia-polgar（二〇一五年八月一九日に確認）.

3　Myers, "Trained to be a genius."

4　Nancy Ruhling, "Putting a chess piece in the hand of every child in America," *Lifestyles* (2006), reprinted in *Chess Daily News*, https://chessdailynews.com/putting-a-chess-piece-in-the-hand-of-every-child-in-america-2/（二〇一五年八月二〇日に確認）.

5　Benjamin S. Bloom, ed., *Developing Talent in Young People* (New York: Ballantine Books, 1985), 3–18.

6　Benjamin S. Bloom, "Generalizations about talent development," 同右、507–549.

7　Matt Christopher and Glenn Stout, *On the Ice with . . . Mario Lemieux* (New York: Little, Brown, 2002).

8　David Hemery, *Another Hurdle* (London: Heinemann, 1976), 9.

9　Bloom, "Generalizations about talent development," 512–518.

10　David Pariser, "Conceptions of children's artistic giftedness from modern and postmodern perspectives," *Journal of Aesthetic Education* 31, no. 4 (1997): 35–47.

11　Kara Brandeisky, "What it costs to raise a U.S.Open champion," *Money*, July 4, 2014, http://time.com/money/2951543/cost-to-raise-tennis-champion-wimbledon/（二〇一五年八月二三日に確認）.

12 K. Anders Ericsson, "How experts attain and maintain superior performance: Implications for the enhancement of skilled performance in older individuals," *Journal of Aging and Physical Activity* 8 (2000): 366–372.

13 Amanda Akkari, Daniel Machin, and Hirofumi Tanaka, "Greater progression of athletic performance in older Masters athletes," *Age and Ageing* 44, no. 4 (2015): 683–686.

14 Dieter Leyk, Thomas Rüther, Max Wunderlich, Alexander Sievert, Dieter Eßfeld, Alexander Witzki, Oliver Erley, Gerd Küchmeister, Claus Piekarski, and Herbert Löllgen, "Physical performance in middle age and old age: Good news for our sedentary and aging society," *Deutsches Ärzteblatt International* 107 (2010): 809–816.

15 Karen Crouse, "100 years old. 5 world records," *New York Times,* September 21, 2015, http://www.nytimes.com/2015/09/22/sports/a-bolt-from-the-past-don-pellmann-at-100-is-still-breaking-records.html?module=CloseSlideshow&region=SlideShowTopBar&version=SlideCard-10&action=click&contentCollection=Sports&pgtype=imageslideshow（二〇一五年一〇月一日に確認）.

16 Edward H. Miller, John N. Callander, S. Michael Lawhon, and G. James Sammarco, "Orthopedics and the ballet dancer," *Contemporary Orthopedics* 8 (1984): 72–97.

17 John M. Tokish, "Acquired and adaptive changes in the throwing athlete: Implications on the disabled throwing shoulder," *Sports Medicine and Arthroscopy Review* 22, no. 2 (2014): 88–93.

18 Heidi Haapasalo, Saija Kontulainen, Hau Sievänen, Pekka Kannus, Markku Järvinen, and Ilkka Vuori, "Exercise-induced bone gain is due to enlargement in bone size without a change in volumetric bone density: A peripheral quantitative computed tomography study of the upper arms of male tennis players," *Bone* 27, no. 3 (2000): 351–357.

19 Saija Kontulainen, Harri Sievänen, Pekka Kannus, Matti Pasanen, and Ilkka Vuori, "Effect of long-term impact-loading on mass, size, and estimated strength of humerus and radius of female racquet-sports players: A peripheral quantitative computed tomography study between young and old starters and controls," *Journal of Bone and Mineral Research* 17, no. 12 (2002): 2281–2289.

20 Gottfried Schlaug, Lutz Jäncke, Yanxiong Huang, Jochen F. Staiger, and Helmuth Steinmetz, "Increased corpuscallosum size in musicians," *Neuropsychologia* 33 (1995): 1047–1055.

21 Dawn L. Merrett, Isabelle Peretz, and Sarah J. Wilson, "Moderating variables of music training—induced neuroplasticity: A review and discussion," *Frontiers in Psychology* 4 (2013): 606.

22 Siobhan Hutchinson, Leslie Hui-Lin Lee, Nadine Gaab, and Gottfried Schlaug, "Cerebellar volume of musicians," *Cerebral Cortex* 13 (2003): 943–949.

23 Andrea Mechelli, Jenny T. Crinion, Uta Noppeney, John O'Doherty, John Ashburner, Richard S. Frackowiak, and Cathy J. Price, "Structural plasticity

in the bilingual brain: Proficiency in a second language and age at acquisition affect grey-matter density," *Nature* 431 (2004): 757.

24　Stefan Elmer, Jürgen Hänggi, and Lutz Jäncke, "Processing demands upon cognitive, linguistic, and articulatory functions promote grey matter plasticity in the adult multilingual brain: Insights from simultaneous interpreters," *Cortex* 54 (2014): 179–189.

25　Paul T. Brady, "Fixed-scale mechanism of Absolute pitch," *Journal of the Acoustical Society of America* 48, no. 4, pt. 2 (1970): 883–887.

26　Lola L. Cuddy, "Practice effects in the absolute judgment of pitch," *Journal of the Acoustical Society of America* 43 (1968): 1069–1076.

27　Mark Alan Rush, "An experimental investigation of the effectiveness of training on absolute pitch in adult musicians" (Ph.D. diss., Ohio State University, 1989).

28　ナイジェル・リチャーズの描写は複数の資料に基づいている。優れた資料の1つが以下である。Stefan Fatsis, *Word Freak: Heartbreak, Triumph, Genius, and Obsession in the World of Competitive Scrabble* (New York: Houghton Mifflin Harcourt, 2001). 以下も参照。Stefan Fatsis, "An outtake from *Word Freak*: The enigmatic Nigel Richards," *The Last Word* 21 (September 2011): 35–37, http://www.thelastwordnewsletter.com/Last_Word/Archives_files/TLW%20September%202011.pdf (二〇一五年八月二一日に確認); Oliver Roeder, "What makes Nigel Richards the best Scrabble player on earth," FiveThirtyEight, August 8, 2014, http://fivethirtyeight.com/features/what-makes-nigel-richards-the-best-scrabble-player-on-earth/ (二〇一五年八月二一日に確認).

29　Kim Willsher, "The French Scrabble champion who doesn't speak French," *The Guardian*, July 21, 2015, http://www.theguardian.com/lifeandstyle/2015/jul/21/new-french-scrabble-champion-nigel-richards-doesnt-speak-french (二〇一五年八月二一日に確認).

30　ここに書いた独創的天才に関する考えは、以下の文献にまとまっている。K. Anders Ericsson, "Creative genius: A view from the expert-performance approach," in *The Wiley Handbook of Genius*, ed. Dean Keith Simonton (New York: John Wiley, 2014), 321–349.

31　Harriett Zuckerman, *Scientific Elite: Nobel Laureates in the United States* (New York: Free Press, 1977).

第八章　「生まれながらの天才」はいるのか?

1　このエピソードについては、インターネットを少し検索するだけで、以下をはじめたくさんのバージョンが見つかる。David Nelson, "Paganini: How the great violinist was helped by a rare medical condition," *News and Record* (Greensboro, NC), January 9, 2011, http://inmozartsfootsteps.com/1032/paganini-violinisthelped-by-marfan-syndrome/ (二〇一五年八月二一日に確認); "Nicolo Paganini,"Paganini on the Web, http://www.paganini.com/nicolo/nicindex.htm (二〇一五年八月二一日に確認); "One string... and Paganini," Dr. S. Jayabarathi's Visvacomplex website, http://www.visvacomplex.com/One_String_and_Paganini.html (二〇一五年八月二一日に確認).

2　以下などを参照。Maiko Kawabata,"Virtuosity, the violin, and the devil... What *really* made Paganini 'demonic'?" *Current Musicology* 83 (2007): 7–30.

3　Edgar Istel and Theodore Baker, "The secret of Paganini's technique," *Musical Quarterly* 16, no. 1 (1930): 101–116.

4　同右、103.

5　Andreas C. Lehmann and K. Anders Ericsson, "The historical development of domains of expertise: Performance standards and innovations in music," in *Genius and the Mind: Studies of Creativity and Temperament in the Historical Record,* ed. Andrew Steptoe (Oxford: Oxford University Press, 1998), 67–94.

6　モーツァルトの評伝はあまたあるが、生前に書かれた描写などを含んでいて特に参考になるのが以下の資料である。Otto Erich Deutsch, *Mozart: A Documentary Biography,* 3rd ed. (London: Simon & Schuster, 1990). 以下も参照。Edward Holmes, *The Life of Mozart* (New York: Cosimo Classics), 2005.

7　Jin Young Park, "A reinvestigation of early Mozart: The three keyboard concertos, K. 107" (Ph.D. diss., University of Oklahoma, 2002). 以下も参照。Arthur Hutchings, *A Companion to Mozart's Piano Concertos* (Oxford, UK: Clarendon Press, 1999) and Wolfgang Plath, "Beiträge zur Mozart-Autographie 1: Die Handschrift Leopold Mozarts" [The handwriting of Leopold Mozart], in *Mozart-Jahrbuch 1960/1961* (Salzburg: Internationalen Stiftung Mozarteum, 1961), 82–117.

8　マリオ・ルミューの物語は以下の文献でさらに詳しく述べている。K. Anders Ericsson, "My exploration for Gagné's 'evidence' for innate talent: It is Gagné who is omitting troublesome information so as to present more convincing accusations," in *The Complexity of Greatness: Beyond Talent or Practice,* ed. Scott Barry Kaufmann (New York: Oxford University Press, 2012), 223–256.

9　M. Brender, "The roots of Route 66,"*Hockey News* (May 16 supplement: "Mario Lemieux's journey to greatness") 50, no. 35 (1997): 14.

10　Francois Gagne, "Yes, giftedness (aka 'innate' talent) does exist!" in Kaufmann, *Complexity of Greatness,* 191–222.

11　Matt Christopher and Glenn Stout, *On the Ice with . . . Mario Lemieux* (New York: Little, Brown, 2002).

12　David Epstein, *The Sports Gene: Inside the Science of Extraordinary Athletic Performance* (New York: Current, 2013). ドナルド・トーマスに関するエプスタインの文章は各所で引用されており、その1つが以下の記事である。Tony Manfred, "This anecdote about high jumpers will destroy your faith in Malcolm Gladwell's 10,000-hours rule," *Business Insider,* August 15, 2013, http://www.businessinsider.com/high-jumpers-anecdote-questions-gladwells-10000-hours-rule-2013-8 (二〇一五年八月二二日に確認).

13　USTFCCCA (U.S. Track & Field and Cross Country Coaches Association), "USTFCCCA profile of High Jumper Donald Thomas: An improbable leap into the limelight," *Track and Field News,* http://

trackandfieldnews.com/index.php/display-article?arId=15342（二〇一五年八月二一日に確認）.

14　同右。

15　Guillaume Laffaye, "Fosbury Flop: Predicting performance with a three-variable model," *Journal of Strength & Conditioning Research* 25, no. 8 (2011): 2143–2150.

16　*Philosophical Transactions of the Royal Society B* の特別号は、一冊すべてがサバン症候群を特集している。特に自閉症との関係に重点を置いており、サバン症候群に関する最近の知見を理解するうえで優れた情報源となる。特に以下の概要記事を参照。Darold A. Treffert, "The savant syndrome: An extraordinary condition. A synopsis: Past, present, and future," *Philosophical Transactions of the Royal Society B* 364, no. 1522 (2009): 1351–1357.

17　以下はサバン症候群に関する一般読者向けの優れたレビューである。Celeste Biever, "The makings of a savant," *New Scientist* 202, no. 2711 (June 3, 2009): 30-33.

18　Francesca Happé and Pedro Vital, "What aspects of autism predispose to talent?" *Philosophical Transactions of the Royal Society B* 364, no. 1522 (2009): 1369–1375.

19　Jennifer Vegas, "Autistic savant 'addicted' to dates," *ABC Science*, January 31, 2007, http://www.abc.net.au/science/articles/2007/01/31/1837037.htm（二〇一五年六月二六日に確認）.

20　Marc Thioux, David E. Stark, Cheryl Klaiman, and Robert T. Schultz, "The day of the week when you were born in 700 ms: Calendar computation in an autistic savant," *Journal of Experimental Psychology: Human Perception and Performance* 32, no. 5 (2006): 1155–1168.

21　Barnett Addis, "Resistance to parsimony: The evolution of a system for explaining the calendar-calculating abilities for idiot savant twins"（この論文は一九六八年四月にニューオリンズで開かれた南西部心理学協会の会合で発表された）. 双子に関するさらに詳しい研究は以下を参照。O. A. Parsons, "July 19, 132,470 is a Saturday: Idiot savant calendar-calculating twins."

22　K. Anders Ericsson and Irene Faivre, "What's exceptional about exceptional abilities?" In *The Exceptional Brain: Neuropsychology of Talent and Special Abilities*, ed. Loraine K. Obler and Deborah Fein (New York: Guilford, 1988), 436–473.

23　たとえば以下を参照。G. L. Wallace, F. Happé, and J. N. Giedd, "A case study of a multiply talented savant with an autism spectrum disorder: Neuropsychological functioning and brain morphometry," *Philosophical Transactions of the Royal Society B, Biological Sciences* 364 (2009): 1425–1432; Richard Cowan and Chris Frith, "Do calendrical savants use calculation to answer date questions? A functional magnetic resonance imaging study," *Philosophical Transactions of the Royal Society B, Biological Sciences* 364 (2009): 1417–1424.

24　Lola L. Cuddy, Laura-Lee Balkwill, Isabelle Peretz, and Ronald R. Holden, "Musical difficulties are rare: A study of 'tone deafness' among university students," *Annals of the New York Academy of Sciences* 1060

(2005): 311–324.

25　Susan Knight, "Exploring a cultural myth: What adult non-singers may reveal about the nature of singing," *Phenomenon of Singing* 2 (2013): 144–154.

26　同右。

27　Isabelle Peretz, Julie Ayotte, Robert J. Zatorre, Jacques Mehler, Pierre Ahad, Virginia B. Penhune, and Benoît Jutras, "Congenital amusia: A disorder of fine-grained pitch discrimination," *Neuron* 33 (2002): 185–191.

28　Magdalena Berkowska and Simona Dalla Bella, "Acquired and congenital disorders of sung performance: A review," *Advances in Cognitive Psychology* 5 (2009): 69–83; Karen J. Wise and John A. Sloboda, "Establishing an empirical profile of self-defined 'tone deafness': Perception, singing performance and self-assessment," *Musicæ Scientiæ* 12, no. 1 (2008): 3–26. 以下を参照。Knight, "Exploring a cultural myth."

29　Knight, "Exploring a cultural myth."

30　David Bornstein, "A better way to teach math," *New York Times*, April 18, 2011, http://opinionator.blogs.nytimes.com/2011/04/18/a-better-way-to-teach-math/?_r=0（二〇一五年八月二一日に確認）.

31　Alfred Binet, *Psychologie des grands calculateurs et joueurs d'échecs* [Psychology of the great calculators and chess players] (Paris: Libraire Hachette, 1894).

32　Merim Bilalić, Peter McLeod, and Fernand Gobet, "Does chess need intelligence? A study with young chess players," *Intelligence* 35 (2007): 457–470.

33　Dianne D. Horgan and David Morgan, "Chess expertise in children," *Applied Cognitive Psychology* 4 (1990): 109–128; Marcel Frydman and Richard Lynn, "The general intelligence and spatial abilities of gifted young Belgian chess players," *British Journal of Psychology* 83 (1992): 233–235.

34　たとえば以下の資料を参照。Andrew J. Waters, Fernand Gobet, and Gerv Leyden, "Visuospatial abilities in chess players," *British Journal of Psychology* 93 (2002): 557–565; Josef M. Unterrainer, Christoph P. Kaller, Ulrike Halsband, and B. Rahm, "Planning abilities and chess: A comparison of chess and non-chess players on the Tower of London task," *British Journal of Psychology* 97 (2006): 299–311; Roland H. Grabner, Aljoscha C. Neubauer, and Elsbeth Stern, "Superior performance and neural efficiency: The impact of intelligence and expertise," *Brain Research Bulletin* 69 (2006): 422–439; and Jörg Doll and Ulrich Mayr, "Intelligenz und Schachleistung—eine Untersuchung an Schachexperten" [Intelligence and chess performance—A study of chess experts], *Psychologische Beiträge* 29 (1987): 270–289. グランドマスターに関する初期の研究は以下を参照。I. N. Djakow, N. W. Petrowski, and P. A. Rudik, *Psychologie des Schachspiels* [Psychology of chess playing] (Berlin: de Gruyter, 1927).

35　Josef M. Unterrainer, Christoph P. Kaller, Ulrike Halsband, and B. Rahm, "Planning abilities and chess: A comparison of chess and non-chess players on the Tower of London task," *British Journal of Psychology*

97 (2006): 299–311; Roland H. Grabner, Aljoscha C. Neubauer, and Elsbeth Stern, "Superior performance and neural efficiency: The impact of intelligence and expertise," *Brain Research Bulletin* 69 (2006): 422–439.

36　Jörg Doll and Ulrich Mayr, "Intelligenz und Schachleistung—eine Untersuchung an Schachexperten" [Intelligence and chess performance—A study of chess experts], *Psychologische Beiträge* 29 (1987): 270–289.

37　Boreom Lee, Ji-Young Park, Wi Hoon Jung, Hee Sun Kim, Jungsu S. Oh, Chi-Hoon Choi, Joon Hwan Jang, Do-Hyung Kang, and Jun Soo Kwon, "White matter neuroplastic changes in long-term trained players of the game of 'Baduk' (GO): A voxel-based diffusion-tensor imaging study," *NeuroImage* 52 (2010): 9–19; Wi Hoon Jung, Sung Nyun Kim, Tae Young Lee, Joon Hwan Jang, Chi-Hoon Choi, Do-Hyung Kang, and Jun Soo Kwon, "Exploring the brains of *Baduk* (Go) experts: Gray matter morphometry, resting-state functional connectivity, and graph theoretical analysis," *Frontiers in Human Neuroscience* 7, no. 633 (2013): 1–16.

38　ＩＱテストで高得点をとる人は、学業成績も良く、学生生活を長く続ける傾向がある（繰り返し観察されている現象である）。ＩＱスコアの低い若手棋士の中には、周囲より早く学生生活に見切りをつけ、囲碁の研究に専念する者がいることが考えられる。プロ棋士のＩＱが平均以下である理由はこれで説明できるかもしれない。

39　多くの研究を参考文献に挙げているレビューとして以下を参照。K. Anders Ericsson, "Why expert performance is special and cannot be extrapolated from studies of performance in the general population: A response to criticisms," *Intelligence* 45 (2014): 81–103.

40　William T. Young, "The role of musical aptitude, intelligence, and academic achievement in predicting the musical attainment of elementary instrumental music students," *Journal of Research in Music Education* 19 (1971): 385–398.

41　Joanne Ruthsatz, Douglas Detterman, William S. Griscom, and Britney A. Cirullo, "Becoming an expert in the musical domain: It takes more than just practice," *Intelligence* 36 (2008): 330–338.

42　Kyle R. Wanzel, Stanley J. Hamstra, Marco F. Caminiti, Dimitri J. Anastakis, Ethan D. Grober, and Richard K. Reznick, "Visual-spatial ability correlates with efficiency of hand motion and successful surgical performance," *Surgery* 134 (2003): 750–757.

43　Katherine Woollett and Eleanor A. Maguire, "Acquiring 'the knowledge' of London's layout drives structural brain changes," *Current Biology* 21 (2011): 2109–2114.

44　Robert S. Root-Bernstein, Maurine Bernstein, and Helen Garnier, "Identification of scientists making long-term, high impact contributions, with notes on their methods of working," *Creativity Research Journal* 6 (1993): 329–343; Kenneth S. Law, Chi-Sum Wong, Guo-Hua Emily Huang, and Xiaoxuan Li, "The effects of emotional intelligence on job performance and life satisfaction for the research and development scientists in China," *Asia Pacific Journal of Management* 25 (2008): 51-69.

45　ファインマン、ワトソン、ショックレーに関する情報は以下を参照。Robert Root-Bernstein, Lindsay Allen, Leighanna Beach, Ragini Bhadula, Justin Fast, Chelsea Hosey, Benjamin Kremkow, Jacqueline Lapp, Kaitlin Lonc, Kendell Pawelec, Abigail Podufaly, Caitlin Russ, Laurie Tennant, Eric Vrtis, and Stacey Weinlander, "Arts foster scientific success: Avocations of Nobel, National Academy, Royal Society, and Sigma Xi members," *Journal of Psychology of Science and Technology* 1, no. 2 (2008): 51-63.

46　Donald W. MacKinnon, "The nature and nurture of creative talent," *American Psychologist* 17, no. 7 (1962): 484-495.

47　Jessie Brouwers, Veerle de Bosscher, and Popi Sotiriadou, "An examination of the importance of performances in youth and junior competition as an indicator of later success in tennis," *Sport Management Review* 15 (2012): 461-475.

48　Melanie Noel, Carole Peterson, and Beulah Jesso, "The relationship of parenting stress and child temperament to language development among economically disadvantages preschoolers," *Journal of Child Language* 35, no. 4 (2008): 823-843.

49　Brad M. Farrant and Stephen R. Zubrick, "Parent-child book reading across early childhood and child vocabulary in the early school years: Findings from the Longitudinal Study of Australian Children," *First Language* 33 (2013): 280-293.

50　Malcolm Gladwell, *Outliers: The Story of Success* (New York: Little, Brown, 2008)（『天才！：成功する人々の法則』勝間和代訳、講談社、二〇一四年）.

51　たとえば以下を参照。Benjamin G. Gibbs, Mikaela Dufur, Shawn Meiners, and David Jeter, "Gladwell's big kid bias?" *Contexts* 9, no. 4 (2010): 61-62.

52　Robert S. Siegler and Geetha B. Ramani, "Playing linear numerical board games promotes low-income children's numerical development," *Developmental Science* 11 (2008): 655-661.

終　章　人生の可能性を切り拓く

1　Louis Deslauriers, Ellen Schelew, and Carl Wieman, "Improved learning in a large-enrollment physics class," *Science* 332 (2011): 862-864.

2　同右。以下も参照。Jeffrey Mervis, "Transformation is possible if a university really cares," *Science* 340, no. 6130 (2013): 292-296.

3　Deslauriers, Schelew, and Wieman, "Improved learning."

4　ハブリラクの会社のウェブサイトを参照。Swimming Technology Research: https://swimmingtechnology.com/

5　Deslauriers, Schelew, and Wieman, "Improved learning."

6　David Bornstein, "A better way to teach math," *New York Times*, April 18, 2011, http://opinionator.blogs.nytimes.com/2011/04/18/a-better-way-to-teach-math/?_r=0（二〇一五年八月二一日に確認）.

7　R. R. Hake, "Interactive-engagement versus

traditional methods: A six-thousand-student survey of mechanics test data for introductory physics students," *American Journal of Physics* 66, no. 4 (1998): 64–74; David Hestenes, Malcolm Wells, and Gregg Swackhamer, "Force concept inventory," *Physics Teacher* 30 (1992): 141–158.

8 Eve Kikas, "Teachers' conceptions and misconceptions concerning three natural phenomena," *Journal of Research in Science Teaching* 41 (2004): 432–448; Yaël Nazë and Sëbastien Fontaine, "An astronomical survey conducted in Belgium," *Physics Education* 49 (2014): 151–163.

9 "Harvard graduates explain seasons," YouTube, https://www.youtube.com/watch?v=p0wk4qG2mIg (二〇一五年一〇月四日に確認).

10 Deslauriers, Schelew, and Wieman, "Improved learning."

11 Jeffrey Mervis, "Transformation is possible if a university really cares," *Science* 340, no. 6130 (2013): 292–296.

12 Mihaly Csikszentmihalyi, *Flow: The Psychology of Optimal Experience* (New York: Harper & Row, 1990) (『フロー体験　喜びの現象学』今村浩明訳、世界思想社、一九九六年).

著者

アンダース・エリクソン　Anders Ericsson

フロリダ州立大学心理学部教授。「なぜどんな分野にも、超一流と呼ばれる人が存在するのか」という疑問から、30年以上にわたり、スポーツ、音楽、チェスなど、あらゆる分野における「超一流」たちのパフォーマンスを科学的に研究。そこから、どの分野においても、トッププレーヤーは必ずある共通の練習法を採用していることを突き止め、それを「限界的練習（deliberate practice)」理論として発表した。
一連の研究は、超一流になる方法を初めて明確に解き明かしたものとして、世界中で多くの注目を集め、『タイム』、『ニューヨーク・タイムズ』等の各紙誌で取り上げられた。今では、プロスポーツはもちろん、教育やビジネスにもその理論が取り入れられている。また、『ごく平凡な記憶力の私が1年で全米記憶力チャンピオンになれた理由』や『天才！　成功する人々の法則』、『成功する子 失敗する子 何が「その後の人生」を決めるのか』など、多くの書籍でも彼の研究が引用されている。フロリダ在住。

著者

ロバート・プール　Robert Pool

サイエンスライター。ライス大学で数学の博士号を取得。『ネイチャー』、『サイエンス』、『ディスカバー』、『テクノロジー・レビュー』等の雑誌に寄稿している。これまでに、『Eve's Rib: Searching for the Biological Roots of Sex Differences』、『Beyond Engineering: How Society Shapes Technology』（ともに未邦訳）などを出版。

訳者

土方奈美（ひじかた・なみ）

日本経済新聞記者を経て、2008年より翻訳家として独立。主な訳書に『サイロ・エフェクト 高度専門化社会の罠』（ジリアン・テット、文藝春秋)、『How Google Works（ハウ・グーグル・ワークス）——私たちの働き方とマネジメント』（エリック・シュミット、ジョナサン・ローゼンバーグ、日本経済新聞出版社）など。

超一流《ちょういちりゅう》になるのは才能《さいのう》か努力《どりょく》か？

2016年7月30日　第1刷
2023年5月15日　第7刷
著　者　アンダース・エリクソン　ロバート・プール
訳　者　土方奈美《ひじかたなみ》
発行者　花田朋子
発行所　株式会社　文藝春秋
東京都千代田区紀尾井町3－23（〒102-8008）
電話　03-3265-1211（代）
印　刷　大日本印刷
製本所　大口製本

ISBN 978-4-16-390495-5　Printed in Japan